ハーリー・クィンの事件簿

アガサ・クリスティ

人間ドラマの当事者ではなく、常に傍観者であり、過剰なほどの興味をもって他者の人生を眺めて過ごしてきた小柄な老人、サタスウェイト。そんな彼がとある屋敷のパーティで不穏な気配を感じとる。過去に起きた自殺事件、来客のなかのある夫婦のあいだに張り詰める見えざる緊張の糸。その夜屋敷に、ハーリー・クィンという人物が訪れる。不思議な雰囲気をもつクィン氏にヒントをもらったサタスウェイトは、独自の鋭い観察眼で、もつれた謎を解きはじめる。クィン氏の独特の存在感と、クリスティならではの深い人間描写が光る12編を収めた短編集。

ハーリー・クィンの事件簿

アガサ・クリスティ
山田順子訳

創元推理文庫

THE MYSTERIOUS MR QUIN

by

Agatha Christie

1930

目次

ハーリー・クィンの事件簿

見えないひと、ハーリクインに

はじめに

ミスター・クィンの物語はシリーズとして書きはじめたものではありません。そのときどきで、気ままに書いたものです。いわば美食家好みの人物、それがミスター・クィンなのだと思っています。

子どものころ、わたしは、実家のマントルピースの上に飾ってあった、ドレスデン焼きの人形たちに魅せられていました。それはおとなになってからも変わりませんでした。古いイタリア喜劇《コメディア・デラルテ》の登場人物たちを象《かたど》った人形。アルレッキーノ（英語読みではハーリクィン）、コロンビーヌ、ピエロ、ピエレッタ、パンチネッロ、そしてパンチネッラ。

少女時代に、彼らについて一連の詩を書きましたが、そのうちの一編『ハーリクィンの歌』は、初めて印刷された作品となりました。ポエトリー・レヴュー誌に掲載され、原稿料として一ギニーいただいたのです！

その後、わたしの書くものは詩や幽霊話を離れて犯罪小説に変わりましたが、ふたたびハーリクィンの登場となりました。彼は自分が登場すべき場所や時機を選びます。人間ばなれした存在ですが、生身の人間の行動、特に恋人たちに心を寄せるだけではなく、亡くなったひとの代弁者でもあります。

彼に関する物語は、それぞれ独立しています。かなり長い年月にわたって書いてきたものですが、こうして一冊にまとまると、ハーリクィンそのひとの全体像がくっきりと見えてきます。ミスター・クィンの物語には、つねに、小柄な紳士サタスウェイトが登場します。ミスター・クィンの現世の友人であり、ゴシップ好きで、他人の人生の観察者であり、自分自身の人生においては喜びや哀しみの深みに触れることなく、眼前でくりひろげられる他者の人生の一端を一幕のドラマとみなし、そのなかで自分が果たすべき役割を心得ている人物です。

ミスター・クィンの物語のなかで、わたしが気にいっているのは、『世界の果て』、『海から来た男』、そして『ハーリクィンの小径』です。

アガサ・クリスティ

ミスター・クイン、登場

The Coming of Mr Quin

十二月、大晦日の夜《ニュー・イヤーズ・イヴ》、ロイストン。

イーヴシャム家のハウスパーティに招かれた客のうち、年配者たちは大広間に集《つど》っていた。サタスウェイトは若いひとたちが寝室にさがってくれてよかったと思っていた。騒がしい若者たちが苦手だったのだ。若者はおもしろみがなく、無作法でもある。彼らは繊細《せんさい》な気づかいなどとは無縁の生きものだ。サタスウェイトは歳を重ねるにつれ、こまやかな気づかいを好むようになってきた。

サタスウェイトは六十二歳——いくぶんか背中が丸くなっていて、全体に枯れた感じがする。なんとなく妖精《エルフ》を連想させる顔だちだ。その透かし見るような目で、過剰なほどの興味をもって他者の人生をみつめている。最前列の観客席にすわったまま、次々と眼前でくりひろげられる人間性豊かなドラマを、眺めてすごしてきた生涯といえる。彼の役割はつねに観察者であって、当事者ではない。老年にさしかかったいまは、ただ見るだけにしろ、単調で平凡なドラマには食指が動かなくなっていた。願わくば、常識では測れないような、非凡なドラマを見たいのだ。

その点に関して、サタスウェイトはするどい嗅覚をもっている。それはまちがいない。身近にドラマの要素があれば、本能的に感知できる。戦いのにおいを嗅ぎつける軍馬さながらに、ドラマのにおいを嗅ぎつけてしまう。今日の午後、この屋敷に到着するやいなや、内なる奇妙な感覚がうずきだし、彼に心の準備をするようにうながした。なにか興味ぶかいことが起こっているか、あるいはこれから起ころうとしているにちがいない。

今回のハウスパーティはそれほど大がかりなものではない。この家の主人は、温厚でユーモアあふれるトム・イーヴシャム。彼の妻は生真面目で、政治に関心がある。結婚前はレディ・ローラ・キーンとして知られていた。客は、軍人で旅行家でスポーツマンのサー・リチャード・コンウェイ。ほかに若者が六、七人いるが、誰が誰やら、サタスウェイトは名前すら憶えられずにいる。そして、ポータル夫妻。

サタスウェイトが関心を寄せているのは、このポータル夫妻だ。

夫のアレックス・ポータルに会ったことはなかったが、彼のことはよく知っている。彼の父親と祖父のことも知っている。アレックスは父親と祖父に似ていて、彼らと同じタイプの男だ。そろそろ四十に手の届く歳だろう。ポータル家の者はみなそうだが、彼もまた金髪で碧眼《へきがん》。スポーツ好きで、種々のゲームも得意だが、想像力に欠ける。アレックスに不可思議なところはまるっきりない。ごく健全で善良な英国人だ。

しかし、アレックスの妻、エレノアはちがう。彼女はオーストラリア人だ。二年前、アレックスはオーストラリアに行き、現地で彼女に出会って結婚し、いっしょに英国に帰ってきた。

彼女は結婚して初めて英国の地を踏んだ。とはいえ、サタスウェイトがこれまでに会ったオーストラリア女性とは、まったく異なっている。

サタスウェイトはさりげなく、しかし、じっくりとエレノアを観察した。興味をそそられる女性だ。もの静かだが、内に強い力を秘めているように見える。その表現がぴったりだ。美人ではない——誰も彼女を美人とはいわないだろうが、翳《かげ》りのある雰囲気が、魔力のようにひとの目を惹きつける。男なら必ずや惹きつけられるだろう。サタスウェイトの男性的部分はそう主張しているが、女性的部分（サタスウェイトには女性的部分のほうが大きいのだ！）は、別の関心——疑問——をもつ。疑問——なぜ彼女は髪を染めているのか？

ほかの男なら彼女が髪を染めていることには気づかないだろうが、サタスウェイトにはわかる。そういうことにはくわしいのだ。とはいえ、不思議でならない。黒っぽい髪の女性が金髪に染めるのはめずらしくない。しかし、金髪を黒く染める女性がいるとは、サタスウェイトですら聞いたことがない。

彼女のすべてに好奇心をそそられる。サタスウェイトの持ち前の直感が告げる——彼女は幸福であると同時に、不幸でもある、と。だが、どちらとは断定できない。このあいまいさに、サタスウェイトはいらだった。さらにいえば、彼女が夫君に、奇妙な影響力をもっているようすが気になる。夫は妻にぞっこんなのだ。だが、なんとなく彼女を、そう、彼女を恐れているようにも見える。じつにおもしろい。これは常識では測れない。

アレックスはいささか飲み過ぎている。それは確かだ。そして、妻が彼を見ていないときには、おかしな目つきで妻を盗み見ていた。

サタスウェイトはまたもや思う――ふつうではないな、神経がささくれているようだ。彼女もそれには気づいているが、なんらかの対処をしようとは思っていないらしい、と。

サタスウェイトはポータル夫妻に、なにやら異様なものを感じた。そう、推測すらできないことが目の前で進行中なのだ。それはまちがいない。

広間の隅の大時計が重々しくチャイムを鳴らしはじめ、あれこれともの思いにふけっていたサタスウェイトは現実に引きもどされた。

「十二時だ」イーヴシャムがいった。「年が明けた、新年おめでとう、といいたいところだが、じつをいえば、あの時計は五分ばかり進んでいるんだ……それにしても、子どもたちが起きだして新年を迎えないとは、どういうことだろう？」

「子どもたちがおとなしくベッドで寝ているなんて、まるっきり信じちゃいませんわ」レディ・ローラがおだやかな口ぶりでいった。「わたしたちのベッドに、ヘアブラシやらなにやらを突っこんでいるに決まってます。そういういたずらが楽しくてたまらないんですよ。なぜなのかはわかりませんけどね。わたしが子どものころは、とうてい許されないことでしたけれど」

「時代が変われば風習も変わる《オトル・タン、オトル・ムール》」サー・リチャードは微笑まじりにいった。

サー・リチャード・コンウェイは背の高い、見るからに軍人らしい男だ。サー・リチャードとイーヴシャムは同じタイプといえる――正直で気性がまっすぐで親切だが、知的思考はあまり得意ではない。

「わたしが若いころは、大晦日にはみんなで輪になって手をつなぎ、『オールド・ラング・サイン』を歌ったものですよ」レディ・ローラは話をつづけた。「〝古き友を忘れまじ〟——とても心を揺さぶられる歌詞だと、歌うたびに思います」

イーヴシャムがおちつかないようすで立ちあがった。「おいおい、ローラ、かんべんしてくれよ」つぶやくようにいう。「いまここではやめてくれ」そして大股でホールを横切ると、明かりをもうひとつつけた。

「あら、いけない、考えなしに、うっかり口をすべらせてしまった」レディ・ローラは誰にともなく小声でいった。「あのひと、ミスター・ケイパルのことを思い出したにちがいないわ……ねえ、あなた、暖炉の火が熱すぎやしないこと?」

いきなりそう訊かれたエレノア・ポータルは、ぎくりとしたようだ。「ええ、そうですね。椅子を少しうしろにひきますわ」

美しい声だ——サタスウェイトはそう思った。低くてよく響く声。いつまでも記憶に残る声。椅子をうしろにひいたため、彼女の顔は陰に隠れてしまった。残念だ。

その陰のなかから、エレノアがいった。「ミスター・ケイパルっておっしゃいました?」

「ええ、そう。このお屋敷、もともとはそのかたのものだったんですよ。拳銃で自死なさったの……ええ、トム、あなたがおいやなら、これ以上は申しませんよ。ちょうどそのとき居合わせたために、トムはたいへんな衝撃を受けましてね。そういえば、あなたもいらしたんですよね、サー・リチャード」

「そうです、レディ・ローラ」

広間の隅の古い大時計が低く唸り、ぜいぜいと喘息めいた音をたてたかと思うと、ようやく十二時を打ち終わった。

「では、新年おめでとう」イーヴシャムはおざなりな口調で新年のあいさつをした。

レディ・ローラは手ぎわよく編み物の毛糸を巻きとった。「さあ、新年を迎えましたね」そういうと、みんなの顔をじっと見てから、エレノアにいった。「ミセス・ポータル、あなたはどうなさいます？」

エレノアはすばやく立ちあがった。「なにはともあれ、ベッドにもぐりこみますわ」明るい口調だ。

だが、サタスウェイトは気づいた――彼女の顔が蒼白なことに。

エレノアにつづいて彼も立ちあがり、あの顔色はふつうではないと思いながら、蠟燭《ろうそく》立てに手をのばした。古風なおじぎをして、火をともした蠟燭立てをエレノアにさしだす。エレノアは礼をいってそれを受けとり、ゆっくりと階段に向かった。

サタスウェイトはふいに奇妙な衝動に駆られた――彼女を追いかけていき、救ってやりたい、と。不思議なことに、エレノアに危険が迫っているような気がしたのだ。その衝動はすぐに消え、サタスウェイトは少し恥ずかしくなった。なぜか自分まで神経がいらだっているように思えたからだ。

エレノアは夫には目もくれずに階段を昇りきったが、そこで立ちどまり、肩越しにふりかえって夫を見た。なにかを探るような、強い意志のこもった一瞥《いちべつ》だった。

それを見ていたサタスウェイトの気持がざわついた。そのせいか、レディ・ローラにおやすみのあいさつをするのも、どことなくうわのそらだった。

「良い年になるといいですわね」レディ・ローラはいった。「ですが、政治情勢はかなり不安定に思えます」

「そうですな」サタスウェイトはエレノアに気をとられたまま、真剣にうなずいた。「まったくそのとおり」

「できれば」レディ・ローラはさらりといった。「色浅黒い殿がたが、新年最初のお客さまになってくださらないかしらね。ミスター・サタスウェイト、あなたならあの迷信、ごぞんじでしょう？　え、ごぞんじない？　まあ、驚いた。色浅黒い殿がたが元旦に玄関ドアの敷居をまたぐと、その家に幸運がもたらされるというじゃありませんか。それにしても、ベッドにおかしなものが突っこまれてないといいんですけど。子どもなんてまったく信用できませんからね。なにせ元気いっぱいですもの」

やれやれとくびを振りながら、レディ・ローラは威風堂々と階段を昇っていった。

女性たちがいなくなると、男たちは、広い炉床であかあかと燃えている薪を囲むように、たがいの椅子を近づけた。

「いいところで声をかけてくれ」トム・イーヴシャムはウィスキーのデカンタを取りあげた。

そして、それでけっこうといわれるまで、各自のグラスに酒をついだ。みんながグラスをかたむけはじめると、先ほどまではタブーだった話題がもちだされた。

「サタスウェイト、デレク・ケイパルは知っていただろう?」コンウェイが訊いた。

「まあ、そういえる」

「きみはどうだい、ポータル?」

「いや、会ったことはありません」

アレックス・ポータルのとげとげしい、挑むような口調に、サタスウェイトは驚いて目をあげた。

「ローラがあの話をもちだすたびに、わたしはやりきれない気持になってね」イーヴシャムは のろのろといった。「あの悲劇のあと、この屋敷はある実業家に売られた。一年後、その実業家はここを出たよ。自分に合わないとかなんとかいってね。幽霊が出るというつまらない噂が広まって、幽霊屋敷なんて呼ばれるようになった。そのころ、ローラに焚きつけられて、わたしはウェスト・キドルビー地区から立候補することを決めた。それはつまり、その地区に住まなければならないということだから、適当な家を探したんだが、これという物件はおいそれとはみつからなかった。ロイストンなら少しは安い物件があるかと思い、あたってみた——で、けっきょく、この屋敷を買ったというわけだ。幽霊なんてたわごとにすぎないが、自分の友人がみずからの手で銃弾を頭にぶちこんだ、まさにその屋敷だということは、なにかにつけて思い出してしまう。かわいそうなデレク。彼がなぜ死を選んだのか、その理由はいまだにわからないんだ」

「さしたる理由もなく、自分の頭に銃弾をぶちこむなどということをしでかすのは、なにも彼が最初で最後ではありませんよ」アレックスは重く沈んだ声でそういうと、立ちあがってデカンタを取り、空になったグラスにどぼどぼとウィスキーをついだ。

アレックスを見ていたサタスウェイトは、内心でつぶやいた——どうもようすがおかしい。ひどくおかしい。どういうことなのか、ぜひとも知りたいものだ。

「なんと！」サー・リチャードが驚きの声をあげた。「すごい風だな。今夜は荒れ模様だ」

「幽霊がうろつくにはもってこいの夜だ」アレックスは耳ざわりな笑い声をあげた。「今夜は地獄の悪魔どもが跳梁《ちょうりょう》するぞ」

「レディ・ローラの言によれば、なかでも色の黒いやつが、幸運をもたらしてくれるんじゃないのかい」サー・リチャードは笑いながらいった。「うん？　ちょっと静かに！」

ひときわ強い風が唸りをたてて吹きすぎると、ぱたりと風がやみ、大きな飾り鋲《びょう》を打ちつけてある玄関ドアをノックする音が、高々と響いた。

全員がとびあがった。

「こんな夜中に、いったい誰だ？」イーヴシャムは叫んだ。

男たちはたがいに目を見交わした。

「よし、わたしが出よう」イーヴシャムはいった。「召使いたちはもう寝ているからな」

イーヴシャムは玄関ドアまで行き、重い掛け金に少し手間どったが、なんとか掛け金をはねあげてドアを開けた。とたんに、凍りつくように冷たい風が広間に吹きこんだ。

額縁のようなドア枠のなかに、背の高い、瘦身の男が立っていた。ドアの上方のステンドグラスの光彩のせいで、男は虹の七色に染まった服を着ているようだ。少なくとも、サタスウェイトにはそう見えた。だが、一歩前に進み出た男は、明かりのもとに、ドライブ用の服を着た、ほっそりした姿と浅黒い顔をさらした。

「突然にお邪魔して、まことに申しわけありません」見知らぬ訪問客は感じのいい、おちついた声でいった。「車が故障してしまいまして。運転手が躍起になって修理しているのですが、まだあと半時間はかかるとか。外はおそろしく寒いので――」

男はそこで口を閉ざしたが、イーヴシャムはすぐにそのあとにつづくことばを読みとった。

「それは無理もない。さあ、なかに入って、一杯お飲《や》りなさい。車の修理で、なにか手伝えることはありますか?」

「いいえ、とんでもない。修理のことは、運転手が心得ています。ところで、わたしはクィン、ハーリー・クィンと申します」

「さあさあ、おかけください、ミスター・クィン。こちらはサー・リチャード・コンウェイ、ミスター・サタスウェイト、それにミスター・アレックス・ポータル。わたしはイーヴシャムです」

ひととおり紹介がすむと、イーヴシャムが心づかいを見せて、椅子を暖炉の火の近くに寄せ、それにすわるようにクィンに勧めた。クィンがその椅子に腰をおろしかけたとき、炉火の炎が明るく燃えあがり、彼の顔に炉格子の影を投げかけた。顔が暗く翳り、まるで仮面をつけているように見えた。

イーヴシャムは炉の火に、薪を三本ほど追加した。「一杯、いかがですか？」

「ありがとう、いただきます」

イーヴシャムはクィンにグラスを渡しながら訊いた。「このあたりにはよく来られるのですか？」

「以前に来たことがあります」

「ほほう」

「この屋敷には、当時、ケイパルというひとが住んでいました」

「ええ、そうです！　かわいそうなケイパル。彼をごぞんじでしたか？」

「ええ、知っていました」

イーヴシャムの態度が微妙に変わった。英国人気質を知らない者には、それとわからないほどかすかな変化だ。客の返事を聞く前は、愛想がよくてもどこかよそよそしかったのだが、それがいまはきれいに消えた。クィンはデレク・ケイパルと知己の間柄だった――友人の友人ならば、保証されたも同然、信頼できる人物、ということだ。

「驚くべき出来事でした」イーヴシャムはうちとけた口ぶりで話しだした。「あなたがいらしたとき、ちょうどその話をしていたんですよ。不本意ながらも、わたしはこの屋敷を買ったんですがね。ほかに適当な物件があればよかったんですが、あいにく、そういう家はなくてねえ。じつは、彼が自死したとき、わたしはこの家にいたんですよ。サー・リチャードも。わたしとしては、彼の幽霊ならぜひとも出てきてほしい。心底、そう思っているんですよ」

「不可解な出来事でしたね」クィンはゆっくりと噛みしめるようにいった。そして、きっかけ《キュー》となる重要なセリフを口にした俳優のように、そのあとは沈黙して、間《ま》を作った。

「不可解とおっしゃる」サー・リチャードが沈黙を破った。「あれは黒い謎ですよ――この先もそうでしょうな」

「どうでしょうね」クィンは含みのあるいいかたをした。「サー・リチャード、あなたならどうおっしゃいますか？」

「驚愕の出来事――といったほうがいいですな。人生まっ盛りの壮年で、陽気で明るく、憂《う》き世の苦労などなにひとつないという男だった。いつも五、六人の気の合う仲間に囲まれていた。あの日の夕食の席では将来の計画をいくつも語って、意気軒昂《いきけんこう》たるものだった。それが、ふと席を立って二階へ行き、自分の部屋に入って引き出しから拳銃を取りだし、頭に銃弾を撃ちこんだ。なぜだ？　誰にもわからなかった。この先もわからないだろう」

「サー・リチャード、そのご判断は少し早計ではありませんか？」クィンは微笑まじりにそういった。

サー・リチャードはじっとクィンをみつめた。「どういう意味かな？　よくわからない」

「未解決だからといって、解決できないとあきらめてしまう必要はないということです」

「ふむ。当時わからなかったことが、いまさらわかるとは、とうてい考えられん。十年も前のことですぞ」

クィンはおだやかにくびを横に振った。「それには同意しかねます。歴史上のさまざまな事例からいっても、あなたのご意見には与《くみ》しかねますよ。当代に生きている歴史家は、後世の歴史家ほどには、真実の歴史を書けないものです。直面している事実を、正しい見地で、適切なバランスをもって考察するかどうかという問題なのです。つまりは、数多《あまた》の問題と同じく、相対的な見方が肝心だということです」

アレックス・ポータルがぐっと身をのりだした。顔がひきつっている。「あなたのおっしゃるとおりです、ミスター・クィン」叫ぶようにいう。「そうですとも。時間は問題を解決してくれたりはしない。だが、装《よそお》いのちがう、新たな面を示してくれるんだ」

イーヴシャムは寛容な笑みを浮かべた。「ミスター・クィン、するとあなたは、今夜ここで事件の査問会をおこない、デレク・ケイパルの死をあらためて検証すれば、当時はたどりつけなかった彼の死の真相を、明らかにできるとおっしゃるのですか?」

「おそらくは。当時、個人的な見解の相違という観点は、すっぽりと抜け落ちていました。ですから、いまここでは、個人的解釈をまぎれこませることなく、事実を、事実だけを思い出してみましょう」

イーヴシャムは疑わしげに眉根を寄せた。

「もちろん、出発点があるはずです」クィンはもの静かな口調で話をつづけた。「出発点というのは、仮説を立てることです。どなたにしろ、仮説をおもちだと思いますよ。サー・リチャード、いかがですか?」

指名されたサー・リチャードは、眉間にしわを寄せて考えこんだ。「そりゃあそうだな」なんとなく弁解がましい口ぶりだ。「みんな、こう考えていた——女がからんでいる、とね。誰もが自然にそう思った。ああいうことになるのは、たいがいは女か金がからんでいるものだ。そうじゃないかね？　しかし、金が問題であるはずはなかった。その点ではなんのトラブルもなかった。とすれば、もう一方の問題だろう？」

ささやかな見解を述べようと、サタスウェイトが身をのりだしかけたとき、二階の回廊の手すりの陰に女性がひとり、うずくまっているのに気づいた。背を丸めてうずくまっているため、その姿はサタスウェイトの席からしか見えない。彼女はあきらかに、階下でくりひろげられている論議を緊張しきって聞いている。身動きひとつしない姿に、サタスウェイトは幻覚かと自分の目を疑ったほどだ。

しかし、彼女が着ているドレスはよく憶えている。古風な金襴《きんらん》のドレス。ならば、あれはエレノア・ポータルにちがいない。

突然に、サタスウェイトの頭のなかで、今宵《こよい》すべての出来事がひとつの模様を成した。クィンが訪れてきたのは、決して偶然ではないし、彼が俳優さながらにきっかけ《キュー》となるセリフを口にしたのも偶然ではない。今夜、ここ、ロイストンの屋敷の広間で、ドラマがくりひろげられているのだ。架空のドラマではなく、登場すべき俳優のひとりが亡くなっているという、現実そのもののドラマだ。そうか、そういうことか！　このドラマでは、デレク・ケイパルが一役をになっている——サタスウェイトはそれを確信した。

そしてまたもや突然に、サタスウェイトの脳裏に新たな光明がさした。これはクィンという人物のなせるわざだ。彼がこの舞台を仕切っている――俳優たちに合図《キュー》を出す演出家なのだ。謎の中心にいて、糸をあやつり、人形たちを動かしている。彼はすべてを知っている。二階の手すりの陰にうずくまっている女性のことも、彼は知っている。

サタスウェイトは椅子の背にもたれ、観客としての自分の役割に徹することにした。目の前でくりひろげられているドラマを、しっかりと見守る。そう、目立たぬように、しかもごく自然に、クィンは糸をあやつり、人形たちを動かしている。

「女ですか――ふむ」クィンは考えぶかげにつぶやいた。「夕食の席でご婦人の話は出なかったんですか？」

「いや、出たとも！」イーヴシャムは思わず大きな声でいった。「彼は婚約したといったんだ。だからこそ、いっそうわけがわからなくなった。とてもうれしそうだったからね。まだ公表していないともいってた――だが、シェイクスピアの『空騒ぎ』のベネディックと同じく、独身主義を返上するつもりだとほのめかしていたよ」

「もちろん、そのご婦人が誰か、わたしたちには推測できた」サー・リチャードはいった。「マージョリー・ディルク。いい娘だ」

会話の流れからいって、今度はクィンの番だったが、彼はなにもいわなかった。おかしなことに、その沈黙は挑発的だった。サー・リチャードの話に反発しているかのような沈黙。したがって、サー・リチャードは防御的な立場をとらざるをえなくなった。

「ほかの誰だというのかね？　なあ、イーヴシャム」サー・リチャードはイーヴシャムに同意を求めた。

「わからないな」イーヴシャムはゆっくりといった。「あのとき、彼は正確にはなんといったんだっけ？　〝ベネディックと同じく独身主義を返上するつもり〟だったかな。相手の許可を得るまでは、その女性の名前はいえなかったんだろう、きっと。そして、いまだにその名前はわからないままだ。そういえば、自分は幸運な男だといってた。長いつきあいの友人ふたりに、来年のいまごろは幸福な新婚生活をおくっているはずだと伝えることができたからだろうね。そう、もちろん、わたしたちは、相手はマージョリーだと思った。ふたりは親しかったし、よくいっしょにいたからね」

「ただ――」サー・リチャードはいいかけてやめた。

「なんだね、ディック？」イーヴシャムはサー・リチャードを愛称で呼んだ。

「うん、マージョリーが相手なら、すぐに婚約を発表しないというのは、おかしいんだよ。なぜ隠しておく必要がある？　秘密にしておくなんて、なんだか既婚者が相手みたいじゃないか。あるいは、夫君が死んだばかりだとか、離婚話が進んでいるとか、そういう場合なら、秘密にしておくのも無理はないだろうが」

「うむ、それはそうだ」イーヴシャムはうなずいた。「そういう場合なら、婚約したからといって、すぐには発表できないだろう。それによく考えてみると、彼の目にはマージョリーしか映っていなかったとは、ちょっと信じられないんだ。あの一年前ならそうだったけれどね。あれこれ考えあわせると、当時、ふたりの仲は冷めていたんじゃないかな」

「それは気になりますね」クィンはいった。

「ふたりのあいだに、誰かほかの者が割りこんできたんじゃないだろうか。わたしにはそう思える」

「ほかの女か」サー・リチャードは考えこんだ。

「そうだとも。あの夜、デレクはむやみにはしゃいでいた。幸運に酔っているみたいだった。それと同時に――うまく説明できないんだがね――妙に傲然としていた」

「運命に挑戦する男という感じかな」アレックスがぼそりとつぶやいた。

いまのはデレク・ケイパルのことだろうか、それとも、自分自身のことなのだろうか――サタスウェイトはアレックスに目をやりながら考えた。そして、どうやら後者のほうらしいと判断した。そう、いまのことばは、アレックス自身のことなのだ。運命に挑戦する男――それは彼自身なのだ。

酒のせいでいくぶんか鈍くなっていた意識がアレックスのことばに反応し、サタスウェイトに彼のひそかな役割を思い出させた。

サタスウェイトは目をあげた。彼女はまだ二階の手すりの陰にいる。眼下の光景を見守り、聞き耳を立てている。身じろぎもせず、凍りついたようなその姿は、まるで死人のようだ。

「そうだったな」サー・リチャードはいった。「ケイパルはひどく高ぶっていた――奇妙に思えるほどに。大金を賭けて大勝負に出た者がまんまとひとり勝ちしたような、とでもいおうか」

「決心をつけるために、自分で自分を奮いたたせようと、から元気をだしていたのでは?」アレックスがほのめかす。

自分のことばに触発されたかのように、アレックスは立ちあがってデカンタに手をのばし、ウィスキーをグラスについだ。

「とんでもない」イーヴシャムはきっぱりと否定した。「そんなようすではなかったと断言できる。サー・リチャードのほうが正しい。いちかばちかの賭けに勝ち、その幸運が信じられずにいるように見えたというほうが当たっている。いかにもそんな態度だった」

サー・リチャードは肩を落とし、沈んだ口ぶりでいった。「それなのに、十分後には――」

誰もが黙りこんだ。

イーヴシャムは片手でどんとテーブルをたたいた。「あの十分間に、なにかが起こったにちがいない。そうに決まっている!　だが、なにが起こったんだ?　よし、じっくりと思い出してみよう。わたしたちは話をしていた。そのさなか、ケイパルはふいに立ちあがり、部屋を出ていった――」

「なぜです?」クィンが訊く。

唐突な質問に、イーヴシャムは虚を衝かれたようだ。「なんですって?」

「なぜかとお訊きしただけです」クィンは答えた。

イーヴシャムはなんとか記憶をたぐろうと、眉根を寄せて考えこんだ。「あのときはそれほど重要なことだとは思わなかったんだが――うん、そうだ、郵便が来たんだ!　郵便配達の鈴の音が聞こえたんで、みんな大喜びしたじゃないか。そうそう、あのときは、三日間も雪に閉じこめられていた。何年ぶりかの大雪だったんでね。道路という道路は通行不能になり、新聞も郵便物も来なかった。ケイパルはようやく通行可能になったのか確かめようと表に出て、相当な量の郵便物を受けとった。三日分の新聞と手紙の束だ。ケイパルはなにかニュースはないかと新聞を広げた。そして手紙の束を持って二階にあがっていった。三分後、銃声が聞こえた……不可解だ。まったくわけがわからない」

「不可解ではありませんよ」アレックスがいった。「思いがけない悪い知らせが届いたんだ。ぜったいにそうですとも」

「いやいや。あのとき、わたしたちがそれほど明白な事実を見逃したとは思えない。検死審問でも、検死官からまっさきにその質問が出たよ。だが、ケイパルは手紙を一通も開封していなかった。化粧台の上に、未開封の手紙の束が置いてあった」

アレックスはがっかりしたようだが、めげずに自説にこだわった。「一通も開封されていなかった、というのは確かですか？　読んでから破棄したのでは？」

「いや、それはない。もちろん、それなら、誰もが納得のいく説明となっただろう。だが、そうではなかった。手紙は一通も開封されていなかったんだ。燃やされた手紙もなければ、引き裂かれた手紙もなかった。第一、暖炉には火が焚かれていなかった」

アレックスは頭を振った。「へんですね」

「背筋が凍るような出来事だったよ」イーヴシャムは低い声でいった。「銃声が聞こえたとたん、わたしとサー・リチャードはケイパルの部屋に駆けつけて、彼をみつけた。目を疑う光景だった」

「手のほどこしようがなく、警察に電話するしかなかったんですね」クィンが訊いた。

「当時、ロイストンにはまだ電話線が引かれてなかったんですよ。ここを買ったときに、わたしが電話をつけたんです。だが、あのときは幸運でした。たまたま、地元の警察署の警官が厨房に来ていたんです。なあ、ディック、ケイパルの老犬、ローヴァーを憶えているだろう？　その犬が前日に行方不明になっていましてね。吹きだまりになかば埋もれているのを、通りすがりの荷馬車の御者がみつけて、警察に連れていったんです。警官たちはそれがケイパルの犬で、ケイパルが特にかわいがっている犬だと知っていました。それで、わざわざ、ローヴァーを連れてきてくれたというわけです。警官が来たのは、銃声が響く、ほんの一分ほど前でした。おかげで、どうやって警察に通報するか、悩まずにすんだんです」

「ああ、あのときは何日もすごい吹雪がつづいたな」サー・リチャードは追憶に浸るようにいった。「ちょうどいまごろじゃなかったか？　一月の初め」

「二月だったと思うがね。そうだ、あのあとすぐに外国に行ったじゃないか」

「いや、一月だった。わたしの狩猟犬のネッドを憶えているだろう？　あいつを訓練していたのは一月の末だった。あの事件のすぐあとぐらいだ」

「それなら一月の末だったにちがいない。困ったものだ、年月がたつと、正確な日にちを思い出しにくくなる」

「それはほかのなによりも厄介なことですね」クィンはものやわらかにいった。「社会的に大きな出来事でもあったのなら、それが、いわば、標識になるんですが。たとえば、どこかの王さまが暗殺されたとか、世間でも評判になった殺人事件の裁判があったとか」

「ああ、そうだ！」サー・リチャードが大きな声を出した。「アップルトン事件が発覚する直前だった！」

「直後じゃなかったか？」とイーヴシャム。

「いやいや、憶えてないかね？　ケイパルはアップルトン夫妻を知っていた。あの前年の春に、アップルトン家に滞在していたんだ――アップルトン老人が死ぬ一週間前に。ある夜、ケイパルは老人のことを話題にしてね、いやなじじいだ、あんなに若くて美しい夫人があんな老いぼれに縛りつけられているなんて、まったくひどい話だといっていた。世間では、彼女が夫にがまんできなくなったにちがいない、と、もっぱらの評判だった」

「うむ、そうだったな。思い出したよ、遺体発掘許可がおりたという新聞記事が出ていた。うん、そうだ、あの日にその記事を読んだんだ――あのとき、わたしの意識の半分はデレクの死に、あとの半分はその記事に占められていたようだな」

「それもよくあることですが、考えてみると、きわめて奇妙な現象ですね」クィンがいった。「強い緊張にさらされているときに、さして重要ではないことに意識が向き、しかも、それをずっとあとになっても忘れない。精神的に緊張しきっているため、ささいなことでも意識に深く刻みこまれるからなんでしょうね。たとえば壁紙の模様とか、どうでもいいことが記憶に残ってしまう。しかも、その記憶は決して消えない」

「あなたがそうおっしゃるとは、じつに不思議ですな、ミスター・クィン」サー・リチャードがいった。「あなたの話を聞いているうちに、あのときのデレクの部屋に引きもどされました。床にデレクが倒れている——窓の外に大きな木が立っている——積もった雪の上にくっきりと木が影を落としている。そう、月の光、積もった雪、木の影——ありありと見えます。いまこうして、絵を描けるぐらいはっきりと目の前に浮かんでくるのに、そんな光景を見たことを、いまのいままで、きれいさっぱり忘れていた」

「彼の寝室は、玄関の上の広い部屋ではありませんでしたか?」クィンは訊いた。

「そうです。窓の外の木はブナの大木で、玄関の前に立っていました。環状のドライブウェイが、玄関前で直線になっている角のところです」

その返事に満足したように、クィンはうなずいた。

サタスウェイトは奇妙な胸のうずきを覚えた。クィンのことばのひとつひとつ、声の抑揚、そのどれもがなんらかの目的に沿っているのはまちがいない。みんなの会話をある方向に導いていこうとしている——どんな方向なのか、サタスウェイトにはわからないが、導き手が誰なのかは明白だ。

つかのま沈黙がおりたあと、イーヴシャムが口を開いた。「アップルトン事件。うん、すっかり思い出した。大騒ぎになったよな。彼女は無罪放免となった。とても美しいひとだった——金髪の美人だった」

反射的に、サタスウェイトは目をあげて、二階の回廊の手すりの陰にうずくまっている女性の姿を確認した。そのひとが突風に吹かれたように身をちぢめたのは、サタスウェイトの目の錯覚か、それとも、ほんとうにそうだったのか。彼女の手が、かたわらのテーブルに掛かっているクロスをつかもうとして上にのび、その途中でためらって止まってしまったように見えたが、それもまた、そんな気がしただけなのか。

ガラスがテーブルにぶつかる音が響いた。アレックス・ポータルがまたもやウィスキーをつごうとして手をすべらせ、デカンタを倒したのだ。

「いや、どうもすみません。どうかしてる……」アレックスはあわててデカンタを立てた。

イーヴシャムはしきりにあやまっているアレックスを制した。「かまわないよ。気にしなくていい。それにしても不思議だ——いまの音で思い出したんだ。彼女がそうしたんじゃなかったっけ？　ミセス・アップルトンのことだよ。彼女がポルトワインの入ったデカンタを割ったんじゃなかったか？」

「そうだ」サー・リチャードがうなずく。「アップルトン老人は毎晩、ポルトを飲んでいた——グラスに一杯だけ。老人が亡くなった翌日、夫人は部屋から持ちだしたデカンタを故意に割った。それを召使いのひとりが見ていた。当然ながらそれは噂になった。夫のせいで夫人がみじめな思いをしていることを、召使いたちはよく知っていたからな。噂は噂を呼び、ついに遺体発掘許可がおりた。そして、毒を盛られたことが判明した。砒素《ひそ》だったか？」

「いや、ストリキニーネだったと思う。しかし、そんなことはどうでもいい。ともかく、毒殺だったんだ。それをなしえた人物はただひとり。ミセス・アップルトンは被告として法廷に立った。有無をいわせないほど確実な無実の証拠があったというよりは、有罪の決め手となる証拠が不充分だったために、無罪となった。いわば、幸運が味方したというわけだ。そうだな、わたしは彼女がやったにちがいないと思っているよ。無罪放免になったあと、彼女はどうしたんだろう？」

「カナダに行った。いや、オーストラリアだったかな？　どちらかにおじさんだかなんだかがいて、彼女を呼びよせたんだ。ああいう状況では、彼女にとって、いちばんいい身の振りかただったといえるな」

サタスウェイトは気づいた——アレックスがグラスをきつく握りしめていることに。力をこめているのがわかるほどきつく。

気をつけないと、グラスが割れてしまうぞ——サタスウェイトは案じた。そして内心でひとりごちた——それにしても、じつに興味ぶかい展開になったな。

イーヴシャムは立ちあがり、デカンタを手にして、自分のグラスにウィスキーをついだ。

「それにしても、デレク・ケイパルがなぜ自分の頭に銃弾を撃ちこんだか、その理由はまだ謎のままだ。わたしたちの審問会は成功とはいえないようですな、ミスター・クィン」

クィンは笑い声をあげた。

揶揄《やゆ》するような、それでいて哀しげな、奇妙な笑い声に、全員がぎょっとした。

「失礼しました」クィンはいった。「ミスター・イーヴシャム、あなたはまだ過去に縛られていますね。ご自分の先入観にとらわれている。しかし、このわたしのような外部の者には、通りすがりの第三者には、はっきりと見えます――事実が！」

「事実？」

「そう、事実です」

「どういう意味ですかな？」イーヴシャムは訊きかえした。

「わたしには、いくつもの事実がつながって一本の線となっているのがわかります。あなたがたはあらましの事実をごぞんじなのに、その重要性に気づいていらっしゃらない。さあ、十年前に遡《さかのぼ》って、なにが見えるか、目を凝らしてください。各自の思いや感傷は抜きにして」

クィンは立ちあがった。いやに背が高く見える。彼の背後で、暖炉の薪の炎が躍っている。

「夕食の席です。デレク・ケイパルは婚約したと告げます。当時、あなたがたは、相手はマージョリー・ディルクだと思った。しかし、いま現在は、そうだと確信しきれない。あの夜のケイパルは運命に挑戦し、それに打ち勝ったかのように興奮し、上機嫌だった。あなたがたのことばを借りれば、いちかばちかの大勝負に出て、ひとり勝ちしたかのようなはしゃぎようだった。

それから、郵便配達の鈴の音が聞こえた。ケイパルは外に出ていき、大雪のせいで配達が遅れていた、新聞と郵便物の束を抱えてもどってきた。ケイパルは手紙は一通も開封しなかったが、ニュースを読もうと新聞を開いたと、あなたがたはおっしゃった。十年前のことです。いまとなってはもう、その新聞にどんなニュースが載っていたかはわかりません――遠い異国で大きな地震が起こったのか、政治的危機が間近に迫っていたのか。唯一、わたしたちにわかるのは、その新聞に小さな記事が出ていたことです――内務省がミスター・アップルトンの遺体発掘を許可した、という記事です」

「なんですと?」

クィンは話をつづけた。「デレク・ケイパルは二階の自室に行き、二階の窓からなにかを見た。サー・リチャードのお話から、窓のカーテンは閉まっていなかったので、ドライブウェイが見えたことがわかりました。ケイパルはなにを見たのか? みずから命を断つしかないとまで彼を追いつめたものは、いったいなんだったのか?」

「どういうことだ? デレクはなにを見たというんです?」

「警官の姿でしょうね」クィンはいった。「迷子になっていた犬を連れてきた警官。しかしデレク・ケイパルはそのことを知りません。彼に見えたのは、警官の姿だけだったのです」

しばらく沈黙がつづいた――クィンのいったことが頭にしみこむのに、それなりの時間がかかるとでもいうように。

「まさか!」ようやくイーヴシャムがつぶやくようにいった。「それはないんじゃないか? アップルトン事件? しかし、アップルトンが死んだとき、彼はその場にいなかったんですよ。老人とその妻しか――」

「ですが、アップルトン老人が亡くなる一週間前に、ケイパルはその家に滞在していた。ストリキニーネは塩酸塩《ヒドロクロリド》の状態でなければ溶解しにくいものです。ポルトワインに投入された場合、その大部分はデカンタの底に溜まる。それが最後の一杯分としてグラスにつがれ、飲みほされる。およそ一週間ほどあとに」

アレックス・ポータルがぐっと身をのりだした。声はかすれ、目が血走っている。「なぜ彼女はデカンタを割ったんですか？　いってください！」

その夜初めて、クィンはサタスウェイトに声をかけた。「ミスター・サタスウェイト、あなたは人生経験が豊富でいらっしゃる。あなたなら、納得のいく説明をしてくださるのでは？」

サタスウェイトはかすかに震えた。ついに彼の出番がきたのだ。ドラマのなかで、もっとも重要なセリフを述べるきっかけ《キュー》を与えられた。いまの彼は舞台の上の俳優なのだ――観客ではなく。

「わたしが思うに」サタスウェイトはひかえめな口ぶりでいった。「彼女は――そう、デレク・ケイパルに心を寄せていたんです。ですが、彼女は良識のあるご婦人です。なので、彼を近づけなかった。そして、夫が亡くなったとき、彼女は真相に気づき、愛した男を守るために不利な証拠を消そうとした。後日、ケイパルに根拠のない疑惑だと説得され、彼女もいったんは求婚を受け容れました。とはいえ、どうしても結婚に踏み切れなかった――女性には鋭敏な本能があるからでしょうね」

サタスウェイトは彼の役割を終えた。

ふいに、長い吐息が空気を震わせた。

「うん?」イーヴシャムが驚きの声をあげた。「いまのはなんだ?」

サタスウェイトは二階の回廊にエレノアがいると教えることもできたが、彼の美意識が、ドラマチックな効果を損ねることを許さなかった。

クィンはほほえんだ。「もう車の故障も直ったことでしょう。おもてなしを感謝します、ミスター・イーヴシャム。友人のために、わたしがなんらかの役に立ったのならいいのですが」

男たちはぽかんとしてクィンをみつめた。

「あの事件の別の見方は、みなさんを驚かせてしまいましたか?」クィン話をつづけた。「彼はあのご婦人を愛していました。彼女のためなら殺人も辞さないほど愛していたのです。しかし、早とちりだとはいえ、罪の報いを受けるときがきたと見てとるやいなや、みずから命を断ちました。そんな気はなかったにしろ、自分のせいで、彼女を窮地に追いこんでしまうことになったからです」

「しかし、彼女は無罪になった」イーヴシャムはつぶやいた。

「それというのも、有罪と裁定できる決定的な証拠がなかったからです。思うに――いえ、わたしの想像にすぎませんが――彼女はいまだに窮地に立っているのではないでしょうか」クィンはいった。

アレックスはぐったりと前かがみになり、両手に顔を埋めた。

クィンはサタスウェイトに目を向けた。「さようなら、ミスター・サタスウェイト。あなたはドラマがお好きなんですね」

サタスウェイトはうなずいた――いささか驚きの面持ちで。

「ハーリクィンの舞台をごらんになることをお勧めしますよ。あの無言劇はいまはもうすたれかけていますが、再度目を向ける価値があります。あのドラマの象徴的な意味は、少しばかりわかりにくいけれど、不滅のものが消え失せてしまうことはありえません。

ではみなさん、おやすみなさい」

みんなは暗い外に出ていくクィンを見送った。背を向けた彼の姿を、今度もまたステンドグラスが、一瞬、虹色に染めた……。

サタスウェイトは二階にあがった。部屋の空気が冷えているので、窓を閉めようと窓辺に行った。ドライブウェイに向かおうとするクィンの姿が見える。屋敷の横手のドアから、女性がひとり走りでてきた。ほんのつかのま、ふたりはことばを交わした。そのあと、女性は屋敷にもどろうと歩きだした。女性が窓の下にさしかかったとき、その顔にいきいきとした活気があふれているのがわかり、サタスウェイトは目をみはった。彼女の歩きかたも、幸せな夢のなかにいるかのようだ。

「エレノア！」

アレックス・ポータルが彼女を迎えた。「エレノア、許してくれ、どうか許してくれ。きみの話はほんとうだった。なのに、すまない、ぼくはどうしても信じられなくて……」

サタスウェイトは人々のドラマにひとかたならぬ関心をもつが、同時に、根っからの紳士でもある。その精神が窓を閉めるべきだと主張している。

サタスウェイトは窓を閉めた。ごくゆっくりと。

彼女の声が聞こえる――形容しがたいほど美しくて繊細な声が。

「ええ、わかっているわ。あなたは地獄にいた。わたしもそう。愛しているというのに、信じる気持と疑う気持とがせめぎあい、いくらはらいのけても、また、疑いが顔をもたげてくる……わかっているわ、アレックス……でも、それよりももっとひどい地獄が待っていた――あなたと暮らす日々がそうだった。あなたがわたしを疑っているのを、わたしを恐れているのを、毎日、わたしは目の当たりにした。それはわたしたちの愛に毒をそそぎこんだ。でも、あのかたが、偶然に訪ねてこられた行きずりのかたが、わたしを救ってくださった。わたしはもう耐えられなくなっていたの。今夜……今夜、わたしは死ぬつもりだったのよ……アレックス……ああ、アレックス……」

ガラスに映る影

The Shadow on the Glass

「ねえ、聞いてくださいませよ」レディ・シンシア・ドレッジはそういうと、手にした新聞記事を声高に読みあげた。

「今週、アンカートン夫妻はグリーンウェイ邸でパーティを開催。招待客はレディ・シンシア・ドレッジ、リチャード・スコット夫妻、殊勲賞《D・S・O》叙勲者のポーター少佐、ミセス・スタヴァートン、アレンソン大尉、それにミスター・サタスウェイト」

「なんとまあ」レディ・シンシアは新聞をわきに放った。「わたしたち、のっぴきならない羽目に陥ったってところですよ。それにしても、あのひとたち、とんでもないことをしてくれたものだわ」

レディ・シンシアの相手を務めているのは、招待客リストの最後に名前を連ねている、サタスウェイトそのひとだった。サタスウェイトはけげんな目をレディ・シンシアに向けた。

新興成金の屋敷にサタスウェイトが顔を出すのは、料理がずばぬけて美味か、そこでなんらかの人間ドラマがくりひろげられるか、それが期待できるということを意味している。サタスウェイトには、人間の喜劇や悲劇に、異様なほど興味をもつ性癖があるからだ。

いかつい顔だちに厚化粧をした中年のレディ・シンシアは、膝に置いた最新流行のパラソルで、サタスウェイトを軽くたたいた。

「わたしの話がさっぱりわからないなんてふりをするのは、およしあそばせ。ちゃんとわかっていらっしゃるくせに。ここにいらしたのも、その目で大騒動をごらんになるためでしょ！」

サタスウェイトは力をこめて否定した。じっさいのところ、レディ・シンシアがなんの話をしているのか、見当もつかなかったのだ。

「リチャード・スコットですよ。彼のことも知らないというおつもり？」

「いや、もちろん、知ってますとも。猛獣専門のハンターでしょう？」

「そのとおり――歌にもあるとおり、〝大きな熊や虎〟なんかばかりを狙うかた。いまはご自身が大きなライオンなんですよ。アンカートン夫妻は彼を捕まえたくてたまらないの。それに、彼のおくさま！　あどけない、かわいらしいかた！　そうなのよ、とても純真で、まだ二十歳。彼のほうは少なくとも四十五歳にはなっているはずですけどね」

「確かに、ミセス・スコットはとてもかわいらしいですね」サタスウェイトはまじめくさって答えた。

「ええ、かわいそうに」

「どうしてかわいそうなんです？」

レディ・シンシアは咎めるような目でサタスウェイトを一瞥《いちべつ》すると、彼女なりのやりかたで話の核心に近づいていった。

「ポーター少佐はとりたててどうってことはないかたよ。ちょっと鈍感な犬みたいですけど、彼もまたアフリカで猛獣狩りをなさるハンターでね、まっ黒に日焼けして、とっても寡黙《かもく》。リチャード・スコットが第一ヴァイオリンだとすれば、少佐は第二ヴァイオリン。ほら、生涯の友とかいうでしょ、あのふたりはそれよ。そういえば、あの旅行にもいっしょに行った——」

「どの旅行です？」

「あの旅行よ。ミセス・スタヴァートンとの旅行。あなた、今度は、ミセス・スタヴァートンなんて知らないというおつもりでしょ」

「ミセス・スタヴァートンのことなら、承知しています」サタスウェイトはしぶしぶ認めた。

レディ・シンシアとサタスウェイトは目と目を見交わした。

「アンカートン夫妻ときたら」嘆かわしそうな口ぶりだ。「どうしようもないひとたち——ええ、社交的にという意味ですよ。あのふたりを招くなんて！　あなただって、ミセス・スタヴァートンがスポーツウーマンで旅行家だということや、ご著書のこともごぞんじでしょ？　アンカートン夫妻みたいなひとたちは、なにかするときに、どんな危険をともなうかなんて、これっぽっちも考えないんです。去年、わたしはあのひとたちとごいっしょしたんですけどね、わたしがどんな思いをしたか、誰にもわからないでしょうよ。あのふたりにつきっきりで、〝そんなことをしてはだめ！〟とか、〝それはできません！〟とか、いちいちいってやらなくちゃならなくて。ありがたいことに、いまは、そういうおつきあいをしなくてすんでますけどね。いいえ、べつにけんか別れをしたわけじゃないんです。けんかなんて、とんでもない！　でも、傍《はた》から見れば、そう見えるかも。いつもいってますけど、わたしは粗野なのはがまんできますが、卑劣なのは許せないんです！」

謎めいたことばを口にしたあと、レディ・シンシアは黙りこみ、否応なく見せつけられた、アンカートン夫妻の卑劣さを思い返していた。

ほどなく、レディ・シンシアはまた口を開いた。「まだあのふたりになにかいう気力があれば、きっぱりと、率直にいったでしょうね――ミセス・スタヴァートンとリチャード・スコットを会わせてはいけません、かつてあのふたりは――」

レディ・シンシアはことばを切って、あとを雄弁な沈黙に任せた。

「かつてなにがどうだったんですか？」サタスウェイトは訊いた。

「まあ、いやだ！　有名な話じゃありませんか。アフリカ奥地への旅行ですよ！　あの女《ひと》が今回の招待を受けたと聞いて、ほんとうに驚きました」

「おそらく、彼が来るのを知らなかったんでしょう」サタスウェイトはいった。

「おそらく、知っていましたよ。ありそうなことです」

「とおっしゃると――？」

「彼女は危険な女です。なにごとにも躊躇《ちゅうちょ》しない。この週末のことを考えると、わたしは自分がリチャード・スコットでなくてよかったと思いますよ」

「で、彼のおくさんはなにも知らない？」

「それは確かです。でも、遅かれ早かれ、友人とやらが親切ごかしに教えてしまうでしょうね。

あら、ジミー・アレンソンが来るわ。とてもいい青年よ。去年の冬、エジプトに行ったとき、彼に命を救われたの。なにせ、退屈で退屈で死にそうになっていたので——。こんにちは、ジミー、さあ、こちらにいらっしゃいな」

ジミー・アレンソン大尉はいわれたとおりに、レディ・シンシアのそばの芝生に腰をおろした。三十歳ぐらいのハンサムな男で、白い歯と、見ている者がつられてしまうような笑顔の持ち主だ。

「必要とされるのはうれしいですね」大尉はいった。「スコット夫妻は二羽のキジバトみたいに仲がよくて、三羽目は邪魔みたいだし、ポーター少佐はスポーツ誌の『フィールド』に夢中なので。ひとりでいたら、女主人《ホステス》のおもてなし攻勢にさらされて、たじたじとなってたんです」

アレンソン大尉は笑い、レディ・シンシアも笑った。しかし、いささか古風なところのあるサタスウェイトは、滞在中の家の主人や女主人を揶揄《やゆ》するようなまねはできず、まじめくさった顔を崩さなかった。

「まあ、たいへんだったわね、ジミー」レディ・シンシアはいった。

「考える前に飛べというのがぼくのモットーでして。この屋敷に伝わる幽霊譚が始まりかけたんで、命からがら逃げてきたんですよ」

「アンカートン家の幽霊ですって？」レディ・シンシアは興味をもったようだ。「おもしろそうですこと」

「いや、アンカートン家の幽霊ではありません」サタスウェイトは口をはさんだ。「グリーンウェイ家の幽霊です。この屋敷の前の持ち主ですよ」

「ああ、そうでした」レディ・シンシアはうなずいた。「思い出したわ。でもあれは、鎖を引きずる音がするとかなんとかって話ではなかったわね。窓がどうとかいうんじゃなかったかしら」

アレンソン大尉はすばやく目をあげた。「窓、ですか?」

しかし、サタスウェイトはすぐには返事をしなかった。芝生にすわっているアレンソン大尉の頭越しに、屋敷のほうからこちらに向かってくる三つの人影を見ていたからだ。ほっそりした女性が男ふたりにはさまれている。遠目には、男ふたりはよく似ている。ふたりとも背が高く、顔はブロンズ色に日焼けして、よく動く目をもっている。だが、ふたりが近づいてくるにつれ、その類似点は消えてしまった。狩猟家で探検家のリチャード・スコットは、見るからに強烈な個性の持ち主だとわかる。身のこなしひとつとっても、ひとの目を惹きつける磁力を放っている。一方、スコットの友人であり、狩猟仲間のジョン・ポーター少佐はがっちりした体格で、表情があまり動かない木彫りのような顔だが、灰色の目は思慮ぶかそうだ。もの静かな性格で、つねに友人から一歩退《ひ》いた位置にいることを良しとしている。

ふたりの男にはさまれているのは、モイラ・スコットだ。三カ月前まではモイラ・オコンネルだった。ほっそりした体つきに、哀愁を帯びた大きな褐色の目。金色がかった赤い髪が聖人の光輪のように小さな顔をふちどっている。

サタスウェイトは思った――まだ子どもも子どもしたあの若い女を、つらいめにあわせてはならない。あんなひとにつらい思いをさせるなんて言語道断だ。

レディ・シンシアはパラソルを振って三人を迎えた。「さあ、ここにすわって、おとなしくお聞きなさい。ミスター・サタスウェイトが幽霊譚をしてくださってるところなの」

「幽霊話って、好きですわ」そういって、モイラは芝生にすわった。

「グリーンウェイ家の幽霊のことですか?」リチャードが訊く。

「そうですよ、あの話をごぞんじなの?」レディ・シンシアは訊きかえした。

「むかし、この屋敷に滞在したことがありますから」リチャードはいった。「エリオット・グリーンウェイが屋敷を売りに出す前ですが。〈みつめる騎士〉。確か、そうですよね?」

「〈みつめる騎士〉」モイラがやさしい口調でくりかえした。「すてきね。おもしろそう。どうぞお話をつづけてくださいな」

しかしサタスウェイトは気乗りがしないようすだった。そしてモイラに、決しておもしろい話ではないと釘を刺した。

「でも、もう話を始めたんでしょう、サタスウェイト」リチャードは茶化すようにいった。「ここで渋る手はありませんよ」

みんなにせがまれて、サタスウェイトはしかたなく話をつづけることにした。「ほんとうに、決して愉快な話ではないんですよ」弁解がましく前置きをする。「もともとは、十七世紀、エリオットの先祖である騎士に関する話です。騎士の妻には円頂派の愛人がいました。夫である騎士は、妻の愛人対立したためにそんな蔑称で呼ばれていた、議会派のひとりです。夫である騎士は、妻の愛人に二階の部屋で殺されてしまいました。罪をおかしたふたりは逃げ出したのですが、逃げる途中で、ふと屋敷をふりかえると、窓から死んだ騎士がふたりをみつめていたんです。それがいつたえとなったのですが、幽霊は特定の部屋の特定の窓ガラスにしか現われません。そのガラスも、間近では、なんだかぼんやりと曇っているようにしか見えないんですが、遠くからだと、男の顔が浮きあがって見えるんです」

「どの窓なんですの？」モイラは屋敷を見あげた。

「ここからは見えません」サタスウェイトはいった。「向こうっかたにまわらないと。でも、ずいぶん前に内側から板をあてて、ふさいでしまいました——正確にいえば、四十年前に」

「どうしてふさいでしまったんですの？　あなたのお話によれば、その幽霊は歩きまわったりしないんでしょう？」

「そう、そのとおり」サタスウェイトはモイラにうなずいてみせた。「そうですな——噂がおおげさに広まって幽霊譚になった。それだけのことですよ」

サタスウェイトは会話の流れを巧みに変えた。アレンソン大尉は待ってましたとばかりに、エジプトの砂占いの話を始めた。

「詐欺なんですよ、たいていは。相手の過去について、どうとでも取れるようなことをいうだけで、未来についてはなにも語ろうとしないんだ」

「逆なのかと思っていたよ」ポーター少佐がぼそりといった。

「あの国では未来のことをいうのは御法度だったんじゃないかな」リチャードがいう。「モイラが一シリングでジプシーの占い師に未来を見てほしいとせがんだが、占い師は金を返してよこして、占えない、なにもわからないといったんだよ」

「たぶん、なにか恐ろしい未来が見えたんで、わたしにいいたくなかったんでしょうね」とモイラ。

「取り越し苦労はおやめなさい、ミセス・スコット」アレンソン大尉が明るくいった。「あなたの行く手に不幸な運命が待っているなんて、ぼくはぜったいに信じませんよ」

サタスウェイトは思った——それはどうだろう。そういいきれるのだろうか……。

サタスウェイトは目をあげた。屋敷のほうから女性がふたり、こちらにやってくる。黒髪で背が低くてぽっちゃりしたほうは、まったく似合わない翡翠《ひすい》色の服を着ている。背が高くてすらりとしたほうは、クリーム色がかった白の装《よそお》いだ。前者はこの家の女主人のミセス・アンカートン。後者のほうは、サタスウェイトも噂をよく耳にしているが、本人に会うのは初めてだ。

「こちらはミセス・スタヴァートン」ミセス・アンカートンはいかにも満足そうにいった。「これでみなさん、おそろいね」

「きついことを平気でいう才能の持ち主が勢ぞろいってわけね」レディ・シンシアはそっとつぶやいた。

サタスウェイトはそのつぶやきを聞いていなかった。ミセス・スタヴァートンを観察していたのだ。少しも気どっていない。じつに自然な態度だ。

ミセス・スタヴァートンは軽やかな口調でいった。「こんにちは、リチャード、おひさしぶり。結婚式に出席できなくてごめんなさい。こちらがおくさま？　ご主人の日焼けした古い友人にばかり会うのは、もううんざりなさってるでしょうね」

モイラの応対は、はにかんではいたが、なかなかみごとだった。

モイラより年上の女は、すばやく値踏みするように、古い友人に目を向けた。「こんにちは、ジョン」やはり軽やかな口調だが、微妙に変化している――前にはなかった警戒心がちらりと顔をのぞかせているのだ。そしてふいに、その顔に微笑が浮かんだ。一瞬にして、印象が変わる。

レディ・シンシアのいったとおりだ。まさに、危険な女！　とても美しい。目は深みのある青。だが、男を蠱惑《こわく》する伝説の魔女セイレーンとは異なる魅力の持ち主だ。表情はむしろ静謐《せいひつ》で、やつれているように見える。語尾を引きずるようなものうい口調。意表を衝くようにふいに浮かぶ、きらめくような微笑。

アイリス・スタヴァートンは芝生に腰をおろした。ごく自然に、かつ、必然的に、彼女がその場の中心となった。いつもそうなのだろう。

ポーター少佐に少しぶらつこうと誘われ、サタスウェイトはもの思いから覚めた。そぞろ歩きは特に好きではないが、サタスウェイトは少佐の誘いにのった。ふたりはぶらぶらと歩きはじめた。

「先ほどの話はおもしろかった」ポーター少佐はいった。

「例の窓を見てみましょうか」サタスウェイトはいった。

屋敷の反対側にまわる。そこには、小さいけれども様式にのっとった庭園——内庭——があった。内庭と呼ばれているのには理由がある。四方を高いヒイラギの生け垣に囲まれていて、なかに入るには、トゲトゲした葉の密生する生け垣のあいだの、ジグザグに造られた小径を行くしかないからだ。

なかに入ってしまえば、旧世界の作庭の魅力を満喫できる。むかしながらの花壇、平たい敷石の小径、精緻《せいち》な彫刻がほどこされた石造りの低いベンチ。庭の中央まで行くと、サタスウェイトはふりむいて、屋敷のある一点を指さした。

屋敷は南北に長く、西翼の短い壁には窓がひとつしかない。二階にあるその窓はほとんど蔦《つた》でおおわれ、枠で仕切られた数枚のガラスも汚れている。薄汚れたガラスの向こうに、窓をふさいでいる板が見える。

「ほら、あれです」サタスウェイトはいった。

ポーター少佐はくびをのばして窓を見あげた。「ふむ、ガラスの一枚が、なんだかほかのとちがっているように見えるが、それしかわからん」

「ここだと、ちょっと近すぎるようですな」サタスウェイトはいった。「林のなかにちょっと小高い空き地があって、そこからだとはっきり見えますよ」

ふたりは内庭を出て左に曲がり、林に向かった。サタスウェイトは問題の窓をどうしても少佐に見せてやりたいという、一種の見世物師的な熱意に駆られていたため、少佐がうわのそらで、なにやら考えこんでいるようすだということに気づかなかった。

「当然ですが、あの窓に板を打ちつけてふさいだときに、別に新しく窓が造られたんですよ」サタスウェイトは説明した。「新しい窓は南側に面していて、わたしたちがすわっていた芝生が見えるんです。あの部屋がスコット夫妻に割り当てられたのを知っていたので、幽霊譚を話したくなかったんですよ。あの部屋だと聞けば、ミセス・スコットも気持がよくないんじゃないかと心配になりましてね」

「なるほど」少佐はいった。

サタスウェイトは少佐にするどい目を向け、少佐が自分の話をひとことも聞いていなかったことに気づいた。

「非常に興味ぶかい」ポーター少佐は眉間にしわを寄せて、ステッキで丈の高い草——狐の手袋——をなぎはらった。「あのひとは来るべきじゃなかった。来てはならなかった」

ひとはサタスウェイトに心情を吐露《とろ》しがちだ。彼が物事を大仰に受けとらず、万事にひかえめな気質に見えるからだろう。したがって、彼はつねに栄誉ある聞き役にまわっている。

「そう」少佐はいった。「あのひとは来るべきではなかった」

サタスウェイトは直感で、〝あのひと〟がミセス・スコットではないとわかった。

「そうお思いですか?」サタスウェイトは訊いた。

少佐は耐えられないとでもいうように、頭を振った。「あのとき」唐突に思い出話が始まった。「わたしたちは三人で旅をしていた。スコットとわたしとアイリスと。彼女はすばらしい女性だ——それに、射撃の腕前もみごとなものだった」ふっと息を継ぐ。「なぜ彼女を招いたんでしょうな？」これまた唐突な質問だった。

サタスウェイトは肩をすくめた。「なにも知らないからでしょう」

「なにかトラブルが起こる」少佐はいった。「用心すべきだ――そして、何事も起こらないように、よくよく気をつけておかねば」

「ですが、ミセス・スタヴァートンは――」

「スコットのことをいっているんですよ」ポーター少佐は少し黙りこんでから、また口を開いた。「おわかりでしょう？　ミセス・スコットのことを案じるべきです」

じつをいえば、初めて会ったときから、サタスウェイトはモイラ・スコットのことを案じているのだが、それをここでいう必要はないと判断した。なんといっても、いまのいままで、少佐の頭のなかにミセス・スコットの存在などなかったのは確かだからだ。

「スコットとおくさんの馴《な》れ初《そ》めは？」サタスウェイトは訊いた。

「去年の冬、カイロで。あれよあれよというまの出来事でしたな。出会って三週間で婚約し、六週間で結婚に至ったのですから」

「とてもかわいらしいかたですね」

「そう、そのとおり。彼は女房を心から愛している――が、だからといって、それはなんの足しにもならない」そして、ポーター少佐は前と同じことばをくりかえした。少佐にとってただひとりの女性をさす〝あのひと〟といういいかたで。「あのひとは来るべきじゃなかった……」

そのころには、ふたりは丈の高い草におおわれた小さな丘を下りて、屋敷のすぐ近くに来ていた。またもや見世物師的な熱意に駆られ、サタスウェイトは片手をあげた。「ごらんなさい」

早くも夕闇が迫っているが、窓はよく見えた。羽飾りのついた帽子をかぶった騎士の顔が、窓ガラスに押しつけられている。

「不思議だ」ポーター少佐はいった。「まことに不思議だ。では、窓ガラスが割れたらどうなるのですか?」

サタスウェイトは微笑した。「そこがこの幽霊譚のもっとも興味ぶかいところでしてね。わたしの知るかぎりでは、あのガラスは少なくとも十一回は取り替えられているんです。じっさいにはそれ以上でしょう。最後に取り替えられたのは十二年前。当時の持ち主が伝説を断ち切ろうとしたんです。だが、結果はつねに同じです。必ず影が現われる――いえ、すぐに全体が現われるわけではなく、しみというか、曇りのようなものが現われたかと思うと、徐々にそれが広がっていくのですよ。通常、一カ月か二カ月ぐらいかかりますが」

ここで初めて、少佐は本気で興味をもったようだ。ぶるっと体が震えた。「なんともはや奇妙ですな。説明がつかん。内側から板でふさいであるのはなぜです?」

「あの部屋が不吉だと考えてのことでしょう。イヴィシャム夫妻は離婚直前、この屋敷に住んでいました。スタンリー夫妻はこの屋敷に滞在中、あの部屋を使っていたのですが、夫はコーラスガールと駆け落ちしてしまいました」

少佐は片方の眉を吊りあげた。「なるほど。危険だというわけだ。生命ではなく、倫理が」

サタスウェイトは内心で考えた――そしていま、スコット夫妻があの部屋に……うーむ……。

ふたりは黙りこくったまま、屋敷に向かって歩を進めた。ふたりとももの思いにふけり、会話も交わさずにやわらかい芝生を静かに踏みしめて歩いているうちに、はからずも立ち聞きをする羽目に陥ってしまった。

ヒイラギの生け垣の角を曲がったところで、内庭のなかほどあたりから、アイリス・スタヴァートンの力のこもった張りのある声が聞こえたのだ。「後悔なさるわよ！　きっと！」

それに答える声は低く、はっきりとは聞こえなかったが、リチャード・スコットの声にまちがいない。ふたたび女の声が響いた。はからずも立ち聞きしてしまったふたりは、あとになって彼女のことばを思い出すことになる。

「嫉妬。それはひとを悪魔にするわ。悪魔に。殺意を駆りたてることもあるのよ。リチャード、どうか気をつけて。お願いだから気をつけてちょうだい！」

そのあと、内庭から出てきたミセス・スタヴァートンは、角にいたサタスウェイトたちには気づかず、足早に、悪夢に追いかけられているかのごとく、ほとんど走るようにして屋敷に向かっていった。

サタスウェイトは、またもやレディ・シンシアのことばを思い出した。危険な女。ここで初めてサタスウェイトは、悲劇が、それも避けられない悲劇が、容赦なく迫っていると予感した。

しかし、夜になると、サタスウェイトはそんなふうに感じたことを恥ずかしく思った。なにもかもごくふつうで、楽しい夕べだった。ミセス・スタヴァートンはリラックスしていて、緊張感のかけらもない。モイラ・スコットは気どったところがなく、持ち前の魅力をふりまいている。女性ふたりは親しくなったらしい。リチャード・スコットの頑健な精神は、みじんも揺らいでいないようすだ。

誰よりも気をもんでいるように見えるのは、ぽっちゃりしたミセス・アンカートンで、サタスウェイトに長々と愚痴《ぐち》をこぼした。

「ばからしいとお思いになるかもしれませんが、なんだか胸がざわざわするんですよ。じつは、ネッドにはないしょで、ガラス屋に来てもらうことにしましたの」

「ガラス屋？」

「あの窓のガラスを取り替えてもらおうと思って。いえ、どこがどうというわけじゃないんです。例の噂、屋敷に色を添えるとかなんとかいって、ネッドはとても自慢にしてますけどね。ここだけの話、あたくしはいやなんです、妙な因縁話のない、モダンな窓にしてもらいますわ」

「お忘れですか」サタスウェイトはいった。「それともごぞんじないんですか。いくらガラスを替えても、同じことですよ」

「そうかもしれません。でも、もしそうなら、そんなの自然に反してますよ」

サタスウェイトは片方の眉を吊りあげたが、なにもいわなかった。

「それに、それがどうだというんです？」ミセス・アンカートンは挑戦するようにいった。「ネッドもあたくしも、貧しいわけではありません。毎月、なんなら毎週、ガラスを替えるぐらいの余裕はございます」

こういう挑戦者に、サタスウェイトは初めて出会った。金という力の前に、さまざまなことが踏みにじられ、屈服させられていくのを見てきたので、たとえ騎士の幽霊であっても、この闘いには勝てないのではないかと思った。そして、それはそれとして、不安を隠そうともしないミセス・アンカートンに関心をもった。彼女ですら、ただならぬ緊張感とは無縁ではいられないのだ。彼女はそれが、客たちの個性のぶつかりあいから生じているとは受けとらず、幽霊譚のせいにしているだけだ。

とはいえ、サタスウェイトは幸いにも、この状況に光を投げかける会話の断片を耳にすることができた。二階の寝室に引きあげようと、広い階段を昇っているときに、広間のアルコーヴにすわっているミセス・スタヴァートンとポーター少佐の会話が、ちらりと耳に入ったのだ。

ミセス・スタヴァートンの黄金の声に、かすかないらだちがこもっている。「スコットがここに来るなんて、思いもしなかったのよ。知っていたら、わたしは来なかった。ええ、ジョン、そうですとも。でも、こうして来てしまったからには、いまさら逃げ出すこともできない……」

階段を昇りきると、会話は聞こえなくなった。はて、とサタスウェイトは考えこむ——彼女の話はどこまでほんとうなのだろう？　彼女はスコット夫妻も招待されていることを、前もって知っていたのでは？　この先、どうなるのだろう？

サタスウェイトは頭を振った。

明るい朝の光のなかで、サタスウェイトは、昨夜は少しばかりメロドラマ的な想像をしてしまったと思った。昼間のぴりぴりした雰囲気に緊張していたせいだ——そうだ、そうに決まっている。雰囲気というのは曲者だ。その気がなくても雰囲気に呑まれてしまう。なにか恐ろしいことが起こるのではないかと危惧したのは、神経のせいだ。神経が疲れていたのだ。でなければ、肝臓《かんぞう》かもしれない。そう、そうだ、肝臓だ。二週間ぐらい、カールスバート温泉地で保養するほうがいいかもしれない。

その日の黄昏《たそがれ》どき、サタスウェイトは散歩をしようと思い立った。あの小さな丘に行って、ミセス・アンカートンがあの窓に新しいガラスを入れさせたかどうか見てみようと思い、ポーター少佐を誘う。内心で、くたびれた神経や肝臓のために必要なのは運動だと、自分にいいきかせていた。

サタスウェイトと少佐はのんびりと木々のあいだを歩いた。少佐はいつものように寡黙だ。一方、サタスウェイトは多弁になった。「昨日は少しばかり妄想がすぎたような気がします。そう、なにかトラブルが起こるのではないかと、つい不安になってしまいましてね。つまるところ、冷静であれということですかな。むやみに感情に流されずに」

「そうですな」そういったあと、しばらく黙っていた少佐は、ぽつりとつけくわえた。「文明人ならば」

「どういう意味――?」

「文明とは無縁の地に住んでいる人々は、往々にしてあともどりするものです。先祖返りですよ。ほかのことばでいってもかまいませんが」

ようやく草におおわれた小さな丘の上にたどりついた。サタスウェイトはいくぶん息を切らしている。たとえ低い丘であろうと、斜面を登るのを楽しいと思ったことはない。

例の窓を眺める。顔が見えた。前よりもくっきりと。

「ミセス・アンカートンは思い直したんですかな」

少佐は窓にぞんざいな一瞥をくれただけだった。「アンカートンはかんかんになるでしょうな」冷淡な口調だ。「他家の幽霊であろうと自慢するような男です。せっかく大金を払って、いわくのある屋敷を買ったんです。それを台無しにするようなまねは許さないでしょう」

そういうと、少佐はまた黙りこみ、屋敷ではなく、足もとの草むらをみつめた。「文明というやつは、どうにも危険だと考えたことはありませんか？」

「文明が危険？」サタスウェイトは、少佐の革命的ともいえる発言に衝撃を受けた。

「ええ。文明には安全弁というものがない」少佐はくるっと屋敷に背を向けて丘を下りはじめた。サタスウェイトも少佐にならった。

「いまのことばには当惑してしまって、理解できませんな」サタスウェイトは少佐の歩幅に合わせようと、小刻みに歩を運んだ。「理性のある人々は――」

ポーター少佐は笑い声をあげた。短い、聞く者を不安にさせるような笑い声だった。そして、連れの、良識のある小柄な紳士に目を向けた。「ミスター・サタスウェイト、わたしがつまらないことをいっているとお思いですか？　ですが、嵐がくると警告できる人々がいます。彼らは前兆を読みとれるんですよ。また、トラブルを察知できる人々もいます。ここでもトラブルが起こりそうな気がします、ミスター・サタスウェイト。それもたいへんなトラブルが、いまにも起こるかもしれない。ひょっとすると――」

そこで絶句して、ポーター少佐は急にサタスウェイトの腕をつかんで立ちどまった。張りつめた空気がただようなか、二発の銃声が響き、つづいてひと声、悲鳴があがったのだ。女性の悲鳴だ。

「しまった！」少佐はいった。「ついに！」

少佐は斜面を駆けおりた。サタスウェイトは息を切らしながらも少佐を追った。ふたりは内庭の生け垣に囲まれた芝生に到着した。同時に、屋敷の反対側の角を曲がって、リチャード・スコットとネッド・アンカートンが駆けつけた。四人は内庭の出入り口の左右で立ちどまり、たがいに顔を見合わせた。

「そ、そこから聞こえた」アンカートンはふらふら揺れる手で内庭のなかを示した。

「見てみなければ」ポーター少佐は内庭に入った。ヒイラギの生け垣の最後の角を曲がると、少佐はぎくりと足を止めた。サタスウェイトは少佐の肩越しに、前方をのぞきこんだ。リチャード・スコットは叫び声をあげた。

内庭にはひとが三人いた。そのうちふたりは、石のベンチのかたわらの芝生に倒れている。男と女だ。三人目はミセス・スタヴァートン。ヒイラギの生け垣を背に、倒れているふたりのすぐそばに立ち、目は恐怖に大きくみひらかれていた。右手になにか持っている。

「アイリス」ポーター少佐が呼びかけた。「アイリス！　ああ、なんてことだ！　なにを持っている？」

ミセス・スタヴァートンは自分の右手を見た――不思議そうに、そして、信じられないほど平静な目で。

「拳銃だわ」これまた不思議そうな口ぶりだ。永遠とも思えるほどの時間がたったようだが、じっさいはほんの二、三秒ほど黙っていたあとに、ミセス・スタヴァートンはいった。「これ、拾ったの」

サタスウェイトは、芝生に膝をついているアンカートンとスコットに近づいた。

「医者を」リチャード・スコットは低い声でいった。「医者を呼ばなくては」

しかし、どんな名医であっても、もはや手のほどこしようがないのは明白だった。未来を見ようとしなかった砂占い師に不満たらたらだったジミー・アレンソン大尉と、ジプシーの占い師に未来を占うのを拒否されて一シリングを突っ返されたモイラ・スコット。そのふたりが大いなる静けさをまとって横たわっている。

リチャード・スコットは、手早く妻の遺体をあらためはじめた。鉄の神経をもって、この急場をしのいでいる。初めに叫び声をあげただけで、スコットは我を取りもどしたのだ。

スコットは妻をそっと元どおりに横たえた。「背後から撃たれたんだ」簡潔にいう。「弾丸は貫通している」

次にアレンソン大尉の遺体をあらためる。彼は胸を撃たれたが、弾丸は貫通せず、体内にとどまっていた。

ポーター少佐がスコットにいった。「手を触れてはいけない」きびしい口ぶりだ。「警察には手つかずの現場を見せるべきだ」

「警察か」スコットはつぶやいた。そして、生け垣の前に立っている女を見ると、その目に炎が燃えあがった。女に向かって一歩踏みだしたが、同時にポーター少佐も動き、スコットの行く手をさえぎった。一瞬、決闘をするかのように、生涯の友人として長く親しいつきあいをしてきたふたりの男は、きびしい視線を交わした。

少佐は静かにくびを横に振った。「だめだよ、リチャード。確かにそう見える——だが、ちがう」

スコットは乾いたくちびるを舐め、ことばを絞りだした。「なら、なぜだ？　なぜ彼女があんなものを持っている？」

ミセス・スタヴァートンが生気のない口調でいった。「拾ったんです」

「警察だ」アンカートンは立ちあがった。「警察に連絡しなければ——すぐに。スコット、電話してくれるね？　誰かがここに残っているべきだ——うん、誰かが残っていなくては」

持ち前のひかえめな態度で、サタスウェイトは自分が残ろうと申し出た。アンカートンは見るからに安堵したようすで、サタスウェイトの申し出を受け容れた。

「ご婦人たちに知らせなくては」アンカートンはいった。「レディ・シンシアとわたしの妻に」

内庭にひとり残ったサタスウェイトは、モイラ・スコットの遺体をみつめた。かわいそうに——胸の内でつぶやく——なんと哀れな……。

邪悪な人間のなせる所業に関することわざを思い出す。罪のない妻の死に、夫であるリチャード・スコットにはなんの責任もないのだろうか？　アイリス・スタヴァートンは絞首刑になるかもしれない。そうは思いたくないが、少なくとも、リチャードにも責任の一端を負わせることができるのではないだろうか。人間のなす、邪悪な所業――。

そして、罪もない女がその犠牲となった。

サタスウェイトは深い哀れみの念をもって、芝生に横たわる女の遺体をみつめた。血の気のない小さな顔はもの思わしげで、くちびるにはまだうっすらとほほえみをとどめている。乱れた金髪、きゃしゃな耳。耳たぶにぽっちりと血がついている。探偵になったような気持が湧きおこり、サタスウェイトは、彼女が倒れたときにイヤリングがはずれて飛んだのだろうと推測した。その場を動かずに、くびだけをぐっとのばしてみる。やはりそうだ。遺体のもう一方の耳には、小粒の真珠《しんじゅ》のイヤリングがついていた。

かわいそうに、なんと哀れな……。

「さて、みなさん」書斎に集めたみんなを前にして、ウィンクフィールド警部はいった。四十歳を少し出たあたりの警部は、目つきがするどく、精力的な男のようだ。この家の客たちを尋問して、事態を把握しようとしている。警部がポーター少佐とサタスウェイトの供述に耳をかたむけているあいだ、ネッド・アンカートンは椅子にぐったりと沈みこみ、とびだしそうな目で、まむかいの壁をにらんでいた。

「わたしが理解したかぎりでは」警部は話をつづけた。「あなたがたは散歩をしていた。屋敷にもどろうと、いわゆる内庭の左側の角を曲がった先にある、小さな丘を下りはじめていた。

まちがいありませんね？」

「まちがいありません、警部」

「すると、銃声が二度聞こえて、女性の悲鳴も聞こえた？」

「そうです」

「それで、おふたりとも駆けだした。林を抜けて、内庭の出入り口に向かった。誰かが内庭を出ようとしても、出入り口はひとつしかない。ヒイラギの生け垣を通り抜けることは不可能だ。内庭から出てきた誰かが右に曲がれば、ミスター・アンカートンとミスター・スコットに出くわすことになる。左に曲がっても、あなたがたおふたりに姿を見られずに逃げていくことはできない。まちがいありませんね？」

「そのとおり」そう答えたポーター少佐の顔は蒼白だ。

「では、こういうことになります」ウィンクフィールド警部はいった。「アンカートンご夫妻とレディ・シンシア・ドレッジは芝生にすわっていた。ミスター・スコットはビリヤードルームにいた。この部屋は芝生に面していない。六時十分、ミセス・スタヴァートンは庭に出て、芝生にすわっていた三人と短いことばを交わし、屋敷の角を曲がって内庭に向かった。その二分後、銃声が聞こえた。ミスター・スコットは急いで外に出た。そして、芝生にいたミスター・アンカートンといっしょに内庭に駆けつけた。ほぼ同時に、反対方向からあなたがたおふたり、少佐と、えーっとミスター・サタスウェイトがやってきた。ミセス・スタヴァートンは内庭にいて、二発の弾丸が発射された拳銃を手に立っていた。思うに、彼女はまず、ベンチにすわっていたご婦人を背後から撃った。そして、アレンソン大尉が立ちあがって、彼女のほうに向かってくるところを撃った。とまあ、そういうことでしょう。ええと、そのう、ミセス・スタヴァートンとミスター・スコットは、以前、親しい関係にあったとか――」

「それは嘘だ」ポーター少佐はいった。その声はしわがれ、挑みかかるような口調だった。

警部は頭を振っただけで、なにもいわなかった。

「彼女はなんといっているのです？」サタスウェイトは警部に訊いた。

「ひとりで静かにしていたかったので内庭に行った、といっています。そして、生け垣の最後の角を曲がる直前に、銃声を聞いた。そこで急いで角を曲がると、そこに拳銃が落ちていたので拾った。誰ともすれちがわなかったし、内庭には、ふたりの被害者が倒れているだけで、ほかには誰もいなかった」

そこで警部は間《ま》をおき、沈黙に雄弁に語らせておいてから、また話をつづけた。「彼女はそう述べております。わたしの警告にもかかわらず、彼女は供述書を作れと主張しています」

「彼女がそういうのなら」依然として蒼白な顔で、少佐はいった。「彼女は真実を語っている。わたしはアイリス・スタヴァートンというひとをよく知っている」

「まあまあ」警部はなだめた。「そういうことはあとで調べますよ。時間はたっぷりありますから。いまは、先になすべきことがありますんで」

ふいに、ポーター少佐はサタスウェイトに目を向けた。「どうです？　助けてやれませんか？　なにかできませんか？」

そういわれて、サタスウェイトは大いに面映ゆい思いをした。自分はたいした人間ではないと自認し、つねにひかえめにふるまっているのに、それがいまは、ジョン・ポーターのような人物に助けを求められている。

サタスウェイトが残念ながら自分は非力だといおうとしたとき、執事のトンプスンが名刺をのせた銀の盆を持って、部屋に入ってきた。弁解ぎみにコホンと咳ばらいをして、主人に盆をさしだす。アンカートンはぐったりと椅子に沈みこんだままで、目の前のやりとりにはいっさい関心をもっていないようすだった。

「この紳士には、だんなさまはお目にかかる時間がないかもしれないと申しあげたのですが」執事はいった。「ですが、だんなさまと会う約束をしているし、火急の用があるとおっしゃいまして」

アンカートンは名刺を手に取った。「ミスター・ハーリー・クィン。ああ、そうだ、絵のことで会いたいといってきたんだ。そう、確かに会う約束はしたが、なにもこんなときに――」

サタスウェイトは身をのりだした。「ミスター・ハーリー・クィンとおっしゃいましたか?」叫ぶように訊く。「なんと不思議な、なんという僥倖! ポーター少佐、わたしに助けてやれないかとおっしゃいましたね? ええ、できると思いますよ。このミスター・ハーリー・クィンはわたしの友人なんです。いや、ちょっとした知り合いというべきかな。それはともかく、事件の究明に関しては、じつに非凡な男なんですよ」

「よくある素人探偵のたぐいじゃないんですか」ウィンクフィールド警部はばかにした口ぶり

でいった。

「そうではない」サタスウェイトはいった。「彼はそういうたぐいの者ではありません。ですが、なんというか、ある種の力をもっているんです――神秘的な力を。わたしたちがかつて見たこと、聞いたことを、ありありと思い出させてくれる力がそなわっているんですよ。とにかく、事件の概要を話して、彼がなんというか聞いてみませんか」

アンカートンはちらりと警部に目をやった。警部はふんと鼻を鳴らし、そっぽを向いて天井を仰いでいる。アンカートンは客を通すよう、執事に軽くうなずいた。執事は部屋を出ていき、まもなく、背の高い痩身の紳士を案内してもどってきた。

「ミスター・アンカートン？」訪問客は屋敷の主人と握手した。「お取込みのさなかにお邪魔して申しわけありません。絵の話などあとまわしにすべきでしょうね。おや、ここで友人に会えるとは！　ミスター・サタスウェイト、まだドラマがお好きですか？」

サタスウェイトにかけたことばとともに、訪問客のくちびるの両端がかすかにあがり、微笑となった。

「ミスター・クィン！」サタスウェイトは静かな喜びをこめて呼びかけた。「いままさにドラマがくりひろげられています。わたしたちはドラマのただなかにいるのです。わたしはもちろん、ここにいる友人のポーター少佐も、ぜひともあなたのご意見をお聞きしたいところです」

ミスター・クィンは椅子にすわった。赤いシェードのついたランプの光が、クィンの格子柄のコートを赤く染める一方、彼の顔は暗い翳《かげ》りを帯び、仮面をかぶっているように見える。

サタスウェイトは簡潔に悲劇のあらましを語った。話し終えると、息をつめて託宣を待った。しかし、クィンは託宣らしきことはいわず、頭を振ってこういっただけだ。「哀れで衝撃的な悲劇ですね。動機のないことが、とても気になります」

アンカートンはクィンをみつめた。「わかっていらっしゃらないようですな。ミセス・スタヴァートンがリチャード・スコットを脅しているのを聞いた者がいます。彼女はスコットのおくさんをひどく嫉妬していたんです。嫉妬というやつは――」

「そうですね」クィンはうなずいた。「嫉妬、あるいは、悪魔的な所有欲。どちらも同じことです。ですが、あなたは誤解していらっしゃる。わたしはミセス・スコットが殺されたことではなく、アレンソン大尉が殺されたことをいったのです」

「あなたのいうとおりだ」ポーター少佐はぐっと身をのりだした。「この件には、納得のいかない点がある。もしアイリスがミセス・スコットを撃ち殺すつもりだったのなら、おくさんひとりをどこか別の場所に連れていったはずだ。そう、みんな、事件の観点をまちがえている。わたしには別の観点がある。いいですか、三人は内庭に行った。それは明白な事実なのだから、とやかくいう気はない。だが、あの悲劇を別の角度から見てみよう。こういうことだ――アレンソン大尉がミセス・スコットを撃ち、しかるのちに自死した。ありうることじゃないかね？　大尉が倒れたときに拳銃が手からすっとんだ。ミセス・スタヴァートンは彼女がいったとおり、地面に落ちていた拳銃を目にして拾いあげた。どうだね？」

ウィンクフィールド警部はくびを横に振った。「その説は成立しませんよ、ポーター少佐。

アレンソン大尉が自分の体に銃口を近づけて撃ったのなら、衣服にその痕跡が残るはずです」

「腕をいっぱいにのばして、引き金をひいたのだろう」

「なぜそんなまねをするんです？　筋が通らない。それに、動機がありません」

「突然、頭がおかしくなったのかもしれん」少佐は低い声でそういったが、確信のある口ぶりではなかった。そのあと、しばらく黙りこくっていたが、ふいにクィンに呼びかけた。挑戦的な響きがこもっている。「ミスター・クィン、いかがですかな？」


クィンは頭を振った。「わたしは魔術師ではありません。犯罪学者でもありません。ですが、ひとつだけいえることがあります——印象というのは価値のあるものだと。危機に直面した場合、抜きんでて鮮明に目に焼きつく光景があるものです。ほかの記憶が薄れて消えても、その光景だけは、まるで絵のように脳裏にとどまっています。ここにおいでのみなさんのなかで、ミスター・サタスウェイトは、もっとも先入観のない第三者だとお見受けします。ミスター・サタスウェイト、記憶をたどり、なにがいちばん印象に残っているか、教えていただけませんか。銃声ですか？　倒れているふたりですか？　ミセス・スタヴァートンの手にある拳銃ですか？　さまざまな価値観のまじった予断に惑わされないように、意識をクリアにして、見えてきたものを語ってください」

サタスウェイトは、自信のないまま学習内容を復唱する生徒のような目で、クィンの顔をじっとみつめた。「いいえ」ゆっくりと話しだす。「そのどれでもありません。くりかえし何度もありありと思い出すのは、現場にひとりで残り、ミセス・スコットのご遺体を見ていたときのことです。彼女は横向きに倒れていました。髪はくしゃくしゃに乱れて……きゃしゃな耳に血がついていた」

そういったとたん、サタスウェイトは自分がじつに恐ろしい、重要な意味をもつことをいったのだと自覚した。

「耳に血がついていた？　うん、そうだ、わたしも思い出した」アンカートンがのろのろといった。

「倒れたときにイヤリングがこわれ、それで耳たぶが裂けたのでしょう」サタスウェイトは推測を述べた。しかし、我ながら、なんだかありそうもない話に思えた。

「彼女は左側を下にして倒れていた」ポーター少佐はいった。「血がついていたのは、左側の耳だった？」

「いや」サタスウェイトはすばやく答えた。「右の耳でした」

ウィンクフィールド警部が咳払いした。「これを発見しました」特別に見せてやるとでもいうように、小さな金の環を掲げる。

「まさか、ありえない！」ポーター少佐は大声を出した。「倒れたぐらいで、こわれるようなものではない。もっと威力のあるもの、そう、たとえば銃弾に吹っ飛ばされたのでは」

「それだ！」サタスウェイトは声をあげた。「弾があたったんだ。そうにちがいない」

「弾は二発しか発射されていません」ウィンクフィールド警部はいった。「一発で耳をかすめ、なおかつ背中を撃つことは不可能です。それに、一発がイヤリングを吹っ飛ばし、もう一発が彼女を死に至らしめ、なおかつその弾がアレンソン大尉を殺したなどということはありえません。大尉がミセス・スコットのまん前に立っていたのでなければ――よほど近々と向かいあっていたのでなければ。いや、それでも無理だ！　もし――」

「もし彼女が大尉に抱かれていたのでなければ、とおっしゃるつもりだったのですね」クィンはちらりと奇妙な笑みを浮かべた。「では、そうではなかったのでしょうか？」

男たちはたがいに顔を見合わせた。アレンソン大尉とモイラ・スコット――あまりにも突飛な考えだ。

その思いをあからさまに声に表わして、アンカートンがいった。「あのふたりはたがいに知らないも同然だった」

「それはわからない」サタスウェイトは考えこんだ。「わたしたちが思っているよりも、よく知っている仲だったのかもしれない。レディ・シンシアは去年の冬にエジプトで、死にそうに退屈しているところを大尉に救われたといっていました。それに――」ポーター少佐のほうを向く。「あなたの話では、リチャード・スコットは去年の冬、エジプトで彼女に出会ったそうですね。とすれば、大尉とミセス・スコットがかの地で知り合っていた可能性も……」

「ここでは、ふたりがいっしょにいることは、ほとんどなかったようだが」アンカートンはいった。

「そうですな。むしろ、避けていたのかもしれません。どうも不自然だ――いまこうして思い返すと……」サタスウェイトはいった。

思ってもみなかった結論にたどりつき、誰もが驚いてクィンをみつめた。

「もうおわかりですね」クィンはいった。「ミスター・サタスウェイトのいちばん記憶に残っている印象が、みなさんにどういう効果をもたらしたか」そういって、アンカートンのほうを向く。「今度はあなたの番ですよ」

「ん？　どういうことですかな？」

「わたしがこの部屋に入ったとき、あなたはひどく考えこんでいらした。なにに気をとられていたのか、ぜひお聞きしたい。いえ、あの悲劇に関係のないことだったとしても、いっこうにかまいませんよ。たとえ迷信的なことだったとしてもかまいません」

アンカートンはわずかにぎくりとしたようすを見せた。

「さあ、話してください」

「話すのはいいんだが」アンカートンはいった。「事件とはまったく関係がないし、あなたたちに笑われてしまいそうなことを考えていたんですよ。つまり、家内が放っておいてくれればいいのに、と思ってたんです。例の幽霊憑きの窓のことですが、ガラスを取り替えたりしないでほしいとね。ガラスを取り替えても、呪いは消えない気がして」

アンカートンは、自分の向かいにすわっているふたりの男が、なぜじっと自分をみつめているのか、どうにも理解できなかった。

「ですが、ガラスは取り替えられていませんよ、まだ」サタスウェイトはいった。

「いや、取り替えたんです。今朝いちばんに職人が来ました」

「そうか！」ポーター少佐はいった。「わかりかけてきた。あの部屋の壁は板張りでしたな。壁紙が貼ってあるのではなく」

「そうだが、それがなにか――」

アンカートンのことばが終わらないうちに、ポーター少佐は書斎からとびだしていった。ほかの者も少佐につづく。少佐はまっすぐに階段を昇り、スコット夫妻の部屋にとびこんだ。気持のいい部屋で、南側に二面、枠がクリーム色に塗られた窓がある。少佐は西側の壁板に手をすべらせた。

「どこかにバネがあるはずだ――必ず。おお！」かちっと音がして、壁板の一部がずれた。幽霊憑きの窓が現われる。汚れたガラスのなかで、一枚だけが新しくてきれいだ。少佐はかがみこんで、なにかを拾った。そのなにかを手のひらにのせる。駝鳥《だちょう》の羽根の切れ端だ。少佐はクィンを見た。クィンはうなずいた。

少佐はベッドルームのクロゼットに行き、扉を開けた。帽子がいくつかおさまっている――亡くなった女性の帽子だ。そのなかから、大きなつばの帽子を取りだした。くるりと巻いた羽根が飾りについている、小粋なアスコット・ハットだ。

クィンはおだやかな、考えぶかい声でいった。「では、考えてみましょう。生来、ひどく嫉妬深い男がいます。その男は、かつて、この屋敷に滞在したときに、壁板のバネの秘密を知りました。それから歳月が流れ、ふたたびこの屋敷に滞在することになった男は、興味本位で壁板をずらし、ガラス越しに内庭を見おろしました。そこには、妻がほかの男といたのです。ふたりとも、まさか二階から見られているとは想像もしていません。男の胸に、ふたりの関係を疑う気持が湧きあがりました。そして激しい怒りに駆られました。どうすべきか？　あるアイディアがひらめきます。男は、帽子入れから羽根飾りのついたつばの広い帽子を取りだしました。夕闇が迫りつつあります。男はガラスに映る影のことを思い出したのです。窓を見あげた者は誰もが、あの〈みつめる騎士〉の影だと思うにちがいありません。男はそう確信して、内庭のふたりをじっとみつめました。そして、ふたりが抱きあった瞬間、撃ったのです。男は銃の名手です。凄腕の名手です。内庭のふたりが倒れると、男はもう一発撃ちました。その一発がイヤリングを吹っ飛ばしたのです。男は拳銃を内庭に放り投げてから、大急ぎで階下に降り、ビリヤードルームを通って、外に出ました」

ポーター少佐は一歩、クィンに近づいた。「だが彼は、あのひとに罪をきせた。あのひとが犯人あつかいされるのを黙って見ていた。なぜだ？　どうしてだ？」

「その理由はわかる気がします」クィンはいった。「推測にすぎませんが──よろしいですか、わたしの推測にすぎませんよ──リチャード・スコットは、かつて、狂おしいほどアイリス・スタヴァートンを愛した。あまりに深く愛したため、何年もたってから彼女に再会すると、憎悪の炎が燃えあがってきた。アイリス・スタヴァートンもかつては、自分も彼を愛していると思っていたのでしょう。なので、彼とその友人と、三人で狩猟旅行に行きました──そして、帰ってきたときは、彼よりもりっぱな男のほうに恋をしていたのです」

「彼よりもりっぱな男」ポーター少佐はぼうっとしてつぶやいた。「まさか──」

「そうです」クィンはかすかにほほえんだ。「あなたのことですよ」少し間《ま》をおいてからまた口を開く。「わたしがあなたなら——そうですね、いますぐ彼女のもとに駆けつけますよ」

「そうします」そういうと、ポーター少佐はくるりと背を向けて部屋を出ていった。

鈴と道化服亭にて

At the 'Bells and Motley'

サタスウェイトはいらだっていた。今日という日がとことん不運だからだ。まず出発が遅れ、途中で二度もタイヤがパンクし、曲がり角をまちがえたあげく、ソールズベリー平原のどまんなかで迷子になってしまったのだ。もう午後の八時に近いというのに、目的地のマースウィック・マナーまで、あと四十マイルもある。それだけでも気が滅入るのに、なんと、またもやタイヤがパンクし、動けなくなってしまった。

サタスウェイトは羽毛を逆立てた鳥のように、村の自動車修理屋の前を行ったり来たりしていた。修理屋のなかでは、お抱え運転手がかすれた声で、修理工とぼそぼそと話し合っている。

「少なくとも三十分はかかりまさあ」修理工はおごそかに宣告した。

「それはありがたい」サタスウェイトのお抱え運転手のマスターズがいった。「わたしなら、四十五分はかかる」

「ところで、うむ、その、ここはどこなんだね？」サタスウェイトは不機嫌な口調で訊いた。相手の気持を慮《おもんぱか》るのが紳士の務めなので、サタスウェイトは思わず口をついて出そうになった〝神に見捨てられた土地〟ということばを、ぐっと呑みこんで、〝ここ〟といいかえた。

「カートリントン・マレットでさ」

サタスウェイトはこのあたりのことはほとんど知らないが、その地名にはかすかに聞き憶えがあった。蔑《さげす》むような目で周囲を見まわす。カートリントン・マレットは、ひとすじの道路と、その道路をはさんで、片側に自動車修理屋と郵便局、それとバランスをとるように、反対側にはなにを商《あきな》っているのかはっきりしない店が三軒あり、それですべてというようなところだ。と思ったら、前方の道路沿いに、風に揺られて耳ざわりな音をたてているものがあった。サタスウェイトは少しばかり元気が出てきた。

「宿屋《イン》があるようだね」田舎によくある、階下がパブで、二階が宿泊施設になっているインだろう。

「へえ、鈴と道化服亭ってのがありやす。ほら、あそこに」修理工はいった。

「だんなさま、指図がましいようで恐縮ですが」マスターズがいう。「あそこにいらしてみてはいかがでしょう？　お食事ぐらいはできるのでは。いえ、もちろん、お口には合わないとぞんじますが」すまなそうに口をつぐむ。サタスウェイトは、大陸で腕を磨いた料理人が供する最高級の料理を食べつけているし、自宅にも目の玉のとびでるような高給で、一流の料理人《コルドン・ブリュー》を抱えている。

「あと四十五分は出発できかねるかとぞんじます。それはまちがいございません。それにもう八時を過ぎました。インからサー・ジョージ・フォスターにお電話なされば、遅れる旨をご連絡できるかと」

「万事、自分が取り仕切れると思っているようだな、マスターズ」サタスウェイトは不機嫌にいった。

自分でもそう思ったのか、マスターズは分をわきまえて沈黙を守った。

サタスウェイトはなにがなんでも他人の指図になどしたがいたくない気分だったが、道路の先で揺れているインの看板を見ているうちに、行ってみてもいいかという気になってきた。鳥のように小食で美食家といえど、空腹に耐えかねる場合もあるのだ。

「鈴と道化服亭か」感慨ぶかげにつぶやく。「インにしては奇妙な名前だな。初めて聞く」

「妙ちくりんな連中が来るんでさ」修理工はいった。車のハンドルにかぶさるように上体を曲げているため、声がくぐもっている。

「妙ちくりんな連中？」サタスウェイトはけげんそうに訊きかえした。「どういう意味だね？」

修理工は自分でいっておきながら、どういう意味かよくわかっていないようだ。「来ては去っていく連中でさ。そんなようなもんで」つかみどころのない返事だった。

宿屋というのは、たいてい、人々が〝来ては去っていく〟場所ではないかと、サタスウェイトは思った。修理工の定義には正確さが欠けている。とはいえ、好奇心がかきたてられた。どちらにしても、四十五分かそこいらは時間をつぶさなくてはならないのだ。ならば、鈴と道化服亭でもかまわないではないか。

いつもの小刻みな足どりで、サタスウェイトはインに向かった。遠くで雷鳴が轟《とどろ》いた。修理工は空を見あげてマスターズにいった。「嵐が来るぞ。空気がぴりぴりしてる」

「いやはや」マスターズは嘆いた。「あと四十マイル、車を走らせなくてはならないのに」

「おんや、そうなのかい」修理工はいった。「んなら、急いでやっつけなくたっていいやね。あんただって、嵐が行っちまうまで、車を走らせたくはねえだろ。あのちっこいご主人さまだって、雷がごろごろ鳴って、稲妻《いなずま》がぴかぴか光るなか、車を走らせるのが好きそうには見えねえし」

「インで気持よくすごしてくださるといいんだが」マスターズはつぶやいた。「わたしも、いまのうちになにか食っておいたほうがいいかもしれん」

「ビリー・ジョーンズなら、でえじょうぶだ」修理工は請け合った。「うまい料理をこさえる」

ちょうどそのころ、五十がらみのでっぷり太った、鈴と道化服亭の亭主、ビリーことウィリアム・ジョーンズは、満面に愛想笑いを浮かべ、見おろすようにして小柄なサタスウェイトを迎えていた。「うまいステーキがございます。それにフライドポテトと、どんな紳士にも満足していただけるチーズも。このパブではなく、どうぞ別室へ。いまはすいてますんで。ついいましがた、釣りの紳士がたがお帰りになったばかりで。じきに、今度は狩りのご一行さまで満席になりやすが、いまのところ、お客さまはおひとりだけで。クィンさまとおっしゃる——」

サタスウェイトははたと立ちどまった。「クィン？」思わず声が高くなる。「クィンといったかね？」

「へえ。そういうお名前でさ。お友だちでござんすか？」

「そう、そうだとも。そのとおり！」サタスウェイトは興奮して、鳥がさえずるようにいった。

この世界に、その名をもつ男が何人もいるとはとうてい思えない。彼にちがいない。奇しくも、自動車修理工がいった〝来ては去っていく〟という表現は、ずばり、クィンを示している。それに、このインの名前も、クィンにふさわしい。

「いやあ、驚いた」サタスウェイトはいった。「なんとも不思議だ。こういうふうにまた出会えるとは！　ミスター・ハーリー・クィンとおっしゃるかただろう？」

「へえへえ、さようでござんす。さあ、どうぞ。へえ、あちらの紳士で」

テーブルを前にすわっていた、色浅黒い男が立ちあがった。背の高い、痩身の男だ。なつかしい顔がほほえんでいる。そして、あの忘れがたい声が聞こえた。「これはこれは、ミスター・サタスウェイト。またお会いしましたね。思いがけないところで」

サタスウェイトはクィンと心からの握手を交わした。「お会いできて、ほんとうにうれしい！　トラブルが幸いとなりました。いえね、車のタイヤがパンクしたんですよ。で、あなたはここにお泊まりになっていらっしゃるのですか？　もう長いこと？」

「今夜だけです」

「ならば、わたしはますます運がよかった」

サタスウェイトは小さく満足そうな吐息をつき、クィンの向かい側の椅子に腰をおろした。ほほえんでいる浅黒い顔を、楽しい期待をこめてみつめる。

クィンは静かに頭を振った。「申しあげておきますが、わたしは袖のなかに、ひょいと取りだしてお見せできるような金魚鉢もウサギも隠していませんよ」

「それは残念！」サタスウェイトは少しばかり狼狽《ろうばい》した。「いや、白状しましょう――わたしは確かにあなたをそのような目で見ています。魔術師と。ははは。そうです、あなたを魔術師だと思っているんですよ」

「そうはおっしゃいますが、魔術のトリックを仕掛けるのは、あなたですよ。わたしではない」

「ほほう」サタスウェイトは熱くなった。「しかし、あなたがいらっしゃらなければ、そうはいきません。わたしには、そうですな、霊感といいますか、それがないものでね」

クィンはまた頭を振った。「それはまた大仰なことばですね。わたしはきっかけ《キュー》を示すだけです」

インの亭主が、パンと新鮮な黄色いバターをのせた皿を運んできた。テーブルに皿を置いているとき、稲妻が光り、雷鳴が轟いた。頭の真上で轟いているような音だ。

「今夜は荒れそうでござんす」亭主はいった。

「ああ、そういえば、こんな夜に――」サタスウェイトは途中で口をつぐんだ。

「不思議ですな」亭主はたいして不思議そうでもなくそういった。「あたしもいまいおうと思っていたんでござんすよ。そうでさ、こんな夜でした、ハーウェル大尉が花嫁さんとお帰りになったんは。その夜をかぎりに、大尉は永遠に姿をくらましてしまわれた」

「ああ！」サタスウェイトは声をあげた。「そうか！」彼はキューを受けとめたのだ。いまになってようやく、なぜカートリントン・マレットという地名に聞きおぼえがあったのか、合点がいった。三カ月前、サタスウェイトは新聞で、リチャード・ハーウェル大尉の謎の失踪に関する詳細な記事を読んだ。その新聞記事を読んだ英国のすべての国民同様、サタスウェイトも大尉の失踪の経緯にくびをかしげ、ほかの英国民と同じく、彼なりの推論を立ててみた。

「そうか！　あれは、ここカートリントン・マレットで起こったんだった」

「大尉は去年の冬、狩りに行きなさるのに、このインにご滞在なすったんでさ」亭主はいった。「そうですとも、あたしは大尉のことをよくぞんじあげてました。若くてハンサムな紳士で、心配事なんかこれっぽっちもない、そんなかたでござんしたよ。あたしは信じてます――大尉は殺《や》られちまったんだと。馬に乗ったおふたりが、ごいっしょにお屋敷に帰るのを、あたしは何度も見ています。へえ、大尉とミス・ルコートのおふたりのことでさ。村の連中はみんな、お似合いだ、結婚なさるにちがいねえといってました――で、そのとおりになった。ミス・ルコートは、そりゃあおきれいな若いレディでしたが、カナダ人で、英国人ではありやせなんだ。へえ、そこいらになにか謎があったんでしょうかねえ。この先も真相はわからねえでしょうなぁ。大尉の失踪で、おくさんは胸が張り裂ける思いをなすった。それも無理はねえ。みんなにおかしな目でみられたり、うしろ指をさされたりするのに耐えられないといって、おくさんは屋敷を売って外国に行かれました。あのかたのせいではねえのに！　お気の毒なこって。へえ、まったくの謎でさあ、ほんとに」

亭主はくびを振った。それからふいに自分の仕事を思い出したらしく、急いで部屋から出ていった。

「まったくの謎」クィンはやわらかくいった。

だが、サタスウェイトの耳には、クィンの声が挑発的に聞こえた。「スコットランドヤードが解明できなかった謎であっても、わたしたちには解けると？」するどく訊きかえす。

クィンは例によって独特の身ぶりをした。「できないと？　時《とき》がたちました。三カ月という月日が。それが変化をもたらします」

「おもしろいご意見ですね」サタスウェイトはゆっくりといった。「事件当時よりも、時間がたってからのほうが物事がよく見えるとは」

「時間がたてばたつほど、いろいろな物事を、冷静に見きわめることができるようになるものです。ある物事をほかの物事と関係づけて見られるようになる」

しばらく沈黙がつづいた。

「どうも自信がありません」サタスウェイトはためらいがちにいった。「いま、事実をはっきりと思い出せるかどうか」

「できますよ」クィンは静かにいった。

サタスウェイトには力づけられることばだった。彼はこれまでの生涯を聞き手として、また、観察者としてすごしてきた。それがクィンといっしょのときだけ、その役割が逆転してしまう。クィンのほうが優秀な聞き手となり、サタスウェイトは舞台の中央に立つことになるのだ。

「ちょうど一年前のことです」サタスウェイトは話しはじめた。「ミス・エレオノール・ルコートは、広大なアシュリー屋敷を買い取りました。かつての豪農の屋敷で、とても美しい古い建物ですが、何年も住み手がなく、荒れ放題になっていました。しかし、屋敷は、願ってもない主人を得たのです。ミス・ルコートは、先祖がフランス革命時にカナダに亡命したというフランス系カナダ人です。値のつけようがないほどすばらしい、先祖伝来の品々や骨董品を相続していました。彼女自身もまた骨董品の蒐集家で、鑑識眼のある、趣味のいい買い手でもありました。

あの悲劇のあと、彼女は、家具や調度品すべてをひっくるめて、アシュリー屋敷を売りに出しました。すると、アメリカの大富豪、サイラス・G・ブラッドバーンという男が値切りもせずに、屋敷ごと六万ポンドで買おうと申し出たのです」サタスウェイトはそこでいったん口をつぐんだ。そのあと、弁解するようにいった。「こういう話は、厳密にいえば、事件とは関係がありません。ええ、事件とはなんの関係もない話です。ですが、若いミス・ルコート、いや、ミセス・ハーウェルの、当時の状況をお伝えできるかと思います。状況というか、雰囲気を」

クィンは一笑に付したりせずにうなずき、まじめな顔でいった。「なにごとにしろ、雰囲気というのは重要ですね」

「このご婦人の肖像画のようなものを描いてみましょう」サタスウェイトはいった。「歳は二十三。黒髪の美人。洗練されたものごしで挙措《きよそ》も端正。万事に非の打ちどころがない。しかも、裕福——これを忘れてはいけない。両親はいません。ミセス・セント・クレアという女性が付き添い《デュエンヌ》役を務めていますが、素性のはっきりした、社交的地位もある婦人です。しかし、エレオノール・ルコートは財産を自分できちんと管理しています。もちろん、財産狙いの男たちが群がりましたよ。狩猟場でも、舞踏会の会場でも、どこであれ、いつも十人ぐらいの金のない若い男たちが、彼女を取り巻いていました。なかでも、もっとも似合いの相手といわれていた、若いレカン卿が彼女に結婚を申しこんだのですが、彼女の気持は動きませんでした。そこにリチャード・ハーウェル大尉が現われたのです。

ハーウェル大尉は地元のインを根城にして、狩りに熱中していました。猟犬を追って、勇壮に馬を駆る狩人です。ハンサムで陽気でむこうみずな青年でした。むかしながらの格言を思い出しませんか、ミスター・クィン？　〝求婚するならぐずぐずするな〟。この格言は、いくぶんかは真理を突いていますね。リチャード・ハーウェルとエレオノール・ルコートは、出会ってから二カ月後に婚約したのですから。

婚約後数カ月して、ふたりは結婚しました。幸せなカップルは二週間の〝ハニームーン〟で外国に行き、帰国すると、アシュリー屋敷におちつくことになりました。先ほどここの亭主がいったとおり、嵐が吹き荒れるなかを帰ってきたのです。嵐は不吉な予兆だったんでしょうか？　どうでしょうねえ。それはともかく、次の朝早く、七時半ごろ、ハーウェル大尉が庭を歩いているのを、園丁のジョン・マサイアスが見ています。大尉は帽子もかぶらず、口笛を吹いていたそうです。その姿が目に浮かびますね——心も軽く、曇りのない幸福感にあふれている姿が。そして、それ以降、リチャード・ハーウェル大尉の姿はふっつりと消えてしまい、誰も見ていません」

サタスウェイトはそこでわざと口をつぐみ、ドラマチックな間《ま》を楽しんだ。内心で期待していたとおり、クィンに称賛の目で見られ、それに気をよくして、また口を開く。

「異様な失踪でした——説明のつかない謎の失踪。取り乱した妻は翌日まで待たずに警察に通報しました。しかし、あなたもごぞんじのとおり、警察はこの謎を解明することができませんでした」

「いくつもの推測がなされたのでは？」クィンは訊いた。

「推測！　そのとおりです。推測その一——ハーウェル大尉は殺された。ですが、もしそうだったとしても、死体はどうなったのでしょう？　こっそり運び去るのは、かなりむずかしい。それに、動機は？　知られているかぎり、大尉に敵はいませんでした」

そういいきってから、サタスウェイトはふいに確信が揺らいだかのように黙りこんだ。

クィンはわずかに身をのりだした。「思い出したのですね」静かな口調だ。「若いスティーヴン・グラントのことを」

「そうです」サタスウェイトはうなずいた。「わたしの記憶が確かなら、スティーヴン・グラントは大尉の馬たちの世話を任されていたのですが、ささいなことで主人を怒らせ、解雇されてしまった。ハーウェル夫妻が屋敷に帰ってきた翌朝、それも早朝に、アシュリー屋敷近辺をうろついている姿を目撃されています。ですが、なぜそんなところにいたのか、みんなを納得させられるような説明ができませんでした。彼は警察に、ハーウェル大尉の失踪に関係があると疑われ、勾留されましたが、不利な証拠はなにひとつみつからず、けっきょく釈放されました。いきなり解雇されたことで、グラントが大尉を恨んでいたとしても、動機としては弱すぎます。わたしが思うに、警察としてはとにかくなにかしなければならなくて、グラントに目をつけたのでしょうね。ええ、今度こそ確信を持っていえますよ――リチャード・ハーウェル大尉に敵はいなかった、と」

「知られていたかぎりでは」クィンは含みのあるいいかたをした。

今度はサタスウェイトが称賛の目でクィンをみつめた。「そこなんです。わたしたちはハーウェル大尉のことをどれぐらい知っていたか？　警察が大尉の身元や過去を調べたところ、ごくわずかなことしか判明しませんでした。リチャード・ハーウェルとはいったい何者だったのか？　どこから来たのか？　文字どおり、どこからともなく忽然《こつぜん》と現われたとしか思えません。一流の馬の乗り手であり、裕福だった。カートリントン・マレットでは、それ以上、穿鑿《せんさく》しようとする者はひとりもいなかった。ミス・ルコートには、彼女の婚約者の身元や将来性などを調べてみようという、両親も後見人もいなかった。なにもかも、彼女がひとりで采配を振っていたのです。警察がこの点を重視したのは当然です。裕福な若い女と、恥知らずな詐欺師。古典的な話といっていい！

ですが、そうではありませんでした。確かに、ミス・ルコートには両親も後見人もいませんでしたが、ロンドンの名のある事務弁護士事務所と契約していて、優秀な弁護士が彼女の代理を務めていたのです。その弁護士の証言が、いっそう謎を深めることになりました。エレオノール・ルコートは、将来の夫に相当な額の金を贈るという書類を作りたい意向を示したのですが、弁護士はそれには断固、反対したのです。理由は、大尉自身が裕福だからというものでした。したがって、ハーウェル大尉は妻の財産を一ペニーたりとも受けとっていません。彼女の財産はまったく損なわれなかったのです。

するとハーウェル大尉はありふれた詐欺師ではなく、狙いは貴重な美術品だったのか？　あるいは、いつか、エレオノール・ルコートが彼を捨てて、ほかの男と結婚したいと思うように仕向け、そのときは脅迫して大金をゆすろうと思っていたのか？　わたしにはそれぐらいしか思いつきませんでした。そしてずっと、きっとそういうことだろうと思っていました——今夜までは」

クィンはサタスウェイトを励ますように、また少し身をのりだした。「今夜までは、ですか？」

「そうです。いまのわたしは自分の見解に満足できません。どうしてハーウェル大尉は唐突に、かつ、完全に、失踪をとげたのか——それも、労働者たちが今日もがんばろうと仕事先に向かう、朝の時間帯に。しかも、帽子をかぶらずに」

「帽子の件は疑問の余地がないのですね。園丁が見ていたんでしょう？」

「ええ。園丁のジョン・マサイアスが。そこになにか問題が？」

「警察が園丁の話を聞かないはずはありません」クィンはいった。

「はい、警察はマサイアスをきびしく尋問しました。しかし彼の供述は揺るぎませんでした。彼の女房も亭主の供述を裏づけました。マサイアスは温室で仕事をするために、午前七時に住まいのコテージを出て、八時二十分に帰宅しました。屋敷内の召使いたちは、午前七時十五分ごろ玄関ドアの閉まる音を聞いています。ハーウェル大尉が屋敷を出た時刻と合致します。ああ、そうか！　あなたがなにを考えておられるのか、わかります！」

「わかりますか？」クィンは訊きかえした。

「そう思います。マサイアスには主人を殺す時間がたっぷりあった。ただ、なぜなのか？　なぜマサイアスが？　それに、もしそうだとすれば、死体をいったいどこに隠したんでしょう？」

そこに亭主が料理をのせたトレイを運んできた。「だんなさまがた、お待たせしてすいませんでした」

テーブルに、大きなステーキののった皿が置かれた。ステーキには、皿からはみださんばかりに多量のポテトチップスが添えてある。いいにおいが鼻孔をくすぐる。サタスウェイトはうれしくなった。

「うまそうだな。じつにすばらしい。ところで、わたしたちはハーウェル大尉の失踪について話していたんだがね。その後、園丁のマサイアスはどうなったか、知っているかい？」サタスウェイトは亭主に訊いた。

「エセックスに引っ越しやしたよ。ここには住めなくなっちまったんでしょうな。あいつのことを疑って、横目で見る連中もいやしたし。けど、あいつが事件に関係してたとは、あたしには思えないんで」

サタスウェイトはステーキにナイフをいれた。クィンもナイフとフォークを手にした。亭主は居残って、おしゃべりをつづける肚《はら》を決めたようだ。だとしても、サタスウェイトに異論はない。

「マサイアスというのは」サタスウェイトは亭主に訊いた。「どういう男なんだね？」

「中年男でさ。若いころは頑健だったと思いやすが、リウマチのせいで腰が曲がり、足がちっと不自由になってやしたよ。病状がけっこう進んでいたらしく、ときどき、仕事もできずに床についていたようでござんす。そうですな、ミス・ルコートがマサイアスを解雇しなかったのは、おやさしい気持からだったと思いやすよ。マサイアスがだんだん園丁としての仕事ができなくなってきても、女房のほうはお屋敷内でしっかり働いておりやした。本職は料理人なんですが、いつも自分から進んでほかの家事もこなしてたんでさあ」

「その女房というのは、どういう女だった？」サタスウェイトはすばやく訊いた。

亭主の返事はサタスウェイトの予想とはちがった。

「ごく平凡で。無愛想な中年女でござんした。それに、耳が不自由でね。いやあ、あの夫婦のことはそれぐらいしか知りやせん。なにしろ、彼らがお屋敷に来てから一カ月しかたたないときに、あの事件が起こったんで。けど、マサイアスも元気なときはなかなか腕のいい園丁だったとか。ミス・ルコートに渡した推薦状は、りっぱなものだったそうでさ」

「彼女は園芸に興味があったのかい？」クィンは静かに訊いた。

「いえいえ、とんでもねえ。ここいらには、けっこうな手間賃を払って庭師をたのんだり、膝を泥だらけにして、地面を掘りかえしたりするのをいとわないレディがたがいらっしゃいますが、ミス・ルコートはそういうタイプではありやせんでした。あたしにいわせると、園芸好きなレディってのは、ちょっとどうかと思いやすよ。それに、ミス・ルコートは冬季、狩猟をしにこちらにいらっしゃるだけでしたたし。ほかの時期はロンドンで暮らすか、外国の海岸に行ってらっしゃいました。そうそう、フランスのレディがたは、衣装が台無しになるのがいやで、爪先すら海水に浸けないと聞いとりやすが」

それを聞いて、サタスウェイトは微笑した。そして亭主に尋ねた。「うむ、それで、ハーウェル大尉に女の噂はなかったのかね？　どういう女にしろ」当初の見解が的はずれだったとはいえ、サタスウェイトはまだ自分の考えに固執していた。

「そんな噂はありやせんでござんしたよ。これっぽっちも。いやいや、ほんと、あの事件はまったくの謎ということに尽きやす」

「で、おまえはどう考えてるんだい？」サタスウェイトは追及した。

「へ？　あたしですか？」

「そうだ」

「どうって、どう考えていいやら。大尉が殺されなすったのは確かだと思いやすが、誰がやったかとなると、さっぱりわかりやせん。ああ、お食事はおすみですね。チーズをお持ちいたしやしょう」

亭主は空になった皿を下げて、部屋を出ていった。少し前から嵐は多少おさまっていたが、いままた、急に勢いをぶりかえした。ジグザグに稲妻が光り、ごく近くですさまじい雷鳴が轟き、サタスウェイトは思わず、少しばかり腰を浮かせた。雷鳴の最後の響きがまだ消えないうちに、若い女が亭主お勧めのチーズの皿を持ってきた。

若い女は背が高く、黒髪で、むっつりした表情だが、顔だちはととのっている。ここの亭主によく似ているので、娘にちがいない。

「こんばんは、メアリ」クィンはいった。「ひどい嵐だね」

メアリはうなずいた。「こんな嵐の夜は大っきらい」つぶやくようにいう。

「雷が怖いんだろう？」サタスウェイトはやさしくいった。

「雷が怖い？　いいえ、雷なんか怖くないです！　ちっとも怖くありません。けど、嵐のせいで、みんなが思い出しちまいます。そしておしゃべり。オウムみたいに何度も何度も同じことをくりかえしておしゃべりするんです。とうちゃんもそう。〝こんな夜は思い出しちまうなあ。あのお気の毒なハーウェル大尉が……〟っていいはじめて、えんえんと」メアリはクィンの顔を見た。「とうちゃんに話を聞かされたでしょ？　どう思ってるかも。どうして過去をそっとしておけないんだろ？」

「なにごとにしろ、すべてがきちんと終わったときに、ようやく過去になるんだよ」クィンはいった。

「だって、あれはもう終わったことじゃないんですか？　大尉さんはただ、姿をくらましたかったんじゃないんですか？　ごりっぱな紳士がたが、ときどきそうなさるじゃありませんか」

「おまえは彼が自分の意志で失踪したと思っているんだね？」

「だって、そうでしょ？　スティーヴン・グラントみたいなやさしい人間が人殺しをするなんて考えるよか、そっちのほうがずっとほんとに思えます。どうしてあのひとが大尉さんを殺さなきゃならなかったというんです？　スティーヴンはちょっと呑みすぎて、生意気な口をきいたために、クビになっちまった。でも、それがなんだというの？　あのひとは、ほかでいい働き口をめっけた。だから、クビになったからといって、大尉さんを殺すわけがないでしょ？」

「そうだとしても」サタスウェイトはいった。「警察は彼が無実だと納得したのかね？」

「警察！　警察がなんだってんです？　ある晩、スティーヴンがパブに入ってきたとき、そこにいたみんなが妙な目で彼を見たんです。あのひとが大尉を殺したなんて本気で思っちゃいなくても、もやもやと疑ってるんで、ちらちらと横目で見たり、そっぽを向いたりした。自分が近づくと、ひとが体をすくめてしまうのを見せつけられるなんて、さぞいい人生でしょうよ。自分にはみんなとちがうとこがあるって、思い知らされるんだもの。あたしがスティーヴンと結婚するつもりだといったとき、とうちゃんはなんていったと思う？　〝おまえにはもっといい縁があるはずだ。スティーヴンに反対ってわけじゃねえんだが――そのう、どうにもわからねえだろ？〟だって」

　メアリはそこで口をつぐんだが、胸が大きく上下しているのが、彼女の怒りの激しさを代弁していた。

「ひどいよ、あんまりだよ！」メアリはいきなり感情を爆発させた。「スティーヴンはハエ一匹殺せないひとだよ。だのに、これからもみんなに人殺しだと思われたまま、生きていかなきゃならない。そのせいで、あのひとは変わった。ひねくれてしまった。無理もないと思う。でも、あのひとがひねくれて、ねじけてしまえばしまうほど、みんなはやっぱりなにかしたんだと信じこむんだ」

　メアリはまた口をつぐんだ。ひたとクィンに目を据えている。感情を爆発させた要因が、クィンの顔に表われているとでもいうように。

「なんとかしてやれませんか?」やりきれない思いに駆られ、サタスウェイトはクィンに訊いた。メアリのいうとおり、スティーヴン・グラントが、自力ではどうしようもない状況にはまりこんでいるのはまちがいない。スティーヴン・グラントの犯行だという証拠が不充分で、立証できないことが、いっそう彼に対する嫌疑を濃くしているのだ。

　メアリはくるっとサタスウェイトのほうを向いた。「あのひとを助けることができるのは、真実だけ。大尉さんがみつかるか、もどってくるかすれば……。真実を知っているのは大尉さんだけだから――」絶句して、しゃくりあげるような声をもらすと、メアリは足早に部屋から出ていった。

「きれいな娘《こ》だ」サタスウェイトはいった。「まったくむごい事件ですね。わたしとしては、ほんとうに、なんとかしてやれればと思います」もともとやさしいサタスウェイトは、ひどく心を痛めていた。

「できるかぎりのことをやってみようではありませんか」クィンはいった。「あなたの車の故障が直るまで、あと半時間はあります」

　サタスウェイトはクィンをみつめた。「こんなふうに話をするだけで、真相にたどりつけると?」

「あなたは人生経験が豊富でいらっしゃる」クィンはいった。「たいていの人々よりも」

「人生はわたしをすりぬけていきましたよ」サタスウェイトは苦い口調でいった。

「ですが、そういうなかで、あなたの観察眼はいよいよするどくなってきた。みんなには見えなくても、あなたにははっきりと見える」

「それはそうですね。これでもなかなかの観察者といえますかな」満足感がこみあげてくる。苦々しい思いは消えていった。

少しのあいだ黙っていたサタスウェイトは、ふたたび口を開いた。「わたしはこう見ています。出来事の原因を求めるには、それがどんな影響をもたらしたかを知らねばならない、と」

「いいですね」クィンは褒めるようにいった。

「この事件がもたらした影響とは、つまり、ミス・エレオノール・ルコートは、いや、ミセス・ハーウェルは、妻であると同時に、妻ではないという立場にたたされることになったということです。彼女は自由の身ではありません——再婚はできないのです。その観点から見れば、リチャード・ハーウェルの邪悪な姿が浮かびあがってきます——謎だらけの過去をもつ、どこからともなく現われた男」

「同感です」クィンはいった。「あなたは見るべきものをすべて見ている。見過ごすことのできないことをすべて見たうえで、ハーウェル大尉という人物にライトをあて、うさんくさい人物像を浮きあがらせた」

サタスウェイトはけげんそうにクィンをみつめた。クィンのことばは、サタスウェイトが頭に描いている構図とは、多少異なっているように思える。「どんな影響がもたらされたかはわかりました。これを結果といってもいい。これで――」

クィンがサタスウェイトを制した。「物質的な面の影響を見ずに、結果を導きだすわけにはいきませんよ」

サタスウェイトは少し考えてからいった。「おっしゃるとおりです。徹底的に検証すべきですね。この悲劇の結果、ミセス・ハーウェルは妻であって妻ではない立場となり、再婚はできない。富豪のミスター・サイラス・ブラッドバーンは、いっさいの家具・調度こみで、アシュリー屋敷を購入した。価格は六万ポンドでしたかな？　そして、エセックスにいる誰かが、ジョン・マサイアスを園丁として雇いいれた！　だが、〝エセックスの誰か〟が、あるいは、ミスター・サイラス・ブラッドバーンが、ハーウェル大尉の失踪を仕組んだのではないか、と疑う者はいなかった」

「なかなかの皮肉家ですな」

サタスウェイトはきびしい目でクィンを見た。「ですが、あなたも同意なさる――」

「ええ、同意しますとも。よけいなことをいいました。それで？」

「あの運命の日のことを想像してみましょう。失踪事件が起こった、あの日の早朝にもどってみましょう」

「いや」クィンは微笑してさえぎった。「少なくとも、わたしたちの想像力は時間を超えることができます。なので、ハーウェル大尉が百年前に失踪したと想像してみませんか。そしてわたしたちは、二〇二五年からその失踪事件をふりかえってみているとすれば」

「不思議なかたですな」サタスウェイトはゆっくりといった。「あなたは現在をではなく、過去を信じていらっしゃる。なぜですか?」

「先ほど、あなたは〝雰囲気〟ということばをお使いになった。その雰囲気は、現在には存在しません」

「それはまあ、そうですな」サタスウェイトは考えこんだ。「いや、そのとおりだ。現在は、なんというか、そう、限定的すぎる」

「うまいいいかたです」

サタスウェイトはおどけて軽くおじぎをした。「ご親切なおことば、痛みいります」

「では、現在で想像するのはむずかしいので、わたしたちは過去、そう、去年の時点から、百年前を想像してみましょう。あなたはうまい表現ができる才能をおもちですから、わたしのために、ざっと要約してみてください」

サタスウェイトは考えこんだ。褒められたために、逆に用心深くなってしまう。「百年前は白粉《おしろい》とつけぼくろの時代でした。その百年後の一九二四年は、クロスワードパズルと、キャットバーグラー、すなわち、猫のように上階から軽々と下の階に降りて、部屋にしのびこむ泥棒が横行した時代だった、といえますね」

「うまい」クィンはうなずいた。「でもそれは国内的なもので、国際的にもそうだったという意味ではないのでしょう?」

「白状すると、クロスワードパズルのほうはなんともいえません。ですが、泥棒に関していえば、ヨーロッパでもやりたい放題でしたよ。フランスの城館《シャトー》を何度も襲った、有名な窃盗《せっとう》団のことを憶えていらっしゃいませんか？　単独犯ではありえないと考えられます。もっともあざやかなのは、侵入の手口です。曲芸師たちが関わっているのではないか、あのクロンディニー曲芸団の犯行ではないかと推測する者もいます。わたしもクロンディニー曲芸団の興行を観たことがありますが、じつにみごとな演技でした。母親、息子、娘の三人で構成されているのですが、観客が目を疑うような不思議なやりかたで舞台から消えてしまうのです。いや、これは本題から離れた話ですね」

「いえ、それほど離れてはいませんよ。たかだかドーヴァー海峡を越えただけです」

「物知りなインの亭主の言では、フランスのレディは足の爪先すら海に浸けないそうですよ」

サタスウェイトは笑った。

間《ま》があった。なんとなく意味深長な間だ。

「彼はなぜ失踪したのか？」ふいに、サタスウェイトは声をはりあげた。「なぜ？　どうして？　信じがたい、巧妙なトリックがあったはずです」

「そう、巧妙なトリック。まさに〝いいえて妙〟ですね。さらなる雰囲気です。そこに巧妙なトリックの種が隠れているのでは？」

「すばやい手の動きが目を欺《あざむ》く」サタスウェイトは警句のようないいかたをした。

「それがすべてなのではありませんか、目を欺くには？　ときにはすばやい手の動きで、ときにはほかの手段で。いろいろな手段があります――銃を撃つ、赤いハンカチを振る。さも重要な意味がありそうですが、じっさいにはなんの意味もない。誰もがなんの意味もない、はでな動きに目を奪われ、核心を見ることはない。目を欺かれるのです」

サタスウェイトは目を輝かせて身をのりだした。「なにかおっしゃりたいんですね。なにかお考えがありそうだ」

クィンは静かにいった。「たとえば、銃を撃つ。わたしたちがとりあげている事件のなかで、このトリックはなににあたるのでしょう？　想像をたくましくさせられる、はでな動きとは、なんだったのでしょう？」

サタスウェイトはひゅっと息を呑んだ。「失踪、ですかな。それを除けば、ほかにはなにもない」

「なにもない？　ドラマチックな要素を排除して、同じやりかたでほかのことを見直してみれば？」

「それはつまり――いずれにしろ、ミス・ルコートはアシュリー屋敷を売って、この地を去っただろう、ということですか？　たとえなんの理由がなくても？」

「ふむ」

「それではいけないのですか？　そりゃあ、なにかと取り沙汰されるでしょうね。なんといっても、屋敷のなかには価値ある品々がたくさんあった――うむ？　ちょっと待てよ！」

サタスウェイトはしばらく考えこんだあと、叫ぶようにいった。「あなたのおっしゃるとおりです。ハーウェル大尉にばかりスポットライトが当たっている。そのせいで、彼女のほうは陰に隠れている。ミス・エレオノール・ルコート！　つまり、ハーウェル大尉夫人。誰もがくびをひねる――ハーウェル大尉とは何者なのか？　どこから来たのだろう？　だが彼女は被害者なので、うるさく穿鑿されることはない。そもそも、彼女はほんとうにフランス系カナダ人なのか？　値がつけられないほど価値のある品々というのは、ほんとうに先祖伝来のものなのか？　あなたは先ほど、本題からそれほど離れていないとおっしゃった――ドーヴァー海峡を越えただけだと。そうか、先祖伝来といわれる品々は、フランスの城館や大邸宅から盗まれた貴重な美術品の数々なのだ。したがって、おいそれとは処分できない。ゆえに、彼女はまず屋敷を買った――おそらくは格安で。そして屋敷に居をすえ、申し分のない英国婦人を付き添い《シャペロン》として高給で雇った。

それから彼が登場する。前もって入念に仕組んでいたんだ。結婚。失踪。一時的に騒がれるが、すぐに忘れられる事件！　深く傷ついた夫人が、幸福な思い出をともなう品々をすべて処分したいと願うのは、じつに自然ななりゆきです。アメリカ人の目利きが、どの品も本物で美しく、値がつけられないものもあると認める。大富豪でもある彼は買いたいと申し出る。彼女はそれを受け容れる。すべてを売り払い、彼女は悲劇のひととしてこの地を去る。大成功です！　誰もがすばやく動く手と、はでなトリックに目を奪われてしまったんだ」サタスウェイトはそこで間《ま》をおいた。勝ち誇って顔が赤く上気している。

「ですが、わたしにはまだわかりません」いましがたの勝ち誇った気持はどこへやら、サタスウェイトはいつものひかえめな口調でいった。「あなたはわたしに、不思議な影響をもたらします。ひとはしばしば、物事の本質を見ずに、勝手なことをいうものです。あなたは本質を見抜くコツをごぞんじだ。しかし、わたしはまだ納得がいかない。ハーウェルがあんなふうにふっつりと姿をくらますのは、決して容易なことではなかったと思います。英国じゅうの警察が彼を捜していたのですから」

「そう、躍起になって捜したでしょうね」クィンはうなずいた。「英国じゅうを」

「アシュリー屋敷に隠れているのが、いちばん簡単だったでしょうな」サタスウェイトは思いをめぐらせた。「そういう手筈がつけられたなら」

「そうですね、彼は屋敷のごく近くにいたのですよ」クィンはいった。

クィンの意味ありげなまなざしを、サタスウェイトは見逃さなかった。「園丁のコテージ？ ですが、警察はそこもきっちり調べたでしょうに」

「また想像力の出番ですよ」

「マサイアス……」サタスウェイトは眉をひそめた。

「それに、マサイアスの女房」とクィン。

サタスウェイトは穴をうがちそうなほど強い視線でクィンをみつめた。「もしクロンディニー一味のしわざだったのなら」サタスウェイトは夢見るようにいった。「一味は家族三人。息子と娘がハーウェルとエレオノール・ルコート。ならば、母親がミセス・マサイアス？ ですが、その場合は……」

「マサイアスはリウマチを患っていた。そうでしたね？」クィンはいかにもなにげない口調でいった。

「そうか！」サタスウェイトは思わず声をあげた。「わかりました。それでうまくいくものだろうか？　ええ、うまくいくんですよ。マサイアス夫婦はここには一カ月しかいなかった。その間《かん》、ハーウェルとエレオノールは二週間のハニームーンに出ていた。そうだ、思い出しました。結婚する前の二週間は、ふたりともロンドンにいたことになっていたんです。頭のまわる息子は、ハーウェルとマサイアスの二役をこなした。ハーウェルがカートリントン・マレットにいるときは、マサイアスはつごうよくリウマチが悪化して床についている。マサイアスの女房がそれを裏づける。彼女の役割が要《かなめ》となる。彼女がいなくては、誰かがあやしみ、真相に気づくかもしれない。あなたがおっしゃったとおり、ハーウェルは失踪したとみせかけ、マサイアスのコテージにいた。なにしろ、ハーウェルはマサイアスなんですから。そしてついに機が熟してアシュリー屋敷が売却されると、〝マサイアス夫婦〟はエセックスのどこかに雇われたといって、この地を去った。ジョン・マサイアスおよびその女房、退場――永遠に」

ドアにノックがあり、サタスウェイトのお抱え運転手、マスターズが入ってきた。「だんなさま、お車を正面に停めております」

サタスウェイトは立ちあがった。クィンも立ちあがり、窓辺に行ってカーテンを開けた。月の光がさしこんできた。

「やあ、嵐は去りましたよ」クィンはいった。

サタスウェイトは手袋をはめた。「来週、スコットランドヤードの警視総監と会食することになっています」サタスウェイトはいくぶんかもったいぶっていった。「わたしの見解を、えー、コホン、総監に披露してやりますよ」

「真偽は簡単に判明しますよ」クィンはいった。「アシュリー屋敷にあった品々を、フランス警察の盗品リストと照らし合わせてみれば――」

「まさに。ミスター・ブラッドバーンには気の毒ですが、いや……」サタスウェイトは口を濁《にご》した。

「彼にとってはたいした損失ではないと思いますよ」

サタスウェイトは片手をさしのべた。「では、ごきげんよう。今夜は思いがけずお会いできて、どれほどうれしく思っているか、とてもいいあらわせないほどです。あなたは明日、お発《た》ちとか？」

「今夜、発つことになるでしょうね。わたしの仕事はすみましたから……ごぞんじのとおり、わたしは来ては去っていく者です」

少し前に同じことばを誰かから聞いたことを、サタスウェイトは思い出した。奇妙な偶然の一致だ。

サタスウェイトは外に出てマスターズと車が待っているほうに向かった。一階のパブの開いているドアの向こうから、インの亭主の声が聞こえてきた。自己満足がとっぷりとにじんだ声だ。「黒い謎」そういっている。「そうともさ、黒い謎なんだ」

亭主は〝黒い〟ということばを文字どおりの意味ではなく、ほかの意味をもたせて使っているのだ。インの亭主、ビリーことウィリアム・ジョーンズは、仲間内で話すときは平凡な形容詞にちょっと色をつけて使う。パブの客たちは、斜にかまえた表現が好きなのだ。

サタスウェイトは快適なリムジンの座席にすわり、ゆったりと背もたれに寄りかかった。誇らしい気持で胸がはちきれそうだ。メアリが外に出てきて、きーきーきしむ看板の下に立った。

あの娘はなにも知らない――サタスウェイトは胸の内でつぶやいた。わたしがなにをするつもりなのか、あの娘はなにも知らない。

風に吹かれ、鈴と道化服亭の看板がゆるりと揺れている。

空に描かれたしるし

The Sign in the Sky

陪審員たちへの判事の説示が、そろそろ終わろうとしている。

「紳士諸君、本官が説き示すべきことは、ほとんどいいつくしたと考えます。被告人に不利な証拠だとみなすかどうか、被告人をヴィヴィアン・バーナビー殺害において有罪と見るかどうか、その判断は陪審員諸氏に委《ゆだ》ねられます。すでに聞いているとおり、銃が発砲された時刻に関しては、召使いたちの証言があります。その点は全員が一致しています。

また、事件当日、すなわち九月十三日金曜日の朝、ヴィヴィアン・バーナビーが被告人に書いた手紙――弁護側が提出に異議を申したてなかった手紙――も、証拠として提示されました。

さらに、被告人は最初、ディアリング・ヒル屋敷には行かなかったといっていましたが、警察に証拠を突きつけられると、行ったことを認めました。被告人が最初は否定したことに関しては、陪審員諸氏がそれぞれの判断をなさるでしょう。

本件には決定的な証拠がありません。殺害の動機を、手段を、機会を、検討して判断することになります。

弁護側は、被告人が音楽室を去ったあとに、未知の人物が侵入して発砲したと主張しています。被告人がついうっかりと置き忘れてきた猟銃が、ヴィヴィアン・バーナビー殺害に使われたという主張です。また、弁護側は被告人が帰宅するのに三十分かかった理由を述べました。陪審員諸氏が被告人の証言を信じられず、九月十三日金曜日に、銃弾をヴィヴィアン・バーナビーの頭に撃ちこむつもりで彼女の住まいに行き、彼女を殺害したのは被告人であると、いっさいの合理的な疑いもなく信じるのなら、有罪の評決を下さなくてはなりません。しかし、その一方で、なんらかの合理的な疑いがあれば、被告人を無罪とする義務があります。では別室にて審議し、評決に達したら、本官に知らせてください」

陪審員たちは退席したが、三十分もたたないうちに法廷にもどってきた。どの顔にも、とっくに判断は決まっていた、被告人は有罪、と書いてある。

サタスウェイトはもの思わしげに顔をしかめて陪審の評決を聞いたあと、法廷をあとにした。単なる殺人事件の裁判なら、サタスウェイトは興味を惹かれない。感性がするどいために、ありふれた犯罪にまつわるあさましい話には、少しも関心をもてないからだ。しかし、このワイルド事件はちがう。被告人であるマーティン・ワイルドという若者は紳士階級に属し、被害者のヴィヴィアンは、老齢のサー・ジョージ・バーナビーの若い妻だった。サー・ジョージはサタスウェイトの個人的な知己でもある。

あれこれ考えながら、サタスウェイトはホルボーンからソーホーに向かって、うらぶれた路地ばかりの入り組んだ裏道をたどっていた。この路地の一本を通り抜けたところに、知るひとぞ知る、小さなレストランがある。サタスウェイトは知る者のひとりだ。料金の廉価な店ではない――それどころか、きわめて高い。もっぱら、美食好みの食通たちの舌に合う、洗練された料理を供しているからだ。店内は静かだ。流行《はやり》のジャズなどの曲が流れて、静謐《せいひつ》な雰囲気を損なうようなことはない。それに、薄暗い。給仕たちはなんらかの聖なる儀式に与《あずか》るかのように、薄暗がりのなかから現われ、足音もたてずに銀の皿を運ぶ。店の名前は〈アルレッキーノ〉という。

考えこんだまま、サタスウェイトは〈アルレッキーノ〉に入り、定席にしている、いちばん奥の隅のテーブルに向かった。店内が薄暗いため、すぐ近くにいくまで、そのテーブルにほかの客がいることに気づかなかった。先客の顔は陰になっているが、地味な衣服はステンドグラスの光彩を受けて、だんだらの道化服に見える。

ようやくサタスウェイトは先客がいるのに気づき、踵《きびす》を返そうとしたが、その寸前に先客がかすかに身じろぎしたため、陰になっていた顔が見えた。

「これはまたなんという僥倖！」サタスウェイトの口から、古めかしい驚きのことばがとびだした。「なんとまあ、ミスター・クィンじゃありませんか！」

これまでに三度、サタスウェイトはクィンに会っている。三度とも、思いがけない成果を得ることになった。クィンというのは不思議な人物で、自分はすべて知っていると思いこんでいる事柄に、まったく異なる光をあてて見直すように誘導してくれる、独特の才能をもっている。

クィンだとわかったとたん、サタスウェイトは興奮した――喜ばしい興奮だ。彼はつねに観察者の立場にあり、観客だと自覚しているが、クィンといっしょのときには、自分が舞台に出ている俳優であるかのような錯覚をもってしまう。それも、主役だ。

「じつにうれしい」サタスウェイトはしなびた、小さな顔いっぱいに笑みを浮かべた。「うれしいかぎりです。よろしければ、同席させていただけませんか？」

「喜んで」クィンは答えた。「ごらんのとおり、まだ料理が届いていませんし」

薄暗がりから、給仕頭がしずしずと現われた。時季を知るサタスウェイトは、旬の料理を選ぼうと熱心にメニューを検討した。給仕頭はかすかに口角をあげ、称賛の笑みを浮かべて下がった。代わって、若い給仕がサービスにいそしむ。

サタスウェイトはクィンに目を向けた。「中央刑事裁判所《オールド・ベイリー》の帰りでしてね。ワイルドの公判は残念なことになりました」

「有罪ですか？」クィンは訊いた。

「ええ、陪審員たちは三十分ほどしか、審議に時間をかけませんでした」

クィンはうなずいた。「当然でしょうね――なにせ証拠がある」

「しかしながら――」サタスウェイトはなにかいおうとしたが、さっと口を閉ざした。

クィンが代弁者となった。「――しかしながら、被告人には同情を禁じえない。そういおうとなさったのでは？」

「そうなのです。見たところ、マーティン・ワイルドはなかなかいい男です――彼があのようなことをしたとは、とうてい信じがたい。とはいえ、彼と同じように見た目のいい男が、冷血で寒けをもよおす殺人を犯した当人だと判明することは多い」

「多すぎるぐらいですね」クィンは静かにいった。

「え、なんですって?」サタスウェイトは少しばかり驚いて訊きかえした。

「マーティン・ワイルドに不利な証拠が多すぎます。最初からこの事件は、ほかの同じタイプの犯罪の範疇《はんちゅう》に入るとみなされていました。別の女と結婚したいがために、つきあっている女から自由になりたい男の犯行だと」

「ふむ」サタスウェイトはけげんな顔だ。「証拠では――」

「いえ」クィンはすばやくいった。「わたしは証拠をすべて知っているわけではありません」

サタスウェイトに急速に自信がよみがえってきた。胸の内に、力づよい思いがみなぎってくる。ドラマを構成したい気になってきた。

「では、わたしに話をさせてください。まずは、わたしがバーナビー夫妻と知己の間柄であることをご理解いただきたい。彼ら夫婦の少し変わった雰囲気を知っています。では、犯罪現場にご案内しましょう。内側から現場を見ていただきます」

クィンは励ますような微笑をちらりと浮かべ、軽く身をのりだした。「誰かに案内していただけるとすれば、それはミスター・サタスウェイト、あなたをおいてほかにはいません」低い声でいう。

サタスウェイトは思わず、両手でテーブルの縁をつかんだ。抑えきれないほど感情が高まったせいだ。その瞬間、彼は純粋で純真な画家となった――絵筆ではなく、ことばを使う画家だ。縦横にことばを駆使して、ディアリング・ヒルの生活を一幅の絵にしあげていく。

サー・ジョージ・バーナビーはでっぷり太った年配者で、金満家である。日常のこまかい事柄になにかと口を出す。時計のネジを巻くのは金曜日と決めているし、火曜日の朝には家計簿をチェックして、支払い用の金を渡す。毎晩、みずから玄関ドアの戸締まりを確認する。用心深い男なのだ。

次はレディ・バーナビーの肖像画だ。ここでサタスウェイトの描写のタッチは少しやわらいだが、無用な飾りたてはしない。彼女には一度しか会っていないのだが、そのときの印象は鮮明に脳裏に残っている。生命力にあふれた傲慢《ごうまん》な生きもの。哀れをもよおすほど幼い。窮屈《きゅうくつ》な檻に閉じこめられた子ども――サタスウェイトはことばでそう描いた。

「レディ・バーナビーは夫を憎んでいました。おわかりでしょうか？　自分がなにをしているかわからないままに、彼と結婚したのです。そして――」

ヴィヴィアン・バーナビーは絶望しきっていた――夫のせいだ。この状況をなんとか打破したい。だが、彼女には自分のものといえる金はない。なにもかも年配の夫にたよっている。彼女は追いつめられていた――自分自身にどんな力があるのか、確信できなかったからだ。とはいえ、持ち前の美貌が、現在よりも有望な将来を約束している。しかも、彼女は欲が深い――サタスウェイトはきっぱりとそう断言した。傲慢と強欲とが両輪となって動きだす――人生という流れのなかで、両者ががっちりと手を組んだのだ。

「わたしはマーティン・ワイルドに会ったことはありません」サタスウェイトは話をつづけた。「ですが、噂は聞いています。バーナービー家から一マイルも離れていないところに住んでいます。代々、農業に従事している豪農の家系です。レディ・バーナビーは農業に興味をもっていました――あるいは、そのふりをしていた。どちらかといえば、ふりをしていたほうですね。彼女はワイルドこそが唯一の逃げ道だと考えた。そして、子どものように躍起になって、彼をつかまえた。そうなると、結果は目に見えています。法廷で手紙が読みあげられたため、わたしたちもその結果を知っています。ワイルドは彼女からの手紙を後生大事に保管していました――彼女のほうは彼の手紙を保管していませんでしたが、ワイルドが持っていた彼女の手紙から、ワイルドの熱が冷めてきたことが読みとれます。ワイルドも認めていますが、彼には新しい恋人ができたのです。その女もディアリング・ヴェールの村に住んでいます。父親は医者。法廷で彼女を見ましたか？　あ、そうでした、あなたは法廷には行かなかったとおっしゃいましたよね。では、その女のことを描写してみましょう。きれいな娘です。とてもきれいだ。もの静かな感じですね。おそらく、ええ、これはわたしの推測ですが、ほんの少し頭が鈍い。ですが、他者をほっとさせるところがあります。それに、誠実だ。なによりも誠実な性質《たち》だといえます」

励ましてほしくて、サタスウェイトはクィンをちらりと見た。それに応えて、クィンの顔にゆっくりと称賛の笑みが広がる。

それに力を得て、サタスウェイトは話をつづけた。「最後の手紙のことはごぞんじですよね。新聞でお読みになったはずです。九月十三日金曜日の朝に書かれた、ワイルド宛のレディ・バーナビーの手紙。とことん相手を非難し、脅しめいた文言もまじっています。最後に、ワイルドに同日午後六時に屋敷に来てくれ、と書いてありました。

〝あなたが来ることを誰にも知られないように、サイドドアを開けておきます。わたしは音楽室にいます〟

この手紙は郵便ではなく、使いの者によって、直接、ワイルドの自宅に届けられました」

サタスウェイトはことばを切り、短い間《ま》を作ってから、また口を開いた。

「ワイルドは逮捕されたとき、最初は、屋敷には行かなかったといいました。猟銃を持って森に狩りにいっていた、と。しかし、警察がいくつもの証拠を提出し、彼の供述はくつがえされました。屋敷のサイドドアには、両面ともに彼の指紋がべたべたとついていましたし、音楽室のテーブルにあったふたつのカクテルグラスの一方からも、彼の指紋が検出されたのです。そこに至ってようやく、ワイルドはレディ・バーナビーに会いにいったことを認めました。そして激しい口論になったが、なんとか彼女をなだめたそうです。持っていた銃は音楽室のドアの外、わきの壁に立てかけておいた、辞去したときにはレディ・バーナビーは生きていたし、元気だったと述べています。辞去した時刻は午後六時十六、七分ごろだったそうです。そしてワイルドはまっすぐに自宅に帰った。しかし、彼が農場にもどったのは、六時四十五分ごろだという証言があります。先ほど申しあげたように、バーナビー家とワイルド農場とは、わずか一マイルほどしか離れていません。三十分もかかるはずがない。それに、ワイルドは銃のことはすっかり忘れて、手ぶらで屋敷を出たといっています。とうていありそうもない話です。とはいえ――」

「とはいえ？」クィンが訊きかえす。

「そうですね」サタスウェイトはのろのろといった。「その可能性はあるのではないかと。もちろん、検察官はその供述をばかばかしいといって却下しましたが、わたしには検察官のほうがまちがっているように思えます。わたしは大勢の若者を見てきました。彼らは激しい口論をするというような場面になると、感情的になって気が動転してしまう。ことにマーティン・ワイルドのように口べたで神経質なタイプは。一方、ご婦人がたは、ありったけの知恵をふりしぼってなんとかその場をしのぎきると、そのあとはむしろ、平静で前向きな気持になるものです。感情を爆発させることは、ご婦人がたにとって安全弁の作用となり、興奮を鎮め、気持をおちつかせてくれるのでしょう。しかし、マーティン・ワイルドは激しい口論のせいで頭が混乱し、嫌気がさしてみじめな気分になっていたため、壁に立てかけておいた銃のことなど、すっかり忘れてしまったのでしょう」

サタスウェイトはまたそこで黙りこみ、しばらくして話をつづけた。「ですが、それは問題ではありません。残念なことに、そのあとのことがあまりにも明白で、どうにもならない。銃声が聞こえたのは、六時二十分ちょうどでした。召使いたち全員が銃声を聞いています。彼らが音楽室に駆けつけると、レディ・バーナビーは椅子の肘掛けにうつぶせに倒れていました。至近距離で後頭部を狙われたため、銃弾が散らばることはなかったのです。少なくとも、二発の銃弾が頭を貫通しています」

サタスウェイトがそこでことばを切ると、クィンがさりげなく訊いた。「召使いたちの証言がありましたよね?」

サタスウェイトはうなずいた。「そうです。執事はみんなよりひと足先に音楽室に駆けつけましたが、ほかの召使いの証言と一致しています」

「すると、召使い全員が証言したんですね」クィンは考えこんだ。「例外はない?」

「ああ、そういえば、いま思い出しました。ハウスメイドのひとりは検死審問にしか呼ばれませんでした。その後、そのメイドはカナダに行きました」

「なるほど」

沈黙がおりた。レストランの空気が変化し、不安の色に染まっていく。サタスウェイトは非難されているような気がしてきた。

ふいに疑問が浮かんだ。「なぜ彼女はそうしなければならなかったのだろう?」サタスウェイトは唐突に頭に浮かんだ疑問を口にした。

「なぜ彼女はそうしなければならなかったのでしょう?」クィンはかすかに肩をすくめて、サタスウェイトの疑問をくりかえした。

この疑問にサタスウェイトは動揺した。突きつめることなく、放っておきたい――いつもの観察者の立場に逃げもどりたい。

しかし、サタスウェイトはいった。「誰が銃を撃ったのか、それに疑問の余地はありません。じっさいの話、召使いたちは茫然として立ちすくんでいたようです。その場を仕切って指示を出せる者はいませんでした。ようやく誰かが警察に電話することを思いつくまで数分かかりましたが、いざ連絡しようとすると、電話が故障しているとわかりました」

「ふむ。電話が故障していた」クィンはまたくりかえした。

「そうです」サタスウェイトはうなずいたが、急に、自分がなにやらたいへん重要なことをいったような思いが頭をよぎった。「そうですね、なにかもくろみがあって、誰かがわざと故障させたのかもしれません」ゆっくりとそういう。「ですが、だからといって、それが重大なポイントだとは思えません。なにせ、突発的な死だったわけで」

クィンはなにもいわない。サタスウェイトは自分が説得力に欠けていたのだと思った。

「容疑者はただひとり、若いマーティン・ワイルドです」サタスウェイトは話をつづけた。「ワイルドは、銃声が響いた三分前には屋敷を出たと供述しています。

それでは、いったい誰が銃を撃ったのか?

サー・ジョージは、数軒隣のお宅のブリッジパーティに出席していました。午後六時半過ぎに自宅の門の前で、屋敷から走りでてきた召使いに会い、悲報を聞いたのです。ブリッジの最後の三回勝負が終わったのは、午後六時二十分――この時刻にまちがいはありません。

また、サー・ジョージの秘書のヘンリー・トンプスン。彼はその日ロンドンにいて、銃声が響いた時刻には、仕事の打ち合わせをしていました。

次に、ワイルドの新しい恋人、シルヴィア・デイル。なんといっても、彼女には充分な動機がありますが、人を殺すようなことができるとは、とうてい考えられません。第一、彼女は六時二十八分着の汽車で来る友人を迎えるため、犯行時刻にはディアリング・ヴェール駅にいたのです。したがって、彼女は容疑からはずれます。

では、召使いたちはどうか。彼らに女主人を殺す、どういう動機があったというのでしょう？　それに、彼らは全員、ほぼ同時に音楽室に駆けつけています。

そう、マーティン・ワイルドしかいないのです」

そういったサタスウェイトの口調は、しかし、決して納得していないといわんばかりだった。

そのあと、ふたりは黙って料理を味わった。クィンはもともと寡黙《かもく》だし、サタスウェイトはいうべきことはいいつくしていた。だが、決して不毛な沈黙ではなかった。目の前にいる、単なる知り合いにすぎない人物によって、不思議なことに、サタスウェイトの不審は徐々に高まり、大きくふくらんでいったのだ。

サタスウェイトはふいに、無作法にも音をたててナイフとフォークを皿に置いた。「あの若者がほんとうに無実であるとしても、彼は絞首台にのぼることになります」サタスウェイトの顔は、恐怖と動揺にひきつっていた。だが、クィンはなにもいわない。

「それでは――」サタスウェイトはいいかけてやめた。そして、いおうとしていたこととは、まったく別のことを口走った。「なぜ彼女は、カナダに行かなければならなかったのだろう？」

クィンは頭を振った。

「彼女がカナダのどこに行ったのかさえ、わたしは知りません」サタスウェイトはいかにも無念そうな口ぶりでいった。

「捜しだせませんか?」クィンは訊いた。

「できると思います。執事がいます。あの男なら知っているでしょう。あるいは、秘書のトンプスンなら」

そこでまたサタスウェイトは間《ま》をおいた。ふたたび口を開いたときは、ほとんど懇願するような口調になっていた。「わたしが関知することではないのでは?」

「あの若者はあと三週間ほどで、絞首台に送られるのでは?」

「ええ、そうです——このまま放っておけば、そうなります。ええ、あなたがおっしゃりたいことはわかります。生か死か。それに、あのかわいそうな娘。わたしはわからずやではありません。ですが、そんなことがなんの役に立つのですか? あいまいでとりとめのない話ではありませんか? それに、もしカナダに行ったメイドの居場所がわかったら、わたし自身が彼女に会いにいくべきだということになるのですか?」サタスウェイトはとんでもないといわんばかりだ。「じつは、来週、リヴィエラに行こうと思っているんです」哀れっぽい口調になってしまう。クィンに向けられたまなざしは、ありありとこう語っていた——行ってもかまいませんよね?

「カナダにいらしたことはありますか?」クィンは訊いた。

「いいえ」

「おもしろい国ですよ」

サタスウェイトは優柔不断な目でクィンをみつめた。「わたしが行くべきだと?」

クィンは椅子の背に軽くもたれ、煙草に火をつけた。煙を吐きながら、慎重に話しだす。

「ミスター・サタスウェイト、あなたは裕福でいらっしゃる。百万長者とはいわないまでも、金の心配をせずに好きなことを楽しむことがおできになる。あなたは他人のくりひろげるドラマを観ることに徹してらした。ご自分がそのドラマに加わり、一役を担おうとお考えになったことはないのですか？　そのドラマで、他人の運命を左右する、調停人としての役柄を務めているご自分の姿を夢想なさったことは、一度もなかったのですか？　片手に生をもう一方の手に死を握りしめて、舞台の中央に立っている、ご自分の姿を？」

サタスウェイトは身をのりだした。古い情熱がよみがえってくるのがわかる。「つまり――雲をつかむような探索をしに、カナダに行き……」

クィンは微笑した。「おやおや、カナダ行きはあなたの提案であって、わたしの思いつきではありませんよ」明るくいう。

「そんなことをいってはぐらかそうとなさったって、そうはいきませんぞ」サタスウェイトは熱をこめていった。「あなたとお会いするといつも――」

「いつも？」

「あなたにはどうにも理解できないところがおありだ。おそらく、この先もそうなのでしょうね。このあいだお会いしたのは――」

「夏至の前夜《ミッドサマー・イヴ》でした」

サタスウェイトははっとした。そのことばが、理解できなかったことの手がかりとなるかのように思えたからだ。「ミッドサマー・イヴでしたか？」困惑したように訊きかえす。

「ええ、そうです。ですが、それはわきに置いておきましょう。たいしたことではない。そうでしょう？」

「あなたがそうおっしゃるのなら」サタスウェイトは礼儀正しく答えた。とらえどころのない手がかりが、指のあいだからするっと抜け落ちていくのを感じる。「カナダから帰りましたら──」ぎごちなく間《ま》をおく。「えー、そのう、またお会いできるのでしょうね？」

「いまのところ、住まいが定まっていないのですよ」クィンはいかにもすまなそうにいった。「けれども、この店にはよく来ます。あなたもそうなら、きっと、近いうちにまたお目にかかれるでしょう」

　ふたりは気持よく別れた。

　サタスウェイトは興奮していた。急いでクック旅行社に行き、汽船の航行スケジュールを調べた。それからディアリング・ヒルに電話をかけた。応対した声は慇懃《いんぎん》で、敬意がこもっており、声の主は執事だとわかった。

「わたしはサタスウェイトという者だが。えー、その、事務弁護士事務所の者でね。最近までお宅でハウスメイドを務めていた、若い女性のことを少々尋ねたいのだが」

「ルイーザのことでございましょうか？　ルイーザ・ブラード？」

「そう、そういう名前だった」サタスウェイトはあっさりと名前を知ることができて、うれしくなった。

「まことにあいにくながら、彼女はこの国におりません。半年前にカナダに参りまして」

「いまどこにいるか、住所を教えてもらえるかね?」

執事は申しわけなさそうに、確かな住所は知らないといった。「山あいの、スコットランドふうの地名で——あ、そうそう、バンフ、とかいうところでございました。メイドたちのなかには、彼女から手紙がくるのを待っている者もおりますが、住所は誰も知らないようでございます」

サタスウェイトは礼をいって電話を切った。意気はあがったまま、少しもくじけていない。胸の内では、冒険を辞さない精神が強く脈打ち、カナダまで行く気になっている。ルイーザ・ブラードがバンフにいるというのなら、なんとしてでもみつけだすまでだ。

自分でも驚いたことに、サタスウェイトはカナダへの船旅を充分に楽しんだ。もう何年も長い船旅をしていない。リヴィエラ、ル・トーケ、ドーヴィル、そしてスコットランドというのが、サタスウェイトのお決まりの旅路なのだ。カナダは初めてだし、しかも、遂行不可能ともいえる使命を帯びているという思いが、ひそかな刺激となっている。彼の探求の旅のことを知ったら、ほかの乗客たちはなんと愚かなと、さぞあきれるだろう。しかし、そのひとたちはクインを知らないのだ!

バンフで、サタスウェイトはいとも容易に、尋ねる相手をみつけだすことができた。ルイーザ・ブラードはバンフの大きなホテルに勤めていたのだ。バンフに到着して十二時間後には、サタスウェイトは彼女と会っていた。

ルイーザ・ブラードは三十五歳ぐらい。がっちりした体つきなのだが、貧血症らしく顔色が悪い。軽くカールしている薄茶色の髪。いかにも正直そうな茶色の目。少しばかり頭の働きが鈍いようだが、きわめて信頼できる人柄だと、サタスウェイトは見てとった。

ディアリング・ヒルの悲劇に関して、さらなる事実を確認にきたというサタスウェイトの説明を、ルイーザはすんなりと受け容れた。

「ミスター・マーティン・ワイルドが有罪になったことは、新聞で知りました。とても残念です」とはいえ、ワイルドの犯行に疑問をもっているようすはかけらもない。

「若くてりっぱな紳士が、道をまちがえてしまったんでしょうね。でも、亡くなったかたを悪くいいたくはありませんが、おくさまのほうがいけなかったんでございますよ。ミスター・ワイルドを放っておかなかったんですから。ええ、そうです。いってみれば、両方とも罰を受けたということですね。子どものころ、あたしの家の壁に、〈神の目をあざむくことはできない〉という聖句の額が掛かっていたんですが、ほんと、そのとおりでございますねぇ。そうなんです、あたしにはわかっていたんですよ——これからなにかが起こるって。そしたら、やっぱり、そうなってしまいました」

「わかっていたって、どうしてだね？」サタスウェイトは訊いた。

「服を着替えようと、自分の部屋にいたんです。で、ちらっと窓の外を見たら、汽車が白い煙を吐いていました。おかしないいかたですが、あたしには、空にすごく大きな手が描かれているみたいに見えました。赤い夕焼けの空に描かれた白い大きな手。なにかをつかもうとするように、指を曲げた手。ほんと、ぎょっとしましたよ。"おやまあ！"ついひとりごとをいってしまいましたよ。〝なにかが起こるっていうしるしかねえ〟って。

そしたら、そのとき、銃声が聞こえたんです。〝やっぱり！〟そう思いましたよ。すぐに部屋から走りでて、階段を駆けおりて、ホールに集まってきていたキャリーやほかの者たちといっしょに、音楽室に行ったんです。そしたら、おくさまが頭を撃ち抜かれて――そこいらじゅう血だらけでした。あたしはサー・ジョージに、空に描かれた白い手のことを申しあげたんですが、だんなさまは気にもとめないごようすでした。はい、そうですとも、災厄の日だったんです。あの日は朝早くから、なにか災厄が起こると感じてました。金曜日。しかも十三日。災厄以外にどんな予想ができるというんです？」

そのあとも、ルイーザはだらだらと話しつづけた。サタスウェイトは辛抱して聞いていた。何度も彼女をさえぎって、事件の話にもっていこうと、突っこんだ質問をしてみた。そしてとうとう自分の負けを認めるしかなくなった。ルイーザ・ブラードは知っていることをすべて語ってくれたのだ。単純で、ごまかしのない話だった。

とはいえ、ひとつだけ収穫があった。ルイーザのいまの勤め口は、サー・ジョージの秘書トンプスンの紹介によるものだったのだ。断るのはもったいないほど高給だったため、ルイーザは転職を受け容れた。ただし、条件があった――すぐさま英国を発つこと。ルイーザに否やはなかった。そして、デンマンなる人物が渡航その他の手続きをしてくれたのだが、最後に、英国の元同僚と手紙のやりとりをしてはいけないときつくいわれた。そんなことをすれば〝移民受け容れた。

ルイーザがさらりと口にした給料の額を聞き、その高額なことにサタスウェイトは驚いた。

いささかためらったものの、サタスウェイトはこのデンマンなる人物に会うことにした。

デンマンをみつけて話を聞くのは、それほどむずかしいことではなかった。デンマンはロンドンに行ったときにトンプスンと出会い、彼に世話になったことがあったという。九月のある日、トンプスンから手紙がきて、それには、サー・ジョージの個人的理由により、女性をひとり、外国に行かせたいと書いてあった。ついては、彼女の働き口をみつけてもらえないだろうか？　そして、彼女の給料に上積みするようにと、けっこうな額の金が送られてきた。

「よくあるトラブルでしょうな」デンマンは椅子の背にもたれ、したり顔でいった。「おとなしくて、性格のいい女みたいですし」

サタスウェイトは〝よくあるトラブル〟という観点には同意できなかった。ルイーザ・ブラードはサー・ジョージ・バーナビーとわけありの、しかも、捨てられた女などではありえない。なんらかの理由があって、どうしても彼女を英国から追い出したかったのだ。その理由とは？　裏にいるのは誰か？　トンプスンに指示を出したのは、サー・ジョージなのか？　それとも、トンプスンが雇い主の名を勝手に使い、独断で動いたのだろうか？

いくつもの疑問を抱え、あれこれと悩みながら、サタスウェイトは帰路についた。これという成果も得られず、意気消沈していた。せっかくカナダまで行ったというのに、徒労に終わったのだ。

帰国した翌日、失意で重い心をかかえながら、サタスウェイトはレストラン〈アルレッキーノ〉に向かった。まさか今日この日とは思っていなかったが、店内の隅の席には、会いたかった人物がすわっていた。ハーリー・クィンは浅黒い顔に歓迎の笑みを浮かべた。

「いやあ」サタスウェイトはバターを皿に取りながらいった。「あなたに、雲をつかむような旅をさせられてしまいましたよ」

クィンは眉を吊りあげた。「わたしに？　あなたご自身のアイディアでしたよ」

「どちらのアイディアにしろ、ルイーザ・ブラードから有益な話はなにも聞けませんでした」

そこでサタスウェイトはルイーザ・ブラードとの面談の内容と、デンマンの話とを、くわしく語った。クィンは黙って聞いていた。

「ですが、ある一点だけ、聞けてよかったと思えたことがあります」サタスウェイトはいった。「あのハウスメイドは故意に英国を出されたのです。でも、なぜなのか？　それがわからない」

「わかりませんか？」クィンの声は、いつものように挑発的だった。

サタスウェイトの顔が紅潮する。「もっと機転の利いた質問をすればよかったのに、とお思いなんでしょうね。でも、わたしは何度もくりかえし、彼女の話を確認しましたよ。望んでいた情報が得られなかったのは、わたしのせいではありません」

「ほんとうに？」クィンは訊きかえした。「望んでいた情報はなにも得られなかったとお思いですか？」

サタスウェイトは驚いてクィンをみつめた。おなじみのどこか哀しげで、挑むようなまなざしと目が合う。サタスウェイトは弱々しく頭を振った。

しばらく沈黙がつづいたあと、クィンは口ぶりをあらためて話しだした。「先だって、あなたは事件当日の光景をいきいきと描いてくださった。ですから、まるで目の前に現われるように、ひとりひとりを鮮明に描写なさった。今日は事件現場の描写も同じようにしていただきたいのですが。それに関しては、あなたは陰のなかに置き去りになさったままなので」

サタスウェイトは元気づいた。「現場ですか？　ディアリング・ヒルの？　あの屋敷は、ごくありふれた現代風《いまふう》の建物ですよ。赤煉瓦《れんが》造りで、張り出し窓がある。外観は見苦しくて褒めたものではありませんが、内部はとても快適です。広大な屋敷とはいえません。敷地の広さは二エーカーほどでしょうか。いまどきはたいていそんなものです。富裕層向けに建てられた高給住宅ですね。内部はホテルと同じような造りで、ベッドルームはホテルのスイートそのもの。それぞれのベッドルームに、湯と水の出る風呂と洗面台が備えつけられ、いたるところに、金メッキをほどこした電気の照明器具が取りつけられています。快適そのもので、田舎の家とはいえません。ディアリング・ヴェールはロンドンから十九マイルしか離れていませんし」

注意深く耳をかたむけていたクィンは、こう指摘した。「汽車の便は悪いと聞いています」

「おや！　それは知りませんでした」サタスウェイトはその問題を考えてみた。「わたしがあちらに行ったのは、去年の夏でした。ロンドンから行くには、とても便利だと思いましたよ。

そりゃあ、汽車の運行は一時間に一本しかありませんがね。毎時、四十八分にウォータールー駅を出発しています。最終は午後十時四十八分です」

「ディアリング・ヴェール駅まではどれぐらいかかりますか？」

「だいたい四十分です。ディアリング・ヴェール駅には、毎時二十八分ごろに到着することになります」

「ええ、そうですね」クィンはいらだったような身ぶりをした。「それはわかっていたのに、忘れていました。あの日、ミス・デイルは六時二十八分着の汽車で来る誰かを迎えようと、駅にいた。そうでしたね？」

サタスウェイトはすぐには返事ができなかった。大急ぎで、いまだ解けていない問題に意識を向ける。しばらくして、サタスウェイトはいった。「先ほど、望んだ情報は得られなかったとわたしがいったとき、あなたはそれはほんとうかとお尋ねになった。どういう意味でおっしゃったのか、教えていただけませんか？」

口にしてみると、なんだか複雑ないいかたになったが、クィンは理解しがたいという顔もしなかった。

「あなたがあまり厳密にお考えになっていないのではないかと思い、ああ申しました。つまるところ、ルイーザ・ブラードは故意に英国から出された。それにはなんらかの理由があるはずです。そしてその理由は、彼女があなたに語った話のなかにあるにちがいない」

「ふむ」サタスウェイトはこの挑戦を受けた。「彼女はなにをいったか？　検死審問で証言したことを別にすれば、なにをいっただろうか?」

「見たのでしょう?」クィンはいった。

「いったい、なにを?」

「空に描かれたしるしを」

驚いて、サタスウェイトは目をみはった。「あのナンセンスな話のことですか? 神の手だとかいう迷信でしょう?」

「迷信かもしれません。にもかかわらず、あなたもわたしも、それが神の手だったと認めることができるのでは」

社交術に長けているサタスウェイトも、これには同意しかねた。「ナンセンスです。彼女自身、あれは汽車の煙だったといっていますよ」

「上りか下りか、どちらの汽車でしょう?」クィンはささやくようにいった。

「上りではありえません。ディアリング・ヴェール駅から出る上りの時刻は毎時十分です。ですから、下りにちがいありませんな。六時二十八分着の。いや、待てよ、そんなはずはない。彼女はそれを見た直後に銃声を聞いたといった。しかし、銃声が響いたのは六時二十分だという事実が明らかになっている……。十分近くも早く、汽車がやってくるわけがない」

「あの線ではありえませんね」クィンはうなずいた。

サタスウェイトは宙をにらんだ。「貨物列車か」とつぶやく。「いや、貨物列車だったのなら――」

「彼女を英国から追い出す必要はありませんね」クィンはまたうなずいた。

サタスウェイトは魅せられたようにクィンをみつめた。「六時二十八分着の汽車」ゆっくりという。「その汽車だったのならば、なぜみんなは、銃声を聞いたのはもっと早い時刻だったと証言したのでしょう?」

「明らかに」クィンはいった。「時計が狂っていた」

「すべての時計が?」サタスウェイトはまさかという口ぶりでいった。「そんな偶然はありえませんよ」

「偶然だと思っているわけではありません。あの日が金曜日だったことを考えているのです」

「金曜日?」

「あなたが教えてくださったところによると、サー・ジョージは毎週金曜日に時計のねじを巻く」クィンは弁解するように指摘した。

「そのさいに、すべての時計の針を十分、もどした」新たな発見を畏《おそ》れるように、サタスウェイトは消え入りそうな声でつぶやいた。「それから近所の家のブリッジパーティに出かけた。あの朝彼は、妻がマーティン・ワイルドに宛てて書いた手紙を、読んだにちがいない――いや、あえて読んだにちがいない。だから六時半よりも前にブリッジパーティから帰宅し、ワイルドがサイドドアの横の壁に立てかけておいた猟銃をみつけ、それを持って音楽室に入り、うしろから妻の頭を撃った。すぐに音楽室から出て、植えこみに銃を捨てた――警察はその茂みで銃を発見しました。そして、たったいま近所の家を出てきたような顔をして屋敷に向かい、門の前で、悲報を伝えようと屋敷から走りでてきた誰かと会った。しかし、電話は？　電話はどうなんだろう？　ああ、そうか、わかりましたよ。警察に通報されないように、電話線を引っこ抜いておいたんですね。警察に通報時刻が記録されないように。これで、ワイルドの供述の真偽がわかります。彼がディアリング・ヒルを出たのは、じっさいは六時二十七分ごろだった。ゆっくりと歩けば、自宅の農場には六時四十五分ごろに着きます。そうか、そういうことか。ルイーザ・ブラードが飽くことなく迷信めいたことをいいつづけるとすれば、それは唯一の危険となりうる。汽車の時刻のことに、誰かが気づくかもしれない——完璧なアリバイは崩れてしまう」

「おみごと！」クィンは称賛した。

サタスウェイトは謎を解明した喜びに上気した顔で、クィンをみつめた。「問題がひとつ。いまこれから、シルヴィア・デイルにお会いになってはいかがでしょうか？」

「シルヴィア・デイルにお会いになってはいかがでしょうか？」

サタスウェイトはけげんな顔になった。「前に申しあげましたが、彼女はそのう、えー、少しばかり頭が鈍いように見受けられましたが」

「彼女には、必要な手続きをするために助力してくれる、父親や兄弟がいますよ」

「そうですね」サタスウェイトは胸をなでおろした。

クィンと別れたあと、サタスウェイトはその足でディアリング・ヴェールのシルヴィア・デイルを訪ね、事件の真相を話して聞かせた。シルヴィアは注意深く聞きいり、サタスウェイトの話が終わると、ひとことも質問せずにさっと立ちあがった。

「タクシーを呼ばなくては——いますぐに」シルヴィアはいった。

「なにをする気なのかね?」

「サー・ジョージ・バーナビーに会いにいきます」

「とんでもない。それは最悪の選択だ。わたしに任せて——」

サタスウェイトは鳥がさえずるようにことばを継いで、シルヴィアを説得しようとした。しかし、なんの効果もなかった。シルヴィア・デイルの決意は固かった。

シルヴィアはサタスウェイトの同行を許したが、タクシーのなかで彼がなんといおうと耳を貸さなかった。そしてロンドンのシティにあるサー・ジョージのオフィスに着くと、サタスウェイトを外に残したまま、ひとりでオフィスに乗りこんでいった。

シルヴィアがもどってきたのは、三十分後だった。疲れきっているようすで、美しい顔がしおれた花のようにうなだれている。サタスウェイトは心配そうに彼女を迎えた。

「あたし、勝ちました」シルヴィアは座席の背にもたれ、なかば目を閉じ、声を絞りだすようにしていった。

「なんだって?」サタスウェイトは驚いた。「なにをしたのかね? なにをいったのかね?」

シルヴィアはわずかに上体を起こした。「ルイーザ・ブラードが警察に話をしたといったんです。警察はその話をくわしく調べ、六時半より前にサー・ジョージが自宅に入っていき、また出てきたのを確認したって。あのかたは——茫然としてました。それで、あたし、逃げる時間は充分にある、警察が逮捕しにくるまであと一時間はあるといいました。そして、自分がヴィヴィアンを殺したと告白状を書いてくれれば、あたしはなにもしないけど、書かないのなら、この建物じゅうに響くほど大声で真相をわめいてやるといったんです。あのかたは混乱し、すっかり動転してしまい、自分がなにをしているかもよくわかっていなかった。茫然としたまま、告白状を書いて署名したんです」

シルヴィアはサー・ジョージの告白状をさしだした。「これを――これをあなたに。あなたならマーティンを自由の身にするにはどうすればいいか、ごぞんじでしょうから」

「みずから署名したのか！」サタスウェイトは目をみはった。

「あのかたはちょっと鈍いんです」シルヴィアはそういってからつけくわえた。「あたしもそう。だから、よくわかるんですよ。思いがけない事態が起こると、とっさにどうしたらいいかわからずにばかなまねをして、あとで悔やむことになるんです」

シルヴィアは震えていた。サタスウェイトは彼女の手を軽くたたいてやった。「気持をおちつけたほうがいいね。この近くに、わたしの行きつけのレストランがあるんだ。〈アルレッキーノ〉という店が。行ったことはあるかね？」

シルヴィアはくびを横に振った。

サタスウェイトはタクシーをとめた。あの小さなレストランに着くと、娘をエスコートして店内に入り、隅のテーブルに向かう。期待で胸が高まり、心臓の鼓動が速くなる。しかし、いつものテーブルには誰もいなかった。

シルヴィア・デイルは、サタスウェイトの顔に落胆の表情が浮かぶのを見てとった。「どうかなさったんですか?」

「いやいや、なんでもない。友人がいるかもしれないと期待していたんだよ。うむ、いいんだ。きっと、またいつか会えるだろう……」

クルピエの真情

The Soul of the Croupier

サタスウェイトはモンテカルロのテラスで陽光を満喫していた。

毎年必ず、サタスウェイトは一月の第二日曜日に英国を離れ、リヴィエラを訪れる。ツバメよりも規則正しいといってもいい。四月には英国に帰り、五月と六月はロンドンですごす。六月のアスコット競馬を見逃すことがないのはよく知られている。イートン校対ハロウ校の競技試合を観戦したあとは、田舎の屋敷に短い滞在をしてから、ドーヴィルやル・トーケに保養に出かける。九月と十月の大半は、あちこちから招かれる狩猟パーティで忙しい。そのあとの二カ月ほどはロンドンですごして、一年を締めくくるのが慣例となっている。サタスウェイトは誰をも知っているし、誰もが彼を知っているといってもさしつかえない。

今朝のサタスウェイトは眉をひそめ、鬱々《うつうつ》とした表情だった。海はあざやかに蒼く、いつものように、庭園は目を楽しませてくれるのだが、そこに集《つど》う人々には失望してしまう――似合わない服をまとった、まやかし者ばかりに思えるのだ。そのなかには、当然ながらギャンブラーたちがまざっている。どうしても、賭け事から抜けだせない運命を背負った者たちだ。だが、その手の者たちに、サタスウェイトは寛大だ。ギャンブラーは、この地とは切り離せない、必然的な存在なのだ。とはいえ、サタスウェイトは慣れ親しんだ活気が、社交界の名士《エリート》たち――サタスウェイト自身が属する階級の人々――の華やかな活気がなつかしい。

「交代の潮時なのだろうか」サタスウェイトはむっつりとひとりごとをいった。「いまここには、かつてはここに来るだけの余裕のなかった者たちが、大挙して押し寄せてきている。わたしも歳をとった……ここにいるのは若い者たちばかり。スイスも彼らでいっぱいだし……」

しかし、サタスウェイトがなつかしく思う人々も、いないわけではない。時間や場所をわきまえた身なりをした、外交団のメンバーらしき、各国の男爵や伯爵、大公や王太子たち。とはいえ、これまでのところ、サタスウェイトが目にしたのは、二流どころのホテルでエレベーター係を務めている、どこかの小国の王太子だけだ。それに、美しく、ぜいたくな身なりの婦人たち。確かにいることはいるのだが、かつての華やかな時代にくらべれば、数はぐっと減っている。

サタスウェイトは〝人生というドラマ〟の熱心な研究者なのだが、彼が好むドラマは、色合い豊かなものに限られている。そんな彼にとって、いまのリヴィエラには失望しか感じないのだ。いろいろな事物の真価が変わっていく。彼もまた変化するには、歳をとりすぎてしまった。

ちょうどそのとき、ツァルノーヴァ伯爵夫人がサタスウェイトのほうに向かってやってきた。この長い年月のあいだ、サタスウェイトはシーズンごとに、このモンテカルロで彼女を見かけている。初めて見たとき、伯爵夫人の連れはどこかの国の大公だった。次はオーストリアの男爵。その後の数年間に次々に替わった友人たちは、きらびやかに宝石で飾りたてたヘブライ系の男だった。この一、二年は若い男といっしょだ――まだ少年かと思えるほど若い男たち。いまも、連れは若い男だ。サタスウェイトはたまたま彼を知っていた。フランクリン・ラッジという、典型的なアメリカ中西部人。懸命に背伸びして世慣れた男を気どっているが、まったくさまになっていない。アメリカ中西部人らしい抜け目のなさと、理想主義とがまぜこぜになった、愛すべき若者だ。彼は同国人の若者たちのグループとともに、このモンテカルロにやってきた。男女とも、よく似た感じの若者たちだ。彼らは生まれて初めて旧世界に接するわけで、見るもの聞くものすべてに対し、声高に辛辣《しんらつ》な批評や称賛を口にしてはばからない。

彼らは概して、ホテルに滞在している英国人を苦手としているし、英国人も彼らをきびしい目で見ている。コスモポリタンを自認するサタスウェイトは、どちらかといえば、彼ら若いアメリカ人を好意の目で見ている。彼らの直截さ、活発さが好ましく思えるのだが、無作法な言動に、ときおり身震いしてしまうのは否めない。

若いフランクリン・ラッジにとって、ツァルノーヴァ伯爵夫人はもっとも不釣り合いな友人ではないか――サタスウェイトはそう思った。

しかし、その不釣り合いなカップルが近づいてくると、サタスウェイトは礼儀正しく帽子をとってあいさつした。ツァルノーヴァ伯爵夫人は微笑を浮かべて、軽く頭をさげた。背が高く、とびぬけて美しい女だ。黒髪で、目も黒い。まつげと眉毛は、自然の造形とは思えないほど黒黒としている。

一般男性よりも婦人たちの秘密を知りぬいているサタスウェイトは、伯爵夫人の巧みな化粧に舌を巻いた。顔の色は、素顔さながらになめらかで白い。目の下には、うっすらと黒っぽいぼかしがはいっていて、それがとても効果的だ。くちびるを彩っているのは、真紅でも深紅でもなく、おちついた赤ワインの色だ。黒と白のシンプルな服に、顔色を美しく見せるピンクがかった赤のパラソルをさしている。

フランクリンはいかにも幸福そうに、もったいぶった表情を浮かべていた。

サタスウェイトは口には出さずに内心でひとりごとをいった——若い道化だな。だが、わたしには関係のないことだし、なにをいっても、彼は聞く耳をもっていないだろう。そうだとも、若かりしころは、わたしもそうだった。

しかし、サタスウェイトは気がかりだった。若いアメリカ人のグループにとびきりチャーミングな娘がいるが、その娘がフランクリンと伯爵夫人の仲をこころよく思っていないのは、傍《はた》目《め》にも明らかだったからだ。

サタスウェイトが不釣り合いなカップルとは逆の方向に足を踏みだそうとしたとき、その娘が悩ましげな顔をして、こちらに歩いてくるのが見えた。仕立てのいいかっちりした〝スーツ〟に、白いモスリンのブラウスを合わせ、足もとは実用的だが品のいい散歩靴だ。手にはガイドブックを持っている。パリを経由してモンテカルロに来るアメリカ人女性のなかには、シバの女王を彷彿とさせるほど肌を露出させた者もいるが、この娘、エリザベス・マーティンはそういうたぐいではない。彼女は〝ヨーロッパ人らしくある〟ことを意識して、厳格に、かつ、細心の注意を払って実践している。高い理想をもって文化や芸術を吸収しようと、限られた持ち金をできるかぎりその方面に使っているのだ。

　とはいえ、サタスウェイトがこの娘を、文化や芸術に造詣が深いとみなすかどうかは疑問だ。彼の目には、若い、きわめて若い女としか映っていない。

「おはようございます、ミスター・サタスウェイト」エリザベスはあいさつした。「フランクリンを、あ、いえ、ミスター・ラッジを見かけませんでしたか？」

「ほんの数分前に見かけましたよ」

「きっと、友人のツァルノーヴァ伯爵夫人といっしょだったんでしょうね」とがった口調だ。

「ふむ、そう、伯爵夫人といっしょでした」サタスウェイトはうなずいた。

「伯爵夫人といっしょでも、あたしはいっこうにかまわないんですけど」そういう娘の声は、感情を抑えきれずに、かん高くなっている。「フランクリンは、そりゃあもう彼女に夢中なんです。なぜなのか、あたしにはわかりません」

「とても魅力的なものごしのご婦人ですよ」サタスウェイトは慎重にことばを選んだ。

「彼女のこと、知ってるんですか？」

「少しばかり」

「あたし、フランクリンのことがとっても心配なんです。ふだんは分別があるんですよ。その彼があんなセイレーンみたいな女に引っかかるなんて、考えられない。おまけに、なにをいっても耳に入らないみたいだし。誰かがひとこと忠告しようとすると、怒りくるったスズメバチよりもひどく逆上して、手に負えません。あのう、教えてほしいんですけど――彼女、本物の

〝伯爵夫人〟なんですか」

「そういういいかたはどうかと思いますよ」サタスウェイトはたしなめた。「おそらくそうでしょう」

「あらまあ、それがいかにも英国的なマナーなのね。笑っちゃうわ」エリザベスは不服そうだ。「あたしにいえるのは、サーゴン・スプリングスでは――あたしの故郷ですけど――あの伯爵夫人は、ものすごくいかがわしい女にしか見えないってこと」

サタスウェイトはそうかもしれないと思ったが、ここはサーゴン・スプリングスではなく、モナコ公国だと指摘したくなった。エリザベスよりも、ツァルノーヴァ伯爵夫人のほうがはるかにこの地に溶けこんでいるのだ、と。

サタスウェイトがなにもいわずにいると、エリザベスはカジノのほうに歩いていった。サタスウェイトはまた、陽光の降りそそぐ椅子にすわった。やがて、フランクリンがやってきて、隣の椅子に腰をおろした。

フランクリンは熱に浮かされているようだ。「楽しいなあ」じつにすなおな、熱っぽい口ぶりだ。「そうですとも！　これこそ、人生を知るってことだ。合衆国とはまったくちがう暮らしぶりを見られるなんて」

年配の男は考えぶかそうな表情で、若い男を見た。

「人の暮らしは、どこに住んでいようと同じだよ」サタスウェイトは、いくぶんうんざりした口調でいった。「装《よそお》いがちがう――ただそれだけのことだ」

フランクリンは驚いたように目をみはった。「どういうことか、わからないなあ」

「そうだろうね。それは、きみにはまだまだ長い旅路が待っているからだよ。いや、申しわけない。歳をとると、つい説教がましい口をきいても許されるような気になってしまってね」

「ああ、かまいませんよ」フランクリンはアメリカ人らしい、きれいな歯並びを見せて笑った。

「あのですね、カジノに失望しなかったわけじゃないんです。ギャンブルというのは、もっとちがうものだと思ってたんで——もっとこう、ものすごく熱くなるものだと。でも、どっちかというと、ちっともぴりっとしなくて、なんだかさもしく思えてしまう」

「ギャンブラーにとって、ギャンブルは生と死、そのものなんだが、見世物的な価値はない。見物するより、ギャンブルのことを書いてある本を読むほうが胸がときめくものだ」

フランクリンはうなずいた。「あなた、社交界では顔が広いんでしょう?」率直そのものの問いかけだが、無礼な感じではなかった。「つまり、公爵夫人とか伯爵とか伯爵夫人とか、そういうひとたちをみんな知ってるんですよね」

「かなり大勢を知っているよ。それに、ユダヤ人もポルトガル人もギリシア人もアルゼンチン人も知っている」

「へーえ」

「説明すると、わたしは英国の社交界を動きまわっているということだ」

フランクリンはつかのま逡巡してから訊いた。「ツァルノーヴァ伯爵夫人を知ってますよね?」

「少しばかり」先ほどエリザベスに訊かれたときと、同じ返事をする。

「とても興味ぶかい女性ですよね。ヨーロッパの貴族社会は疲弊していて、活力を失ったとみなされています。男性はそうかもしれませんが、女性はちがう。ツァルノーヴァ伯爵夫人みたいに美しくてすばらしい女性に会うのは、このうえない喜びといえませんか？　機知に富み、チャーミングで、知性があり、何世代にもわたる歴史や文化を背負い、爪の先まで貴族らしい！」

「そうかね？」

「そうじゃありませんか？　彼女の家系をごぞんじでしょう？」

「いや」サタスウェイトはくびを横に振った。「あいにく、彼女のことはほんの少ししか知らない」

「あのひとはハンガリーでもっとも古い名門、ラージンスキー家の出なんですよ。数奇な運命をたどったひとです。あのひとがいつも身につけている、りっぱな真珠《しんじゅ》のネックレスをごぞんじでしょう？」

サタスウェイトはうなずいた。

「ボスニア王からのプレゼントなんですよ。ボスニア王のために、機密書類を王国からこっそり持ちだしたんだそうです」

「あの真珠がボスニア王から下賜されたという話は聞いている」

ゴシップとして有名な話で、かの婦人はかの国王の愛人だったというのが、通説として広まったのだ。

「では、ちょっとしたことを教えてあげますよ」フランクリンは秘密めかしていった。

サタスウェイトは耳をかたむけた。聞けば聞くほど、ツァルノーヴァ伯爵夫人の豊かな想像力に感心してしまう。〝セイレーンみたいな女〟（エリザベスの言）という低俗なレベルではない。フランクリンはそういう誘惑にあっさり引っかかるような愚か者ではなく、自分を清潔で理想主義的な人間だと自負している。そして、ツァルノーヴァ伯爵夫人を外交上の謀略渦巻く迷宮をきっちりと抜けてきた女性だとみなしている。そう、彼女には大勢の敵がいる。中傷する者もいる――当然だ！　この若いアメリカ人は伯爵夫人が軸として動く旧体制に感じ入っているのだ。気高く、貴族的で、各国の大使や公使や王子の友人であり、ロマンチックな献身を捧げたくなる存在、それがツァルノーヴァ伯爵夫人なのだ。

「あのひとはあらゆる戦いを乗り越えてきたんです」フランクリンはあたたかい口調でそういった。「それは驚くべきことですが、そのせいか、あのひとには真の友人と呼べる同性がいないんです」

「そうだろうね」

「そんなの、けしからん話だと思いませんか？」フランクリンは熱っぽく激した口調でいった。

「ふうむ」サタスウェイトは慎重にいった。「そうとは思えない。ご婦人たちはそれぞれ、自分の基準というものをおもちだ。そういう問題に、わたしたち男がとやかく口をはさむのはいいことではないよ。ご婦人たちのことはご婦人たちに任せておくべきだ」

「ぼくはそうは思いませんよ」フランクリンはあいかわらず熱っぽくいった。「女性が女性にきびしくあたるというのは、現代社会の最悪の問題ですよ。エリザベス・マーティンをごぞんじですか？　彼女はぼくの意見に心から賛成してます。ぼくたち、よく議論するんですけどね。彼女はまだ子どもだけど、まっとうな考えかたをします。でも、現実の問題となると……これがもう、みんなと同じわからずやになってしまう。伯爵夫人のこととなると、あのひとのことはなにも知らないくせに頭っから嫌っていて、ぼくの話を聞こうともしない。まちがってると思いませんか？　ぼくは民主主義を信奉しています。男同士、女同士、親愛の情をもたないと、民主主義は成り立たないと思うんですが」フランクリンはことばを切ったが、短い間《ま》でさえ熱っぽい。

サタスウェイトはツァルノーヴァ伯爵夫人とエリザベスのあいだに、女同士の親愛の情がかよいあうかどうか想像してみようとしたが、うまくいかなかった。

「それにくらべて」フランクリンは話をつづけた。「伯爵夫人のほうはエリザベスをべた褒めしてるんですよ。どこをとってもチャーミングだと思ってるみたいです。これでわかるでしょう？」

「それでわかるのは」サタスウェイトは冷静に答えた。「伯爵夫人はミス・マーティンよりも、かなり長い時間を生きてきたということだな」

フランクリンの話は、そこで急に方向転換した。「あのひとのほんとうの年齢を知ってますか？　ぼくは知ってます。そういうことにも正直なんですよ。ぼくは二十九歳かと思ってたんですが、三十五歳だとあっさり教えてくれました。とてもそんな歳には見えませんよねえ」

サタスウェイトはひそかに、伯爵夫人の実年齢を四十五歳から四十九歳のあいだだと見積もっているので、ただ眉を吊りあげてみせるだけにとどめた。「忠告しておくが、モンテカルロでは、なにを聞いても、鵜呑《うの》みにしないほうがいいよ」ぼそぼそとつぶやく。長いあいだの経験から、若者と議論をしても不毛だと、サタスウェイトは充分に承知している。明確な裏づけのない話など信じてはいけないというのに、フランクリン・ラッジは熱烈な騎士道精神に燃えている。

「あ、伯爵夫人だ」フランクリンはさっと立ちあがった。

ツァルノーヴァ伯爵夫人がやってきた。けだるげなものごしが身についている。三人は腰をおろした。サタスウェイトには愛想よくふるまったが、どこかよそよそしい。サタスウェイトの顔を立てて、彼をリヴィエラに精通した権威者としてあつかい、かわいらしく彼に意見を求めた。

すべてが巧みに運ばれた。数分もたたないうちに、フランクリンは優雅に、しかしまちがいなく座をはずすように仕向けられ、自分から席を立った。サタスウェイトは伯爵夫人とふたりきりになった。

「あのすてきなアメリカの青年に関心がおありのようね、ミスター・サタスウェイト。そうでしょう?」低い声にはどうでもいいというような響きがあった。

「なかなかいい青年ですな」サタスウェイトはあたりさわりのない返事をした。

「彼とはとても気が合いましてね」伯爵夫人は思案するようにいった。「わたしの身の上を打ち明けたぐらいです」

「そうですか」

「かぞえるぐらいのかたにしか打ち明けたことのないことを、こまごまと」夢見るような口調だ。「わたしは尋常ならざる人生を送ってきましたのよ、ミスター・サタスウェイト。どれほど驚くべきことを経験したか、たいていのかたには信じていただけないでしょう」

サタスウェイトは伯爵夫人がなにをいわんとしているのか、はっきりと見抜いた。要するに、彼女がフランクリンに語った話は、真実だったかもしれないと思わせたいのだ。とてもありそうにない、とうてい信じがたい話であっても、もしかすると真実かもしれない……そう、ありえないとは、誰にも断言できないのだ。

サタスウェイトはなにもいわない。伯爵夫人は夢見るようなまなざしで、湾のかなたの海を眺めている。

そのときふいに、サタスウェイトの目には、彼女が新奇な印象をもって映った。彼女は強欲どころか、絶望という崖に歯を立て爪をくいこませて、かろうじて踏みとどまっている……そんな印象だ。サタスウェイトはそっと彼女の横顔をみつめた。パラソルをさしていないので、彼女の目の縁の小じわが見えた。彼のほうに向いているこめかみの静脈が、ぴくぴくと脈打っているのが見える。

サタスウェイトは確信した——この女は絶望し、追いつめられている。彼女とフランクリン・ラッジのあいだに立ちはだかろうとする人間がサタスウェイトであろうと、あるいはほかの誰かであろうと、容赦なく排除するはずだ。しかし、それでもなお、サタスウェイトにはまだ事情が呑みこめない。彼女はたっぷりと金を持っている。つねに美しい服をまとい、みごとな宝石をつけている。そういう意味では窮迫《きゅうはく》しているとは思えない。では、色恋の問題なのだろうか？　もはや若くはない女が、歳の離れた若い男と恋に落ちるのを、サタスウェイトはよく知っている。彼女もそうかもしれない。なんにしろ、彼女が抱えている問題は、一般的な常識では計り知れないように思える。

ツァルノーヴァ伯爵夫人がサタスウェイトとふたりきりになったのは、長手袋を投げつけて決闘を宣言する行為に等しい。サタスウェイトを主たる敵とみなし、一騎打ちを挑んできたのだ。サタスウェイトがフランクリンに、少しでも彼女のことをあしざまにいったとすれば、遠慮会釈なく攻撃してやろうと思ってのことにちがいない。サタスウェイトは内心で微笑した。舌を引っこめておくほうがいいときなら、しっかり心得ている。

その夜、サタスウェイトは〈セルクル・プリヴェ〉で伯爵夫人を見かけた。ルーレットで運試しをしようとしている。

伯爵夫人は何度も賭けたが、そのたびに賭け金は胴元にもっていかれた。度重なる負けにも、彼女は賭けの古強者らしく冷静に耐えた。一度ならずマキシマムで赤に賭けて勝ち、ナンバー13から24までのミドルダズンの枠に賭けて勝ったが、勝ち金は次の賭けで失ってしまった。そしてさらに六回賭けて、六回とも負けると、優雅に軽く肩をすくめてルーレット台から離れた。

常にも増してすばらしい装いだ。グリーンのアンダードレスが透けて見える金色のドレス。胸元にはかの有名なボスニアの真珠。両耳には耳たぶから長く垂れた真珠のイヤリング。

サタスウェイトのすぐ近くにいる男がふたり、彼女を賛美しているのが聞こえる。

「ツァルノーヴァ伯爵夫人だ」ひとりがいった。「みごとな装いだなあ。ボスニア王家の真珠がよく似合っている」

相手のユダヤ人らしき男は、好奇の目で彼女のうしろ姿を追っている。「すると、あれがボスニアの真珠なのかい？　ほんとうに《アン・ヴェリテ》？　おかしいな」男はそっと含み笑いをもらした。

サタスウェイトはその先を聞き逃した。というのも、ふたりの男のほうに顔を向けたとたん、なつかしい友人の姿が目にとびこんできて、すっかり興奮してしまったからだ。

「やあ、おひさしぶりですね、ミスター・クィン」サタスウェイトはクィンとあたたかい握手をかわした。「まさかこんなところでお目にかかれるとは、夢にも思っていませんでしたよ」

クィンはほほえんだ。魅力的な浅黒い顔が明るくなる。「驚かれるほどのことではありませんよ。ちょうどカーニヴァルの時期です。この時期には、よくここに来ます」

「そうなんですか。ともかく、じつにうれしい。まだこの部屋にいらっしゃいますか？　なんだか暑すぎるように思いますが」

「外のほうが気持がいいでしょうね。庭でも歩きますか」

外気はひんやりしているが、寒いというほどではない。サタスウェイトとクィンは深々と息を吸った。

「こっちのほうが気持がいい」サタスウェイトはいった。

「ずっといいですね」クィンはいった。「それに周囲に気兼ねなく話ができますし。どうやら、わたしにお話しになりたいことが、大いにおありのようですね」

「ご賢察のとおりです」

サタスウェイトは熱をこめて内心の鬱屈《うつくつ》を吐露《とろ》した。いつものように、雰囲気を伝える能力を誇らしげに駆使して語る。ツァルノーヴァ伯爵夫人、フランクリン・ラッジ、意志強固なエリザベス・マーティン。絵筆ではなくことばで、手ぎわよく彼らをスケッチしていく。

「初めてお会いしたときにくらべると、あなたはお変わりになりましたね」サタスウェイトの話が終わると、クィンは微笑してそういった。

「どんなふうに？」

「初めてお会いしたときのあなたは、人生のドラマを観ているだけで満足していた。それがいまは——あなたご自身が——ドラマに加わり、役を担いたいと思っていらっしゃるのでは？」

「そのとおりです」サタスウェイトは白状した。「ですが、今回は自分の役割がわからないのです。途方にくれるばかりで。よろしければ——」サタスウェイトは少しためらってから、思いきっていった。「よろしければ、手伝ってもらえませんか？」

「喜んで。わたしたちになにができるか、考えてみましょう」

サタスウェイトは不思議なほど安心し、信頼感がこみあげてくるのを感じた。

次の日、サタスウェイトはフランクリン・ラッジとエリザベス・マーティンを、クィンに紹介した。そして、若いふたりがいっしょにいるのを見て、うれしく思った。そのときはツァルノーヴァ伯爵夫人のことは話題にならなかったが、昼食時に、注意を惹かれるニュースが耳に入った。

「今夜、ミラベルがモンテカルロに来るそうです」サタスウェイトはそのニュースをクィンに伝えた。

「人気絶頂のパリの舞台女優さん？」

「そうです。世界の恋人といってもいい女性なので、あなたもごぞんじだとは思いますが、ボスニア王がいま夢中になっている相手ですよ。彼女に宝石の雨を降らせたとか。さもありなんと思います。パリ随一の気むずかしやで、贅沢好みの浪費家だと評判の女性です」

「今夜の、ツァルノーヴァ伯爵夫人とその女優さんとの顔合わせは、見ものになりそうですね」

「わたしもまさにそう思っていました」

ミラベルは背が高く、ほっそりした体つきで、輝くような金色に髪を染めている。顔色はほのかに薄い藤色がかっていて、口紅はオレンジ色。じつにシックだ。天国の鳥を思わせるドレス、むきだしの背中には宝石の連なった鎖が下がり、左の足くびには巨大なダイヤモンドを塡めこんだ、重たげなアンクレット。

彼女がカジノに現われたとたん、ざわめきが起こった。

「伯爵夫人は苦戦を強いられそうですね」クィンはサタスウェイトの耳もとでささやいた。

サタスウェイトはうなずいた。伯爵夫人がどんな対抗手段に出るか、興味津々というところだ。

伯爵夫人は少し遅れて姿を見せた。彼女が周囲には目もくれずに中央のルーレット台に向かっていくにつれ、低いざわめきも広がっていく。伯爵夫人は白一色の装いだった。社交界にデビューする若い女性が着るような、どっしりした白い絹のクレープ《マローケン》地のシンプルなドレス。白いくびにも腕にも、装飾品はひとつもつけていない。宝石はひとつも身につけていないのだ。

「賢いひとだ」サタスウェイトは感嘆した。「彼女は競り合うような愚かなまねをせず、逆手を取って、ライヴァルを倒すことにしたようですな」

サタスウェイトはルーレット台に近づいた。ときどきチップを賭けて楽しむ。勝つこともあったが、たいていは負けた。

そして、ナンバー25から36までのラストダズンの枠で波乱が起きた。たてつづけに31と34が当たったのだ。テーブルの片端に現金が山をなした。

サタスウェイトは微笑して最後の勝負に出た。5にマキシマムで賭けたのだ。

ツァルノーヴァ伯爵夫人は身をのりだして、6に賭けた。

「締め切ります」クルピエがしわがれ声をはりあげた。「これまで。これまでです」楽しげな音をたてながら、玉がころがる。サタスウェイトは自分にいいきかせた——いまこのとき、各自の胸にはそれぞれ異なる思いがあるはずだ。せつない期待、苦しい絶望、倦怠《けんたい》、軽い興奮、生か死かの賭け。

カチリ！

クルピエが前かがみになって玉の位置を確認する。

「5《サンク》、赤《ルージュ》、奇数《アンペール》、マンク」

サタスウェイトの勝ちだ。

クルピエはレーキで敗者たちの賭け金をかき集め、サタスウェイトのほうに押しやった。サタスウェイトは現金の山に手をのばした。ツァルノーヴァ伯爵夫人も手をのばした。

クルピエはふたりの顔を見た。「マダムに」ぶっきらぼうに宣言する。

ツァルノーヴァ伯爵夫人は金を引き寄せた。サタスウェイトは手を引っこめた。紳士らしく。伯爵夫人は真正面からサタスウェイトをみつめた。サタスウェイトはその目を見返した。ひとりふたり、クルピエのミスを指摘する者がいたが、クルピエはいらだったようにくびを横に振った。彼が判定したのだ。それでおしまい。

クルピエはしわがれた声をはりあげた。「ムッシュー、マダム、お賭けください」次のゲームが始まった。

サタスウェイトはクィンと合流した。サタスウェイトは紳士らしく、淡々とした態度を崩さなかったが、胸の内では強い憤りをたぎらせていた。クィンは同情をこめて彼の話を聞いた。

「悔しいが、よくあることです」サタスウェイトはいった。

「これから、あなたのご友人のミスター・フランクリン・ラッジに会うことになっています。ささやかなディナー・パーティといきましょう」

三人は真夜中に会った。クィンは彼の計画を説明した。「〝生け垣と道路〟と呼ばれているパーティにします。まず会合場所を決めてから、銘々が街路に出ていき、外で最初に出会った人物をパーティの賓客として招待するのです」

　フランクリンはおもしろがった。「けど、招待を受けてもらえなかったら、どうするんです?」

「全力でかき口説いてください」

「よおし。で、会合場所はどこですか?」

「堅苦しくない、カフェのようなところです。そういうところなら、賓客がどんな人物でも目立ちませんからね。〈ル・カヴォ〉という、地下蔵という名のとおりの地下の店です」

　クィンに店の場所を聞いてから、三人は別れた。幸運にもサタスウェイトはエリザベス・マーティンに出くわし、うれしげに彼女を誘った。

　階段を降りて、〈ル・カヴォ〉の店内に入る。大きなテーブルにむかしながらの蠟燭《ろうそく》立てが置かれ、蠟燭が灯っていた。

「わたしたちが一番だな」サタスウェイトはいった。「おや、フランクリンが――」絶句してしまう。フランクリンが連れてきたのはツァルノーヴァ伯爵夫人だったからだ。気まずい空気がのしかかる。エリザベスはつい、ぶっきらぼうな態度をとってしまった。伯爵夫人は世慣れた女性にふさわしく、パーティの賓客らしいふるまいだ。

　最後にクィンがやってきた。色の浅黒い小柄な男を連れている。きちんとした服装の男だが、サタスウェイトはその顔に見憶えがあった。そしてすぐに思い出した。先ほど、ルーレット台を取り仕切り、嘆かわしいミスをおかした、あのクルピエだ。

「こちらはムッシュー・ピエール・ヴォーシェ」クィンは連れを紹介した。

小柄な男は戸惑っているようすだ。クィンは名前をいっただけの簡単な紹介ですませてしまった。

料理が運ばれてきた――一流の料理だ。シャンパンもワインも極上。どことなくひややかだった雰囲気がほぐれてきた。伯爵夫人は沈黙を守り、エリザベスも黙りこんでいる。フランクリンは雄弁になってさまざまな話をしたが、ユーモラスなものではなく、まじめくさった話ばかりだった。クィンは静かに、みんなのグラスが空にならないように気をくばった。

「ひとつ、ぼくの話を聞いてください。これは善行をなしたある男の実話です」フランクリンは感慨ぶかげにいった。

そしてじっさいにあったという話を始めた。禁酒法が施行されている国から来たとはいえ、フランクリンはシャンパンを賞味する味覚がないわけではないことを実証して、酔いのまわった口調で、だらだらと実話とやらを披露した。実話の多くがそうであるように、彼の話もまた、とうていフィクションにはかなわず、退屈そのものだった。

フランクリンの話が終わると、彼の向かい側に席を占めていたピエール・ヴォーシェが目を覚ました。シャンパンを正しく賞味した結果、ついうとうとしてしまったようだ。「あたしもひとつ、話をしましょう」少し舌がもつれている。「だが、あたしのは、善行をなした男の話ではありません。坂をのぼったのではなく、ころげ落ちていった男のことです。そして、これもまたほんとうにあった話です」

「ぜひ聞かせてください、ムッシュー」サタスウェイトは礼儀正しくうながした。

ピエールは椅子の背に寄りかかり、天井を見あげた。「話はパリから始まります。パリに小さな店をもつ宝飾職人がいました。若くて快活で仕事熱心な職人でした。世間の人々も彼は有望だと認めていたほどです。良縁に恵まれ、結婚の約束もできていました。花嫁になる女性は決して不器量ではないし、持参金も文句のつけようのない額でした。それからなにがあったと思いますか？　ある朝、男はひとりの若い女に出会いました。かわいそうなほどやせほそっています。美人？　彼女が餓死寸前でなければ、そう見えたことでしょう。それはともかく、この若い職人は彼女の魔力に抵抗できなかったんですよ。その女は必死に仕事を捜したが、身をもちくずさずにすむような堅気の仕事はみつからなかった——少なくとも、彼女はそういいました。それがほんとうのことかどうか、あたしにはわかりません」

薄暗がりから、ふいにツァルノーヴァ伯爵夫人の声が聞こえた。「なぜそれが、ほんとうのことであってはいけないのです？　よくある話でありませんか」

「そう、若い職人は女の話を信じました。そしてその女と結婚したのです——愚かにも！　結婚してしまったからには、彼の身内の者たちもそれ以上なにをいう気もなくなりました。彼は身内の者たちを心底、怒らせてしまったのです。その女——仮にジャンヌと呼びましょうか——と結婚したのは善意からだと、彼はいいはりました。彼女が感謝するはずだと思っていたのです。なにせ、彼女のために大きな犠牲を払ったのだから」

「かわいそうな女にとっては、ずいぶんと魅力的な新婚生活ですこと」伯爵夫人は皮肉たっぷりにいった。

「男は妻を愛しましたが、結婚当初から、妻は悩みの種ともなりました。彼女は気まぐれで、かんしゃくもちだったため、ある日はじゃけんな態度をとったかと思うと、次の日はべたべたと甘えてくるのです。ついに、ある日、男は真実に気づきました。彼女が男を愛してなどいなかったことに。彼女は身をもちくずすことなく生きていくために、男と結婚したのです。それが真実だとわかったとき、男は深く傷つきましたが、その気持を押し殺して、なにごともないようにふるまいました。自分には妻に感謝と従順さを求めるだけの価値があると思っていたのです。ふたりはよくけんかをしました。妻は男を責めました——はてさて《モン・デュー》、彼女に男のなにを責める資格があるというのです？

次がどういう展開になるか、もうおわかりですね？　当然のなりゆきとなったのです。彼女は出ていきました。その後二年間というもの、ひとりになった男は、小さな店で仕事をつづけましたが、妻の消息は杳《よう》として知れなかったのです。男の唯一の友は酒——アブサンでした。仕事は順調とはいえなくなりました。

そしてある日、店に妻が来ました。美しい服を着ています。指にはいくつもの指輪がはまっています。男は茫然として妻をみつめました。胸の鼓動が速くなっています——驚きのあまり心臓が止まったわけではなく、ちゃんと動いています。どうしていいかわかりません。彼女をぶんなぐろうか、抱きしめようか、床に投げとばして踏んづけてやろうか。しかし男は、なにもしませんでした。ペンチを取りあげ、仕事を始めたのです。そして、〝マダム、ご注文は？〟と、他人行儀に尋ねました。

夫の態度と口調に、妻は動揺しました。まさかそういうあつかいをされるとは、夢にも思っていなかったのです。

〝ピエール、もどってきたのよ〟

男はペンチを置き、女の顔を見ました。〝おれに許してもらいたいのか？　もどってきてほしいといわせたいのか？　心から後悔しているのか？〟

〝ねえ、もどってほしい？〟女は低い声で訊きました。おお！　なんと低い声だったことか！　これは罠だと男は思いました。すぐにも彼女を抱きしめたいというのが本音だったのですが、そこまでばかではありません。わざと無関心を装いました。

〝おれはクリスチャンだ。教会の教えに従う〟そういいながらも、内心では、そうだ、こいつを懲《こ》らしめてやる、おれの足もとにひざまずかせてやると考えていたのです。

ところがジャンヌは、顔をのけぞらせて笑いました。悪意のこもった底意地の悪い笑い声でした。

〝からかっただけよ、チビのピエールさん。この高価な服を、指輪を、ブレスレットを見てちょうだい。この姿を見せたくて、わざわざ来てあげたのよ。あんたはきっとわたしを抱きしめるだろうと思った。そのときは——そうさ、あんたの顔に唾を吐きかけて、あんたをどんなに憎んでいるか、いってやるつもりだったんだ〟

そういいはなつと、彼女は店を出ていきました。ムッシュー、彼女は夫を嬲《なぶ》るためにだけ、もどってきたんです――それほど性悪な女だったんです」

「ありえないわ」伯爵夫人はいった。「そんな話、わたしは信じません。そんな話を信じるほど愚かな殿がたはいないでしょうよ。でも、殿がたときたら、目の曇ったおばかさんばかりですけどね」

ピエール・ヴォーシェは伯爵夫人には目もくれず、話をつづけた。「若い宝飾職人はどんどん落ち目になっていきました。アブサンをがぶ飲みするばかり。そのあげく、彼にはなんの相談もなく、小さな店は売られてしまいました。彼は社会の落ちこぼれとなり、どん底暮らしをするしかなくなりました。そこに戦争が起こったのです。戦争！　悪くないものですね、戦争も。男はどん底から拾いあげられ、無慈悲な獣になるように鍛錬《たんれん》されました。おかげで男は心身を鍛えられ、飲酒癖もきれいさっぱり消え失せました。そして戦場での寒さと苦痛と死の恐怖に耐えぬいたのです――男は戦死もせず、戦争が終わると無事に生還し、ひとりの人間にもどりました。

それから男は南フランスにやってきました。毒ガスによって肺をやられていたため、南海岸で仕事をみつけるほうがいいと勧められたからです。そこで男は職を転々としましたが、それをいちいち語って、みなさんをうんざりさせる気はありません。最終的に男はクルピエになった、というだけで充分でしょう。

そしてある日、男は職場のカジノで、あの女を――彼の人生をめちゃくちゃにした女を――

見かけました。女は彼だとは気づかなかったのですが、男は彼女だとわかりました。彼女は裕福で、なにひとつ不足はないように見えました。ですが、みなさん、クルピエはするどい目をもっています。ある夜、女はなけなしの金をすべて賭けて勝負に出ました。どうしてわかるのかとはお訊きにならないでください。勘ですよ。ほかのひとたちには信じられないかもしれませんが。

彼女は金のかかった身なりをしています。なぜそれを質《かた》にして金に換えないのか？　そうお思いになりますか？　しかし、そんなことをすれば、パッ！　一気に信用を失います。宝石は？　ああ、だめです！　あたしはかつて宝石をあつかう宝飾職人だったといいましたよね？　彼女はとっくに宝石を売り払っていたのです。ボスニア王の真珠もひと粒ずつ売られ、まがいものに変わっていました。なにしろ、ひとは食べ、ホテル代を払わなければなりません。そうですね、金のある男たちはいます――しかし彼らはもう長いこと、彼女を見てきています。彼らは笑っていうでしょう――彼女はもう五十歳を越えているんだぞ、どうせなら、もっと若い女に金を使うよ、と」

ツァルノーヴァ伯爵夫人が背にしている窓のあたりから、長く震える吐息が聞こえた。

「そうです」ピエールはまた口を開いた。「あれは決定的な瞬間でした。あたしは二夜、彼女を見ていました。彼女が負けて、負けて、また負けるのを。そしてついに最後の賭けとなりました。彼女は有り金をすべて、ひとつの数字に賭けました。その隣の英国の紳士もマキシマムで賭けました――彼女が賭けた数字の隣の数字に。玉がころがり……ついに止まりました。その瞬間、彼女の負けが決まり……

……彼女と目が合いました。どうすればいい？　あたしはカジノでの職を失いかねないのを承知のうえで、英国紳士から金を奪いました。〝マダムへ〟と宣言して、彼女に金を渡したのです」

「おお！」がたんと椅子が動いた。伯爵夫人は跳びあがるように立ち、テーブルのグラスをなぎはらうようにして身をのりだした。「なぜ？」叫ぶように訊く。「ぜひ聞きたいわ。なぜそんなことをしたの？」

沈黙がつづいた。長い間《ま》がつづくあいだ、テーブルをはさんで、ふたりは向きあい、にらみあった。決闘さながらに。

ピエール・ヴォーシェは意地の悪い薄笑いを浮かべ、両手をあげた。「マダム、哀れみの気持とでもいいましょうか……」

「ああ！」伯爵夫人はまた椅子にすわった。「そう」伯爵夫人はおだやかに微笑した。「おもしろいお話でしたわ、ムッシュー・ヴォーシェ。あなたの煙草に火をつけてさしあげてもいいかしら？」

伯爵夫人は手ぎわよく取りだした薄い紙をくるくる巻くと、蠟燭の炎にかざして火をつけ、その火をピエールにさしだした。ピエールはくちびるにはさんだ煙草の先端が火に届くように、身をのりだした。

そしていきなり、彼女はすっと立ちあがった。「ではこれで失礼しますわ。ああ、どうぞ、そのままで。エスコートしていただかなくてけっこうです」

ほかの者たちがあっけにとられているうちに、伯爵夫人は店を出ていった。サタスウェイトは急いであとを追おうかと思ったが、フランス人の小男の声に驚いて機を逸した。

「なんてことを！」ピエールは伯爵夫人がテーブルに落としていった半焦げの巻き紙をみつめ、それを広げた。

「なんとまあ《モン・デュー》！」つぶやくようにいう。「これは五万フラン札だ。みなさん、わかりますか？彼女が今夜勝った金です。彼女の全財産。なのに、彼女はあたしの煙草に火をつけるのに、この高額紙幣を使った。彼女のプライドが受けつけないからですよ――哀れみを。そうだ　あのプライド！　彼女はむかしから悪魔のようにプライドが高かった。すごい女だ――すばらしい！」

ピエールは立ちあがり、店をとびだしていった。サタスウェイトとクィンも立ちあがった。給仕がテーブルの端にいたフランクリン・ラッジに近づいた。「ムッシュー、お勘定書きでございます」無表情に勘定書をさしだす。

すばやくクィンが横から手をのばして、勘定書を取った。

「なんだかもの悲しい気分になってしまったよ、エリザベス」フランクリンはいった。「ヨーロッパ人って――すごいね！　ぼくには理解できない。いったいなにがどうなったのか？」そういって、エリザベスに目を向ける。「そうだね、きみみたいに、なんでも百パーセント、アメリカ人の目で見るほうがいいみたいだな」小さな子どものようにたよりない口調だ。「外国人って、ぜんぜん理解できないよ」

　フランクリンとエリザベスはクィンにごちそうになった礼を述べてから、いっしょに店を出ていった。クィンは釣り銭を受けとると、羽づくろいをする鳥のように満足げに身じまいをしているサタスウェイトに、笑顔を向けた。

「さてさて」サタスウェイトはいった。「すべてがみごとにおさまりましたね。これで、つがいのラヴバードもうまくいくでしょう」

「どちらのペアのことですか？」クィンは訊きかえした。

「は？」サタスウェイトはめんくらった。「ああ、なるほど！　ラテン気質の観点から見れば、あなたのおっしゃるとおりかもしれない……」

　そういったものの、サタスウェイトは半信半疑のようだ。

　クィンは微笑した。彼の背後のステンドグラスの光彩が、一瞬、クィンに色とりどりの道化服をまとわせた。

海から来た男

The Man from the Sea

サタスウェイトは老いを感じるようになっていた。多くの人々に老人だとみなされていることを思えば、べつに驚くべきことではないかもしれない。

遠慮のない若者は恋人にこういうだろう。〝サタスウェイトじいさん？　もう百歳ぐらいじゃないの？　そこまでいかなくても、八十歳にはなってるよね〟

心やさしい女の子は寛大な口調でこういうだろう。〝ああ、サタスウェイトさんね。そう、すごいおじいさんよ。六十歳にはなっているにちがいないわ〟

これはひどいまちがいで、サタスウェイトは六十九歳なのだ。

サタスウェイト本人の観点からいえば、決して老人ではない。六十九歳というのは、おもしろい年齢なのだ。無限の可能性を秘めた年齢。人生経験がようやくものをいうようになる年齢。しかし、老いを感じるということは、またべつの話だ。心が疲れて元気のない精神状態のときには、つい、気の滅入る質問を自分に問うてしまいがちな年齢といえる。

自分とはいったい何者なのだ？　干からびた年寄りで、子どももいないし、身寄りもない。少しばかり価値のある美術品のささやかなコレクションがあるが、それすら、いまはもう前のように満足感をもてなくなっている。彼が生きていようが死んでしまおうが、誰が気にかけてくれようか……。

鬱々《うつうつ》と考えていたサタスウェイトは、そこではっと我《われ》に返り、背筋をしゃんと伸ばした。そういう考えは不健全だし、辛気くさい。彼は充分に承知している――妻はいずれ夫を憎むようになり、あるいは、夫が妻を憎むようになる。子どもたちはつねに心配と不安の種であり、子どもたちに時間と愛情をそそぐ一方で、いっときたりとも心平らかではいられないはずだ。

安全で快適――サタスウェイトはきっぱりと思い定めた。それこそが肝要、と。

こう思い定めたとき、サタスウェイトは今朝がた受けとった手紙のことを思い出した。ポケットから手紙を取りだして読みはじめる。何度読んでも、心が軽く浮きたってくる内容だ。まず第一に、それは公爵夫人からの手紙で、サタスウェイトは彼女から近況を知らせてもらうのが好きだった。その手紙は、慈善事業に多大な寄付をしてほしいという用件で始まっていたが、確かに、この用がなければ、彼女も手紙を書こうという気にはならなかったかもしれない。とはいえ、そんな気配は露ほども感じさせない巧みな文章で綴られているため、サタスウェイトもこの用件をさほど重く受けとめずに読みとばした。

〝そういえば、あなたはリヴィエラをお見限りになりましたね。いまいらっしゃる島はどういうところですの？　経費がお安くすむとか？　今年はキャノッティが途方もない値上げをしたので、わたくしはもう二度とリヴィエラには行きません。あなたのご意見が好ましければ、来年はあなたの島に行ってみようかしら。もっとも、船で五日もかかるなんて、どうにも気が進みませんけどねえ。でも、あなたのお勧めなら、どこであろうと、まちがいなく心地いいところに決まっています——よすぎるぐらいに。気をつけないと、あなたも自分を甘やかして、安楽な暮らししかしないみなさまの仲間入りをすることになりますわよ。でも、サタスウェイト、あなたがそうならないでいられる救いが、ひとつだけありますわね。それはあなたが、人間くさい出来事にひとかたならぬ関心をおもちだということ……〟

サタスウェイトは手紙をたたんだ。公爵夫人のいきいきとした顔が目に浮かぶ。金銭にはうるさいが、思いがけないときに驚くほど親切な面を見せてくれる。それに、辛辣《しんらつ》な皮肉屋であり、不屈の精神の持ち主でもある。

精神。気概といってもいい。誰であろうと、気概が必要なのだ。サタスウェイトはもう一通の手紙を、ドイツの切手が貼られた封筒から取りだした。彼が関心を抱いている若い歌手からのもので、感謝と親愛の情のこもった手紙だった。

〝ミスター・サタスウェイト、あなたさまにはどれほど感謝してもしきれません。すばらしすぎて、ほんとうとは思えないぐらい。数日のうちに、このわたしがワーグナーの『トリスタンとイゾルデ』のイゾルデを歌わせてもらえるんです……〟

デビューを果たすにあたって、イゾルデを歌わなければならないというのは、気の毒ともいえる。チャーミングで勤勉で若いオルガは美しい声の持ち主だが、気性が強いとはいえない。サタスウェイトはイゾルデのセリフをハミングした。〝命令しているのです！　よいか！　命じているのです、われ、このイゾルデが！〟

あの若いオルガは、最後の〝われ、このイゾルデが〟ということばにこめるべき気概を、決然とした精神をもっていない。

それはともかく、とサタスウェイトは思う——自分は誰かのためにささやかなれども、なんらかの助力をしたのだ、と。この島にいると、どうにも気が滅入る。なぜだろう？　なぜ、リヴィエラに行かなかったのか？　あそこならよく知っているし、顔なじみも大勢いる。だのになぜ、リヴィエラに行かなかったのだろう？　この島には彼に関心をもってくれる者など、ひとりもいない。彼がかのサタスウェイトだと知っている者はいない。公爵夫人や伯爵夫人やオペラ歌手や著名な作家の友人であるサタスウェイトだとは、誰ひとり認識していない。この島には、社交界の有名人や、芸術界のよき理解者などはひとりもいない。島の住人はたいていが七年、十四年、二十一年と、ここで暮らしている歳月を自慢する。ここで暮らしている歳月の長さだけが重要なのだ。

深いため息をつくと、サタスウェイトは、ホテルから小さなわびしい港に至る坂道を下っていった。この坂道の両側にはブーゲンビリアが植えられていて、あざやかな真紅の小花が群れをなすように咲きほこっている。そのいかにもいきいきとした花を見ると、サタスウェイトは老いと灰色の毎日をいっそう強く感じてしまう。

「歳だなあ」サタスウェイトはつぶやいた。「歳をとって、くたびれてしまった」

ブーゲンビリアの並木道を通りすぎて、白い通りにさしかかると、サタスウェイトは少し気が軽くなった。白い通りの先には青い海が広がっている。

通りのまんなかに薄汚れた犬が突っ立ち、陽光をあびながらあくびをして伸びをした。気のすむまで伸びをして満足すると、犬はその場にすわりこみ、うしろ肢で体じゅうを掻きはじめた。やがてそれも気がすんだのか、ふたたび立ちあがってぶるっと体を震わせると、天の恵みともいえるような、なにかいいものはないかとばかりに周囲を見まわした。

通りのわきにゴミ捨て場がある。犬はうれしげに鼻をふんふんいわせながら、いそいそとゴミ捨て場に向かった。嗅覚は確かだった！　期待を裏切るどころか、大いに上回るほど甘美な腐臭がぷんぷんしている。期待をつのらせながら、犬はしきりに臭いを嗅いでいたが、いきなりゴミの山に跳びこみ、夢中になってごろごろと寝ころがった。今朝の世界が、この犬にとって天国となったのはまちがいない！

ようやく飽きたのか、犬は立ちあがり、のんびりと通りのまんなかにもどってきた。そこに、なんの警告もなく、オンボロ自動車が乱暴に角を曲がって走ってきたかと思うと、まともに犬にぶつかったが、停まりもせずにそのまま行ってしまった。

はねられた犬は起きあがると、無言の非難をこめて、焦点の定かではない目を、一瞬、サタスウェイトに向けた。そしてばたりと倒れた。サタスウェイトは犬のそばまで行き、かがみこんだ。犬は死んでいた。

サタスウェイトは、この世の哀しみと残酷さに思いを馳せながら、通りを進んでいった。あの犬の目には、せつないほどの非難がこめられていた。〝ああ！　この世はすばらしい！　おれはそう信じていたのに、なぜ、こんな仕打ちをする？〟あの目はそう問うていた。

サタスウェイトは歩きつづけ、シュロの並木と、まばらに建っている白い家々のそばを通り、黒い溶岩の浜に出た。ごつごつした岩に激しく波が砕け、その音が轟《とどろ》いている。むかし、水泳の名手だった英国人がここで泳いでいて波にさらわれ、溺れ死んだという。その岩だらけの浜をすぎると、岩と岩のあいだに天然のプールがあり、子どもや年配の女性が海水浴と称して、波に乗ってぽっかりと浮いたり沈んだりして楽しんでいる。そのあたりから勾配のきつくなった道が、曲がりくねって崖のてっぺんまでつづいている。

崖のてっぺんには〈ラ・パズ〉という名の家《ヴィラ》が建っている。褪《あ》せた緑色の鎧戸《よろいど》が固く閉じられた白い家。多彩な植物が植えられた美しい庭があり、糸杉の並木のあいだの散歩道が平たい崖っぷちまでのびている。崖っぷちに立って見おろすと、目もくらみそうなはるか下方に、藍色の海が広がっている。

この場所こそ、サタスウェイトが来たかったところだった。ここに来るたびに、彼は〈ラ・パズ〉の庭をこよなく愛するようになっていた。ヴィラのなかに入ったことはない。いつ見ても、誰も住んでいないようだ。だが、マヌエルというスペイン人の庭師がいて、日に焼けた顔をほころばせ、朝のあいさつとともに、婦人たちには花束《ブーケ》を、紳士たちにはボタンホールに飾る一輪の花を、敬意をこめて贈るのを喜びとしていた。

ときどき、サタスウェイトはこのヴィラの持ち主について想像をめぐらせ、いろいろとストーリーをこしらえている。なかでもいちばんのお気に入りは、かつてその美貌で世界を魅了したスペイン人のダンサーが、美貌が衰えたのを世間に知られたくなくて、ここに身を隠したという筋書きだ。

黄昏《たそがれ》どきに、その女がヴィラから出てきて庭をそぞろ歩く。サタスウェイトはその光景を思い描く。事実はどうなのだとマヌエルを問いつめたくなるときもあるが、その誘惑には乗らないようにしている。事実を知るより、あれこれと想像しているほうが楽しいからだ。

マヌエルとことばを交わして、彼からオレンジ色の薔薇《ばら》のつぼみをもらい、お礼を述べてから、サタスウェイトは糸杉の並木のあいだを通って崖に向かった。崖っぷちにすわって眺める海は格別にすばらしい。一歩先には空間しかない、切り立った崖の縁。そこから海を眺めていると、『トリスタンとイゾルデ』第三幕の初めのシーンを思い出す。トリスタンと従者のクルヴェナールのふたりがイゾルデが駆けつけるのを待っている。やがて彼女の腕に抱かれてトリスタンは息絶える――いや、若いオルガにイゾルデは演《や》れないだろう。王に憎まれ、王の甥に愛されたコーンウォールのイゾルデは……。

サタスウェイトはぶるっと身震いした。老いの身に寒さがこたえる。そして孤独が。自分はここまで生きてきて、いったいなにを得たというのだ？　なにも――なにも得ていない。先ほど通りで死んだ犬ほどにも……。

思いがけない音が聞こえてきて、サタスウェイトは暗いもの思いから覚めた。糸杉の並木道を歩いてくる足音が聞こえたのだ。それが人の足音だとわかったのは、〝ちくしょう〟という英語の悪罵《あくば》が聞こえたからだ。

ふりかえると、若い男が驚きと失望の表情を浮かべて、サタスウェイトをにらみつけていた。サタスウェイトにはそれが誰か、すぐにわかった。昨日、島にやってきた男で、サタスウェイトが多少なりとも好奇心をそそられた人物だ。ホテルに滞在しているおおかたの老人にくらべれば、確かに〝若い〟が、とうてい四十歳には見えない。おそらく五十に手が届く年齢だろう。にもかかわらず、〝若い〟といっても、決しておかしくない。そういう点に関して、サタスウェイトの判断はつねに正しい。この男には未成熟な印象を受ける。おとなになっても仔犬らしさが残っている犬がよくいるが、この男はまさにそれだ。

サタスウェイトは考えた――この男はまだおとなになりきれていない。年齢相応のおとなとはいえない、と。

とはいえ、この男に、ピーター・パン的な少年っぽさはまったくない。外観からいうと、肌はつやつやしている――小太りのぽっちゃり型だ。物質的な面ではそこそこに成功していて、そういう意味での喜びや満足感に不足はないようだ。茶色の目は丸く、金髪には白髪がまじっている。小さな口ひげをたくわえた顔は、どちらかといえば赤みがかっている。

この男がこの島に来たのはなぜだろうと、サタスウェイトは不思議に思っていた。この男が射撃や狩り、ポロやゴルフやテニスに興じ、美しい婦人たちと色恋にふけっている姿はたやすく想像できる。だが、この島には狩り場もなければ射撃場もないし、ゴルフとクロケット以外のゲーム施設もない。もっとも近くにいる美しい婦人といえば、年配のミス・バーバ・キンダースリーぐらいだ。もちろん、画家ならばここの美しい景色に魅せられるだろうが、この男が画家ではないことぐらい、サタスウェイトには見抜ける。この男には、教養のない、俗物の実利主義者のしるしが、はっきりと見てとれる。

サタスウェイトが胸の内で人物鑑定をしているうちに、その当人が話しかけてきた。遅まきながら、ちくしょうなどとののしったのは、無礼きわまりないことだと気づいたらしい。

「失礼しました」男は気まずそうにいった。「じつをいうと――そのう、ひどく驚いてしまって。まさかここに、どなたかがいらっしゃるとは思いもしなかったので」そういって、警戒心をといた、あけっぴろげな笑みを浮かべた。チャーミングな笑顔だ。親しみのこもった、なんとなく心を打たれる笑み。

「ここはひとけのない場所ですからね」サタスウェイトは腰を浮かせ、ベンチの端に寄った。男は無言の招きを受けてベンチに腰をおろした。

「ひとけがない？　そうですかねえ。いつ来ても誰かがいるみたいですが」その声には、胸の底に閉じこめている怒りがにじんでいるようだった。

サタスウェイトはなぜだろうと思った。芯はひとなつこい男だと見てとったのだが、なぜ、〝ひとけがない〟ということばに反発するのだろう？　逢い引きか？　いや、ちがう、そうではない。サタスウェイトは男に気づかれないように、注意深くその顔を観察した。つい最近、これと同じような、ある種の特別な表情を見た気がする。無言の、深い怒りの表情を。

「以前にもここに来たことがおありなのかな?」ずばりと訊く。サタスウェイトはなにかほかのことをいうよりも、やはりこれを尋ねるべきだという気になったのだ。

「昨夜も来たんです――夕食のあとに」

「ほほう。日が暮れたら、門は閉ざされているものだと思ってましたよ」

一瞬の間《ま》のあと、男はむっつりした口調でいった。「壁を乗り越えたんです」

そう聞いたとたん、サタスウェイトはあらためて男に注目した。サタスウェイトには探偵めいた気質がある。この男は昨日の午後、島に到着したばかりだ。このヴィラの、日中の美しさを知る時間などほとんどなかったはずだし、誰かに教えてもらう暇もなかっただろう。なのに、彼は夜になってから、まっすぐにこの〈ラ・パズ〉に来たという。なぜだ? 思わず知らず、サタスウェイトはふりかえって緑色の鎧戸と白い壁の建物をみつめたが、いつものようにヴィラにはひとけがなく、鎧戸も閉ざされたままだ。いや、ヴィラを見ても、謎の解明は望めない。

「では、ここで、どなたかにお会いになったんですか?」サタスウェイトは訊いた。

男はうなずいた。「そうです。ぼくたちが滞在しているのとは別のホテルの客でしょう。おかしな身なりをしてました」

「おかしな身なり?」

「ええ。ハーリクィンが着ている、道化服のような身なりです」

「なんですって?」

サタスウェイトのくちびるから強い疑問の声がとびだした。男は驚いてサタスウェイトをみつめた。

「ホテルやなんかでは、よく仮装パーティがあるじゃありませんか」

「さよう。じつに、まさに、そのとおり！」サタスウェイトは息を切らして口をつぐんだ。そしてつけくわえた。「興奮してしまって申しわけない。ところで、あなたは触媒による作用というものをごぞんじかな？」

男はまたもや驚きの目でサタスウェイトをみつめた。「いや、聞いたことがありません。なんですか、それは？」

サタスウェイトは厳粛な口調で、一気に長い引用文を披露した。「それ自体は変化しない物質を介在させることによって達成される化学変化」

「ははあ」男はあいまいにうなずいた。

「わたしには友人がいます――ハーリー・クィンという名の。この触媒作用ということばでいいあらわすには、まさにうってつけの人物です。彼が現われるということは、なにかが起こるという予兆なのです。なぜなら、彼が存在するところでは、不思議な啓示の光がさし、隠れていた真実が浮かびあがってくるからです。しかも、その過程に、彼自身が手を出すことはない。そう、あなたが昨夜ここで会ったのは、まさにそのひとだと思いますよ」

「なんというか、神出鬼没という感じの男でした。ぼくはすっかり驚かされてしまった。一瞬前にはいなかったのに、次の瞬間にはそこにいるんですから！　海のなかからひょいと出てきたみたいだった……」

サタスウェイトは崖っぷちの狭い台地を見まわし、垂直に切り立った崖の下を眺めた。

「ばかげてますよね」男はいった。「でも、ぼくはじっさいにそう感じたんです。もちろん、崖には足がかりなんかありませんからね。崖の上に跳びあがるなんて、できっこない」そういって崖っぷちを眺める。「垂直に切り立った断崖です。崖っぷちからひと足踏みだしたら——それでおしまい」

「人を殺すにはもってこいの場所ですな」サタスウェイトは楽しげにいった。

話についていけないとでもいうように、男は茫然とサタスウェイトをみつめた。そして、あいまいな口ぶりでいった。「ああ！　はい、そうですね——もちろん……」

男は顔をしかめ、ステッキの先端を小刻みに動かして地面を突いた。

ふいにサタスウェイトの頭に、この男と同じ表情をつい最近見たような気がするという、その答が浮かんだ。当惑しきった無言の問い。そう、車にはねられたあの犬だ。あの犬の目とこの男の目には、哀愁に満ちた疑問がこもっている。哀しみに満ちた問い——ああ、この世はすばらしい！　おれはそう信じていたのに、なぜこんな仕打ちをする？

サタスウェイトはさらにいくつか、両者の類似点に気づいた。楽しみを愛する気楽さ。ささやかな喜びを見いだして身をゆだねる日々。知的な疑問をもたない生きかた。そう、両者は一瞬一瞬を生きるだけで満足なのだ。この世はすてきだ、現世の歓びがいっぱいだ。太陽、海、空、ちょっとしたゴミの山。そして——それから？　あの犬は車にはねられた。この男はどんな打撃をこうむったのだろう?

ここでサタスウェイトの思考は破られた。男が、サタスウェイトにというより、自分自身にいいきかせるように話しだしたのだ。

「どうしてもわからない。なににしろ、なんのためにあるのだろう?」

よく聞くことばだ。このことばを聞くたびに、サタスウェイトのくちびるがほころぶ。なぜならば、このことばは、人間の内なるエゴイズムを無意識に露呈しているからだ。つまり、この世のあらゆる事象は、自分を喜ばせ、あるいは苦しませる、そのためにのみ造られていると主張しているも同然だった。サタスウェイトはあいづちも打たなかった。

男は弁解めいた軽い笑い声をあげた。「よくいいますよね――家を建て、木を植え、息子をもってこそ、一人前の男だと」そこで口をつぐみ、間《ま》をおいてから、また口を開いた。「ぼくもむかし、ドングリを一個、植えたはずなんですが……」

サタスウェイトはかすかに身じろぎした。好奇心がかきたてられる――公爵夫人が見抜いたとおり、人間くさい出来事にひとかたならぬ興味をもつという、彼の性癖が刺激されたのだ。ことさらどうということではない。もともとサタスウェイトには女性的な面が強くあり、多くの女性に負けず劣らずよき聞き手になれるし、絶妙のタイミングであいづちを打てる。おかげで、サタスウェイトは男の打ち明け話を聞くことになった。

アンソニー・コスデンというのが男の名前だ。彼の身の上は、サタスウェイトの想像とほぼ合っていた。話すのは苦手らしいが、聞きじょうずのサタスウェイトに助けられて、話の穴が埋まっていく。ごく平凡な身の上話だった。

平均的な収入。短期間の兵役。機会があればどんなスポーツでもこなす。大勢の友人。楽しみにはことかかない。女性たちともそれなりにつきあっている。思考や思索とは無縁で、感覚だけがものをいう生活。歯に衣をきせずにいえば、動物と同じだ。

だが、もっと悪い例だってある——サタスウェイトは数多《あまた》の経験からそう思う。そうとも、もっと悪い例はいくらでもある……。

アンソニー・コスデンにとって、この世はすばらしいところなのだ。みんなが不平不満をいいたてるので、彼もそうしているにすぎず、深刻にそう思っているわけではなかった。ところが——。

ついに深刻にならざるをえないときがきた。漠然としていて、しかも、不条理な状況に直面したのだ。どうにも実感がわかない状況。ほんとうとは思えない状況。

体調がすぐれず、医者に診てもらうと、ハーリーストリートの専門医に診てもらえといわれた。そして、信じがたいことがわかった。専門医たちは率直な所見はいわずに——いいかたに充分注意をはらって——安静にしろというばかりだった。だが、アンソニーにそれがおためごかしだと見破られ、事実をいうしかなくなった。要約すれば、余命六カ月。アンソニーに与えられた診断はそれだった。あと六カ月の命。

アンソニーは茶色の目をサタスウェイトに向けた。痛々しいまなざしだ。もちろん、ショックだったにちがいない。誰にしても、どうすればいいかわからないだろう。

サタスウェイトは厳粛な面持ちでうなずき、理解を示した。

すんなりと受け容れるのはなかなかむずかしかったと、アンソニーは話をつづけた。残された時間をどうすごせばいいのか。死を待つだけの暮らしなど、気が滅入るだけだ。じっさい、なんの自覚症状もないのだ――いまのところは。だが、いずれ症状が出てくると専門医はいった。自覚はなくても、死に向かっているのは確かなのだ。望んでもいないのに死ななければならないとは、なんという不条理。いちばんいいのは、平常どおりに暮らすことだ――アンソニーはそう思った。しかし、そう思っても、うまくいくとはかぎらない。

ここで、サタスウェイトは口をはさんだ。思いやりをこめて尋ねる――女性に関わりのある問題でも？

サタスウェイトはそう訊いてみたが、女性問題ではないことは明らかだった。もちろん、アンソニーにはつきあいのある女たちが多数いたが、めんどうな問題になるような関係ではなかった。それに、アンソニーの周囲には、陽気で元気のいい人々しかいない。死人など好きではない者ばかりなのだ。アンソニーは歩きまわる葬儀場になどなりたくない。周囲を当惑させるだけではないか。なので、外国にやってきたのだ。

「ここの島々の観光に来たと？　しかし、なぜなのかね？」サタスウェイトは狩りの手応えを感じていた。まだ曖昧模糊《あいまいもこ》としていて、巧みに隠されているが、核心がそこにあるのはまちがいない。「前にもここに来たことがあるんだね？」

「そうです」アンソニーは認めたが、いかにもしぶしぶといった口調だった。「ずいぶん前に、もっと若かったころに」

そしてほとんど無意識なようすで、肩越しにヴィラをちらっと見た。「ぼくはここを思い出したんです」前を向き、海にうなずいてみせる。「永遠までほんの一歩！」

「だから、昨夜、ここに来たのだね？」サタスウェイトはおだやかにいった。

アンソニーはうろたえてサタスウェイトを見た。「いや、その——それは——」しどろもどろで否定しようとする。

「昨夜、きみはここで誰かをみつけた。そして今日は、わたしをみつけた。きみは命を救われたわけだ——二度も」

「あなたから見れば、そうともいえますね。だが、いいですか、ぼくの命なんだ、どうしようとぼくの勝手です」

「お定まりの文句だね」サタスウェイトはうんざりだという口調でいった。

「いいたいことはわかりますよ」アンソニーは気を悪くしたようすもなかった。「あなたができるかぎり、いうべきことをいうのは当然です。ぼくもある男を説得しようとしたことがあります。心の底では、その男が正しいとわかっていたんですがね。あなたもぼくが正しいとわかっている。ぐずぐずと待っているより、さっさとケリをつけたほうがいい——厄介ごとを背負いこんだり、むだな出費をしたり、あれこれ悩んだりするなんてまっぴらだ。ぼくには身内なんてひとりもいないし……」

「もしいたら？」サタスウェイトはするどい口調で切りこんだ。

アンソニーは深い息をついた。「わかりませんね。たとえ身内がいるとしても、やっぱりこうするのがいちばんいいんです。どっちにしろ、ぼくに身内はいないんだし……」

ふいに黙りこんだアンソニーを、サタスウェイトは興味ぶかくみつめた。根がロマンチックなサタスウェイトは、あらためて、どこかに想いびとがいるのではないかと訊いてみた。

しかしアンソニーはくびを横に振り、いまさら愚痴《ぐち》をいってもしようがないといった。ふりかえれば、なかなかいい人生だった。じきにそれが終わってしまうのは、じつに悔しい。それだけだ。自分にとって価値のあるものは、すべて手に入れてきた。息子以外は。アンソニーは息子がほしかったのだ。自分が死んでも、息子は生きていると思えるからだ。とはいえ、自分はいい人生をおくってきたと、アンソニーはくりかえした。とてもいい人生だったと……。

この時点で、サタスウェイトは辛抱を切らして諭《さと》した——いまだ幼虫の段階にある者が、人生についてなにもかもわかっているとしたり顔で主張することなど、できるわけがない、と。しかしアンソニーに〝幼虫の段階〟という喩《たと》えが通じなかったのは明らかなので、サタスウェイトは遠回しにではなく、もっと直截ないいかたに変えた。「きみはまだ人生を始めてもいない。人生の入り口に立ったばかりじゃないか」

アンソニーは笑った。「おやおや、ぼくの髪には白いものがまじっているというのに。もう四十——」

サタスウェイトはさえぎった。「年齢とは関係がない。人生というのは、肉体と、精神の経験とがまじりあったものなんだよ。たとえば、わたしは六十九歳だ。どこをどうとっても六十九歳なんだよ。初めての経験にしろ、二次的な経験にしろ、人生が与えてくれる経験は、ほとんどすべて甘受してきた。きみは雪と氷しか見たことがないのに、一年間の季節をすべて知っているかのように得々と話す者と同じだ。春の花々、夏のけだるい日々、秋の落葉――そういうものはいっさい知らないし、季節ごとに変化があることすら知らないのに。それだけではない、きみはそういうことを知る機会から、あえて顔をそむけようとしている」

「どうやらお忘れのようですね」アンソニーは乾いた口調でいった。「どちらにしろ、ぼくにはあと六カ月しか残されていないんですよ」

「ほかのことと同じく、時間というのも相対的なものだよ。その六カ月は、きみのこれまでの人生のなかでもっとも長く、もっとも色どり豊かなものになるかもしれないじゃないか」

アンソニーは納得できないようだ。「あなたがぼくの立場なら、ぼくと同じように考えると思いますよ」

サタスウェイトは頭を振った。「いや」簡潔に否定する。「まず第一に、わたしにそんな勇気はない。そうするには勇気が必要だし、わたしは勇気ある人間とはほど遠いからね。第二に――」

「第二に?」

「いつも、明日はなにが起こるか、知りたくてたまらない性質《たち》だからね」

アンソニーは笑いながら立ちあがった。「そうですね、あなたに話をしようという気にさせてもらってよかった。どうしてだか、自分でもよくわかりませんがね――とにかく、そんな心もちです。とはいえ、話しすぎました。忘れてください」

「で、明日、事故の報せを聞いても、知らんぷりをしろと？　自殺かもしれないと示唆することもせずに？」

「それはお好きなように。うれしいことに、ひとつだけ確かなことがあります――あなたにぼくを止めることはできない」

「ねえ、きみ」サタスウェイトはおだやかにいった。「確かにわたしは、四六時中、きみにへばりついているわけにはいかない。遅かれ早かれ、きみはわたしの隙を見て、目的を果たすだろう。だけどね、ともあれ、今日の午後は邪魔をされたわけだ。わたしが突き落としたのではないかという疑いがかかる可能性を残して、いますぐにきみがここで死ぬとは思えない」

「それはそうです。あなたがまだ、あくまでもここにいるとおっしゃるのなら――」

「そのとおり」サタスウェイトはきっぱりといった。

アンソニーは笑った。心底、おもしろがっている笑い声だった。「ならば、計画遂行は一時延期にしなければ。そういうことなら、ぼくはホテルに帰ります。たぶん、のちほどお会いすることになりますね」

ひとりになったサタスウェイトは、海を眺めながらつぶやいた――さて、次はなんだろう？　次があるにちがいない。それはなんだろう……？

サタスウェイトは立ちあがった。崖っぷちに立ち、眼下で荒々しく躍る波をみつめる。しかし、その光景を見ていてもなにもひらめかなかったので、海に背を向け、糸杉の並木道をゆっくりと歩き、庭園にもどった。鎧戸を閉ざした静かなヴィラに目をやる。ここに来るたびに浮かぶ疑問がまた頭をよぎった――このひっそりとたたずむ壁の向こうに誰が住み、どんな暮しをしていたのだろう？　ふと衝動に駆られ、サタスウェイトは崩れかけた石段を昇り、褪せた緑色の鎧戸のひとつにそっとさわった。

思いがけないことに、ちょっと触れただけで鎧戸は動いた。一瞬ためらったものの、サタスウェイトは思いきって鎧戸をいっぱいに開けた。とたんに、小さく狼狽《ろうばい》の声をあげてあとずさった。窓の向こうに女性が立ち、こちらを見ていたからだ。黒ずくめの身なりで、スペイン風に、頭から黒いレースのマンティラをかぶっている。

サタスウェイトはあわてふためき、ドイツ語まじりのイタリア語で失礼を詫びようとしたが、寸前で気がつき、急いでスペイン語に切り替えた。申しわけなさと恥ずかしさとで、口ごもりながら弁解し、シニョーラに許しを請うた。女がなにもいわなかったため、サタスウェイトはそそくさと踵《きびす》を返した。

庭園のなかばほどまで引き返したとき、女がことばを発した――英語だ。拳銃の発射音のようにするどい声が飛んできた。「もどってきて！」

犬に命じるような口調だったが、あまりにも断固としていて、威厳がこもっていたため、サタスウェイトはくるりと身を翻《ひるがえ》し、早足で窓辺にもどった。腹が立つよりも先に、反射的に体が動いたのだ。そう、まるで犬のように命令に従ったといえる。

女は身動きもせずに窓辺に立っていた。おだやかな目で、サタスウェイトを頭のてっぺんから爪先まで検分する。「英国人」女はいった。「そうだと思った」

サタスウェイトはまたもや弁解に努めた。「あなたが英国のご婦人だと知っていれば、先ほど、もっときちんと説明できたのですが。鎧戸を無断で開けたりした無作法を、心からお詫び申しあげます。好奇心を抑えきれなかったことには、弁解の余地もありません。この魅力あるお宅のなかはどうなっているのか、ぜひ見てみたいと思いまして」

女が笑った。深みのある笑い声だった。「ほんとうに見たいのなら、入っていらっしゃい」そういって、女はわきに寄った。

サタスウェイトはすっかりうれしくなって、部屋のなかに入った。ほかの鎧戸が閉まっているため、なかは薄暗い。部屋には粗末な家具が少しあるばかりで、がらんとした感じがする。しかも、わずかな家具にも床にも、埃《ほこり》が厚く積もっている。

「こちらへ」女はいった。「この部屋は使ってないんです」

サタスウェイトは女についていった。埃だらけの部屋から廊下に出て、向かいの部屋に入る。こちら側は海に面していて、明るい陽光がさしこんでいる。先ほどの部屋と同じく家具は粗末だが、床にはあちらこちらにすりきれたラグが敷いてある。すりきれていても、みごとな品だとわかる。ほかに、スペイン革の大きな衝立《ついたて》と、新鮮な切り花を生けたいくつかの壺。

「お茶をごいっしょしましょう」女はいった。そしてサタスウェイトを安心させるようにつけくわえた。「とてもいいお茶ですし、お湯はちゃんと沸騰《ふっとう》させますよ」

女はドアを開けて部屋を出ると、スペイン語でなにやらいった。もどってくると、客の向かいのソファにすわった。

ここで初めて、サタスウェイトは女を観察することができた。

強烈な個性がある女だ。その強い存在感に押されて、サタスウェイトは自分が灰色でしなびていて、ひどく老いているような気がする。彼女は背が高く、肌は日焼けしているが、目鼻立ちはととのっている。若くはない。先ほど彼女が部屋を出たときにくらべると、彼女がもどってきたいまは、陽光の明るさが倍になったように思える。サタスウェイトは不思議な温もりと生気に、じんわりと包まれるのを感じた。肉の落ちた、しなびた腕をのばし、暖炉の火に手をかざしているような心もちだ。サタスウェイトは胸の内で思った——この女性にはあふれるほどの生命力があるため、それを他者に分け与えることができるのだ、と。

サタスウェイトは先ほど自分を呼びとめたときの、彼女の命令口調を思い出した。彼が後援している若いオルガが、少しでもこの力づよさを習得できればいいのにと思う。そしてふと思いついた——この女性がイゾルデを演じたら！　だが彼女は、歌手としての才能はもちあわせていないだろう。人生とは不公平なものだ。だが、それはそれとして、サタスウェイトはこの女が少しばかり苦手だ。権高な女は嫌いなのだ。

女は膝に両肘を立て、両手で顎を支え、じっとサタスウェイトをみつめて品定めしているが、それを隠そうともしない。そしてようやく結論が出たとでもいうように、こっくりとうなずいた。「いらしてくださって、うれしいです。今日の午後は、誰かと話をしたくてたまらなかったんですよ。あなたはそういうことには慣れていらっしゃるのでは？」

「どういうことでしょう?」

「いろいろなひとがあなたに話をするのでは、という意味です。わかっているくせに! なぜわからないふりをするんです?」

「いや――その――」

サタスウェイトがなにかいおうとしたのをきっぱりと無視して、女は話をつづけた。「誰だってあなたにならなんでも話せる。というのも、あなたは女性的な部分がとても強いからです。あなたには、わたしたち女性がどう感じ、どう考えるかがわかる。女性特有のこだわりがわかる……」声がだんだん小さくなって、消え入ってしまう。

そこに、大柄な若いスペイン人のメイドがにこにこ顔でお茶を運んできた。上等なお茶――中国茶――だ。サタスウェイトはその味を楽しんだ。

「ここにお住まいですか?」サタスウェイトはさらっと訊いた。

「ええ」

「でも、このヴィラで暮らしているわけではないようですね。ふだんは使わずに閉めているのでは? 少なくとも、わたしはそう聞いています」

「たびたび来ていますよ。世間のひとが考える以上に。わたしが使うのはこの部屋だけですが」

「ずいぶん前からここをお持ちなんですか?」

「わたしのものになってから、二十二年になります。でも、その一年前から、ここに住んでいました」

サタスウェイトはどうでもいい無意味なこと（当人にはそう思えた）をいった。「それはまたずいぶん長いですね」

「一年が？　それとも、二十二年が？」

好奇心をかきたてられたサタスウェイトは、真剣な口ぶりでいった。「なにによるかに尽きますね」

女はうなずいた。「そう、なにによるか。一年と二十二年。このふたつの期間は別個のものです。たがいになんの関連もない。どちらが長く、どちらが短いか。いまでも、なんともいえません」

そのあと、女はじっくり考えこむように黙りこんだ。そしてすぐに、ほのかな微笑を浮かべた。「こうして人と話をするなんて、ずいぶんひさしぶり。いえ、いいんです。あなたは鎧戸を開けた。うちのなかを見たいと思ったから。いつもそうするんでしょう？　鎧戸を開けて窓越しに、人々の素の暮らしぶりを見る。人々が許してくれるなら。しかも、たいていの人は許してしまう。あなたに隠しごとをするのはむずかしい。隠していても、あなたはきっと推測なさる——それも、正しい推測を」

サタスウェイトは、ここは真摯《しんし》に対応すべきだという、奇妙な衝動を覚えた。「わたしは六十九歳です。人生というものに関するわたしの知識は、他人《ひと》さまから話を聞いて得たものなんですよ。ときには苦い思いもします。しかし、だからこそ、わたしは多くの知識をもっているのです」

女は感慨ぶかげにうなずいた。「わかります。人生とは不思議なものですね。わたしにはそういう人生がどんなものなのか、想像もできません——つねに傍観者であるという人生は」

いかにもわからないという口ぶりに、サタスウェイトの顔がほころんだ。「そうですね、あなたにはおわかりにならないでしょう。あなたは舞台の中央に立っている。いつだってプリマドンナなのですから」

「おもしろいことをおっしゃるのね」

「でも、正しいはずです。あなたはさまざまなことを体験なさった——そして、これからもそうでしょう。そう、悲劇もあったでしょうね。ちがいますか？」

女の目が細くせばまった。その目でサタスウェイトをじっとみつめる。「あなたがここに長く滞在なされば、海で泳いでいて、あの崖の下で溺れ死んだ英国人のことをお聞きになるでしょう。若くて頑健でハンサムな男性だったと。そしてその男の若い妻が、崖の上から夫が溺れ死ぬのをじっとみつめていたと」

「ええ、その話はもう知っています」

「それはわたしの夫でした。これは夫のヴィラだったんです。十八歳のとき、夫にここに連れてこられました。そして、一年後、夫は死にました——黒い岩に砕ける波に翻弄《ほんろう》され、体じゅうに傷を負い、打ち身だらけになったあげく、手足を切り裂かれ、岩にたたきつけられて亡くなったのです」

サタスウェイトはショックを受け、低く声をもらした。

女は身をのりだし、ぎらぎらと燃える目でサタスウェイトの顔を見据えた。「あなたは悲劇ということばをお使いになった。いまの悲劇以上の悲劇がありますか？　結婚して一年しかたっていない若い妻は、愛する夫が必死で波と戦い、やがて命を失うのを、じっと見ているしかなかった。夫がむごい死にかたをするのを」

「むごい死にかた」サタスウェイトは心の底からそういった。「むごい――まったくそのとおりです。そんな悲惨なことがあっていいわけがない！」

いきなり女が笑いだした。顔をのけぞらせて笑っている。「あなたはまちがってます。もっとむごい話なんですよ。若い妻は崖の上に立ち、夫が溺れて死ぬことを心から願っていたんです……」

「なんですと！　まさか――？」

「ええ、ほんとうです。それが真実。わたしは崖の上でひざまずき、祈りました。スペイン人の召使いたちは、わたしが夫が助かるように祈っていると思ったことでしょう。でも、そうではありませんでした。わたしだって夫が助かるように祈れればいいと思った。でも、じっさいには、ひとつのことだけをくりかえし祈っていたんです――神さま、夫の死を望まないように、わたしをお助けください。夫の死を望まないように、わたしをお助けください、と。でも、そんな祈りなど嘘っぱちです。心の底では、望んでいたんですから。そしてその望みがかなうことを願っていたんですから」

女は少し黙りこんでから、また口を開いた。前とはちがう、ひどくおだやかで静かな声だ。

「むごい話でしょう？　忘れることなんかできませんよね。夫がほんとうに死んでしまい、もう二度と彼にさいなまれることはないとわかると、わたしはうれしくてたまりませんでした」

「なんということだ」サタスウェイトはふたたびショックを受けた。

「いまならわかります。あんな経験をするには、わたしは若すぎました。あんな残酷さと向きあうには、それなりの人生経験が必要だったんです――もっと歳をとってから、もっと気持が強くなってからなら。

夫がどんな人間だったか、誰も知りませんでした。初めて会ったとき、なんてすてきなひとだろうと胸がときめき、めぐりあえて幸せだと思ったし、結婚を申しこまれたときは誇らしかった。でも、結婚するとすぐに、すべてが悪いほうに変わりました。夫は怒ってばかり。わたしがなにをしても満足してもらえなかった。でも、わたしは懸命に努力しました。やがて夫はわたしを痛めつけはじめました。わたしが怖がって震えあがるのを見たがった。それがいちばん楽しかったようです。しかも、恐ろしいことを……ありとあらゆる恐ろしいことを、思いつくままに実行したんです。これ以上は話したくありません。たぶん、夫は狂っていたんだと思います。わたしはたったひとりで夫の支配を受けるしかなかった。夫には、残酷な仕打ちが趣味になっていったんです」

大きくみひらかれた女の目は暗く翳《かげ》っていた。「最悪だったのは、あかちゃんのことです。身ごもったんです。でも、夫の仕打ちのせいで、死産になりました。わたしのちっちゃなあかちゃん。わたしも死にかけました――でも、死ななかった。死んでいればよかったのに」

サタスウェイトはかすかに呻いた。

「それから、わたしは解放されました——先ほど話したように。ホテルに滞在していた若い女たちが、夫を煽《あお》ったんです。地元の者たちは口をそろえて夫を止めました——あんな場所で泳ぐなんて、無謀もいいところだ、狂気の沙汰だと。でも、夫は聞く耳をもたなかった——自分がどれほどすごいか、見せつけたかったんです。そしてわたしは見ていました——夫が溺れるさまを。それも、喜んで見ていたんです。そんなまねをするなんて、決して神のご意志ではありえません」

サタスウェイトは乾いた小さな手をのばし、女の手を取った。女は子どもがしがみつくように、彼の手をぎゅっと握りしめた。女の顔からは歳月が消えていた。十九歳の顔になっている。サタスウェイトには容易にそれが見てとれた。

「最初はあまりにもうれしくて、ほんとうのこととは思えなかった。このヴィラはわたしのものになり、ここに住んでいてもいいんです。わたしを痛めつける者は、もういない！　わたしは孤児で、身寄りもなく、わたしがどうなろうと気に懸けてくれるひとはいなかった。それで、すべてが順調に、簡単に運びました。わたしはこの島に——このヴィラに住むことにしました。まるで天国にいるみたいだった。そう、天国です。結婚してからは幸福とは無縁で、もう二度と幸福にはなれないと思っていたのに。ある朝、目覚めてみると、世界が変わっていた——苦痛も恐怖もなく、次にどんな仕打ちをされるかとびくびくすることもなかった。そう、天国でした」女はそこで黙りこんだ。

しばらく待ってから、サタスウェイトはその沈黙を破った。「それから？」

「人間というのは決して満足しないようです。最初は自由になれたことで充分でした。でも、しばらくすると――ええ、寂しくなってきたんです。死んで生まれたあかちゃんのことを思い出すようになって。ああ、あの子がいたら！　あかんぼうが、玩具がほしかった。遊び相手がほしくてたまらなかったんです。愚かで子どもっぽく聞こえるでしょうけど、それが本音だったんです」

「わかりますよ」サタスウェイトはまじめな顔でうなずいた。

「そのあと起こったことを説明するのは、とてもむずかしい。偶然の賜《たまもの》というか……そういうことが起こったんです。そのころ、ホテルに若い英国人の男性が滞在していました。そして、うっかりとこの庭園に入りこんできたんです。わたしはスペイン風の服を着ていたので、彼はわたしをスペイン人だと思いこみました。おもしろかったので、わたしもそのふりをしました。そのひと、スペイン語はへたくそだったんですが、なんとか会話はできましたよ。わたしは、このヴィラはある英国婦人のものだけど、彼女はいまここにはいないと、彼にいいました。その婦人に少し英語を習ったといって、わざと片言の英語を使ってみました。とてもおもしろかった――おもしろくておかしくて、いまでも思い出せるぐらい。そうこうしているうちに、彼はわたしに恋心を抱いた。

わたしたちは新婚で、このヴィラはふたりの我が家だというふりをすることにしました。わたしは鎧戸をひとつ開けてみようといいました――ええ、あなたが開けた、あの鎧戸です。鎧戸が開き、埃っぽい部屋が見え、わたしたちはそっとなかにしのびこみました。わくわくどきどきする、すてきな心もちでした。そして、このヴィラはふたりの新居だというふりをしたのです」

女はそこでことばを切り、訴えるような目をサタスウェイトに向けた。「とてもきれいな、おとぎ話のような出来事でした。きれいに思えたのは、それが真実ではないとわかっていたから。現実感がなかったから」

サタスウェイトはうなずいた。サタスウェイトには、女が自分自身を理解するよりも明確に、彼女を理解できた。怯えきった孤独な子どもは、現実ではなく架空の話なのだからと安心して、おとぎ話に夢中になれるのだ。

「彼はごくふつうの若者だったと思います。冒険好きというタイプではなかったけれど、乗り気になっていました。なので、ふたりしてお芝居をつづけたんです」女はサタスウェイトをみつめた。「おわかりでしょう? わたしたちはお芝居をつづけた……」

少し間《ま》をおいてから、女は口を開いた。「翌朝、彼はまたヴィラにやってきました。寝室の鎧戸のすきまから、わたしは彼がやってくるのを見ていました。彼はわたしがヴィラのなかにいるとは思ってもいなかった。わたしのことを、ヴィラの近所に住む、スペインの田舎娘だと思いこんでいたから。彼は周囲を見まわしながら、わたしに会いたいと口走りました。わたしは会おうといおうかと思ったけれど、思っただけで、その気はなかった。

彼は心配そうに周囲を見まわしています。わたしのことを気に懸けてくれているんだとわかりました。わたしのことを気づかってくれるとは、なんていいひとでしょう。とてもいいひと……」

女はいったん口をつぐんでから、話をつづけた。「その次の日、彼は島を去りました。それ以降、彼には会っていません。

九カ月後、あかちゃんが生まれました。ほんとうに幸福でした。誰にも痛めつけられず、みじめな思いをさせられることもなく、平穏にあかちゃんを育てられるんですもの。あの英国人の若者に、クリスチャンネームを聞いておけばよかったと、つくづく後悔しました。そうすれば、ぼうやにその名前をつけてあげられたのに。そうしないのは不人情で不当な気がして。

わたしがなによりもほしかったものを授けてくれたのに、彼はそのことを永遠に知らない！　でも、彼はそういうふうには考えないだろうと、わたしは自分にいいきかせました。子どもがいると知れば、彼は驚き、怒るのではないかと。彼にとって、わたしは行きずりの相手にすぎなかった、ただそれだけのことだと」

「で、息子さんは？」サタスウェイトは訊いた。

「りっぱに育ちました。すばらしい子です。ジョンと名づけたんですが、ほんとうにいい子です。いますぐにでもあなたに会わせたい！　もう二十歳になりました。鉱山技師をめざしています。世界一すばらしい、誰よりも愛しい息子。息子には、父親はあなたが生まれる前に亡くなったといってあります」

サタスウェイトは女をみつめた。奇妙な話だ。そして、どういうわけか、話はまだ完結していないと思えた。女にはまだ話していないことがあるにちがいない。

「二十年というのは長い歳月です」サタスウェイトは感慨ぶかげにいった。「そのあいだに、再婚しようと考えたことはなかったのですか？」

女はくびを横に振った。日焼けした浅黒い頬に、ゆっくりと赤みがさす。

「お子さんがいるから、それだけで充分だった？」サタスウェイトは問いを重ねた。

女はサタスウェイトをみつめた。その目の光は、先ほどよりもずっとやわらかくなっていた。

「とてもおかしなことが起こったんです」女はつぶやいた。「ほんとうにおかしなことが……あなたには信じてもらえないでしょうね。いえ、ちがう。あなたなら信じてくれるかもしれない。わたしはジョンの父親を愛してはいませんでした。ええ、あのときは。愛するということがどういうことなのか、なにも知らなかったんだと思います。わたしは当然のことのように、子どもはわたしに似ると思いこんでいました。でも、ちがった。わたしの子とはいえないのかもしれない、と思えるほどでした。父親に似ているんです――彼の子であることはまちがいありません。父親に似た息子を通して、わたしは父親のほうも愛するようになりました。いまでは彼を心から愛しています。これからもずっと。そんなのは錯覚にすぎないといわれるかもしれません。美化してしまった幻想だと。でも、そうではありません。わたしはひとりの男を、現実に存在する人間の男を愛しているのです。明日にでも顔を見たら、あのひとだとわかります――たとえ二十年以上たっていようと。

あのひとを愛するようになってから、わたしはおとなの女になりました。おとなの女が男を愛するように、わたしはあのひとを愛しています。二十年というもの、わたしはあのひとを愛して生きてきたんです。死ぬまであのひとを愛しつづけるでしょう」

女はそこでことばを切った。そして挑むようにサタスウェイトにいった。「わたしのこと、頭がおかしいと思いますか？　妙なことばかりいっているから」

「まさか！　とんでもない！」サタスウェイトはふたたび女の手を取った。

「では、わかっていただけるんですね？」

「そのつもりです。だが、もっとなにかあるのでは？　あなたがまだ話してくれていないことがあるのでは？」

女の顔がくもった。「ええ、そうです。そこまで読みとれるなんて、するどいかたですね。お会いしたときにすぐにわかりましたよ――あなたにはなにも隠しごとができないと。でもいまは、いいたくないんです。いいたくない理由があるのですが、あなたは知らないほうがいい」

サタスウェイトは女をみつめた。女はまっこうから、傲然とサタスウェイトをみつめかえしている。

サタスウェイトは胸の内で思った――これは試しだ。手がかりはすべてわたしの掌中《しょうちゅう》にある。自力で解答を得られるはずだ。もしその理由を的確に推測できれば、と。

少し間《ま》をおいてから、サタスウェイトはゆっくりといった。「なにかがうまくいかなくなった」女のまぶたがかすかに震えるのを見てとり、サタスウェイトは正しい推測をしていると確信できた。

「なにかがうまくいかなくなった――突然に――長い年月がたってから、突然に」手探りで推測を押し進める。女が秘密を隠そうとしている、暗い心の奥底に探りを入れる。「息子さんですね――息子さんに関係があるんですね。それ以外に、あなたが気に病むことがあるとは思えない」

女はかすかに息を呑んだ。サタスウェイトは核心を突いたのがわかった。残酷だが、必要な追及だ。サタスウェイトがみずからの意志に反してでも追及の手をゆるめないこと、それがつまりは、女の意志なのだ。彼女は譲歩を受けつけない、強い意志の持ち主だが、サタスウェイトもまた、ものやわらかな態度の下に確固とした意志をもっている。しかも彼には、正しいことをしているという判断ができる、天性の気質がそなわっている。

犯罪を暴くという、なまぐさい仕事をなりわいとしている者を憐れみ蔑《さげす》む気持が、さっと心をよぎる。しかし、他者の心を探るという仕事は、手がかりを集め、真実を追い求め、解答をたぐりよせるという作業は、じつになまなましい喜びをともなう。女が必死に真実を隠しとおそうとしていること、それ自体が、サタスウェイトの助けとなる。彼女が体をこわばらせているのが、サタスウェイトが解答に近づいている証《あかし》だった。

「あなたはわたしが知らないほうがいいとおっしゃった。それはわたしにとってそのほうがいい、ということですか？　それは思慮ぶかいとはいえない。見知らぬ者にちょっとした迷惑をかけることなど、あなたは遠慮しないはずだ。では、なにが問題なのか。あなたの秘密を聞けば、わたしが共犯者になってしまう？　なんだか犯罪の相談をしているみたいですね。とんでもない！　わたしはあなたの共犯者になる気はありません。あるいは、これもまた犯罪といえる行為といいましょうか。あなたがあなた自身に行おうとしていることは」

　女のまぶたが閉じ、目が隠れた。

　サタスウェイトは身をのりだして女の手くびをつかんだ。「では、そうなんですね。あなたは自分で自分の命を断つつもりなんだ」

　女は低く呻いた。「どうしてわかったんです？　どうして？」

「でも、なぜですか？　人生に倦み疲れているわけではない。あなたほどそれにあてはまらないご婦人は、見たことがないぐらいだ。あなたはいきいきとして、生気にあふれている」

　女は立ちあがって窓辺に行くと、ひとふさの黒い髪をうしろにはらった。

「そこまで推測なさったのなら、わたしも真実を話すべきでしょうね。あなたを家のなかに入れなければよかった。あなたが物事を裏の裏まで見てしまうかただとわかっていたはずなのに。ええ、あなたはそういうかたです。

　そう、理由のことも見抜かれました。おっしゃるとおり、息子です。あの子はなにも知りません。でも、最後にうちに帰ってきたときに、自分の友人のことをひどく悲しげに話しました。わたしにはぴんときました。もし息子が自分は私生児だと知ったら、どれほど胸を痛めることか。誇り高い子です――とても誇り高い！

　息子に恋人ができたんです。ああ！　くわしいことは申しません。でも、じきにまた息子が帰ってきます。父親のことを知りたがるでしょう。すべてを。当然ながら、恋人のご両親も知りたいはずです。そして、息子が真実を知れば、恋人とは別れ、どこかに行ってしまって、破滅の道を歩むことになる。ええ、おっしゃりたいことはわかります——出生のことをそんなふうに受けとるなんて、あの子は若くて愚かで頑迷すぎる、と。たぶん、そのとおりでしょうね。でも、人間はこうでなくてはというお説教がどれほど役に立ちます？　ひとはそれぞれです。真実のせいで、息子の心は打ち砕かれるでしょう……。でも、もし、息子が帰宅する前に、またまわたしの身になにかが起こったら、すべてが悲しみに呑みこまれてしまうのでは。遺されれた書類を見てもなにもみつからず、わたしからもほとんどなにも聞いていないために、息子はさぞ困惑するでしょう。かといって、疑う気にはならないはずです。それがいちばんいいんです。幸福には代償を支払わなければなりません。そしてわたしは、とても幸福でした。ええ、とても！　じっさい、代償を支払うのも、とても簡単。ちょっとした勇気——崖から跳びおりるだけのちょっとした勇気さえあれば——一瞬の苦痛、それですみます」

「しかし——」

「説得しようとしてもむだです」女はサタスウェイトのほうにくるりと向きなおった。「月並みなお説教を聞く気はありません。わたしの命はわたしのもの。いままではそれが必要でした——ジョンのために。でもいまは、ジョンには必要のないものになった。あの子は連れあいがほしい。人生の伴侶がほしいんです。わたしがいなくなれば、彼女にもっと切実な気持を抱くでしょう。わたしの命はもう不要ですが、わたしの死は必要なんです。わたしの命、どうしようとわたしの勝手です」

「ほんとうに？」

サタスウェイトのきびしい口調に女は驚き、わずかに口ごもった。「だ、誰にとっても無用のものなら、わたし自身がいちばんいい判断を――」

サタスウェイトは彼女をさえぎった。「その必要はありませんよ」

「どういう意味です？」

「いいですか、あなたにひとつ、話をお聞かせしましょう。ある男がある場所に来た――自殺するために。いいですか？　ですが、たまたまその場所にほかの男がいたため、彼は目的を遂げることをあきらめて立ち去った。ほかの男が彼の命を救ったのです。彼を必要としたからではなく、そのときその場に居合わせたという、まさに物理的な事実によって、彼の命を救ったのです。あなたが今日、死んでしまったら、五年後、六年後、七年後に、そのときその場にあなたがいないために、誰かが死ぬか、悲惨な目にあうかもしれない。通りを暴走してきた暴れ馬が、あなたを見てわきにそれたおかげで、通りで遊んでいた子どもを踏みつぶさずにすむかもしれない。その子は成人して偉大な音楽家か、癌《がん》を治す名医になるかもしれない。あるいは、そんなドラマチックな生涯ではなく、日々の幸せを嚙みしめる、ごく平凡な……」

女はしげしげとサタスウェイトをみつめた。「おかしなかたですね、あなたは。いまおっしゃったようなこと――わたしは考えもしなかった……」

「あなたは自分の命は自分のものだとおっしゃった。だが、創造主の神聖な指示のもとでくりひろげられる壮大なドラマにおいて、あなたに課された、ひとつの役を担う機会を無視することができますか？　ドラマの終幕寸前まで、あなたの出番はないかもしれない。出番がきても、少しも重要ではない役かもしれない。ただの通行人の役かもしれない。しかし、あなたがほかの役を担うひとに合図《キュー》を出してあげないと、ドラマの結末は宙ぶらりんになって、全体の構成が崩れてしまう。世界じゅうの人々から見れば、あなたは決して重要な人物ではないかもしれないが、特別な場所に存在する人物としてのあなたは、想像もできないほど重要なのです」

女はサタスウェイトをみつめたままソファに腰をおろした。「わたしになにをさせたいのですか？」率直に訊く。

サタスウェイトの勝ちだ。慎重に示唆する。「少なくとも、ひとつだけ約束してください――これから二十四時間はなにもしないと」

女はつかのま黙りこんでいたが、すぐに口を開いた。「約束します」

「あと、もうひとつ――これはお願いです」

「はい？」

「今夜は、わたしを入れてくださった窓の鎧戸を閉めずに、寝ずの番をしてください」

女は興味ぶかそうな目でサタスウェイトを見たが、黙ってうなずいた。

「では」なんだか中途半端な気がして少しばかり残念だったが、サタスウェイトは辞去することにした。「もう行かなくては。神の御恵みがありますように」

サタスウェイトは出口がわからず、まごまごしてしまった。廊下にいた大柄なスペイン人のメイドはしばらく興味津々という目でサタスウェイトを眺めていたが、ついに見かねて、サイドドアを開けてくれた。

サタスウェイトがホテルに帰りついたころには、もう日が暮れて暗くなっていた。テラスに孤独な人影がある。サタスウェイトはまっすぐにそちらに向かった。興奮していて、胸の動悸が速くなっている。この手ですばらしい結末を導けるのだ。ただし、ひとつでもヘマをすれば――。

サタスウェイトは興奮を抑え、ごく自然な口調で、さりげなくアンソニー・コスデンに話しかけた。「暖かい夜ですね」そういって、相手のようすを観察する。「あの崖の上で、うかうかと時間をすごしてしまいましたよ」

「あれからずっと、あそこにいたんですか?」

サタスウェイトはうなずいた。

ホテルの自在ドアが開き、誰かが入ってきた。開いた扉からさしこんできた車のライトの一条の光が、アンソニーの顔にあたり、どんよりした苦悩と理解できないことへの無言の忍耐とをたたえた表情を、容赦なく照らしだした。

サタスウェイトは思った――わたしよりも、この男のほうがずっとつらいだろう。想像、推測、思案、わたしにはそのどれもが役に立つ。いわば、苦痛をなにか別のものに替えてくれるのだ。だが、そういう手段をもたない者の、なまなましい苦痛――それはさぞ耐えがたいものだろう……。

急にアンソニーがしわがれた声で話しだした。「夕食後、散歩にでるつもりです。あなたには――おわかりですね？　三度目の正直ですよ。後生ですから、止めないでください。あなたが干渉なさるのは善意からだとわかっていますが、ぼくには無用です。どうぞ放っておいてください」

サタスウェイトは背筋を伸ばした。「わたしは干渉なんぞしませんよ」こう断言することによって、自分の目的と存在理由を覆い隠すことができる。

「あなたのお考えはわかりますが――」

そういいかけたアンソニーをサタスウェイトはさえぎった。「失礼だが、それには異論がありますな。他人がなにを考えているか、わかるはずがない。こうするだろうと想像しても、その想像はたいていまちがっている」

「はあ、たぶん、そうでしょうね」アンソニーはいくぶんめんくらったらしく、もごもごとそういった。

「思考というのは、個人のものです。ひとがこうだと思いこんでいることを、他人が変更させたり、影響を与えたりすることはできません。ところで、もっと気楽な話をしませんか。たとえば、あの古いヴィラのこととか。あの家には奇妙な魅力がありますね。崖の上にぽつんと建っていて、世界から孤絶している。どんな秘密を隠しているのか、神のみぞ知るというところですか。じつは、わたしは誘惑に負けて、とんでもないことをしてしまったんですよ。鎧戸のひとつを開けようとしたんです」

「え？」アンソニーはさっとサタスウェイトに顔を向けた。「でも、もちろん、しっかり閉まっていたんでしょう?」

「いや。開きましたよ」そして、サタスウェイトはおだやかにつけくわえた。「端から三番目の鎧戸です」

「なんと」アンソニーは叫ぶようにいった。「それはあの――」

アンソニーははっとしたように口をつぐんだが、その目に明るい光が宿るのを、サタスウェイトは見てとった。満足して立ちあがる。

とはいえ、かすかな不安が残る。お得意の芝居の隠喩《いんゆ》でいえば、自分に課せられたセリフは一言一句余さずにきちんといった、と思いたい。たとえ数行にすぎなくても、とてもたいせつなセリフなのだ。自分がどういったかを思い返してみると、芸術的判断に狂いはなかったと満足できた。崖っぷちに行く前に、アンソニーはあの鎧戸を開けてみようとするだろう。人間なら、そうせずにいられないはずだ。二十年ほど前の思い出が彼をあの崖の家に導いたのだ。同じように、その思い出が彼をあの鎧戸に導くだろう。そして、それから?

「朝になったら、わかることだ」そうつぶやいて、サタスウェイトは夕食のために、手慣れたふうに着替えを始めた。

翌朝、十時を少しまわったころ、サタスウェイトは〈ラ・パズ〉の庭園に足を踏みいれた。庭師のマヌエルが笑顔でおはようといいながら、薔薇のつぼみを一輪くれた。サタスウェイトはそれをていねいにボタンホールに挿した。

サタスウェイトは建物の手前で立ちどまり、なんのへんてつもない白い壁を、壁を這うオレンジ色の蔦《つた》を、褪せた緑色の鎧戸を眺めた。静かで、平穏な眺めだ。すべては夢だったのだろうか？

そう思った瞬間、窓が開き、サタスウェイトの思考を占めていた、あの女が外に出てきた。歓喜の大波に揺られているかのように、はずむような足どりで、まっすぐにサタスウェイトに向かってくる。目が輝き、顔が上気している。博物館か美術館のエントランスの装飾帯《フリーズ》に彫られた、喜びの像のようだ。ためらいも疑惑も怯えもない。まっすぐにサタスウェイトに近づくと、彼の肩に手をかけ、その頬にキスした——一度ならず何度も。あとになってから、サタスウェイトはこのときの彼女を、ヴェルヴェットのような花びらが開いた大輪の赤い薔薇だった、と思い返したものだ。まばゆい陽光、夏、鳥のさえずり——そういうものを思わせる女の放つ雰囲気に、サタスウェイトは心身ともにつつみこまれる。あたたかさ、喜び、力づよい生気に。

「とても幸福なんです！」女はいった。「なんてすばらしいかた！　どうしてわかったんです？　どうしてあんなことができたんです？　まるで、おとぎ話の良き魔法使いみたいなかた」女はそこでことばを切った。幸福ではちきれそうになり、息が切れたかのように。

「今日、あのひとといっしょに領事館に行きます。結婚するために。ジョンが帰ってきたら、父親に会えるんですよ。過去に誤解があって別れていたと話すつもり。息子は疑いもしないでしょう！　ああ！　とても幸せ！　幸せで、幸せで、幸せ！」

女から幸福感があふれ、潮のように流れだして、あたたかく気持のいい波となり、サタスウェイトに押し寄せてくる。

「アンソニーには息子がいるとわかったことが、なによりの喜びだったみたい。あのひとが息子のことを気に懸け、気づかってくれるなんて、思いもしなかった」女は遠慮のない目で、まっすぐにサタスウェイトの目を見据えた。「すべてが正しくおさまり、美しい結末がもたらされるなんて、不思議ですよね？」

サタスウェイトにはこの女の素の姿がはっきりと見えた。子ども――空想好きな子どもなのだ。彼女の愛するおとぎ話は、〝それからふたりは幸福に暮らしました〟という甘やかな結末でなければならない。

サタスウェイトは静かに訊いた。「彼の最期の六カ月を幸福にすごさせてあげれば、あなたはほんとうにすばらしいことを成し遂げたことになりますね」

女の目が大きくみひらかれた――驚いている。「まあ！　わたしがあのひとを死なせると思います？　こんなにも長い年月がたってから、とうとうわたしのもとに帰ってきてくれたんですよ。知っているでしょう？　お医者さまが匙を投げたのに、しっかり生きのびているひとたちが大勢いることを。死ぬ？　もちろん、あのひとは死んだりしません！」

サタスウェイトは女をみつめた――強く、美しく、生命力にあふれ、不屈の闘志と気概を内に秘めた女を。医者が診立てちがいをすることがあるのは、サタスウェイトも知っている……個人的な要因がどのように影響するのか、誰にもわからないのだ。

女は嘲笑うような、おもしろがるような口ぶりでいった。「わたしがあのひとを死なせると思います？」

「いや」サタスウェイトはごく静かに答えた。「どういうわけか、そうは思えない……」

女にあいさつをしてから、サタスウェイトは糸杉の並木道を通り、海を見渡せる崖の上のベンチに向かった。先客がいた。サタスウェイトが会えるのではないかと期待していた、まさにそのひとが。

ハーリー・クィンが立ちあがり、サタスウェイトを迎えた――いつもと同じく、浅黒い顔にひかえめな笑みを浮かべている。「わたしがいるのを予想していましたか?」クィンは訊いた。

「ええ、期待していましたよ」

ふたりは並んでベンチに腰かけた。

「そのお顔から察するに、あなたはまた神の摂理を代行なさったようですね」クィンはいった。

サタスウェイトは非難するような目をクィンに向けた。「そしてあなたは、なにも知らなかったといいたいようですな」

「あなたはいつも、わたしがなにもかも知っている全知のひとだといわんばかりに糾弾《きゅうだん》なさる」クィンは微笑した。

「だって、なにも知らないのなら、一昨夜はなぜここに来て、待っていたんですか?」サタスウェイトは逆ねじをくわせた。

「ああ、それは――」

「それは?」

「遂行すべき任務があったんですよ」

「誰のための？」

「あなたはときどき、わたしのことを死者の代弁人とおっしゃるじゃありませんか」

「死者？」サタスウェイトはけげんな面持ちになった。「わからないな」

クィンは長くほっそりした指で、眼下に広がる群青色の海をさした。「二十二年前、あそこでひとりの男が溺れて死にました」

「ええ、知っています――でも、それが――」

「つまるところ、その男は若い妻を愛していたのでしょう。愛は人間を天使にも悪魔にもします。妻は夫に、少女っぽい憧憬を抱いていましたが、夫はそんな妻に、成熟した女らしさを求めたのですが、どうしてもかないませんでした。それが彼を狂気に追いやったのです。妻を愛していたからこそ、彼女をさいなんだ。よくあることです。わたしと同じように、あなたもごぞんじでしょう」

「知っています」サタスウェイトはうなずいた。「そういうことがあるのは知っています――だが、そうあることではない――めったにない……」

「それに、あなたはもっと一般的な事柄もごぞんじのはずです――良心の呵責《かしやく》というものを。償いをしたいという強い願望を。どんな代償を払ってでも償いをしたいという強い気持を」

「それはわかりますが、死があまりにも早すぎたような――」

「死！」嘲《あざけ》りの口調だ。「あなたは死後の生というものを信じますか？　あの世で、生前と同じ願いや望みを抱くことなど、ありえないといいきれますか？　その願望がきわめて強ければ

――そう、それを伝える者がみつかるものです」

クィンの声がゆるやかに消えていく。

サタスウェイトは立ちあがった。かすかに体が震えている。「ホテルにもどらなくては。あなたもそうなさいますか」

クィンは頭を振った。「いいえ。わたしは来た道をもどります」

サタスウェイトが肩越しにふりかえったとき、友人は崖の縁に向かって歩を進めていた。

闇のなかの声

The Voice in the Dark

「マージェリーのことがちょっと心配なんですよ」レディ・ストランリーはいった。「娘なんですけどね」そうつけくわえて、憂《うれ》わしげなため息をつく。「娘が成長すると、こっちはおばあさんになった気がするものね」

内々の打ち明け話を聞かされたサタスウェイトは、臨機応変に対処した。「まさかそんなことがありうるなんて、誰も信じやしませんよ」

「お世辞がおじょうずだこと」レディ・ストランリーの口調はおざなりで、心ここにあらずというのは明らかだった。

サタスウェイトは、白い装《よそお》いのほっそりした女性を賛嘆の目でみつめた。カンヌの陽光は容赦なくすみずみまで照らしだすが、レディ・ストランリーはその試練に負けていない。遠目では、彼女はじつに若々しく見える。おとなの女性なのか、未成年のお嬢さんなのか、判断できないぐらいだ。なんでも知っているサタスウェイトは、レディ・ストランリーに育ち盛りの孫がいてもおかしくないことを承知している。彼女は人工の業《わざ》で自然を克服した、究極の見本といえる。スタイルは抜群だし、肌の色つやもすばらしい。さぞ多くの美容院の収入を向上させたことだろう。その結果はかくのごとし。驚嘆に値する。

レディ・ストランリーは煙草に火をつけ、高級な極薄のストッキングにつつまれた美しい脚を組み、低い声で話をつづけた。「そうなんですよ、ほんとうにマージェリーのことが心配で」

「それはいけませんね。どういうトラブルですか?」

レディ・ストランリーは美しい青い目をサタスウェイトに向けた。「娘にお会いになったことはありませんよね?」説明するようにつけくわえる。「チャールズの娘ですわ」

『名士録《フーズフー》』が正確無比な記載をしているとすれば、レディ・ストランリーの欄は次のように締めくくられているだろう。すなわち——

——趣味:結婚。

彼女は次々と夫を替えながら、人生という旅をつづけてきたのだ。通算すると、離婚が三回、死別が一回。

「もしあの子がランドルフの娘なら、わたしにも理解できるんですけどねえ」レディ・ストランリーは考えこむようにいった。「ランドルフのこと、憶えてらっしゃる? 気むずかしいひとでしてね。結婚して半年たつと、あの妙なもの——なんていいましたっけ? あ、そうそう、婚姻解消とかなんとかいうものを、申請することになってしまって。ありがたいことに、そういう手続きも、いまではずいぶんとお手軽になりましたわね。当時は、どうしてもばかげた手紙を書かなきゃいけなくて——じっさいには弁護士が文章を口述してくれたんですけどね。どうぞ帰ってきてくださいとか、できるだけのことはしますとか、あれやこれや書きましたわよ。

でも、ランドルフというひとは予想外のことをする名人で、ひどく気まぐれなの。なので、すっとんで帰ってきてしまったのよ。そのせいで、弁護士の思惑とはまったくちがう、最悪の事態になったの」レディ・ストランリーはため息をついた。

「それで、マージェリーのこととは？」サタスウェイトは話題を元にもどそうと、その名前を口にした。

「あら、それをお話ししようとしていたのよ。マージェリーはなにかを見たり聞いたりするらしいの。なにかっていうのは、幽霊とかそんなものよ。あの娘《こ》がそれほど想像力豊かだなんて、思いもしなかったわ。そりゃあ、とてもいい娘なんだけど、どちらかといえば、鈍感なのよ」

「まさか」サタスウェイトは品のいいあいづちを思いつけず、もごもごとつぶやいた。

「じっさいのところ、おもしろみのない娘でね。ダンスとか、カクテルとか、若い娘たちが好きそうなものには、まったく関心がないの。わたしといっしょにここに来るよりも、家にいて幽霊に取り憑かれるほうがいいみたい」

「おやおや、あなたとごいっしょには来ないと？」

「まあね、わたしもぜひにとかき口説いたわけではないけど。そんなことをすると、若い娘には逆効果ですものね」

サタスウェイトは、レディ・ストランリーがまじめくさった娘と連れだっている光景を想像しようとしたが、どうもうまくいかなかった。

「あの娘、お頭《つむ》がおかしくなったんじゃないかしらねえ」〝あの娘〟の母親は、なんだかうれしそうに話をつづけた。「なにかの声が聞こえるなんて、悪い兆候だというじゃありませんか。アボッツ・ミードが幽霊屋敷みたいじゃないの。元の屋敷は一八三六年に全焼したんで、そうやすやすと幽霊が取り憑けないように、新たにヴィクトリア朝初期の城館を建てたんですよ。見場の悪い、ありきたりの建物を」

サタスウェイトはこほんと咳払いした。なぜこんなとりとめのない話を聞かされなければならないのか、わけがわからない。

「それで、思いつきましたの」レディ・ストランリーはサタスウェイトに晴れやかな笑顔を向けた。「あなたなら、助けてくださるんじゃないかって」

「わたしが?」

「そうよ。あなた、明日は英国にお帰りになるんでしょ?」

「そうです。ええ、確かに」サタスウェイトは用心深くことばを選んだ。

「それに、あなたは心霊研究家とかいう人々をごぞんじでしょ。もちろん、ごぞんじよね。あなたは誰でも知ってらっしゃるから」

サタスウェイトは苦笑いした。誰でも知っているというのが、彼の弱点のひとつなのだ。

「だったら、簡単じゃありません? わたしはそういうひとたちとはおつきあいがありませんし。ほら、いるでしょ、髭を生やして、眼鏡をかけている、しかつめらしい殿がたたち。ああいうひとたちって退屈で退屈で、もう心底、うんざりしてしまうのよ」

サタスウェイトはいささかたじろいだ。レディ・ストランリーは明るい笑顔で彼をみつめている。

「それでは、これで決まったわね」レディ・ストランリーは晴れやかにいった。「アボッツ・ミードにいらして、マージェリーに会って、必要な手配をしてくださいな。心から感謝しますわ。もし、ほんとうにマージェリーのお頭がおかしいのなら、わたしもすぐに帰国します。あら、ビンボだわ！」

レディ・ストランリーの明るい笑顔は、目もくらまんばかりのまぶしい笑みとなった。

白いフランネルのテニス服姿の若い男が近づいてきた。二十五歳ぐらいのじつにハンサムな青年だ。青年は率直にいった。「あちこち捜しまわったんですよ、バブス」

「テニスはどうだったの？」

「大負け」

レディ・ストランリーは立ちあがった。立ち去る前に肩越しにふりむき、甘い声でサタスウェイトにいった。「わたしを助けてくださるなんて、あなたって、ほんとうにすばらしいかた。ご親切、永久に忘れませんことよ」

サタスウェイトは、歩み去るふたりを見送りながら考えた。「ふうむ。ビンボが五番目かな」

特別急行列車の車掌はサタスウェイトに、数年前にこの路線で起こった事故現場を指さした。車掌の熱弁が終わり、サタスウェイトが視線を転じると、車掌の肩越しによく知っている笑顔が見えた。

「これはこれは、ミスター・クィン」サタスウェイトは声をあげた。その小さな、しなびた顔がほころぶ。「なんという偶然！　同じ列車で英国に帰るところだとは。あなたも帰国なさるんでしょう？」

「そうです。少しばかり重要な用があるんですよ。ところで、夕食は第一回目を予約なさっているのですか？」

「いつもそうです。中途半端な時間ですがね――六時半だなんて。でも、早い時間のほうが、料理の出来もまだましですからね」

クィンはいかにもというようにうなずいた。「わたしも一回目なんです。ごいっしょのテーブルにつけるようにしてもらいましょう」

六時半に、サタスウェイトとクィンは、食堂車の小さなテーブルをはさんで席についた。サタスウェイトはワインリストを丹念に見てから、クィンに目を向けた。「ずいぶん、おひさしぶりですね――ああ、そう、コルシカ島以来ですな。あのとき、あなたはふっと姿を消してしまわれた」

クィンは肩をすくめた。「いつもどおりですよ。わたしは来ては去っていく者です」

そのことばは、サタスウェイトの記憶を呼び覚ました。背筋にかすかに戦慄が走る――不快なものではない。その反対だ。胸が高鳴る予感。

クィンは赤ワインのボトルを取りあげ、ラベルを確かめた。ボトルはテーブルの照明の光を受け、一瞬、クィンの上半身を赤く染めた。

またもやサタスウェイトは強い興奮を覚えた。「わたしも英国で果たすべき、任務のようなものがあるんですよ」思い出し笑いで顔が大きくほころぶ。「あなたもおそらく、レディ・ストランリーをごぞんじでしょう?」

クィンはうなずいた。

「彼女の実家は旧家でしてね。とても古い。女系で受け継がれている、数少ない家系です。彼女自身が女男爵の称号をもっています。なかなかロマンチックな歴史があるといいましょうか」

クィンは楽な姿勢をとった。

揺れる車内を機敏に動きまわっている給仕が、ふたりの前にスープのカップを置いた。中身が一滴もこぼれていないのは奇跡さながらだ。

クィンは慎重にスープをすすった。「あなたはいつものように、みごとな人物描写を披露してくださろうとしておいでだ」ほとんどつぶやくようにいう。「そうでしょう?」

サタスウェイトは満面に笑みをたたえた。「彼女は驚くべきご婦人です。六十歳――ええ、そうです、少なくとも六十にはなっていますね。彼女たち姉妹のことは、子どものころから知っています。姉の名前はベアトリス。ベアトリスとバーバラ。男爵姉妹として記憶していますよ。ふたりとも美人で、当時は財政的に困窮《こんきゅう》していました。ですが、それは何十年も前のことです。わたしもまだ若かった」サタスウェイトはため息をついた。「妹のほうが称号を受け継ぐまでに、何人ものひとが亡くなっています。当時のストランリー卿は姉妹のかなり年の離れた従兄でした。レディ・ストランリーの生涯はじつにドラマチックなんですよ。

ストランリー家の後継者三人は、意外にも早く亡くなりました――ふたりはストランリー卿の弟、もうひとりは甥です。そして、ユーラリア号事件。ユーラリア号の海難事故を憶えていらっしゃいますか？　ニュージーランド沿岸で沈没した船です。その船に乗っていた男爵姉妹のうち、姉のベアトリスは溺れて亡くなりました。妹のバーバラは少数の生存者のひとりです。その事故の六カ月後、老ストランリー卿が亡くなり、後継者三人もすでに死亡していたため、バーバラが男爵の称号と相当な財産を受け継ぎました。それ以降、彼女はただひとつのことだけを重視して生きています――自分のことだけにかまけるという生きかたです。彼女は変わらずに美しく、節操がなく、冷酷で、自分のことしか頭にありません。夫を四人もちましたが、まもなく五人目を獲得しそうです」

サタスウェイトはレディ・ストランリーに否応なく命じられた任務を、クィンにくわしく語った。「その娘さんに会いに、アボッツ・ミードまで行くつもりです。そのう、なにかしなければならない気がして。レディ・ストランリーが母親らしい母親だとは、とうてい思えませんのでね」

そこでことばを切って、サタスウェイトはクィンをみつめた。「あなたにも来ていただきたいのですが」すがるような口調だ。「もし、可能ならばの話ですが」

「あいにくですが」クィンはいった。「それはそうと、アボッツ・ミードというのは、ウィルトシャー州にありますよね？」

サタスウェイトはうなずいた。

「やはりそうですか。じつは、アボッツ・ミードからそれほど遠くないところに滞在する予定なんです。あなたもごぞんじの宿《イン》ですよ」クィンは微笑した。「あの小さなインを憶えていらっしゃいますか？　鈴と道化服亭を」

「憶えてますとも！」サタスウェイトは思わず声をあげた。「あそこにお泊まりになるんですか？」

クィンはうなずいた。「一週間か十日ぐらい。いや、もっと長くなるかもしれません。あのインまで来てくだされば、喜んでお目にかかりますよ」

それを聞いたサタスウェイトは、なんとも不思議な安堵感を憶えた。

「いやいや、ミス・マージェリー、あなたのことを笑いものにする気なんぞ、毛頭ありませんよ」サタスウェイトはいった。

マージェリー・ゲイルはかすかに眉をひそめた。

ここはアボッツ・ミードの居心地のいい広間。マージェリーはがっしりした体格の大柄な女だ。母親にはまったく似ていないが、父親の家系であることはひと目で見てとれる。馬を乗りまわす地方領主の血統だ。本人はいきいきしていて、健康で、正気そのもの。にもかかわらず、サタスウェイトは、男爵家の一族には精神的に不安定な傾向があることに思い至っていた。マージェリーは父方からは容姿を、母方からは精神的な問題を受け継いでいるのかもしれない。

「わたしとしては」マージェリーはいった。「あのキャッソンという女をお払い箱にできればいいと思ってます。心霊術なんて信じないし、そんなものは嫌いです。あの女は死者に夢中になる、愚かな連中のひとりなんですよ。ここに霊媒を呼ぶべきだって、うるさいったらないんです」

サタスウェイトは咳払いをしてすわりなおし、姿勢を正した。「わたしに理解できるように、事実をすべて話してみなさい。まず最初に、二カ月ほど前、えー、その、現象とやらが起こった。そうだね？」

「だいたい、そんなところです。そのときどきで、ささやき声だったり、すごくはっきりした声だったりするんですけど、いうことはいつもおんなじ」

「なにをいうのかね？」

「〝おまえのものではないものを返せ。盗んだものを返せ〟。声が聞こえるたびに明かりをつけるんですが、部屋のなかには誰もいないし、ひとけもありません。そんなことが何度もあったんで、とうとう嫌気がさして、クレイトンに、あ、クレイトンというのは母のメイドですが、彼女に隣の部屋のソファで寝てくれってたのんだんです」

「それで、やはり声が聞こえた？」

「ええ。でも、クレイトンには聞こえないんです。なので、怖くなって」

サタスウェイトはしばらく考えこんでから訊いた。「その夜の声ははっきりしていたのかね？　それとも、ささやきだった？」

「ささやきでした。クレイトンはすやすや眠っていたんで、聞こえなかったのかもしれません。

それで彼女は、わたしに医者に診てもらえっていうんです」マージェリーは苦笑した。「でも、昨夜から、クレイトンも信じるようになりました」

「昨夜、なにがあったのかね?」

「あなたにはお話ししますわ。まだ誰にもいってないんですけど。昨日、わたしは狩りに行き、ずいぶん遠くまで馬を走らせました。そのせいか、すごく疲れていて、ぐっすり眠りました。そして夢を見たんです。恐ろしい夢を——鉄の手すりのようなものの上に落ち、尖った釘みたいなものがゆっくりと喉に刺さってくる。はっとして目が覚めたら、それは夢ではなく、現実でした。なにか尖ったものがくび筋に押しつけられていて、低い声がこういうんです。〝おまえは盗んだ。死ぬがいい〟って。

わたしは悲鳴をあげました。腕をふりあげてつかみかかったけど、手にはなにも触れなかった。隣の部屋で寝ていたクレイトンが、わたしの悲鳴で目を覚まし、わたしの寝室にとびこんできました。彼女は、暗闇のなかで、なにかがわきをかすめた、それがなんだったにしろ、人間ではなかったと断言しています」

サタスウェイトはまじまじとマージェリーをみつめた。震えていて、内心の動揺が見てとれる。さらに、彼女の喉の左側に、小さな四角い絆創膏《ばんそうこう》が貼ってあるのがわかった。

マージェリーはサタスウェイトの視線に気づき、うなずいた。「そうです。わたしの想像じゃなかったんです」

サタスウェイトは申しわけなさそうに、ひとつ質問をした。いかにも通俗的に聞こえる質問だった。「そのう、あなたに悪意を抱いている人物に心あたりは？」

「そんな心あたりなんて、ありません。とんでもない！」

サタスウェイトは別の線から攻めてみることにした。「この二カ月のあいだに、どういうお客があったのかな？」

「週末だけのお客さまのことではないんですね？　マーシア・キーンとずっといっしょでした。わたしのいちばんの友人で、わたしと同じく、大の馬好き。それから、またいとこのローリー・ヴァヴァスアも、けっこう長く滞在しています」

サタスウェイトはうなずいた。そしてメイドのクレイトンに会いたいといった。「彼女はもう長いこと、あなたの側にいるのかな？」

「ずいぶんむかしから。もともとは、母とベアトリス伯母の娘時代からのメイドだったんですよ。だから、母は辞めさせずにいるんでしょうね。いま、母はフランス人の小間使いを側に置いているので。クレイトンは縫い物とか、ちょっとした雑用なんかをしています」

マージェリーはサタスウェイトを二階に案内した。ほどなくクレイトンもやってきた。背の高い、痩せぎすの初老の女で、灰色の髪を頭のまんなかできっちりと分けて、うしろでまとめている。きちんと躾けられた召使いの典型のようなものごしだ。

「いいえ、だんなさま」クレイトンは、サタスウェイトの質問にきっぱりと否定の答を返した。「このお屋敷に幽霊が出るなどという話は、聞いたこともございません。正直に申しますと、昨夜までは、マージェリーさまの空想だと思っていました。ですが、確かに、闇のなかで、なにかがわたくしのわきをかすめていったのを感じたんでございます。そして、これだけははっきりと申しあげられます——人間ではございませんでした。それに、お嬢さまのくび筋の傷。ご自分でつけた傷ではございませんとも。おかわいそうなマージェリーさま」

とはいえ、クレイトンのことばは、サタスウェイトにはちょっとした示唆となった。マージェリーが自分で自分を傷つけたという可能性はあるだろうか？　そういえば、マージェリーのように正常で、精神的にもバランスのとれた妙齢の女性が、驚くほど奇矯なふるまいをしたという話を、サタスウェイトも一度ならず聞いたことがある。

「でも、お嬢さまの傷はすぐに治りますでしょう」クレイトンはいった。「わたくしのように傷跡が残ることもありますまい」そういって、自分の額を指さした。「これは四十年も前に負った傷ですが、いまだにこうして残っています」

「ユーラリア号が沈んだときのことなんです」マージェリーが口をはさんだ。「帆柱に額を打ちつけたんですよ。ね、クレイトン？」

「はい、さようでございます」

「あんたはどう思うかね、クレイトン？」サタスウェイトは訊いた。「ミス・マージェリーが襲われたのはなぜか、なにか心あたりはあるかね？」

「わたくしからはなにも申しあげられません」

よく躾けられた召使いとしては当然の、分をわきまえた返答だと、サタスウェイトは正しく見てとった。

「ほんとうはどう思っているのかね、クレイトン？」サタスウェイトは本音を聞きだそうと、説得するような口調で訊いてみた。

「さようでございますね、このお屋敷で、かつてなにか邪悪なことがあったのではないかと考えております。それが正されないかぎり、平穏にはならないのではないかと」

クレイトンは老いて色が薄らいできた青い目で、サタスウェイトをみつめながら重々しくそういった。

どちらかといえば失望を抱えて、サタスウェイトは階下に降りた。明らかに、クレイトンは一般的な見方しかしていない。つまり、〝幽霊〟などというおかしな現象が起こるのは、過去の邪悪な出来事が原因だという、お定まりの因縁話だ。しかしサタスウェイトは、あっさりとそんな説で片づけて、満足する気にはならない。怪奇な現象はこの二カ月のあいだに起こった。マーシア・キーンとローリー・ヴァヴァスアが滞在していた期間に起こった。このふたりのことを調べてみる必要がある。悪ふざけという可能性もないではない。

しかしサタスウェイトはその考えを却下した。悪ふざけなどというレベルではなく、もっと陰険な出来事だからだ。

ちょうどそのとき郵便物が届いた。マージェリーは封を切って手紙を読み、叫ぶようにいった。「おかあさままで、こんなばかばかしいことを！　どうぞ読んでみてくださいな」そういって、手紙をサタスウェイトにさしだす。

いかにもレディ・ストランリーらしい手紙だった。

〝愛するマージェリー（と書いてある）

ミスター・サタスウェイトがそちらにいらして、よかったわね。あのかたはとても賢明だし、高名な心霊家たちのこともよくごぞんじなのよ。そういうかたがたをお招きして、徹底的に調査していただくことね。きっとはればれとした心もちになれますよ。わたしもそちらに行ければいいんですけど、この数日、ぐあいが悪くてね。ホテルは客に出す料理に無頓着すぎるわ。お医者さまは一種の食中毒だとおっしゃってます。わたしは症状が重かったの。

チョコレートを送ってくれるなんて、やさしいのね。でも、ちょっとばかり考えが甘かったんじゃないかしら？　だって、ここにはすてきなチョコレート屋がたくさんあるんですもの。

それじゃ、これで。我が家の幽霊さんたちと楽しくおすごしなさい。ビンボがいうには、わたしのテニス、すばらしく上達してるんですって。

海ほどの愛をこめて。あなたのバーバラ〟

「母はいつも、わたしにバーバラと呼ばせたがって」マージェリーはいった。「ばかみたい」

サタスウェイトは微笑した。この母娘の会話が盛りあがるとは思えない。レディ・ストランリーには厄介しごくな試練だと感じるときもあるだろう。それにしても、レディ・ストランリーの手紙の内容に、サタスウェイトは少しばかり引っかかった。マージェリーはなんとも思っていないようだが。

「おかあさまに箱入りのチョコレートを送ったのかね?」サタスウェイトは訊いた。

マージェリーはくびを横に振った。「いいえ、わたしじゃないわ。誰かほかのひとじゃないかしら」

サタスウェイトの表情が引き締まった。手紙の内容の二点が大いに気になってきた。レディ・ストランリーはチョコレートの箱を受けとり、重い中毒症状を呈した。彼女がこのふたつの出来事を結びつけて考えていないのは、文面からも明らかだ。この二点には関連があるのか? サタスウェイトの考えは、関連があるという方向にかたむいている。

背の高い若い女が、家族用の居間《モーニングルーム》からのんびりと出てきた。

マーシア・キーンだと、マージェリーがサタスウェイトに紹介する。マーシアは小柄な老紳士にユーモアたっぷりな笑顔を見せた。「マージェリーの仲良しの幽霊を退治にいらしたんですか?」ものうげな口調で訊く。「あたしたち、幽霊のことではさんざんマージェリーをからかってるんです。あら、ローリーよ」

正面玄関前に、車が停まった。金髪で背の高い若者がころがるように車から降りてきた。少年っぽい動作だ。これがマージェリーのまたいとこのローリー・ヴァヴァスアだろう。

「やあ、マージェリー、やあ、マーシア! 強力な援護隊をお連れしたよ」

ローリーのあとから、ふたりの女が玄関ホールに入ってきた。サタスウェイトはそのひとりがミセス・キャッソンだとわかった。先ほどマージェリーが、お払い箱にしたいといっていた女だ。

「どうぞお許しくださいませね、マージェリー」満面に笑みをたたえたミセス・キャッソンは、気どった口ぶりでいった。「ミスター・ヴァヴァスアがぜひにとおっしゃるもので。ええ、ミスター・ヴァヴァスアが思いつかれたんで、こうしてミセス・ロイドをお連れしたんです」そういうと、もうひとりの女のほうに片手をわずかに動かした。「こちらがミセス・ロイド」勝ち誇ったようにいう。「最高の霊媒なんですよ」

ミセス・ロイドは謙遜して否定するようなそぶりすら見せず、軽くおじぎをしただけで、両腕を胸の前で組んだ。血色のいい若い女で、容姿はごく平凡だ。服は流行遅れだが、じゃらじゃらと飾りものをつけている。ムーンストーンを連ねたくびかざりに、いくつもの指輪。

サタスウェイトの見たところでは、マージェリーは招かざる客を歓迎する気などまったくないようすだ。ローリーに怒りの目を向けているが、ローリー本人は、自分がよけいなまねをしたとは思ってもいないようだ。

「昼食のしたくができたようね」マージェリーはいった。

「いいですね」ミセス・キャッソンがいう。「昼食をいただいたら、降霊会を開きましょう。ミセス・ロイドにはくだものを用意してくださいます？　降霊会の前には、軽いものしか食べないんですよ」

ぞろぞろと食堂に向かう。霊媒はバナナを二本とリンゴを一個食べた。マージェリーは礼儀正しく、ミセス・ロイドにも話題を振ったが、彼女は用心深い簡潔な返事しかしなかった。昼食が終わって席を立つ前に、ミセス・ロイドは突然ふりかえって、ふんふんと空気を嗅いだ。

「このお屋敷にはなにかとても悪いものがあります。わたしには感じとれます」

「彼女、すばらしいでしょう?」ミセス・キャッソンは低い声で、うれしそうにいった。

「まさしく」サタスウェイトは熱のない、乾いた口調でいった。

降霊会は書斎でおこなわれた。サタスウェイトの見るかぎりでは、マージェリーはまったく気が乗らないが、客たちが楽しんでいるので、いやいやながら試練に耐えているといったところだ。

ミセス・キャッソンがせっせと準備をした。こういうことには慣れているのだ。椅子を円形に並べ、カーテンを閉める。

霊媒が自分も準備ができたといった。「六人」ミセス・ロイドはみんなを見まわす。「悪い数字です。奇数でなくてはいけません。七というのが理想です。七人の会ならば、最高の結果を導けます」

「召使いを入れようよ」ローリーが提案する。「執事を呼んでこよう」

「クレイトンにしましょう」マージェリーがいう。

ローリーのととのった顔に、一瞬、いらだちの表情が浮かんだ——サタスウェイトはそれを見逃さなかった。

「なんでクレイトンなんだい?」ローリーは責めるように訊いた。

「あなたはクレイトンを好きではないのね」マージェリーはゆっくりといった。

ローリーは肩をすくめた。「クレイトンがぼくを嫌ってるんだ。ぼくのことを毒虫みたいに毛嫌いしてる」そこでことばを切り、少し間《ま》をおいたが、マージェリーは自分の意見を引っこめなかった。

「わかったよ」ローリーは降参した。「彼女を呼ぼう」

クレイトンを加えた七人が椅子にすわり、環を作る。

しばらくのあいだ沈黙を強いられたが、ときどき起こる咳や身じろぎでそれが破られる。まもなく、コツコツとなにかをたたくようなラップ音がつづいたかと思うと、霊媒を支配する、チェロキーという名のアメリカ・インディアンの声が聞こえてきた。その声がこういった。

「インディアンの勇者が紳士淑女のみなさんにあいさつを送る。こちらにいる誰かがとても話したがっている。若い女にメッセージを伝えたがっている。わたしはひかえている。霊が話す」

少し間《ま》があったあと、前とはちがう声が聞こえてきた。低い、女の声だ。「マージェリーはいる?」

ローリーがしゃしゃりでた。「いますよ。あなたは誰です?」

「ベアトリス」

「ベアトリス? ベアトリスって誰です?」

いらだたしいことに、ここでまたチェロキーの声が割って入った。「メッセージがある。こちらは明るくて美しい。こちらにいるみんなはせっせと働いている。まだ迷いのある者を助けてくれ」

ふたたび間があったあと、先ほどの女の声が聞こえてきた。「ベアトリスよ」

「どこのベアトリス？」

「男爵家のベアトリス」

サタスウェイトは少し身をのりだした。「沈没したユーラリア号に乗っていたベアトリスかね？」

「そう、そのとおり。ユーラリア号のことは憶えています。この家のことでメッセージがあります――おまえのものではないものを返せ」

「どういう意味？」マージェリーは困惑しきっている。「あの、あなた、ほんとうにベアトリス伯母さまなの？」

「そう、あなたの伯母です」

「もちろん、そうに決まってますよ」ミセス・キャッソンがマージェリーを責めるようにいった。「どうしてそんなに疑い深いんでしょうね。霊が嫌がりますよ」

ふいにサタスウェイトは簡単なテストを思いついた。震える声で尋ねる。「ミスター・ボタセッティを憶えてますか？」

笑い声がさざ波のように広がる。「かわいそうなボート転覆《アプセッティ》さんね。もちろん、憶えてます」

サタスウェイトは唖然とした。霊とやらはテストに合格したのだ。四十年以上前、サタスウェイトが男爵姉妹と海辺の避暑地で顔を合わせたときの話だ。そのとき若いイタリア人と知り合いになったのだが、そのイタリア人の手漕ぎボートが転覆してしまった。ベアトリスはそのイタリア人の名前をもじって〝ボート転覆〟さんとあだ名をつけ、からかったものだ。サタスウェイトを除けば、いまここにいる者たちがこの出来事を知るわけがない。ありえないことだ。

霊媒のミセス・ロイドがもぞもぞと動き、呻いた。

「彼女の意識がもどります」ミセス・キャッソンがいう。「どうやら、今日はこれで終わりですね」

カーテンが開けられ、ふたたび部屋のなかに陽光がさしこんだが、七人のうち、少なくともふたりは寒けを覚えているようだ。

サタスウェイトはマージェリーの顔が蒼白になっているのを見て、彼女が動揺しきっているとわかった。追い払うようにしてミセス・キャッソンと霊媒のミセス・ロイドを帰らせたあと、サタスウェイトはマージェリーとふたりきりで話せる機会をつかんだ。

「ちょっとぶしつけな質問をさせてもらうよ。あなたとあなたのおかあさまが亡くなったら、誰が称号と地所を継ぐのかね？」

「ローリー・ヴァヴァスアだと思います。うちの母と彼のおかあさまとは、いとこ同士なので」

サタスウェイトはうなずいた。「この冬、彼は長いことここに滞在しているようだね？」おだやかに訊く。「もうひとつ失礼な質問をさせてもらうけど、あー、そのう、彼はあなたのことを好きなのかな？」

「三週間前、結婚を申しこまれました」マージェリーは淡々といった。「でも、お断りしました」

「失礼だが、ほかのどなたかと結婚の約束をしているのかね？」

マージェリーの顔がほんのりと赤くなる。「ええ」きっぱりした口調だ。「ノエル・バートンと結婚するつもりです。母はばかばかしいと笑いとばしました。副牧師と結婚するなんて愚の骨頂だと思っているんです。どうしてなんでしょうね。副牧師だからどうだというんでしょう！　馬に乗っているノエルを見ていただきたいわ」

「ああ、そうだね。うん、まったくそのとおりだ」

従僕が電報をのせた銀盆を持ってきた。マージェリーは電報を読んだ。「おかあさまが明日、帰ってくるんですって。ああ、たいへん。ずっとお留守にしていてくれればいいのに」

サタスウェイトはマージェリーの子どもっぽい愚痴には、なにもいわなかった。その代わりに、そっとつぶやいた。「そういうことなら、わたしはロンドンに帰るとしよう」

サタスウェイトは満足とはほど遠い気分だった。特異な問題を未解決のまま放置してきた、という気がしてならない。じっさいのところ、レディ・ストランリーが帰宅する段階で、サタスウェイトの出番は終わったといえるのだが、アボッツ・ミードの怪異の顚末を聞き終えていないため、心残りの感がぬぐえない。

しかし、その問題が次に深刻な様相を呈したのを知ったとき、そのとんでもない展開に、サタスウェイトは茫然とした。

新聞の朝刊がこぞって、こんな記事を載せていたのだ。デイリー・メガフォン紙によると、

〝女男爵、浴室にて死す〟。ほかの新聞は多少、抑制が効いていて、いいまわしにも気を使っているが、内容そのものに変わりはなかった。

レディ・ストランリーは浴室で死体となって発見された。死因は溺死。入浴中に意識を失い、浴槽のなかに顔を突っこんでしまったようだ。

しかしサタスウェイトは、新聞記事の説明では満足できなかった。従僕を呼ぶと、いつもとはちがって、そそくさと身支度をすませ、十分後にはロールスロイスに乗りこんでロンドンを出た。お抱え運転手を急かし、できるだけ速く車を走らせる。

奇妙なことに、サタスウェイトはアボッツ・ミードではなく、アボッツ・ミードから十五マイルほど離れたところにある、〝鈴と道化服〟という一風変わった名前の小さなインに向かったのだ。

インに着き、ハーリー・クィンという客がまだ滞在していると聞くと、サタスウェイトは心の底から安堵した。

数分後、サタスウェイトはたよれる友人と顔を合わせていた。しっかりと友人の手を握り、せかせかと話しはじめる。「わたしはひどく動揺しています。どうか助けてください。もう手遅れかもしれないという恐ろしい予感がしてならないのです――あの娘《こ》が、あんなにいい娘が次に狙われるかもしれないんです。どこをとっても善良きわまりない、あの娘が」

「話してくださいませんか」クィンは微笑していった。「なにがどうなのか、すべてを」

サタスウェイトは非難の目でクィンを見た。「ごぞんじのくせに。あなたは知っているはずだ。でも、わたしの口からすべてを話しましょう」

サタスウェイトはアボッツ・ミードに滞在したときの話を、息もつかずにという勢いで語った。いつものように、クィンを前にすると、語ること、それ自体が楽しくなってくる。サタスウェイトは雄弁に、かつ、巧みに、細部までくわしく話した。

「これでおわかりでしょう」サタスウェイトは最後にいった。「納得のいく説明を聞かせていただけませんか」犬が期待をこめて主人を見るような目で、クィンをみつめる。

「ですが、問題を解明するべきはあなたであって、わたしではありませんよ」クィンはいった。

「わたしはその人々のことを知りませんが、あなたは知っているのですから」

「男爵姉妹のことは四十年前から知っています」サタスウェイトは誇らしげにいった。

クィンはうなずき、同情する面持ちになった。

サタスウェイトはそれに力づけられ、夢見るように話をつづけた。「当時、ブライトンで出会ったわたしたちは、ボタセッティ／ボート転覆《アプセッティ》などとつまらない冗談をいっては、大笑いしていました。いやあ、あのころはわたしもまだ若かった。ばかげたことをよくやったものです。男爵姉妹にはお付きのメイドがいましてね。アリスという名の、ちょっとかわいい、なかなか利口な娘でした。ホテルの廊下でその娘をつかまえて、キスしたこともあります。男爵姉妹の片方にわたしがつかまって、キスされそうになったことも。いやいや、なにもかも遠いむかしのことです」サタスウェイトは頭を振ってため息をついた。

そしてひたとクィンをみつめた。「では、助けていただけないのですか?」哀しそうな口ぶりだ。「いつだって——」

「いつだって、あなたご自身が力を尽くして、謎を解いているではありませんか」クィンはきっぱりといった。「今回も同じようにうまくいくと思いますよ。わたしがあなたなら、これからすぐにアボッツ・ミードに行きます」

「そうだ、そうですね。じつをいえば、わたしもそう思っていました。いっしょに来てくださいとお願いしても、だめでしょうか？」

クィンはくびを横に振った。「すみませんが、ここでの用事はもうすみました。このあと、即刻、発つつもりです」


アボッツ・ミードを訪れると、サタスウェイトはマージェリー・ゲイルのもとに案内された。マージェリーはモーニングルームにいた。その目は乾いている。彼女が前にしているデスクの上には、さまざまな書類が散らばっている。

マージェリーの態度のなにかが、サタスウェイトの心を打った。彼に会えて、とても喜んでいるようすなのだ。

「ローリーとマーシアは少し前に帰りました。ミスター・サタスウェイト、あの件、わたしにはお医者さまの診たてどおりとは思えません。母は浴槽のなかに頭を押しこまれ、そのまま押さえつけられていたんです。ぜったい、そうにちがいありません、ぜったいに。ええ、殺されたんですよ。母を殺した犯人が誰であれ、次はわたしが殺されるでしょうね。それは確かです。

なので、こうして――」

マージェリーは目の前の書類を示した。「――遺言書を作っているんです。わたしには男爵位とは無関係の多額の財産と地所、それに、父から受け継いだお金があります。そのすべてを、結婚を約束したノエルに遺します。ノエルなら有効に使ってくれるでしょう。ローリーは信用できません。なにかにありつけないかと、いつもこの家に入り浸っているんですもの。ミスター・サタスウェイト、すみませんが、証人として署名してくださいませんか？」

「お嬢さん、遺言書の署名をするには、ふたりの立会人が必要なんだ。そして、立会人ふたりも、同時に署名しなければならないんだよ」

この法的助言を、マージェリーはあっさり退けた。「そんなこと、どうでもいいんです。わたしが署名するのを、クレイトンが見ていました。それから、彼女が署名しました。あとひとりは執事にたのもうと思っていたのですが、代わりにあなたが署名してくださいな」

サタスウェイトはむだな抵抗はやめて、万年筆のキャップをはずして署名しようとしたが、ふいにその手を止めた。立会人の署名欄ふたつのうち、ひとつにはすでに名前が記してあり、その名前を見たとたん、記憶が刺激されたのだ。

アリス・クレイトン。

埋もれていた記憶がぐんぐんと浮上してくる。

アリス・クレイトン。この名前には、なにか重要なことが関連している。クィンに関係のあるなにかと関連している。つい先ほどクィンと話をしたときのなにかと。

そうだ――サタスウェイトは思い出した。アリス・クレイトン。それが彼女の名前だ。ちょっとかわいい娘。ひとは変わる――そう、そのとおりだが、あんな変わりかたはありえない。サタスウェイトが知っているアリス・クレイトンの目は、茶色だった。

部屋がぐるぐる回っている。サタスウェイトは手探りして椅子の肘掛けを握りしめた。マージェリーの声が遠い。心配そうになにかいっている。

「ご気分が悪いんですか？　ねえ、どうなさったの？　ああ、やっぱりぐあいが悪いんですね」

サタスウェイトは我に返った。頭を振る。「なにもかもわかった。いいかね、覚悟して聞くんだよ。二階にいる女は、あなたがクレイトンと呼んでいる女は、クレイトンではない。本物のアリス・クレイトンはユーラリア号が沈没したときに死んだんだ」

マージェリーは目を大きくみひらいて、サタスウェイトをみつめた。「そ、それじゃあ、あのひとはいったい誰なんですか？」

「まちがいない。まちがえるわけがない。あなたがクレイトンと呼んでいる女は、あなたのおかあさまのお姉さん、ベアトリスだ。憶えているかね、彼女が帆柱で額を打ったといっていたのを。そのせいで記憶を失ったと思われる。そういう状況だったから、あなたのおかあさまは機会を逃さずに――」

「爵位を横取りした――そういうことですか？」マージェリーは辛辣《しんらつ》な口調でいった。「そうね、あの母なら、そうしたでしょうね。亡くなってしまったのに、こんなことをいうのは心苦しいけど、母はそういうひとでした」

「ベアトリスは長女だった。当時のストランリー卿が亡くなると、ベアトリスがすべてを相続することになるが、あなたのおかあさまにはなにもなかった。なので彼女は、負傷したのは姉ではなく、メイドだといいはった。負傷した女はショックから回復すると、おまえはメイドのアリス・クレイトンだと吹きこまれ、それを信じた。しかし、最近になって記憶がもどりはじめたんだろう。だが、頭を打ったせいで、長い年月のあいだに、脳に影響が及んだのだと思う」

マージェリーは恐怖の目でサタスウェイトをみつめ、つぶやくようにいった。「彼女が母を殺し、わたしを殺したがっているんですね」

「そのようだね。彼女の頭のなかは混乱しているが、ひとつの考えが頑としていすわっている。自分の爵位が盗まれて、あなたのおかあさまとあなたとがそれを享受している、と」

「でも、クレイトンはすごい年寄りですよ」

サタスウェイトは黙りこんだ。目の前にふたりの女の姿が浮かんでくる。灰色の髪のしおれた老女と、カンヌの陽光のもとで輝いていた若々しい金髪の女。姉と妹。ほんとうにそうなのか？　かつての男爵姉妹のことを思い出してみる。よく似た姉妹だった。それなのに、それぞれの人生が変わったせいで、これほどまでに異なってしまった……。

サタスウェイトは頭を強く振った。人生というものの不思議と哀しみとに、胸がふたがる思いがする。

サタスウェイトはマージェリーにやさしくいった。「二階に行って、彼女に会ったほうがいいね」

クレイトンは裁縫用の小さな仕事部屋にいた。椅子にすわっている彼女は、ふたりが近づいてもふりむかなかった。サタスウェイトはすぐにその理由がわかった。

「心臓発作だ」サタスウェイトは老女の冷たくこわばった肩に手を触れた。「たぶん、これがいちばんよかったのだろうな」

ヘレネの顔

The Face of Helen

サタスウェイトはロイヤル・オペラハウスのボックス席で、最前列の椅子にすわっていた。ボックス内の客は彼ひとりだ。ボックス席の扉の表側には、彼の名前が印刷された名札が貼ってある。彼は芸術全般を愛好し、鑑賞眼もある。特に音楽が好きで、コヴェントガーデンのロイヤル・オペラハウスの年間正会員になっていて、シーズン中は毎週火曜日と金曜日のボックス席を予約している。

しかし、今夜のようにボックス席にひとりきりというのは、そうしばしばあることではない。社交好きなこの小柄な紳士は、仲間である社交界の名士たちや昵懇《じっこん》の芸術界の大物たちを、ボックス席に招待するのも好きなのだ。今夜、彼がひとりきりなのは、伯爵夫人にすっぽかされてしまったからだ。社交界でも美しくて高名な伯爵夫人は、同時によき母親でもある。子どもたちがいま流行中の耳下腺炎にかかってしまい、伯爵夫人は、ぴしっと糊の効いた制服姿のナースたちと涙ながらの懇談に明け暮れ、オペラの鑑賞どころではないのだ。伯爵は妻に子どもたちと称号を与えたが、それ以外の点ではまったくぱっとしない人物で、不幸中の幸いとばかりに、今夜の招待を断ってきた。伯爵にとって、音楽鑑賞などというものは退屈きわまりないものなのだ。

というわけで、サタスウェイトはひとりでボックス席にいる。今夜の演目はマスカーニの『カヴァレリア・ルスティカーナ』と、レオンカヴァルロの『道化師』だが、『カヴァレリア・ルスティカーナ』をいいと思ったことは一度もない。そのため、サントゥッツアが苦悶のあまり倒れたところで幕が下りる、その直後に劇場に着くように、時間を見計らってやってきたのだ。おかげで、幕間に観客たちがロビーに出てきておしゃべりに興じたり、コーヒーやレモネードを買おうと売り場に殺到する前にボックス席に入り、鍛えあげた観察眼で場内を見まわす余裕があった。サタスウェイトはオペラグラスの焦点を調節して場内のあちこちを見ながら、これはという対象を探す。獲物がみつかったら、おもむろに出動して観察に励むつもりだ。しかし、その計画を実行するには至らなかった。というのは、ボックス席を出たところで、背の高い男に出会ったからだ。サタスウェイトはその男の顔を見たとたん、心地よい興奮に胸が高鳴った。

「ミスター・クィン!」サタスウェイトは友人の手をつかむと、すぐにも相手が空中に消えてしまうのではないかとばかりに、しっかりとその手を握りしめた。

「ぜひともわたしのボックスにいらしてください」サタスウェイトは断固としていった。「どなたかとごいっしょですか?」

「いえ、ひとりで、平土間の正面席《ストール》にいます」クィンは微笑した。

「ならば、決まりですな」サタスウェイトは安堵の吐息をついた。傍《はた》から見れば、彼の態度は滑稽《こっけい》ともいえる。

「ご親切に」クィンはサタスウェイトの招待を受け容れた。

「どういたしまして。それにしても、音楽がお好きとは知りませんでしたよ」

「理由がありましてね。わたしは『道化師』に魅せられていまして」

「ああ、なるほど！」サタスウェイトはよくわかるというようにうなずいた。だが、どうしてわけ知り顔であいづちを打ったのかと追及されたら、説明に困っただろう。「もちろん、そうでしょうね」

着席をうながす一回目のベルが鳴ると、ふたりはボックス席に入り、正面の手すりにもたれるようにして、平土間の席にもどる人々を眺めた。

「なんとも美しい頭だ」サタスウェイトはいった。真下の席に、オペラグラスの焦点を合わせる。その席にすわっている若い女の顔は見えない。ぴったりと頭になでつけられた純金のような髪が、白いうなじに流れている。

「ギリシア型の頭だ」サタスウェイトは敬意をこめていった。「純粋のギリシア型」うれしそうにため息をつく。「考えてみると、驚くべきことですね——髪の色が似合っているひとがいかに少ないか。いまはご婦人がたも、たいていは断髪ですし」

「よく観察なさっていますね」クィンはいった。

「ええ、わたしはいろいろなことを見ます。注意して見ます。たとえば、あの頭。ぜひ、顔も見なければ。ですが、顔のほうは、きっとあの頭の形には及ばないでしょうね。両方の釣り合いがとれているなんて、千にひとつもないことです」

　サタスウェイトが口をつぐむと同時に、照明がまたたいて消えた。オーケストラの指揮者が指揮棒を譜面台にコツコツと打ちつける音がして、音楽が始まった。今夜は第二のカルーソーと評判の、新人テノールが歌うことになっている。新聞はそれぞれ、彼のことをユーゴスラビア人とか、チェコ人とか、アラビア人とか、マジャール人とか、ブルガリア人とか、みごとなほど偏らずに書きちらしているが、どれもまちがっている。

　この新人テノールは、アルバートホールで少し変わったコンサートを催したことがある。彼の故郷の山間の民謡を、特殊なオーケストラ編成で歌ったのだ。聞きなれないハーフトーンのメロディで、自称音楽通は〝すばらしい〟と大絶賛したものだが、本物の音楽通は判断を保留した。自分たちの耳が特別な訓練を受けて、メロディをきちんと聞きとれるようになるまでは、安易に批評できないとわきまえていたからだ。

　今夜、そのヨシュビンが、伝統的なすすり泣きや震え声をまじえ、ふつうのイタリア語で歌うというので、ほっとした観客も多い。

　第一幕が終わり、幕が下りると、爆発するような拍手喝采が起こった。サタスウェイトはクィンのほうを向いた。クィンがサタスウェイトの批評を待ち受けているのが見てとれ、少しばかり鼻が高くなる。なんといっても、クィンは知っているのだ。サタスウェイトの批評は信頼できる、と。

　ゆっくりとサタスウェイトはうなずいた。「彼は本物ですよ」

「そう思いますか？」とクィン。

「カルーソーと同じぐらいすばらしい声です。テクニックがまだ完璧ではないので、そう簡単には認められないでしょうね。ときどきするどい、耳ざわりな音になったりして、まだまだ発声法がなっていない。ですが、あの声。すばらしい声だ」

「アルバートホールのコンサートに行きましたよ」クィンはいった。

「そうですか。わたしは行けなかった」

「『羊飼いの歌』が大いに受けていました」

「その記事は読みました。くりかえし《リフレイン》が毎回、高い音で終わる――叫び声のように。A音とBフラットとの中間の音。とてもめずらしい」

第一幕が終わっただけなのに、ヨシュビンはカーテンコールを三回受け、そのたびに笑みをたたえ、おじぎをして喝采に応えた。

場内の照明がつき、観客がぞろぞろと通路を進みはじめる。サタスウェイトは手すりから身をのりだすようにして、階下の金髪の若い女を見守った。女は立ちあがり、スカーフをととのえてから体の向きを変えた。

サタスウェイトは息を吞んだ。かつて、世界にはこういう顔があった――歴史を変えた顔が。

女は椅子を離れ、通路に出た。連れだろう、若い男が寄り添っている。近くにいる男たちはみな、その金髪の美女に目を奪われた――そしてさりげなくみつめつづけていた。

「美しい！」サタスウェイトはつぶやいた。「こういうことがあるとは。チャーミングとか、目を奪うとか、ひとを惹きつける磁力があるとか、そういう浮薄な表現とは無縁の、絶対的な美。美そのものだ。顔の形といい、眉の形といい、顎の輪郭《りんかく》といい……」

サタスウェイトは低い声で、クリストファー・マーロウの詩の一行を口にした。トロイア戦争の元となった美女ヘレネを詠んだものだ。「〝幾千もの船を戦いに駆りたてた、あの顔《かんばせ》〟」

今宵《こよい》初めて、サタスウェイトはこの一行の真の意味がわかった。

クィンに目をやったサタスウェイトは、彼が自分を見ていたことを、自分の感情を明確に読みとっていることを見てとった。あえて口に出していってもらう必要もない。

「いつも不思議に思っていました」サタスウェイトはいった。「あの女性たちは、ほんとうはどんなひとたちだったのかと」

「というと?」

「トロイアのヘレネ、エジプトのクレオパトラ、スコットランドのメアリ・スチュワートという女性たちです」

クィンはにこりともせずにうなずいた。「ロビーに出れば、なにかわかるかもしれませんよ」

サタスウェイトとクィンはボックス席を出た。そして探索は成功した。

彼らが捜していたふたりは、ロビーの階段を半分ほど昇ったところにあるラウンジにいた。そこで初めて、サタスウェイトは女の連れに目を向けた。黒髪の若い男だが、ハンサムという顔だちではない。だが、胸の内でつねに炎が燃えているような印象を受ける。妙に角ばった顔で、頬骨がとびだし、がっしりした顎はわずかに曲がっている。突きでた眉毛の下の奥まった目には、奇妙な光が宿っている。

「興味ぶかい顔だ」サタスウェイトはつぶやいた。「なまなましい顔。なにかを秘めている」

若い男は身をのりだして、熱心に女に話しかけている。女は黙って聞いている。ふたりともサタスウェイトの階級の者ではない。サタスウェイトはそのふたりを〝真の音楽好き〟と見た。女は少し型くずれした安っぽい緑色の絹のドレス姿で、靴は白いサテンだが汚れている。男は夜会服を着ているが、いささか窮屈《きゅうくつ》そうだ。

サタスウェイトとクィンはふたりのそばを通りすぎたかと思うと、またもどり、何度か行ったり来たりした。彼らが四回目にそばを通ったとき、男女のカップルにもうひとり男が加わった。会社員ふうの、金髪の若い男だ。この男が加わったことで、三人のあいだに緊張感が生じた。新しく加わった男はそわそわとネクタイをいじり、どうにもおちつきがない。女が美しい顔をその男に向けると、連れの男はあからさまに怒りの表情を浮かべた。

「よくある関係ですね」三人のそばを通りすぎながら、クィンは低い声でいった。

「そうですな」サタスウェイトはため息まじりにいった。「避けがたいことなんでしょうね。一本の骨を前に、二匹の犬がいがみあう。むかしもいまも、そしてこれからも同じでしょう。しかし、なにかちがうものをほしがってもいいと思うのですが……。美というものは――」サタスウェイトはそこで黙りこんでしまった。彼にとって〈美〉とは特別にすばらしいものなのだ。それを説明するのは非常に困難だ。サタスウェイトは黙ったままクィンを見た。彼は理解できるというようにゆったりとうなずいた。

サタスウェイトとクィンはボックス席にもどり、第二幕が始まるのを待った。

演目が終了すると、サタスウェイトは熱心な口調でクィンにいった。「今夜は雨模様です。車を待たせているので、送らせてもらえますか――どこへなりと」

最後のことばは、サタスウェイトのデリカシーがいわせたものだ。お宅まで、というのはあまりにも穿鑿《せんさく》がすぎると思えたのだ。クィンはいつも寡黙《かもく》で、自分のことはいわない。サタスウェイトはクィンのことをほとんど知らないといっていい。

「それとも」サタスウェイトはさらにひかえめにつけくわえた。「あなたも車を待たせておいでですか？」

「いいえ」クィンはくびを横に振った。

「それなら――」

しかしクィンはまたくびを横に振った。「ご親切はありがたいのですが、わたしはひとりで帰ります。それに」奇妙な微笑。「もしなにかが起こったら――行動するのはあなたです。では、おやすみなさい。今夜はありがとう。またごいっしょにドラマを観ましたね」

サタスウェイトが引き止める暇もなく、クィンはすばやく行ってしまった。サタスウェイトはなんとなくもやもやした気分のまま取り残された。ドラマとは、いったいなんのことだろう？　オペラ『道化師』のことなのか、はたまた別のことなのか。

サタスウェイトのお抱え運転手マスターズは、いつものように、オペラハウス近くのわき道に車を停めていた。彼の主人は、次々に車が来ては行ってしまうオペラハウスの正面で、長く待たされるのを好まない。サタスウェイトは今夜もいつものように角を曲がって、マスターズが待っている場所に向かって足早に歩いていた。彼の前を男女のふたり連れが歩いている。あのふたりだと気づいたとき、そこに男がひとり加わった。

ほんの一瞬のことだった。男の怒鳴り声。痛めつけられる別の男の声。つかみあいもみあう音。殴る音。怒りに燃えた呼吸音。また殴る音。

どこからともなく、ふいにいかめしい警官が現われた。次の瞬間、サタスウェイトは、すくみあがって壁にへばりついている女に近づいた。

「行きましょう」サタスウェイトは女にいった。「ここにいてはいけません」女の腕を軽くつかみ、すばやく女を引っぱっていく。

引っぱられていきながら、女は一度だけふりむいた。「でも――」女は不安そうだ。

サタスウェイトは頭を振った。「あんな騒ぎに巻きこまれたら、不快な思いをするだけだよ。警察に連行されて、なにやかやと訊かれることになる。あのふたりはあなたの友だちだと思うが、彼らもそれは望まないだろうね」

サタスウェイトは車のそばで足を止めた。「これはわたしの車です。もしよければ、あなたをお宅まで送りますよ」

女は探るようにサタスウェイトの顔を見た。そして、サタスウェイトの謹厳で品のいい態度に好感をもったようだ。

女は頭をさげた。「ありがとうございます」そういって、マスターズが扉を開けて待っている車に乗りこんだ。

マスターズに聞こえるようにサタスウェイトが行く先を尋ねると、女はチェルシーの住所を告げた。サタスウェイトも車に乗りこみ、女のそばに腰をおろした。

女は動揺していて、話をするどころではないようすだ。サタスウェイトには苦もなく彼女の思いが読みとれた。やがて、女は彼のほうに顔を向け、彼女のほうから話しかけてきた。

「いやになります」女は腹立たしそうにいった。「あんなばかげたことをしなければいいのに」

「困ったものだね」サタスウェイトはうなずいた。

サタスウェイトの冷静な態度に、女は安心したらしい。誰か信頼できる人物が必要なのだというように、打ち明け話をつづけた。「あんなことになるなんて——いえ、じつはこういうことだったんです。フィル、あ、フィリップ・イーストニーとはむかしからの友人です。あたしがロンドンに出てきて以来の。あたしの声のことで、あきらめることなくめんどうをみてくれて、いいかたたちに紹介してくれたり、ことばにできないほど親切にしてくれました。彼自身、大の音楽好きなんです。今夜のオペラにも誘ってくれて、ほんとにいいかた。そんな余裕があるとは思えないのに。そうしたら、ミスター・バーンズが声をかけてきたんです——とても気さくに。だのに、フィルは気を悪くしてしまって。どうしてなのか、あたしにはわかりません。ここは自由の国じゃありませんか。それに、ミスター・バーンズはいつも陽気で、ほがらかなかたです。

劇場を出て、地下鉄に乗ろうとフィルと歩いているところに、ミスター・バーンズが追いついてきたんです。で、彼がひとことといったとたんに、いきなりフィルが彼に殴りかかったんです。気が狂ったみたいに……。それであんなことに——ああ、いやだ！」

「ああいうのはいやなんだね？」サタスウェイトはやさしく訊いた。

女の顔がほんのりと赤くなった。意識した媚態《びたい》ではない。そういう魔性はもちあわせていないのだ。自分を巡って争いが起こっていることに、多少のうれしさはあるだろう。女として、それはごく自然な感情だが、それ以上に、困惑のほうが優《まさ》っている。サタスウェイトはそう判断した。そして、次の彼女のことばで、この問題の手がかりがつかめた。

「彼があのひとをひどく痛めつけなきゃいいけど」

〝あのひと〟とはどちらの男のことだろうと、サタスウェイトは暗い車内で微笑しながらそう思った。そして彼なりに判断して訊いてみることにした。

「それは、ミスター・イーストニーがミスター・バーンズを痛めつけないといい、ということかね？」

女はこくりとうなずいた。「ええ、そうです。だって、すごい剣幕だったから。ああ、どうなったのかしら」

車は走りつづけている。

「お宅に電話はあるかね？」サタスウェイトは訊いた。

「はい」

「ならば、わたしが調べて、どうなったか電話してあげよう」

女の顔がぱっと明るくなった。「まあ、ご親切にありがとうございます。でも、ご迷惑じゃありません？」

「いや」

女はもう一度礼を述べてから、サタスウェイトに自宅の電話番号を教え、いくぶんはにかんで名前を告げた。「あたし、ジリアン・ウェストと申します」

女を送りとどけたあと、ささやかな使命を果たそうと、夜の街を走る車のなかで、サタスウェイトは口もとに奇妙な微笑を浮かべて考えていた。

そうか、そういうことなのか……〝顔の形、眉の形、顎の輪郭！〟。それがすべてを語っているのだ。

その後、サタスウェイトは、ジリアン・ウェストとの約束を果たした。


次の日曜日、午後になってから、サタスウェイトはシャクナゲを愛《め》でに、キューガーデンに行った。遠いむかし（はるかなむかしといえる）に、とある令嬢とウッドヒヤシンスを見物にきたことがある。そのとき、令嬢に結婚を申しこむにあたって、どういうことばがふさわしいか、どういうべきかと、サタスウェイトは前もって慎重に考え、準備してきたのだ。そのことばかりに気をとられ、花を愛でている令嬢への応対が多少おざなりになっていた。そこに鉄槌がくだった。令嬢は花から目を離し、〝真の友である〟サタスウェイトを信頼しきったようすで、ある男への愛を打ち明けたのだ。サタスウェイトは準備してきた愛の告白をきっぱりと棚上げにして、大急ぎで、心の底にしまいこんでいた同情と友情とを引っぱりだしたものだ。

それがサタスウェイトのロマンスだった――熱愛とはほど遠い、ヴィクトリア朝初期のようなほのかな恋心。それは報われずに終わったが、おかげで、キューガーデンには愛着がある。なので、ときどきウッドヒヤシンスを観にくるし、海外行きが例年よりも遅れる場合は、シャクナゲを鑑賞しにきて、ため息をついたり、センチメンタルになったりして、時代遅れのロマンチックな気分を満喫するのだ。

もう帰ろうかとぶらぶらとあともどりしながら、休憩所であるティーハウスの前を通りかかったとき、芝生のあちこちに置いてある小さなテーブルのひとつをはさんですわっている、男女のカップルが目に留まった。ジリアン・ウェストと、ミスター・バーンズという金髪の男だ。サタスウェイトがふたりに気づくと同時に、ふたりも彼に気づいた。ジリアンはぱっと顔を赤らめ、連れに熱心になにかいっている。

サタスウェイトは礼儀正しい、しかつめらしい態度でふたりと握手を交わした。ふたりが遠慮がちに、いっしょにお茶をと誘ってくれたので、それに応じることにする。

「どういえばいいのか」バーンズは切り出した。「あの夜、ジリアンのめんどうをみていただいて、ほんとうにありがたく思ってます。そのことはジリアンから聞いています」

「ほんとうに」ジリアンもいった。「ご親切にありがとうございました」

サタスウェイトはうれしくなった。ふたりの飾りけのない誠実な態度に好感をもったのだ。それに、彼があまりよく知らない世界を垣間見る、いい機会でもある。というのも、この若いカップルは、サタスウェイトがよく知らない世界に属しているからだ。

歳の功というか、ふだんはひかえめなサタスウェイトも、年長者らしい、思いやりのある態度をとることがある。このときも、さほど時間をかけずに、新しい友人ふたりから事情を聞きだしていた。ミスター・バーンズはチャーリーという名前だとわかった。そして彼はジリアンと婚約したことを打ち明けた。

「じつをいうと」チャーリー・バーンズはてらいもなくいった。「ついさっき、そう決めたんです。そうだよね、ジル？」

チャーリーは船会社の事務員で、給料もよく、少しばかりの貯えもある。なので、ふたりは結婚することにしたのだという。

親身になってふたりの話に耳をかたむけていたサタスウェイトは、うなずいてお祝いのことばを述べた。

サタスウェイトは内心でこう思っていた――ごく平凡な男だ。ごくふつうの若者。気が良くて、率直な青年。いうべき意見はもっているし、ひとりよがりではない、ちゃんとした考えももっている。顔だちはいいが、とびぬけてハンサムというわけではない。特別な才能はなさそうだし、テムズ河を炎上させるというような、とんでもないことをしでかしそうにもない。それに、娘はこの男を、チャーリーを愛している……。

サタスウェイトは声にだしていった。「で、ミスター・イーストニーは――」わざと途中でやめる。だが、その名前は、意外なほどの効果をもたらした。チャーリーの顔が暗くなり、ジリアンは当惑した表情になった。いや、当惑などというなまやさしい表情ではない。恐れて怯えている。

「あたし、いやなんです」ジリアンは低い声でサタスウェイトにいった。恋人には理解してもらえないかもしれないが、サタスウェイトなら理解してくれると、本能的な直感が働いたのだろう。「ええ、彼はほんとうによくしてくれました。歌をつづけるように励ましてくれ、助けてくれました。でも、あたしにはわかっています――あたしの声はそれほどのものじゃない、一流の声じゃないって。もちろん、歌の仕事もいただきましたけど――」ジリアンはそこで口をつぐんだ。

「ちょっとしたトラブルがありましてね」ジリアンに代わりに、チャーリーがいった。「若い女にはめんどうをみてくれる者が必要なんです。ジリアンは不愉快な思いをしてきたんですよ、ミスター・サタスウェイト。いやというほど。ごらんのとおり、彼女はたぐいまれな美貌の持ち主です。若い女には、それがかえって仇《あだ》となってしまうんですよねえ」

サタスウェイトにもわかってきた――若いふたりのあいだには、チャーリーが〝不愉快なこと〟という項目でひとくくりにした、さまざまな出来事があったのだ。拳銃自殺した若い男、銀行の支配人の異常な行為（彼には妻子があった！）、乱暴な外国人（酔っていたにちがいない！）、年配の芸術家の粗暴なふるまい。ジリアン・ウェストが歩んできた道筋には、いくつもの暴力と悲劇とがからんでいたと、チャーリーは陳腐ないいかたをした。

「ぼくの意見では」チャーリーは打ち明け話の最後をそう締めくくった。「あのイーストニーという男は、ちょっと頭がおかしい。ぼくがあいだに入らなければ、あの男のせいで、ジリアンはめんどうなことに巻きこまれていたんじゃないかな」

チャーリーはそういって笑ったが、サタスウェイトにはその笑い声がいささか浮ついて聞こえたし、ジリアンはお追従の微笑すら浮かべなかった。

ジリアンはサタスウェイトの顔をじっとみつめた。「フィルはおかしくなんかありません」ゆっくりという。「あたしのことを心配してくれてるだけ。あたしも彼のことを気に懸けてます――友人として。でも、それ以上の気持はないんです。チャーリーとの婚約の話を知ったら、フィルがどう思うか、あたしにはぜんぜんわからない。もしかすると、彼が――」

そこでジリアンはことばに詰まったが、漠然とした危険を感じているのが顔に表われている。

「わたしにできることがあれば」サタスウェイトはあたたかい口調でいった。「遠慮なくいいなさい」

チャーリーがなんとなくおもしろくなさそうな表情になったのを、サタスウェイトは見逃さなかった。だが、ジリアンはすぐに応えた。「ありがとうございます」

次の木曜日にジリアンとお茶を飲む約束をすると、サタスウェイトは新しい友人たちと別れた。

約束の木曜日、サタスウェイトは楽しい期待で胸がはずんだ。それに気づき、内心で思う――わたしは確かに歳をとった――が、あれほどの美貌に胸がときめかないほど老いぼれてはいない。あの美貌……。

サタスウェイトはふいに不吉な予感に襲われ、頭を振った。

ジリアンのフラットを訪ねると、彼女はひとりだった。チャーリーはあとから来るとのことだ。彼女は前よりも幸福そうに見える。心の重荷がとれたからだろうと、サタスウェイトは思った。じっさいに彼女自身がそれを認めた。

「チャーリーのことをフィルにいうのは怖かったんです。でも、あたしがまちがってました。フィルのことをよく理解していなかったんですね。もちろん、彼は驚きました。でも、まさかあれほどやさしく受けとめてくれるなんて、思いもしませんでした。ほんとうにやさしかったんです。今朝、あれが彼から送られてきたんです——結婚祝いですよ。すてきでしょう？」

フィリップ・イーストニーのような若い男にしては、かなり豪勢な贈り物だといえる。真空管四本をそなえた最新型ラジオだ。

「あたしたちはふたりとも、音楽が大好きです。フィルはこういいました——あたしがこのラジオでコンサートを聞けば、そのたびに、彼のことを少しでも思い出してくれるんじゃないかって。ええ、きっとそうなるでしょうね。だって、あたしたち、とてもいい友だちだったから」

「いい友人だね。自慢していい」サタスウェイトはやさしくいった。「真のスポーツマンらしく、いさぎよく負けを認めたんだな」

ジリアンはうなずいた。目がうるんでいる。「フィルにひとつだけやってほしいことがあるっていわれました。今夜は、あたしたちが初めて出会った記念日なんです。だから、今夜は家でラジオを聞いて静かにすごしてほしい——チャーリーと出歩いたりしないでほしいって。あたしは喜んでそうするといいました。とても感動したんで、今夜はラジオを聞きながら、感謝と友情をこめて彼のことを考えるつもりだといったんです」

サタスウェイトはうなずいたが、なぜか不審な思いをぬぐえなかった。彼が人物評価を誤ることはめったにない。フィル・イーストニーがそんなセンチメンタルな要望をする性格だとは、とうてい思えなかった。とすると、あの青年は、サタスウェイトが考えていたよりも凡庸な男なのだろうか。ジリアンはフィルの想いを退けたが、要望そのものは、彼の性格に見合っているとみなしているようだ。

サタスウェイトは少しばかり——ほんの少しばかり——失望した。彼自身、センチメンタルな人間で、それを自覚しているが、世界にはもっと良いものがあるのではないかと期待しているのだ。それに、センチメンタルな想いというものは、彼ぐらいの年齢層なればこそ似つかわしいが、現代では、出番のないものなのだ。

サタスウェイトはジリアンに歌ってほしいとたのみ、彼女はそのたのみに応じた。魅力的な声だとサタスウェイトは感想を述べたが、内心では、これは二流の域を出ないと思った。プロの歌手としてそれなりに成功してきたにせよ、それは彼女の美貌の賜《たまもの》だ。声ではない。

ことさらチャーリーに会いたい気持があるわけではないので、サタスウェイトは帰ろうと立ちあがった。そのとき、マントルピースの上に飾ってある品に目が留まった。ほかのつまらない飾りものにくらべると、ゴミのなかの宝石のように光り輝いている。

美しい曲線をなしている、薄い緑色の広口グラス。ステムの長い優美なグラスで、縁にひとつ、シャボン玉のような虹色のガラスの玉がついている。

サタスウェイトがそのグラスに見入っているのに、ジリアンが気づいた。「あれもフィルの結婚祝いなんです。きれいですよね。彼、ガラス工房みたいなところで働いてるんですよ」

「いや、じつに美しい」サタスウェイトは賛嘆した。「ベネツィアのムラーノのガラス職人でも、これには脱帽するだろうね」

フィリップ・イーストニーという青年に大いに興味をかきたてられながら、サタスウェイトは帰宅した。じつに個性的な青年だ。しかし、あの若い女、たぐいまれなる美貌の持ち主は、チャーリー・バーンズのほうを選んだ。この世は、なんと不可思議で不可解なのだろう！

その夜、サタスウェイトは、あのたぐいまれなる美貌の持ち主、ジリアン・ウェストがらみの件では、たとえクィンとばったり出会っても、いつものような展開にはならないのではないかと思った。あの謎めいた人物に会うと、決まって、奇妙で予測もしなかった出来事が起こるのだ。だが、今夜はどうだろう……。

それでも、もしかするとあの神秘的なクィンに会えるかもしれないと思い、サタスウェイトはレストラン〈アルレッキーノ〉に足を向けた。以前にそこでクィンとばったり会ったことがあったし、クィンもその店によく来るといっていたからだ。

〈アルレッキーノ〉に入ると、サタスウェイトはクィンの姿を探して店内をくまなく見てみたが、微笑をたたえた浅黒い顔はみつからなかった。だが、思いがけない顔をみつけた。フィリップ・イーストニーだ。

店が混んでいたので、サタスウェイトはその青年の向かいの席に腰をおろした。なぜか、自分が織り糸の一本で、かすかに光る模様の一部になっているような、不可思議な喜びがこみあげてくる。サタスウェイトは事件の渦中にある――どんな事件かはわからない。いまになってようやく、あの夜、オペラハウスで、別れぎわにクィンにいわれたことばの意味がわかった。あのときすでに、ドラマが始まっていたのだ。そしてそのドラマで、サタスウェイトが一役を、重要な役を担うことが定まっていた。であれば、合図《キュー》を見逃さず、定められたセリフを口にしなければならない。

避けられないことならばきちんと成し遂げてやろうと、サタスウェイトはフィル・イーストニーと向かいあった。すんなりと会話が進む。フィルは話し相手がほしかったようだ。いつものように、サタスウェイトは相手を思いやり、励ましてやる、良き聞き手の役を務めた。話題は戦争のこと、爆弾のこと、毒ガスのことにまで及んだ。毒ガスに関しては、フィルは知識が豊富だった。戦争中、毒ガスの製造に従事していたという。サタスウェイトはあらためて、じつに興味ぶかい男だと思った。

一度も使用されたことのない毒ガスがあると、フィルはいった。休戦が早すぎたためだ。使われていれば、大きな成果をあげたはずだ。ほんのひと吸いで、致命的な効果をもたらすガス。

その話をしているうちに、フィルはいきいきしてきた。

硬い雰囲気がほぐれると、サタスウェイトはおだやかに話題を音楽に転じた。フィルのやせた顔がぱっと明るくなる。心底、好きらしく、情熱をこめて夢中になって音楽を語った。テノール歌手ヨシュビンの話になると、フィルはいっそう熱っぽくなった。フィルもサタスウェイトも、いま現在、あのテノールに匹敵できる声はふたつとないと、意見が一致した。フィルは子どものころ、カルーソーの歌を聞いたことがあり、いまも忘れられないという。

「カルーソーがワイングラスを前にして歌うと、それがこなごなに割れてしまうという話、知ってますか?」フィルは聞いた。

「それは一種の神話だと思っていたがね」サタスウェイトは微笑した。

「いや、ぜったいにまちがいのない事実ですよ。可能なんです。共鳴の問題でしてね」

フィルは技術的な問題をくわしく説明した。顔が紅潮し、目が輝いている。その問題に魅せられているようだ。そして、内容を完全に把握したうえで説明していることに、サタスウェイトは留意した。彼が相手をしているのは、突出してすぐれた頭脳、天才といってもいい頭脳の持ち主なのだ。きらめくような優秀な頭脳の持ち主だが、どこか不安定で、その才を発揮できる的確な道をまだ見いだせずにいる。とはいえ、天才であることは確かだ。

サタスウェイトはチャーリー・バーンズのことを考え、ジリアンの気持を推しはかった。

ひどく遅い時間になっていることに気づき、驚いたサタスウェイトは給仕を呼んで会計を命じた。

フィルは申しわけなさそうにいった。「お恥ずかしいかぎりです――いい気になってしゃべりまくって。でも、今夜、ここであなたにお会いできたのは、絶好の機会でした。今夜は、どうしても、話し相手がほしかったもので」

フィルはそういうと、少し異様な、短い笑い声をあげた。興奮を抑えているものの、目にはぎらぎらした光が宿っている。どこか、悲劇を連想させるものがある。

「とても楽しかったよ」サタスウェイトはいった。「きみの話はじつに興味ぶかく、知らないことをいろいろ教えてもらった」

サタスウェイトは彼独特の礼儀正しいおじぎをして、レストランを出た。暖かい夜なので、ゆっくりと通りを歩いていると、不思議な感覚に襲われた。ひとりではない、という感覚だ——誰かが隣を歩いている。気のせいだと自分にいいきかせたが、むだだった。誰かがいっしょにいるという感覚は消えない。目には見えない誰かがそばにいて、彼といっしょに暗く静かな通りを歩いている。そのせいなのだろうか、脳裏にクィンの姿が明瞭に浮かんでいる。まさしくクィンがそばを歩いているのを感じとれる。とはいえ、目で見るかぎりではその姿は見えない。サタスウェイトはひとりきりで歩いているのだ。

だが、クィンがそばにいるという感覚は消えず、同時に、別の感覚も生じてきた。切迫した危機感。圧倒的な不吉な予感。なにかしなければならない——それも早急に。そう、なにか邪悪なことが起ころうとしている。その成否は彼の掌中《しょうちゅう》にあり、彼なら阻止できる。

あまりにも強烈な感覚で、無視するどころか、抵抗すらおぼつかない。サタスウェイトは目を閉じ、すぐそばにいるはずのクィンの姿を思い描こうとした。できるものなら、彼に尋ねたい——が、そう思った瞬間、サタスウェイトはその考えがまちがっていることに気づいた。これまでもそうだったが、クィンにはなにを尋ねてもむだなのだ。

〝解決の糸口は、すでにあなたの手にあります〟

そういわれるに決まっている。

解決の糸口。どの糸だ？　サタスウェイトはことこまかく、自分の感情と印象を分析してみた。切迫した危機感——誰に危機が迫っているというのか？　とたんに、ジリアン・ウェストがひとりでラジオを聞いている光景が目に浮かんだ。

サタスウェイトは新聞売りの少年に一ペニーを放り、新聞を一部つかんだ。急いでロンドン・ラジオ局の番組面を開く。めざとくみつける——今夜、ヨシュビンの放送がある。グノーのオペラ『ファウスト』から、第三幕の《サルヴェ・ディモーラ》を歌い、そのあと、彼の故郷の民謡『羊飼いの歌』、『魚』、『仔鹿』を歌うことになっている。

サタスウェイトは新聞を握りしめた。ジリアンがこの番組を聞くのはわかっているので、いっそうその光景がはっきりと目に浮かぶ。ジリアンはひとりでラジオに聞きいっている。

フィリップ・イーストニーのおかしなたのみ。あの男らしくない要望。彼らしくない懇願。フィルにはセンチメンタルなところなど、まったくない。激情家で、危険な男だ。おそらく——。

そこでサタスウェイトの思考にストップがかかった。危険な男。それが問題だ。

〝解決の糸口は、すでにあなたの手にあります〟

今夜〈アルレッキーノ〉でフィルに会ったのは——いってみれば、奇妙な巡り合わせだ。フィルは〝絶好の機会〟だったといった。なんの機会だろう？　サタスウェイトが一度ならず意識した、自分が織り糸の一本であり、織りなす模様の一部となる役割を担っているということに関係があるのだろうか？

　サタスウェイトは今夜のことを思い返してみた。フィルとの会話のなかになんらかの手がかり《キュー》があるはずだ。そうでなければ、こんなに切迫した危機感を覚える理由がない。フィルはどんな話をしたか。歌、戦時中の仕事、カルーソー。

　カルーソー。サタスウェイトの思考はこの名前に反応した。ヨシュビンの声はカルーソーの声にごく近い。ジリアンがラジオを聞いている部屋いっぱいに、ヨシュビンの声が力強く朗々と響きわたる。そして部屋にあるガラス製品がちりちりと鳴りだす――。

　サタスウェイトははっと息を呑んだ。ガラス製品がちりちりと鳴る！　カルーソーがワイングラスを前に歌うと、グラスは砕け散る。ヨシュビンがロンドンのラジオ局のスタジオで歌う。そこから一マイル以上離れた部屋でグラスが鳴る。ワイングラスではなく、ステムの長い緑色の薄手の広口グラスが。グラスの縁にくっついている、シャボン玉のようなガラスの玉が落ちる。おそらく、ガラスの玉のなかはからっぽではない……。

　そこに気づいたとたん、サタスウェイトは逆上した。そばを通る人々は彼が急に狂ったと思ったことだろう。引き裂かんばかりの勢いで、もう一度新聞のラジオ番組欄を開いてすばやく目を通したかと思うと、いきなり駆けだしたからだ。静かな通りを死にものぐるいで駆ける。通りのはずれで、流しのタクシーをみつけて停め、乗りこむと同時に運転手に行く先を告げてから、生死にかかわる急用だ、全速力で走れと叫んだ。運転手は頭のおかしい客だと思ったが、身なりからして金持らしいと判断し、いわれたとおり、全速力で車を走らせた。

サタスウェイトは座席の背にもたれた。頭のなかでは、断片的な思考が入り乱れている。学校で習った科学の知識はもうほとんど忘れているが、その知識の断片や、今夜フィルが使った科学用語などが、頭のなかでごったになって渦を巻いている。共鳴――固有振動。もし、とある力の振動の周期がたまたま自然周期と合致すれば……。確か吊り橋の例があった。兵士たちが吊り橋を渡る場合、全員の足並みがそろって、吊り橋の振動の自然周期と合致すればどうとかという説がある。フィル・イーストニーはその問題を研究していた。彼にはその知識がある。しかも、彼は天才だ。

ヨシュビンの放送は十時四十五分からだ。ちょうどいまから始まる。だが、初めは『ファウスト』の歌だ。問題は『羊飼いの歌』のほうだ。あの歌は、リフレインのあと、高いシャウトがつづく。そうなると――どうなる?

思考がぐるぐる渦を巻く。基音、倍音、半音。サタスウェイトはこういう専門的なことにはくわしくない。だが、フィル・イーストニーは精通している。どうかまにあいますように!

フラットの前でタクシーが停まった。サタスウェイトは車をとびだし、若い運動選手のように、石の階段を三階まで駆けあがった。ジリアンの部屋のドアは少し開いていた。サタスウェイトはドアをさらに押し広げた。すばらしいテノールが迎えてくれる。『羊飼いの歌』の歌詞は特に異国的というわけではなく、彼の耳にもなじんでいる。

〝羊飼いよ、馬たちのたてがみがなびくのを見よ――〟

まにあった。サタスウェイトはドアをいっぱいに押し開けた。ジリアンは暖炉のそばの、背の高い椅子にすわっている。

〝ベイラ・ミシュカの娘が今日、嫁ぐ
その婚礼に、急いで行かにゃならぬ〟

いきなり部屋に入ってきたサタスウェイトを、ジリアンは気でも狂ったかと思ったことだろう。サタスウェイトは彼女をひっつかむと、わけのわからないことをわめき、彼女をなかば引っぱるように、なかば引きずるようにして、階段の踊り場まで連れだした。

〝その婚礼に、急いで行かにゃならぬ
ヤッ、ハッ！〟

歌のなかごろで、喉を全開して発声される、力づよい、驚異の高音が響きわたる。かくも高い音域が歌えるとは、どんな歌手でも誇りとするだろう。そして、その声とは別の音。ガラスが割れるかすかな音。

迷い猫が一匹、サタスウェイトとジリアンのそばをかすめて、少し開いているドアからなかに入っていった。ジリアンが猫を追おうと身じろぎしたが、サタスウェイトはまたわめき声をあげ、彼女を押しとどめた。

「いかん、だめだ。死んでしまう。臭いがないから、危険だとわからないんだ。ほんのひと吸いで、息が絶える。その威力のほどは誰も知らない。これまでに実験されたものとはまったくちがうしろものなのだ」

サタスウェイトは、今夜レストランでフィル・イーストニーから聞いた話を、ジリアンに語った。

ジリアンはなにがなんだかわからないという顔で、サタスウェイトを茫然とみつめている。


フィリップ・イーストニーは懐中時計を引っぱりだし、文字盤を見た。十一時半かっきり。これまでの四十五分間を、フィルはテムズ河岸のエンバンクメントを行ったり来たりしてすごしたのだ。テムズ河を眺める。やがて、体の向きを変えた。と、夕食の席でいっしょだった人物の顔が目にとびこんできた。

「やあ、不思議ですね」フィルは笑った。「今夜は何度も顔を合わせる運命らしい」

「〝運命〟というのなら、ね」サタスウェイトはいった。

フィルはあらためてサタスウェイトの顔をみつめた。表情が変わる。「それで?」静かに先をうながす。

サタスウェイトはずばりと切りこんだ。「ミス・ジリアン・ウェストのフラットからここに来たんだ」

「それで？」前と同じく、恐ろしいほどに静かな口調だ。

「それで――彼女の部屋から死んだ猫を運びだしたよ」

沈黙。

やがてフィルはいった。「あなたは何者なんです？」

サタスウェイトは語った。見聞きした一連の出来事を順序よく話す。「そして、まにあったというわけだ」そう締めくくると、少し間《ま》をおいてから、おだやかにつけくわえた。「なにかいいたいことがあるかね？」

サタスウェイトは予想した――相手の激情の爆発を、支離滅裂な正当化を。だが、予想ははずれた。

「いいえ」フィルは静かにそういうと、踵《きびす》をめぐらして歩き去った。

フィルのうしろ姿が薄闇に呑みこまれてしまうまで、サタスウェイトはじっと見送った。思わず知らず、胸の内でフィルに共感する感情がうごめいている。芸術家がほかの芸術家に対して抱く仲間意識というべきか。あるいは、恋に狂った者に対するセンチメンタリズムか、凡人の天才に対する感情か。

やがて、はっと我に返り、サタスウェイトはフィルと同じ方向に歩きはじめた。霧がたちこめてきた。しばらく歩くと、警官に出会った。けげんそうな表情だ。

「いましがた水がはねる音を聞きませんでしたか?」警官が訊く。

「いや」

警官はテムズ河をのぞきこんだ。「また自殺かな」うんざりした口ぶりだ。「誰もがやってくれる」

「みんな、それなりの理由《わけ》があるんでしょうな」

「たいていは、金ですよ」警官はいった。「ときには女ということもある」去りがけに、つけくわえる。「女に責任があるわけじゃないんですがね、トラブルの元になる女ってのもいるんですよ」

「トラブルの元になる女、ですか」サタスウェイトはそっとうなずいた。

警官が行ってしまうと、サタスウェイトはベンチに腰をおろした。霧につつまれながら、彼はトロイアのヘレネのことを考えた。もし彼女がごく平凡な、気のいい女だったとすれば、絶世の美貌は天与の祝福だったのだろうか。それとも、呪いだったのだろうか……。

死せる道化師

The Dead Harlequin

サタスウェイトは陽光を楽しみながら、のんびりとボンドストリートを歩いていた。いつものように入念にととのえた、すっきりした服装で、ハーチェスター画廊に向かっているところだ。その画廊では、フランク・ブリストウという画家の個展が開かれている。まったく無名の新人だが、爆発的に人気があがりそうな兆候が表われている。サタスウェイトは音楽のみならず、美術の後援者でもある。

ハーチェスター画廊に入ると、歓迎の笑顔に迎えられた。

「おはようございます、サタスウェイトさま。じきにいらっしゃると思っておりました。ブリストウの作品はごぞんじですよね。すばらしい――まことにすばらしいもので。じつにユニークです」

目録を買ったサタスウェイトは、アーチ形の入り口から細長い個展会場に入った。作品はどれも水彩画で、卓越した技術とみごとな仕上げの筆さばきとで、まるで銅版画《エッチング》に彩色したかと見まごうほどだ。サタスウェイトは作品を一枚ずつゆっくりと鑑賞してまわり、総体的に称賛に値すると認めた。この若い画家は高い評価を受けるだけの才能がある。独創性、構想力、的確な技術、それがそろっている。もちろん、まだまだ未熟な点もある。だがそれは、逆にいえば、可能性を期待できるということだ。この画家には、天分と呼べそうな、なにかがある。

サタスウェイトは一枚の小品の前で足を止めた。バスや路面電車《トラム》、それに急ぎ足の歩行者たちで混みあっている、ウエストミンスター橋の風景画だ。小品ながら完璧な作品といえる。『蟻の群れ』という画題がついている。

その小品を心に留めてから歩を進めたサタスウェイトは、はっと息を呑んで立ちどまった。とある作品に心をわしづかみにされたのだ。

その絵には『死せる道化師』という画題がついていた。前景には、黒と白の四角い大理石が交互に組み合わされた床。床の中央には、黒と赤の道化服を着た道化師《ハーリクイン》が、両腕を投げだして、あおむけに倒れている。その背後には窓があり、その窓の外から室内をのぞきこんでいる人物が描かれている。夕日の赤い陽光を背にした人物の顔は、床に倒れている道化師の顔と同じだった。

その絵のふたつの点に、サタスウェイトの胸は高鳴った。第一の点は、絵のなかの人物が誰だかわかったこと。いや、誰だかわかるような気がするというべきか。クィンにそっくりなのだ。そう、幾度か、不可思議といってもいい状況のもとで偶然に出会った、かのクィンだ。

確かにまちがいない——サタスウェイトはつぶやいた。だが、もしそうなら、これはどういうことだ?

これまでの経験からいって、クィンが姿を見せるときは、必ずや重要な意味がある。

そして、彼の胸が高鳴る理由の第二の点は、その絵に描かれている場所を知っていることにある。

「チャーンリー家のテラスルームだ」サタスウェイトはつぶやいた。「不思議だ——じつに興味ぶかい」

画家はいったいなにを思ってこの絵を描いたのか——サタスウェイトはさらに注意ぶかく絵を観察した。

床に道化師の死体があり、もうひとりの道化師が窓からその死体を眺めている。いや、もしかすると、このふたりは同一人物なのだろうか？

サタスウェイトはさらに歩を進めたが、残りの絵はほとんど目に入らなかった。頭のなかはひとつの考えに占められている。興奮がさめない。今朝はいささか退屈でつまらなく思えた人生が、いまはつまらないどころではなくなった。わくわくするような、興味をそそられる出来事の発端に立ち会っている——サタスウェイトにはそれがわかった。

ハーチェスター画廊の重鎮であるミスター・コブに、サタスウェイトはつかつかと近づいた。彼とは長年のつきあいだ。

「ナンバー39が気にいった。売約済みでなければ、買いたいんだがね」

コブは台帳を調べた。「お目が高い。あれはまさに小さな宝石です。ええ、まだ売れていません」そして値段をいった。「いい投資になりますよ、サタスウェイトさま。来年のいまごろは、三倍の値がつくことでしょう」

「きみはいつもそういう」サタスウェイトは微笑した。

「とはいえ、いつも正しかったでしょう？　コレクションを手放そうとお思いになったとしても、お求めになったときより値が下がっているものは、一点たりともございますまい」

「あの絵を買おう。いま、小切手で払う」

「後悔なさることはないとぞんじますよ。わたしどもはブリストウを有望だとみなしております」

「まだ若いひとかね？」

「歳は二十七、八でしょうか」

「会ってみたいね。夕食に招きたいが、来てくれるだろうか」

「住所をお教えします。そういう機会にはとびつくと思いますよ。あなたは美術界でも高名なかたですから」

「もちあげてくれるじゃないか」さらになにかいおうとしたサタスウェイトを、コブがさえぎった。

「ああ、本人がやってきました。すぐにご紹介しましょう」

コブは立ちあがった。サタスウェイトはコブのあとからついていった。壁にもたれている大柄で無骨な青年が、恐ろしいしかめっつらを楯にして、なにひとつ見逃さないような目で世界を眺めていた。コブに紹介され、サタスウェイトは礼儀正しく、にこやかに話しかけた。「あなたの作品を一点、求めさせてもらいましたよ。『死せる道化師』を」

「ああ！　損はさせませんよ」ブリストウは無愛想にいった。「自分でいうのもなんですが、あれはまあ、出来のいい作品です」

「わかります。あなたの作品にはとても興味を惹かれましたよ、ミスター・ブリストウ。お若いのに、とても成熟している。夕食にお招きしたいのですが、いかがでしょう。今夜はお約束がおありですか？」

「いや、ありません」ブリストウはことさら態度をあらためることもなく、ぶっきらぼうに答えた。

「では、今夜八時でいかがですかな？　名刺をお渡ししておきましょう。住所はそれに記してあります」

「ああ、わかりました」そして思い出したように、つけくわえた。「ありがとう」

自信がもてず、世間の評価も低いのではないかと恐れている青年そのものだ——画廊を出たサタスウェイトは、陽光あふれるボンドストリートに足を踏みだしながら、ブリストウをそう評価した。彼の人物評価が大きくはずれることは、めったにない。


招きに応じて、フランク・ブリストウが八時五分過ぎに屋敷を訪れると、主人であるサタスウェイトのほかに、もうひとり客がいて、モンクトン大佐と紹介された。そのまま食堂に案内される。マホガニーの楕円形のテーブルには、四人分の席がしつらえてあった。

サタスウェイトがいいわけがましく説明する。「友人のミスター・クィンがひょっこりと姿を見せるのではないかと、期待していましてね。ミスター・ハーリー・クィンにお会いになったことはありませんか?」

「ほとんどひとには会わないんで」ブリストウは例によって無愛想に答えた。

モンクトン大佐は画家を一瞥《いちべつ》した。新種のクラゲでも見るかのような、淡々とした冷静な目つきだ。

サタスウェイトは会話がスムースに流れるように気づかった。「あなたのあの絵には、特に興味を惹かれたんですよ。画面の背景は、チャーンリー家のテラスルームだと思いましてね。どうです、あたってますか?」

画家がうなずくと、サタスウェイトは話をつづけた。「それはじつに興味ぶかい。何度か、あの屋敷に滞在したことがありましてね。チャーンリー家の誰かをごぞんじですか?」

「いや、知りません!」ブリストウはいった。「ぼくなんかが、ああいう家のひとと知り合うわけがない。あの家には観光バスのツアーで行ったんです」

「なんと」モンクトン大佐は嘆くようにいった。「観光バスのツアーとは! なんとねえ」

ブリストウは大佐に険悪な顔を向けた。「いかんのですか?」嚙みつくような口ぶりだ。

思いがけない反応に、大佐は思わずのけぞった。サタスウェイトを咎めるようにみつめる。その顔がこう語っている――こういう、いわば原始的なタイプの人間は、きみのような自然愛好家には興味があるだろうが、なぜ、このわたしまで巻きこむんだね?

だが、大佐は口に出してはこういった。「うむ、あれはなかなかの難行だな、観光バスのツアーというのは。でこぼこ道をがたがた揺られてね」

「けど、ロールスロイスを持てないんじゃあ、観光バスで行くしかない」ブリストウはけんか腰でいった。

大佐はブリストウをにらみつけた。

サタスウェイトは思った——なんとかこの若者をなだめないと、ひどい夜になりそうだ。

「チャーンリー屋敷には魅了されますな」サタスウェイトは話題を変えた。「あの悲劇があってからは一度しか行っていないが。陰惨な家。そう、幽霊でも出そうな家です」

「まさに」ブリストウはうなずいた。

「じっさい、ほんとうに幽霊が出るんだ。それもふたり」モンクトン大佐はいった。「チャールズ一世が斬られた首をかかえて、テラスを行ったり来たりするという。なぜなのかは忘れたがね、そういう話だ。それから、銀の水さしを手にした、すすり泣く貴婦人。チャーンリー家の誰かが亡くなると、必ずその女が出てくるそうだ」

「くだらない」ブリストウは苦々しげにいった。

「いや、確かに不運な一家でしたよ」サタスウェイトは急いでいった。「称号の継承者が四人も暴力的な死を遂げ、当代のチャーンリー卿は自殺したんです」

「悲惨な事件だった」モンクトン大佐は重い口ぶりでいった。「わたしはその場に居合わせたんだ」

「あれはそう、十四年前のことです」サタスウェイトは思い返した。「あれ以来、屋敷は閉ざされたままです」

「無理もないよ」大佐はいった。「若い夫人にはひどいショックだったにちがいないからな。結婚して一カ月、新婚旅行から帰宅したばかりだったんだ。それで、新婚夫婦の帰宅祝いに、大がかりな仮装舞踏会が開かれたんだよ。客が来はじめたころ、チャーンリーが樫《かし》の間に鍵をかけて閉じこもり、ズドンと自分を撃った。そんなことをする理由はなかったのに。ん、なんだって?」

大佐は顔をきっと左の空席に向けた。サタスウェイトと目が合うと、すまなそうに笑った。

「いや、ちょっとぼけてきたかな。一瞬、その席に誰かがすわっていて、その誰かになにかいわれたような気がしたんだ」

少し間《ま》をおいてから、大佐は話をつづけた。「そう、夫人のアリックス・チャーンリーは強いショックを受けた。じつに美しいひとで、世間でよくいうように、生きる喜びに満ちあふれていた。いまは彼女自身が幽霊のようだと聞いている。もう何年も会っていないよ。外国で暮らしているらしい」

「息子さんは?」

「イートン校にいる。成年になったらどうするのか、わたしにはわからない。あの屋敷を開けるかどうか、疑問だね」

「一般市民の遊園地にうってつけですがね」ブリストウがいった。

モンクトン大佐はいかにも嫌そうに、冷たい目でブリストウを見た。

「いやいや、まさか本気でいったんじゃないでしょう」サタスウェイトはとりなした。「本気でいったのなら、あんな絵を描くはずはない。由緒ある伝統と、その家独特の雰囲気に、そう簡単に手を触れることはできませんよ。幾世紀もかけて培われてきたものです。それを破壊してしまったら、再建するには一日では成らず、ということです」

サタスウェイトは立ちあがった。「スモーキングルームに席を移しましょうか。チャーンリー家の写真が何枚かあるので、ぜひ、お見せしたい」

サタスウェイトは多趣味だが、そのひとつが素人写真だ。また、『我が友人たちの家』という本の著者であることも自慢にしている。〝友人たち〟というのがこぞって高名な人物なので、その本はサタスウェイトの公平な人柄よりも、俗物的な面が強くでているきらいがある。

「これは去年、テラスルームを撮ったものです」サタスウェイトはその写真をブリストウに渡した。「あなたの絵の構図と、ほぼ同じアングルで撮ったのがおわかりでしょう。ほら、それは、小さいけれど、なかなかみごとな敷物なんですがね、写真では色がわからないのが残念です」

「憶えてますよ」ブリストウはいった。「すばらしい色合いだった。まるで炎が燃えているような色合い。あそこには不釣り合いだと思った。床が白と黒の格子模様の広い部屋なのに、敷物は小さくて、サイズが合っていない。ほかには一枚も敷物がないというのに。この敷物のせいで、部屋全体の効果が損なわれている。それに、大きな血痕みたいに見える」

「それにアイディアを得て、あの絵を描いたんですか？」サタスウェイトは訊いた。

「そうだったかもしれない」ブリストウは考えこんだ。「見たところ、あのテラスルームにつづいてる鏡板張りの小部屋は、自然に悲劇を連想させるし」

「樫の間か」大佐はいった。「そうだ、そこがまさに幽霊の出る部屋だよ。カトリックの聖職者の隠れ穴があるんだ――暖炉のそばの鏡板が動く仕組みになっていてね。あの家のいいつたえによると、そこには聖職者ではなく、チャールズ一世を匿っていたという。あと、あの部屋で決闘騒ぎがあって、死者が二名出たそうだ。そして、先ほどもいったとおり、レジー・チャーンリーが拳銃で自死した」

大佐はブリストウの手から写真を取った。「なんと、これはボハラ産の敷物じゃないか。二千ポンドはくだらない高級品だ。わたしがあの屋敷を訪ねたときは、樫の間に敷いてあった――適切な場所だ。白と黒の格子模様の広い大理石の床には、いかにも不似合いだ」

サタスウェイトは自分の席のそばに引き寄せておいた、空の椅子に目をやった。そして考えこんだ。「いつこっちに移されたんでしょうな?」

「最近のことだと思う」大佐はいった。「ほら、さっき、わたしは悲劇の日にあの屋敷にいたといっただろう。そのとき、この敷物の話が出たんだ。チャーンリーは、本来ならガラスの額にでも入れて、保管すべき品だといっていた」

サタスウェイトは頭を振った。「屋敷はあの悲劇の直後に閉鎖されたから、家具や調度はすべて、当時のまま残っているはずです」

大佐とサタスウェイトの会話に、ブリストウが割りこんだ。つっかかるような態度は影をひそめている。「チャーンリー卿はなぜ死んだんです？」

モンクトン大佐は心地悪そうに、もぞもぞと身じろぎした。「それは誰にもわからないんだ」どこか茫然とした口ぶりだ。

「わたしは」サタスウェイトはゆっくりといった。「自殺だったと思いますよ」

大佐は驚きもせずにサタスウェイトを見た。「自殺。うん、そう、自殺にまちがいない。あのとき、わたしはあの屋敷にいたんだよ」

サタスウェイトは空の椅子を見て、他人にはわからないジョークを思いついたとでもいうように、そっと微笑した。そしておだやかな口調でいった。「ときには、歳月がたってからのほうが、当時よりも物事が明瞭に見えることがあるものですよ」

「ばかなことを」大佐は吐き捨てるようにいった。「ばかげている。記憶というやつは、歳月がたてばたつほど、ぼんやりとあいまいになってくるものじゃないか。なのにどうして、当時よりも物事が明瞭に見えてくるというんだ？」

そのとき、サタスウェイトは思わぬ援軍を得た。

「ぼくにはわかる」画家がいったのだ。「あなたが正しい気がする。比例の問題じゃないかな。たぶん、それ以上の、いわば相対性とか、そういう問題だと思う」

「いわせてもらえば」大佐が反論した。「そういうアインシュタイン的な論議は、ばかばかしいの一語に尽きる。心霊術とか、ばあさんの幽霊なんてのも、ご同様だよ！」目を三角にしてにらみつける。「もちろん、あれは自殺に決まっとる」大佐はさらにいった。「ちゃんとこの目で見たというのに、それが疑わしいとでもいうのか？」

「その話をしてください」サタスウェイトはいった。「そうすれば、わたしたちも自分の目で見ることができましょう」

少し気持をやわらげたらしく、ぶつくさいいながらも、大佐は楽な姿勢をとろうと、椅子にすわりなおした。「まったく、思いもしなかったことだった。チャーンリーはいつもどおりで、変わったようすはなかった。帰宅祝いの仮装舞踏会が開かれてね。大勢のひとが屋敷に集まってきた。ぞくぞくと客が来ているというのに、まさかチャーンリーが樫の間にこもって銃で自死するなど、誰ひとり、思いもしなかった」

「客が全員帰るまで待っていたら、もっとましな展開になったでしょうな」サタスウェイトはいった。

「むろん、そうだ。じつに考えがない――あんなときにあんなことをするとは」

「彼らしくない」とサタスウェイト。

「そのとおり」大佐はうなずいた。「まったくチャーンリーらしくない」

「でも、自殺だった？」

「自殺に決まっとる。あのとき、四人か五人だったかな、わたしたちは階段の上にいた。わたし、オストランダー家の娘、それにアルジー・ダーシー。あとひとりかふたり。チャーンリーは一階のホールを横切って、樫の間に入っていった。アルジーが、彼の顔がひどく青ざめていて目つきがおかしいといった――だが、これもまたばかげている。なぜなら、階段の上にいたわたしたちには、彼の顔は見えなかったからだ。だが、全世界の重みが肩にのしかかっているとでもいうように、彼が背を丸めて歩いているのは見えた。若い女が彼に声をかけた。チャーンリー家の家庭教師だ。レディ・チャーンリーが親切心からパーティに招待したのだろう。その女は伝言をたのまれて、チャーンリーを捜していたらしい。〝チャーンリー卿、おくさまが——〟。そう呼びかけられたのに、チャーンリーはふりむきもせずに樫の間に入り、ドアを閉めた。鍵をかける音が聞こえたよ。そしてすぐに、銃声が聞こえた。

わたしたちは階段を駆けおりた。樫の間に通じるドアはもうひとつあって、テラスルームからも行けるんだ。そのドアを使おうとしたが、それにも鍵がかかっていた。ドアをこわすしかなかったよ。チャーンリーは樫の間の床に倒れていた——死んでいた。右手のすぐそばに拳銃があった。さあ、それが自殺ではなくてなんだというんだね？　事故？　まさか。うん、もうひとつ、可能性はある。殺人だ。だがね、犯人がいないのに、殺人は成立しない。それは認めるだろう？」

「犯人は逃げたのかもしれませんよ」サタスウェイトはいった。

「それは不可能だ。紙とえんぴつがあれば、間取り図を書いてあげるんだが。いいかね、樫の間にはドアがふたつある。ひとつはホール、いまひとつはテラスルームに行き来できる。そのふたつのドアは両方とも、内側から鍵がかかっていた。鍵は内側の鍵穴にささっていたんだ」

「窓は？」

「閉まっていたし、鎧戸《よろいど》がおりていた」

沈黙。

「そういうことだ」モンクトン大佐は勝ち誇ったようにいった。

「なるほど」サタスウェイトは悲しげにいった。

「いいかね」大佐はいった。「先ほどは心霊術をばかにして笑ったが、あそこには確かに不吉な雰囲気がある――特に、あの樫の間には。かつて決闘があったせいで、壁の鏡板にはいくつか弾痕があるし、床には不気味なしみが残っている。何度床板を張り替えても、必ずしみが浮き出てくるんだ。いまは血のしみが増えているだろうな――かわいそうなチャーンリーの血のしみが」

「血は大量に流れてたんですか?」サタスウェイトは訊いた。

「いいや、少なかった。奇妙なほど少量だと医者はいっていた」

「どこを撃ったのかな。頭?」

「心臓だ」

「それはまた容易じゃないな」ブリストウが口をはさむ。「正確に心臓を狙うのは、おそろしくむずかしい。ぼくならとてもできない」

サタスウェイトは頭を振った。なぜか満足できない。なにか得るものがあるかと期待していたのだ――それがなにかは見当もつかなかったが。

大佐は先をつづけた。「不気味だよ、チャーンリー屋敷は。もちろんわたしには、あやしいものはなにも見えなかったがね」

「銀の水さしを手にした、すすり泣く貴婦人は見なかった?」サタスウェイトは訊いた。

「いや、見なかった」大佐はきっぱりといった。「だが、あの屋敷の召使いたちは、自分は見たと、全員が口をそろえていってる」

「迷信は中世の呪いですよ」ブリストウはいった。「まだあちこちに、その名残が見られる。だけど、ありがたいことに、ぼくたちはそういうものから解放されつつある」

「迷信か」サタスウェイトは考えこんだ。空の椅子に目を向ける。「どうです、こう思うときはありませんか――迷信も役に立つかもしれないと」

ブリストウはサタスウェイトをみつめた。「役に立つ。それはまたおかしないいかたですね」

「ふうむ、なにか考えがあるようだね、サタスウェイト」大佐はいった。

「そういうことですよ」サタスウェイトはうなずいた。「よく考えてみれば、じつにおかしい。帰宅祝いの祝宴が開かれているさなかに、新婚の、若くて金持で幸福な男がそんなまねをするとは、まったく意味が通らない。どうにも奇妙だ。だが、事実から目をそむけることはできない」同じことばをゆっくりとくりかえす。「事実、か」そういって眉をひそめる。

「いちばん気になるのは、わたしたちには未来永劫、真相はわからないだろうという点だな」大佐はいった。「あの事件の裏になにが隠れていたのか、この先もわからないままだろうね。そりゃあ、いろんな噂がある。どれも噂の域を出ないが。世間がどんなふうにいいたてるか、わかるだろう?」

「だが、なにかを知っている者は、ひとりもいない」サタスウェイトは感慨をこめていった。

「ベストセラーの謎解き小説とはちがいますからね」ブリストウがいう。「その人物が死んだことで、得をした者はいなかった」

「当時、まだ生まれていなかった子どもは別として」サタスウェイトはいった。

モンクトン大佐は抑えきれずに含み笑いをもらした。「気の毒なヒューゴー・チャーンリー。あの男は得をするどころか、ひどい打撃をこうむったよ。これで称号は自分のものだと確信していたのだろうが、子どもが生まれるとわかると、それが男子か女子か、ヒューゴーは息をひそめて待つだけという、ありがたくない任務を課されたんだ。彼の債権者たちも気がもめたことだろう。そして、生まれたのが男子だったんで、そういう連中は落胆失望したというわけだ」

「でも、夫人は鬱々《うつうつ》としていた？」ブリストウが訊く。

「かわいそうに」大佐はいった。「彼女のことは忘れられない。涙も見せず、取り乱しもせず、いっさい反応しなかったんだ。なんというか――凍りついてしまったというか。前にもいったとおり、あの事件のあと、夫人は早々に屋敷を閉鎖してしまった。わたしの知るかぎりでは、それ以降、閉ざされたきりだ」

「で、こちらには動機がまったくわからないままというわけなんだ」ブリストウの口ぶりには、かすかに笑みが含まれている。「ほかの男、あるいは女、そういう関係者がいたんじゃないのかなあ」

「ありそうなことですね」サタスウェイトはうなずいた。

「賭けてもいいけど、ぜったいに女だと思う」ブリストウはいった。「だって、美人の未亡人は再婚しなかったんだから。それに、ぼくは女ってのを憎んでる」ブリストウは淡々といった。

サタスウェイトはちらりと微笑した。

ブリストウはその笑みを見逃さず、すかさず食ってかかった。「笑われるかもしれないが、じっさいにぼくは女を憎んでるんだ。女ってのは、すべてをかきまわす。なんだかんだと干渉してくる。仕事の邪魔をする。女ってのは——いや、ひとりだけ、これはという女に会ったことがあるなあ。うん、興味を惹かれる女に」

「忘れられないひとというわけですな」とサタスウェイト。

「いや、そういうんじゃないんですよ。その、偶然に出会っただけで。じつをいうと、汽車で会ったんです。それだけのことだ」急にけんか腰になる。「汽車で出会っちゃいけませんか?」

「ああ、わかります」サタスウェイトはなだめるようにいった。「汽車というのは、出会うにはもってこいの場所ですからね」

「北部からの帰りだった。車室には、ぼくとその女とふたりだけだった。なにがきっかけだったかわからないけど、話をしだしたんだ。彼女の名前は知らないし、また会えるとは思わない。会いたいかどうかもよくわからない。うーん、あれは、そう、哀れみかな」そこで口をつぐんだブリストウは、どう表現しようかと悩んでいるようすだ。「存在感の希薄なひとだった。影みたいだというか。ケルトの物語にある、妖精の丘からやってきたひとのように思えた」

サタスウェイトは静かにうなずいた。想像力が豊かな彼の脳裏に、その車室の光景がまざまざと浮かんでくる。現実的で存在感あふれるブリストウと、あえかで儚《はかな》げな女。ブリストウが影みたいだという女。

「なにか恐ろしいことが、耐えられないほど恐ろしいことが起こったとき、ひとはこんなふうになるんじゃないか――ぼくはそう思った。現実から逃げて、現実とはなかば隔絶した、自分だけの世界に閉じこもる。だが、時間がたてば、また現実世界にもどることができる」ブリストウはいった。

「そのご婦人の身に、そんなことが起こったと?」サタスウェイトは興味をもった。

「知りませんよ」ブリストウは答えた。「彼女はなにもいわなかった。ぼくが勝手に推測しただけです。自分を納得させるには、推測するしかないじゃないですか」

「そうですね」サタスウェイトはゆっくりとうなずいた。「推測するしかない」

　スモーキングルームのドアが開いた。サタスウェイトは期待に胸を躍らせたが、すぐに落胆することになった。

　執事はこういったのだ。「レディがお越しになって、緊急の用で、ぜひともだんなさまにお目にかかりたいとおっしゃっています。ミス・アスパシア・グレンというかたです」

　サタスウェイトは少しばかり驚いて立ちあがった。アスパシア・グレンという名は知っている。ロンドンに住んでいてその名を知らない者がいるだろうか。初めは〈スカーフの女〉として売り出したが、単独公演の昼興行《マチネ》を連続しておこない、ロンドンじゅうを熱狂させたのだ。スカーフ一枚ですばやくさまざまな人物を演じわける。一枚のスカーフが、尼僧のかぶりもの《コイフ》に、乳搾り女の肩掛けに、農婦の頭巾にと、百もの使いわけをされ、そのたびに、アスパシア・グレンは完璧にその人物になりきるのだ。

サタスウェイトは芸術家としてのアスパシア・グレンに称賛と敬意を惜しまないが、あいにく、直接の面識はない。その彼女がこんな時刻にいきなり訪問してくるとは、サタスウェイトは大いに興味をそそられた。大佐と画家に中座の詫びをいってからスモーキングルームを出て、応接室に向かった。

グレンは、金襴《きんらん》張りの大きなソファのまんなかに腰かけていた。それを見たとたん、サタスウェイトは彼女が状況を支配するつもりでいることがわかった。奇妙なことに、彼はまっさきに反発のようなものを感じた。彼はアスパシア・グレンの芸の賛美者だ。舞台に立つグレンの圧倒的な個性に強く感動し、共感を覚えたものだ。その効果は押しつけがましいものではなく、むしろ哀愁を帯びていて、暗示的ともいえた。

しかし、いま、彼女と一対一で向かいあってみると、サタスウェイトはまったくちがう印象をもった。なんというか、激しい――挑みかかるような――強靭《きょうじん》なパワーを放っているのだ。

背の高い女性で、歳のころは三十代なかばぐらい。美人である。そして彼女自身、その美貌を意識している。

「いきなりぶしつけに押しかけまして、申しわけございません、ミスター・サタスウェイト」深みがあり、響きがよく、つい聞きほれてしまう声だ。「ずいぶん前からあなたにお目にかかりたいと思っていたとは、とてもいえませんが、こうしてお会いする口実がみつかったのを喜んでおります。今夜、ふいにうかがったのは――」グレンは笑いながらいった。「ええ、あたし、ほしいものがあると、がまんできないものですから」

「あなたのようにチャーミングなご婦人をお客に迎えることができるなら、どんな口実であろうと歓迎しますよ」サタスウェイトは古風な騎士を思わせる、慇懃《いんぎん》な口調でいった。

「ご親切、痛みいります」グレンはいった。

「わたしからもお礼をいわせてもらいますよ。劇場でいつも楽しませてもらっていますからね」

グレンはうれしそうな笑顔を見せてから、用件を切り出した。「さっそくですが、こういうことなんです――今日、ハーチェスター画廊に行ったんです。そして、それがなくては生きていけないと思えるほど、一枚の絵が気にいりました。買いたかったのですが、あなたがすでにお買いあげになっていたため、どうにもなりませんでした。それで――」グレンは少し間《ま》をおいてから先をつづけた。「ミスター・サタスウェイト、あたしはどうしてもあの絵がほしいんです。小切手帳を持ってきました」すがるような目つきになる。「あなたはとても親切なかただと聞いています。みなさん、こぞって、あたしには親切にしてくださいます。それがどうだとは申しませんが、でも、そうなんです」

これがアスパシア・グレンのやりかたなのだ。こうした女性本能むきだしの、甘ったれた子どものような態度には、サタスウェイトはひややかな批判の目を向けるのが常だ。心を動かされてもいいのだろうが、そうはいかない。グレンは判断を誤った。彼女はサタスウェイトのことを年寄りの素人好事家にすぎず、美人のおべんちゃらにはやすやすと乗ってしまうはずだと計算したのだろう。

しかし、サタスウェイトの古風な騎士的態度の裏には、するどい批判精神が隠れている。相手がそう見せたいと思う姿をではなく、本来の姿をきちんと見抜く。いま彼の目の前にいるのは、魅力を最大限に活かして甘ったれた声でおねだりするというより、なにがなんでも我意を押し通そうと固く決意している女だった。非情な利己主義者なのだ。とはいえ、サタスウェイトは彼女の思いどおりに事を運ばせる気はない。あの絵を、『死せる道化師』を、グレンに譲ることなどありえない。あからさまに無礼な態度をとることなく、彼女の申し出を拒絶するにはどうすればいいか、サタスウェイトはすばやく最善の策を考えた。

「なるほど」サタスウェイトはいった。「誰でもそれが可能なときには、あなたのご希望に添うように計らうでしょうね。それも喜んで」

「では、あの絵を譲ってくださいますの？」

サタスウェイトはゆっくりと、すまなそうにくびを横に振った。「それはできません。じつは――」そこで間《ま》をおく。「あの絵はあるご婦人のために買ったものだからです。贈り物にするために」

「まあ！　でも――」

そのとき、テーブルの電話が鳴った。失礼を詫びてから、サタスウェイトは受話器を取った。冷静な声が小さく、遠くから聞こえてきた。「ミスター・サタスウェイトにお取りつぎをお願いしたいのですが」

「わたしです」

「わたくし、レディ・チャーンリーです。アリックス・チャーンリー。憶えていらっしゃらないかもしれませんね、ミスター・サタスウェイト。お会いしたのはもうずいぶんむかしのことですから」

「なにをおっしゃいます、アリックス。もちろん、憶えていますよ」

「じつはあなたにお願いしたいことがございまして。今日、ハーチェスター画廊に行きまして、個展を拝見したんです。そのなかに『死せる道化師』という作品がございました——あなたもお気づきになったかと思いますが、あれはチャーンリー屋敷のテラスルームです。わ、わたくし、あの絵がほしいんです。あなたがお求めになったと聞きました」一瞬の間。「ミスター・サタスウェイト、あれをわたくしに譲っていただけませんか?」

サタスウェイトは内心で、これは奇跡だとつぶやいた。アスパシア・グレンには、サタスウェイトの話しか聞こえないのがありがたい。彼女には、電話の向こうがなにをいっているかはわからないのだ。

「わたしからの贈り物にさせていただけたら、とてもうれしいですよ」背後でひゅっと息を呑むするどい音がしたため、サタスウェイトは急いでつけくわえた。「あれはあなたのために購入したものでしてね。ええ、ほんとうです。ところで、アリックス、よろしければ、ひとつおたのみしたいことがあるのですが」

「もちろん、ようございますとも。ミスター・サタスウェイト、喜んでお聞きします」

「では、いますぐ、拙宅にお越しいただけませんでしょうか」

ごく短い沈黙のあと、アリックスはいった。「すぐにうかがいますわ」

受話器を架台に置き、サタスウェイトはグレンに顔を向けた。

アスパシア・グレンは怒りをこめて、早口で問いつめた。「話してらしたのは、あの絵のことですか?」

「そうです。あの絵はあるご婦人に贈ろうと思っていたんですが、その当人がまもなくここにいらっしゃいますよ」

グレンが急に満面に笑みをたたえた。「あたしがそのかたを説得して、絵を譲ってもらう機会を作ってくださったんですね。そうでしょう?」

「彼女を説得する機会をね」

サタスウェイトはおかしなほど気分が昂揚していた。彼はまさにドラマの中心にいる。運命的な終幕に向かおうとしているドラマの中心に。ただの観客だったのに、いまや主役を演じているのだ。

サタスウェイトはグレンにいった。「あちらの部屋に行きましょう。友人たちをご紹介したいので」ドアを開けてグレンに来るようにうながし、スモーキングルームに案内する。

「ミス・グレン、ご紹介しましょう。わたしの古い友人のモンクトン大佐。こちらはあなたが褒めちぎっていた絵の作者、画家のミスター・ブリストウ」

そういったとたん、サタスウェイトは、自分の席の隣に引き寄せておいた空の椅子から、第三の客が立ちあがるのを見て目をみはった。

「今夜、わたしにお会いになりたいのではないかと思いましてね」クィンはいった。「あなたがいらっしゃらないあいだに、ご友人がたに自己紹介をすませておきました。お宅に立ち寄れて、ほんとうによかった」

「やあ、どうも。わたしにできることは、なんとかやってみたんですが――」そこでクィンの黒い目と目が合う。いつもの、からかうようなまなざしだ。「ご紹介しましょう。こちらはミスター・ハーリー・クィンです、ミス・アスパシア・グレン」

サタスウェイトの錯覚だろうか――少しばかりグレンがたじろいだように見えたのは。顔には奇妙な表情が浮かんでいる。

ふいにブリストウがいった。「わかった」

「なにが？」

「さっきからずっと悩んでたんだ。その答がわかった。似てるんだ。ほんとうによく似てる」ブリストウは興味津々という気持を隠そうともせずに、じっとクィンをみつめてから、サタスウェイトにいった。「わかりますよね？　ぼくの絵の道化師にそっくりだと。ほら、窓から室内をのぞいているあの道化師ですよ」

今度は錯覚ではなかった。グレンの呼吸が荒くなっただけではなく、あとずさったのだ。

「先ほどいいましたでしょう。もうひとりお客が来るのではないかと」サタスウェイトは勝ち誇ったようにいう。「このミスター・クィンは、じつに驚くべきひとでしてね。もつれた謎を解明できるんですよ。物事を正しく見せてくれるんです」

「心霊家ですかな?」大佐はうさんくさそうにクィンを見た。

クィンは微笑し、ゆっくりとくびを横に振った。「ミスター・サタスウェイトはわたしを買いかぶっておられる」静かな口ぶりだ。「以前に何度かお会いしたのですが、そのたびに、ミスター・サタスウェイトはみごとな推理をなさいましてね。なのにどういうわけか、その手柄をわたしのもののようにおっしゃる。謙虚なかただからでしょう」

「いや、それはちがう」サタスウェイトはいささかむきになって否定した。「そうではありません。あなたがわたしに気づかせてくださるんです――わたしが当初から見ていたはずのことを――じっさいにはちゃんと見ていたのに、それと気づかずにいたことを」

「なにやら、えらく複雑そうだな」大佐はいった。

「そんなことはありませんよ」クィンはいった。「問題は、単に見るだけでは充分ではないということです。ただ見るだけでは、まちがった解釈に向かいかねない」

アスパシア・グレンはブリストウの顔を見た。「教えてほしいんですけど」いらいらした口調だ。「なにがきっかけで、あの絵を描こうという気になったんですか?」

ブリストウは肩をすくめた。「自分でもわからないな。あそこにはなにかがある――あのチャーンリー屋敷には。そのなにかが、ぼくの想像力をかきたてたというか。からっぽの大きな部屋。外に面したテラス。幽霊の噂。チャーンリー卿が銃で自殺したことも聞いていた。

いいかい、あんたが死んだあとも、あんたの霊魂がこの世に残っているとしたら? 奇妙千万じゃないか。あんたの霊魂は外のテラスにいて、窓から室内の自分の死体を見るだろうし、ほかのいろんなことも見るんじゃないかな」

「どういう意味かしら？」グレンは訊きかえした。「ほかのいろんなことも見るって」

「そうだな、それからなにが起こるか、ずっと見てるんじゃないか。きっと――」

ドアが開き、執事がレディ・チャーンリーの訪問を告げた。

サタスウェイトはみずから夫人を迎えに出た。十四年近く、彼女には会っていない。かつての、活気に輝いていた彼女の姿を思い出す。

会ってみると、アリックス・チャーンリーは氷の貴婦人と化していた。美しく、蒼白く、歩くというよりただよっているような印象を受ける。凍るように冷たい風に舞う雪ひらのようだ。現実感が薄い。現し身《うつみ》は冷たく凍り、心はどこか遠くに飛んでいる。

「よく来てくださいました」サタスウェイトはいった。

スモーキングルームに案内された夫人は、一瞬、グレンを知っているかのようなそぶりを見せたが、グレンは反応しなかった。

「失礼ですが」夫人は低い声でいった。「以前に、どこかでお会いしたような気がいたしますが」

「舞台をごらんになったのでしょう」サタスウェイトは口添えした。「こちらはミス・アスパシア・グレンですよ、レディ・チャーンリー」

「お会いできてうれしいです、レディ・チャーンリー」グレンはいった。

グレンの口調が、かすかに、大西洋の向こうの大陸の訛《なま》りを帯びた。急に変化した口調に、サタスウェイトは彼女の数多い持ち役のひとつを思い出した。

「モンクトン大佐はごぞんじですよね。それから、こちらはミスター・ブリストウ」

夫人の蒼白な顔にうっすらと血の気がさした。「ミスター・ブリストウにはお会いしたことがございます」かすかな笑み。「汽車のなかで」

「そしてこちらはミスター・ハーリー・クィン」

サタスウェイトは注意深く夫人を観察していたが、クィンを見ても、夫人の表情に少しも変化はなかった。

サタスウェイトは夫人に椅子をすすめ、自分も腰をおろした。コホンと咳払いしてから、いささか緊張ぎみに話しだす。「ああっと、まことにめずらしい顔ぶれがそろいましたな。この集まりの中心になっているのは一点の絵です。そのう、わたしたちがその気になれば、なにかを明白にできると思うのですが」

「まさか、降霊会でもやろうというんじゃないだろうね、サタスウェイト」大佐が訊く。「きみ、今夜はなんだかへんだぞ」

「そうじゃないよ。降霊会ではない。だが、ここにいるミスター・クィンは過去をみつめなおすと、当時は見過ごしたことが見えてくると信じているし、わたしもその意見に賛成なんだ」

「過去?」アリックス・チャーンリーはつぶやいた。

「自殺なさったご主人のことを話そうというのですよ、アリックス。あなたを傷つけることになるのは、重々承知していますが――」

「いいえ。そんなことはございません。いまのわたくしは、傷つくことなどありませんから」

サタスウェイトはブリストウの話を思い出した。

〝存在感の希薄なひとだった。影みたいだというか。ケルトの物語にある、妖精の丘からやってきたひとのように思えた〟

そう、ブリストウは彼女を〝影みたい〟だと形容した。まさにいいえて妙だ。影。似姿。では、本物のアリックスはどこにいるのか。サタスウェイトの意識は即座に答を出した――過去にいる。十四年の歳月を隔てた、あのときに。

「いやいや、驚きましたよ、アリックス。あなたは銀の水さしを手にすすり泣く貴婦人のようですね」

がちゃん！　グレンの肘があたり、テーブルのコーヒーカップが床に落ちて砕けた。グレンの詫びのことばを、サタスウェイトは手を振ってさえぎった。彼は考えていた――近づいている――少しずつ近づいている――だが、なにに近づいているのだろう？

「では、十四年前のあの夜にもどってみましょう。チャーンリー卿は自死した。なぜか？　その理由は誰も知らない」

アリックス・チャーンリーはかすかに身じろぎした。

「レディ・チャーンリーは知ってますよ」ふいにブリストウがいった。

「ばかな」モンクトン大佐はそういったが、それ以上はなにもいわず、眉をひそめてアリックスをみつめた。

アリックスは画家を見ている。まるで画家にことばを引きだされたかのように、彼女はゆっくりとうなずき、話しだした。その声もまた、雪ひらのように冷たくてはかなげだ。

「ええ、あなたのおっしゃるとおりです。わたくしは知っております。だからこそ、生きているかぎり、チャーンリー屋敷には帰れないのです。だからこそ、息子のディックがあの屋敷を開けて住みたいといっても、それはできないと拒否しているのです」

「その理由を聞かせていただけますか、レディ・チャーンリー?」クィンが訊いた。

アリックスはクィンを見た。そして、催眠術にかかったかのように、子どものようにすなおに、静かにいった。「お聞きになりたいのなら、申しましょう。いまとなっては、たいした問題ではありません。あのあと、わたくし、夫の書類のなかに手紙が一通まじっているのをみつけたんです。そしてその手紙を破り捨てました」

「どういう手紙でしたか?」クィンは訊いた。

「女性からの手紙でした。お気の毒な若い女性――メリアム家の保母兼家庭教師です。夫はそのひとと関係がありました。ええ、わたくしと結婚する前、婚約していたときに。そして彼女は身ごもりました。それを夫に手紙で知らせ、わたくしにすべてを打ち明けるつもりだといってきたのです。もうおわかりでしょう、ですから夫は自死したのです」

アリックス・チャーンリーは、しっかり学習して頭にたたきこんだことを復唱し終えた子どものように、疲れきった、だが、夢見るような目でみんなを見まわした。

モンクトン大佐が唸った。「そうか、そうだったのか。なるほど、いまの話ですべての説明がつくな」

「そうかな?」サタスウェイトは疑問を投げかけた。「いまの話では説明できないことがひとつあるよ、モンクトン。なぜ、ミスター・ブリストウはあの絵を描いたのか?」

「どういう意味だね?」大佐は訊きかえした。

サタスウェイトは励ましを求めるかのようにクィンに目をやった。そして、期待どおりにそれを得られたのだろう、話をつづけた。「いまの疑問は、みなさんには突拍子もなく聞こえるでしょうけれど、全体の要《かなめ》になっているのが、あの絵なのです。あの絵のために、わたしたちは今夜、ここに顔をそろえることになりました。あの絵は、どうしても描かれなくてはならなかった——その必要があった。わたしがいいたいのはそのことです」

「樫の間の不吉な雰囲気が影響したといいたいのかね?」モンクトン大佐が訊く。

「そうではないんだ。樫の間ではない。テラスルームのほうだよ。そっちなんだ。死人の霊が窓の外からテラスルームをのぞきこみ、床に倒れている自分の死体を眺めている」

「それはありえない」大佐は異議を唱えた。「死体は樫の間にあったんだから」

「そうではなかったと仮定したら?」サタスウェイトはいった。「ミスター・ブリストウが見たとおり、いや、想像したとおり、死体がテラスルームにあったとすれば? 窓の下の黒と白の大理石の床にあったとすれば、どうでしょう?」

「そんな仮定はばかげとる」大佐はいった。「死体がテラスルームにあったのなら、樫の間でみつかるはずがないじゃないか」

「誰かが移動させないかぎりは、そうだね」サタスウェイトはうなずいた。

「そうはいうが、わたしたちはあのとき、チャーンリーが樫の間に入っていくところを見たんだぞ。それはどういうことだ?」大佐は追及した。

「いや、きみは彼の顔を見ていない。そうだっただろう? 階段の上にいたきみたちは、きらびやかな仮装をした男が樫の間に入るのを見た。つまりは、そういうことじゃないかね」

「金襴の服に鬘《かつら》か」と大佐。

「そう。それに、とある女性がチャーンリー卿と呼びかけたために、きみたちはその男をチャーンリーだと思いこんだ」

「とはいえ、数分後、わたしたちが樫の間のドアを押し破ったとき、チャーンリーは床に倒れて死んでいたんだ。ほかには誰もいなかった……。その事実から目をそらすことはできんぞ、サタスウェイト」

「そうだな」サタスウェイトは落胆した。「ううむ、隠し部屋みたいなものがなければ、無理だな」

「さっき、いってたじゃないですか。その部屋には、聖職者の隠れ場所があるとかなんとか」ブリストウが口をはさんだ。

「ああ、そうか!」サタスウェイトは思わず叫んだ。「すると——?」片手でみんなに沈黙を要求し、もう一方の手で額を押さえ、ゆっくりと、ためらいがちに話しはじめた。

「ひとつ、考えついた——ほんの思いつきにすぎないが、それで筋が通るような気がする。

いいですか、聞いてください――パーティが始まる前に、誰かがテラスルームでチャーンリー卿を撃ち殺した。そしてその犯人と、もうひとりの誰かが、死体を樫の間に運んだ。そして床に横たえた死体の、右手のすぐそばに拳銃を置いた。さてそこで、次の段階に進む。どうしても、チャーンリー卿が樫の間で自殺したように見せかける必要がある。

それはとても簡単だったと思いますよ。なにしろ、仮装舞踏会だったんです。金襴の衣装と鬘を着けた男がホールを横切って樫の間のドアに向かう。それを確実に印象づけるために、誰かがその男にチャーンリー卿と呼びかける。男はさっさと樫の間に入り、ふたつのドアに鍵をかけてから、鏡板に銃弾を撃ちこむ。憶えていますよね、あの部屋の鏡板には、むかしの決闘のさいに残された弾痕がいくつかあったことを。ですから、ひとつぐらい増えても気づく者はいません。

それから男は、音をたてないようにして隠し部屋に入りこむ。樫の間のドアが破られ、人々がなだれこんでくる。誰がどう見ても、チャーンリー卿は自殺したとしか思えない。ほかの仮説など、見向きもされない」

「いやいや、それもたわごとにしか聞こえんな」モンクトン大佐はいった。「いましがた聞いたとおり、チャーンリーには自殺するだけの明白な動機があった。きみはそれを忘れとる」

「手紙はあとでみつかったんだよ」サタスウェイトはいった。「残酷な嘘の手紙だ。小賢《こざか》しく、悪事も平気な若い女が書いたものだよ。その女は、いつか自分がレディ・チャーンリーになる野望を抱いていたんだ」

「つまり?」

「つまり、ヒューゴー・チャーンリーに協力した女だよ、モンクトン、きみは知っている。いや、誰もが知っている。あの男は根っからの悪党だ。彼は称号を我がものにしたかった」サタスウェイトはアリックス・チャーンリーに目を向けた。「手紙の差出人の名前はなんといいましたか?」

「モニカ・フォード」アリックスは答えた。

「モンクトン、チャーンリー卿に呼びかけたのは、そのモニカ・フォードだったんじゃないかね?」

「うん、そう、そうだ。いま、ようやく思い出した。確かに彼女だった」

「そんな、そんなことはありえません」アリックス・チャーンリーはいった。「わたくし、あのあと、手紙のことで、彼女に会いにいったんです。彼女はほんとうのことだといいました。そのとき一度しか会っていませんが、会っていたあいだずっと、お芝居をしていたとは思えません」

サタスウェイトはアスパシア・グレンをみつめた。「彼女にはできたんですよ」静かにいう。「そのころから、きわめて芸達者な女優になる素質があったのだと思います」

「まだ、あなたが触れていない点がひとつあります」ブリストウがいった。「テラスルームの床には多量の血が流れていたはずだ。犯人たちが短時間できれいに掃除するなんて、いくらなんでも無理だ」

「そうですね」サタスウェイトはうなずいた。「だが、彼らにもできることがあった――ほんの数秒でできることが。血痕をボハラの敷物で覆い隠す……。その夜よりも前に、敷物がテラスルームにあったのを見た者はいないんです」

「きみのいうとおりだ」モンクトン大佐はサタスウェイトの推測を認めた。「しかし、いずれにせよ、血痕はきれいにぬぐいとっておかなければならないだろうに」

「そのとおり」サタスウェイトはいった。「そして、真夜中に、水さしと水盤をもった女が階下に降りて、血痕を拭きとるのはたやすいことだ」

「誰かに見られる危険があるだろう？」

「それは問題じゃない。いいですか、みなさん。いまわたしは、物事をあるがままに語っているんです。水さしと水盤をもった女といいましたよね。では、〝銀の水さしを手にした、すすり泣く貴婦人〟といえば、思いあたりませんか」サタスウェイトは立ちあがり、アスパシア・グレンに近づいた。「それがあなたのしたことです。そうですね？　いまのあなたは〈スカーフの女〉という呼び名で有名ですが、初めて演じた役柄は、あの夜の〝銀の水さしを手に、すすり泣く貴婦人〟だった。だからこそ、先ほど、あなたは狼狽《ろうばい》してコーヒーカップを落としてしまった。あの絵を見たときは怖かったでしょうな。自分たちの悪事を知っている者がいると思いこんだんですね」

アリックス・チャーンリーが告発するように白い手をのばした。「モニカ・フォード」ささやくような声だ。「ようやく、あなただとわかりました」

アスパシア・グレンは悲鳴をあげてとびあがった。サタスウェイトを片手で押しのけ、震えながらクィンの前に立つ。「思ったとおりだった。知っている者がいた！　こんな道化芝居にだまされたりするもんか」クィンに指を突きつける。「あのとき、あんたがいたんだ！　あんたが窓の外からのぞきこんでたんだ。あたしたちのことを、ヒューゴーとあたしがしたことを見てた。ずっと、誰かに見られてる気がしてた。けど、あたりを見ても、誰もいなかった。だのに、誰かに見られてるのはまちがいないと思った。一度だけ、ちらりと窓の外の顔が見えた。この十数年、ずっと怯えてたんだ。なんだっていまごろになって、沈黙を破る気になったの？　それを知りたい」

「亡くなったひとが安らかに眠れるように」クィンはいった。

グレンは身を翻《ひるがえ》して駆けだしたが、ドアの前で立ちどまると、くびをねじって、肩越しに捨てぜりふを吐いた。「好きなようにするがいいさ。神さまはごぞんじだ――あたしがなにをいってきたか、証言してくれるひとが大勢いるって。そうさ、あたしはかまわないよ、気にしやしない。あたしはヒューゴーを愛した。だから、あのひとを助けるためにこの手を汚した。だけど、けっきょく、捨てられてしまった。彼は去年死んだわ。なんだったら、警察にあたしを追わせればいい。けど、そこの干からびたじいさんがいったように、あたしはけっこううまい演技のできる女優なんだ。おいそれと警察に尻尾をつかまれたりするもんか」

グレンの背後でドアがばたんと閉まった。少しして、玄関ドアが閉まる音も聞こえた。

「レジー」アリックス・チャーンリーは夫の名を呼んだ。「おお、レジー」涙で頬がぬれている。「ああ、あなた、これであの屋敷に帰れます。あの屋敷でディッキーと暮らせます。ディッキーにおとうさまがどんなかただったか、話して聞かせることができます。世界でいちばんすばらしい、りっぱなかただったと」

「この件に関して、わたしたちになにができるか、考えてみるべきだな」モンクトン大佐は真剣な表情でいった。「アリックス、お宅まで送らせてもらえますかな。喜んでご相談にのりますぞ」

レディ・チャーンリーは立ちあがり、すわっているサタスウェイトの前まで行くと、その肩に手を置き、彼の頬に心をこめてキスした。

「長いあいだ死んでいたのに、こうして生き返れたなんて……。ええ、わたくし、死人も同然だったんですもの。ミスター・サタスウェイト、ほんとうにありがとうございました」

モンクトン大佐にエスコートされて部屋を出ていくレディ・チャーンリーを、サタスウェイトはじっと見送った。

サタスウェイトはフランク・ブリストウのことを忘れていたが、彼が不満そうな声をあげたのを聞きつけ、さっと彼に顔を向けた。

「美しいひとだ」ブリストウはむっつりといった。「だけど、前に会ったときとはちがい、いまはもう、ほとんど興味をもてない」憂鬱《ゆううつ》そうな口ぶりだった。

「芸術家の言ですな」サタスウェイトはいった。

「いまの彼女は別人だ」とブリストウ。「チャーンリー屋敷を訪ねても、冷たくあしらわれるに決まってる。歓迎されないとわかっているんだ、わざわざ行く気はないよ」

「きみねえ」サタスウェイトはざっくばらんな口ぶりでいった。「きみは意識的に無愛想な態度をとっているようだが、ひとにどう見えるか、そこを多少変えれば、もっと賢く、気分よくすごせるんじゃないかな。それに、きみの内面に巣くっている、旧式な価値観を捨てるべきだ。たとえば、現代社会では、生まれや育ちなどはもはやたいして重要ではない。きみは、いまどきの若い女たちがあこがれの目を向ける、恰好のいい青年だ。そういう青年は大勢いるがね、きみはそのひとりといえる。それに、まだまだ未熟だが、きみには天分がある。そのことを、毎晩、ベッドに入る前に十回、自分にいいきかせるんだ。そして、三カ月たったら、チャーンリー屋敷のレディ・チャーンリーを訪ねるといい。

それがわたしの助言ですよ。さまざまな人生経験をしてきた老人のね」

ゆっくりと、ブリストウの顔に魅力的な笑みが広がった。「いろいろと、ほんとうによくしていただきました」ていねいに感謝のことばを述べると、ブリストウはサタスウェイトの手をつかみ、力強く握った。「どんなに感謝してもしきれません。これでもう、お暇します。思いもかけない、すばらしい夜をすごさせてもらって、ほんとうにありがとうございました」

ブリストウはもうひとりの客にさようならをいおうと、部屋のなかを見まわした。そして驚いたようにいった。「あなたのご友人はもう帰ってしまったんですね。まったく気づかなかった。なんだか不思議な鳥のようなひとだ」

「彼はいつも唐突に来ては去っていくんですよ。そういうひとなんです。彼が来て去っていくのは誰にも見えない」

「ハーリクィンみたいだな。目に見えない存在なんだ」フランク・ブリストウは自分の冗談に、心から愉快そうに笑った。

翼の折れた鳥

The Bird with the Broken Wing

サタスウェイトは窓の外を眺めた。雨が降りつづいている。寒くて震えがくる。田舎の屋敷《カントリーハウス》で暖房設備がととのっているところはめったにないものだと、しみじみ思う。だが、数時間もすれば、ロンドンに向けて車を走らせていることだろう。そう考えて、自分を元気づける。六十歳を越えた者には、ロンドンはじつにすばらしい街だ。

彼は、老いと、そこはかとない哀しみを感じていた。ハウスパーティの客は、ほとんどが若い者たちだ。そのうちの四人はテーブル・ターニングという降霊術をしようと、いましがた書斎にこもったばかりだ。サタスウェイトも誘われたが、丁重に断った。アルファベットを一文字ずつ並べていくという単調な作業をつづけたあげくに、意味のない文字の羅列《られつ》を見せつけられる羽目になるだけの遊びを、おもしろいとは思えないのだ。

そう、サタスウェイトにとって、ロンドンこそ最高の場所なのだ。三十分前にマッジ・キーリーから電話があり、ライデルに招待されたのだが、それを断ってよかった。マッジは魅力的な若い女性だが、ロンドンには勝てない。

またぶるっと震えがきて、サタスウェイトは、この屋敷ではどこよりも書斎の暖炉がいつもとても気持よく燃えているのを思い出した。

　思いきって書斎のドアをそっと開け、暗くしてある室内に入る。

「もしお邪魔でなければ――」

「Nなの、Mなの？　もう一度かぞえなおさなきゃ。あら、ミスター・サタスウェイト、もちろん、どうぞ。いま、とってもおもしろいことが起こってるんですよ。アダ・スピアーズという霊がいうんです。ここにいるジョンが、グラディス・バンとかいうひとと近々結婚することになるって」

　サタスウェイトは暖炉の前のゆったりした安楽椅子に腰をおろした。自然にまぶたがおりてきて、うとうとしてしまう。ときどき、はっと意識がもどり、会話の断片が耳に届く。

「P、A、B、Z、L。こんな名前、ありえないわ――ロシア人でもないかぎり。ジョン、あなたが押してるせいね。ちゃんと見てたわよ。ほら、新しい霊が来たわ」

　サタスウェイトがまたうとうとしていると、とある名前が耳に入り、いっぺんに目が覚めた。

「Q、U、I、N。それでいいの？」

「いいのね。ラップ音が一回は、イエスってことだもの。Q・u・i・n、クィンね。ここにいる誰かにメッセージを伝えたいんですか？　イエスね。わたしに？　ノー。それじゃあ、ジョン？　サラ？　イーヴリン？　全員、ノーだわ。でも、ほかには誰もいないし……。待って！　もしかすると、ミスター・サタスウェイトに？　イエスですって。ミスター・サタスウエイト、あなたにメッセージですよ」

「なんといっているのかね?」

サタスウェイトはしっかり目が覚め、すわりなおして背筋をのばした。目が輝いている。

テーブルが揺れた。女の子のひとりがその数をかぞえる。

「L　A　I——あら、おかしいわね。意味をなさないわ。LAIで始まる単語なんてないんですもの」

「つづけて」サタスウェイトのするどい声には、質問を許さない命令的な響きがあった。

「LAIDEL? あ、もうひとつL。それで全部みたい。ライデルと読むのかしら」

「つづけて」

間《ま》。

「どうぞ、もう少し教えてください」

「もう終わりみたいですよ。テーブルが動かなくなりましたし。あーあ、ばかみたい」

「いや」サタスウェイトは考えぶかげにいった。「ばかげているとは思わないよ」

サタスウェイトは立ちあがり、書斎を出た。まっすぐに電話機のあるところに向かう。

「ミス・キーリーをお願いします。ああ、マッジ? 気が変わりました。もしよければ、あなたのご招待を受けたいのですが。思ったよりもさしせまった用ではないので、急いでロンドンに帰る必要がなくなりましてね。ええ——ええ——夕食にまにあうように、そちらにうかがいますよ」

受話器を架台に置いたサタスウェイトのしなびた頬に、奇妙な赤みがさしていた。クィン、謎めいたハーリー・クィン。サタスウェイトは指を折って、あの謎の人物と出会った回数をかぞえてみた。クィンが現われるところでは、なにかが起こる！　なにが起こったのだろう。あるいはなにかが起ころうとしているのだろうか。ライデルで。

なんであろうと、そこにはサタスウェイトの役目がある。サタスウェイトの果たすべき役割というか。それがなんであれ、彼の出番があるのだ。

ライデルは大きな屋敷だ。持ち主のデイヴィッド・キーリーはもの静かで、家具のひとつにかぞえられてもおかしくないほど存在感が薄い。だが、目立たないからといって、頭脳の働きが悪いというわけではない。それどころか、デイヴィッド・キーリーは非常に優秀な数学者で、人類の九十九パーセントにはまったく理解できない著書をものしている。しかし、知性の高い者が得てしてそうであるように、デイヴィッドもまた、ひとを惹きつける精力や磁力を放っているわけではない。冗談まじりに〝透明人間〟といわれるぐらいだ。従僕は主人であるデイヴィッドに野菜の皿をさしだすのを忘れてしまうし、客たちは〝こんにちは〟や〝さようなら〟をいい忘れるしまつだ。

デイヴィッドのひとり娘であるマッジは、父親とはまったくちがう。エネルギッシュで生命力にあふれた、存在感のある若い女性だ。健康そのもので、変人めいたところはまったくないうえに、じつに美しい。

そのマッジが、サタスウェイトを出迎えてくれた。

「やっぱり来てくださったんですね、うれしいわ」

「気が変わってよかったよ、マッジ。元気そうだね」

「あら、わたしはいつも元気ですよ」

「うん、そうだね。だが、いつにもまして元気なようだ。そう――きみの顔を見たとたん、花が開いたようなということばが頭に浮かんだよ。なにかあったのかな？　なにか特別なことが」

マッジは笑った――頰をほんのりと赤く染めて。「いやだわ、ミスター・サタスウェイト。あなたにはいつも見抜かれてしまうんですもの」

サタスウェイトはマッジの手を取った。「やはりそうなんだね？　運命のひとが現われたのかい？」

古めかしい表現だったが、マッジは嫌ではなかった。サタスウェイトのそういう古風なところが好きなのだ。

「そのう、ええ、そう。でも、誰もまだ知らないんです。秘密なの。だけど、ミスター・サタスウェイト、あなたになら知られてもかまわないわ。あなたはいつもやさしくて、わたしを気づかってくださるから」

サタスウェイトもまた、マッジのいささか古風なロマンスを心からうれしく思った。なんといっても彼は、感傷的なヴィクトリア朝風の人間なのだ。

「その幸運な男性が誰か、訊いてはいけないということか。そうだね？　よしよし、ならば、きみが与えた栄誉を受けるにふさわしい人物であることを祈る、というだけにしよう」

そういったサタスウェイトを、マッジは愛すべき老人だと思った。「あのね、わたしたち、きっとうまくいくと思うんです。だって、好みが一致してるんですもの。そういうことって、とってもたいせつでしょ？　共通していることもたくさんあるし。おたがいに相手のことをなんでも知ってる。長いことおつきあいをしてきたから。そのおかげで安心できる。ね、そうでしょう？」

「そのとおり。だが、わたしの経験からいうと、他人のことをなにもかもわかるなど、とうていできないことだよ。そこが、生きていくうえでのおもしろさであり、魅力でもあるがね」

「あら。それでもいいわ」マッジは笑った。

ふたりは夕食のために着替えようと、二階のそれぞれの部屋に行った。

サタスウェイトは夕食の席につくのが少し遅れた。従僕を連れてこなかったし、知らない者に荷物をとかれて片づけられると、いつもの手順どおりにはいかないからだ。サタスウェイトが階下に降りていくと、ほかのひとたちは全員顔をそろえていた。

マッジはいかにも現代風に、あっさりとこういっただけだ。「こちらはミスター・サタスウェイト。わたし、おなかがぺこぺこ。さあ、参りましょう」

そういって、マッジは背の高い、白髪まじりの婦人といっしょに、先に立って食堂に向かった。その婦人は、するどいといってもいいほどきっぱりした声の持ち主で、顔は彫りが深く、端整な美人だ。

「やあ、こんばんは、サタスウェイト」

いきなりデイヴィッド・キーリーに声をかけられ、サタスウェイトは思わずぎくりとした。

「こんばんは。すまない、気がつかなかったもので」

「みんな、そうなんだ」デイヴィッドは悲しそうにいった。

食堂のテーブルはマホガニー材で、少し低めの楕円形だ。サタスウェイトの席は、若い女主人と小柄な若い女のあいだだった。この女は元気いっぱいで、声も大きく、ほんとうに愉快だからというよりも、なんでもおもしろがると決めたから笑うというように、はでな笑い声をあげた。名前はドリスというらしい。この手の若い女は、サタスウェイトがいちばん苦手とするタイプだ。サタスウェイトから見れば、ドリスには芸術的な美点などまったくなかった。

マッジのもう一方の隣席には、三十歳ぐらいの男がすわっている。あの白髪まじりの婦人とよく似ているので、顔を見ただけで、母親と息子だとすぐわかる。

その男の隣は――。

サタスウェイトは息を呑んだ。どういえばいいのだろう。美人というのではない。もっとほかのなにか――美しいというより、とらえどころのない、そう、ことばにならないなにかをもっている女性。

その女性は少し顔を横向きにして、デイヴィッド・キーリーの、晩餐の席にはいささか退屈な話に耳をかたむけている。サタスウェイトにもそこにいる彼女が見える――だのに、彼女はそこにいないのだ！　楕円形のテーブルを囲んでいる人々にくらべると、彼女はいかにも存在感が薄いが、少し横向きになっているその姿は美しい。いや、美しいという形容では足りない。

彼女が前を向いた。その一瞬、テーブルをはさんで、彼女とサタスウェイトの目と目が合った。そのとたん、先ほどからサタスウェイトが求めていたことばが、ふっと頭に浮かんだ。

魅惑。ひとの心を惹きつけて惑わす魅力。彼女にはそれがある。もしかすると、半分しか人間ではないのかもしれない。あるいは、隠れ住んでいる丘のなかから出てきた妖精かもしれない。彼女がいるせいで、ほかの人々がひどくなまなましく、人間くさく見えてしまう……。

そう思うと同時に、なぜか奇妙にも、サタスウェイトは哀れみに心をかき乱された。半分しか人間ではないと思わせるところが、彼女には決して有利に作用しないとわかるからだ。サタスウェイトはまたことばを探した。そして、みつけた。

翼の折れた鳥。

そう、これだ――サタスウェイトは内心でうなずいた。

ひそかに満足して、サタスウェイトは、左右の席を占めている、健康そのもののガールガイドたちの会話に耳を貸した。そして彼がしばらくうわのそらだったことを、ドリスに気づかれていないことを願った。

ドリスが反対側の隣席の男――サタスウェイトがまったく気にしていなかった男――と話しはじめたので、サタスウェイトはマッジに目を向けた。「きみのお父上の隣にすわっているご婦人はどなたかね?」小声で訊く。

「ミセス・グレアム? いえ、そうじゃなくて、メイベルのことね。ごぞんじなかった? ミセス・メイベル・アンズリー。クライデスリー家の出よ。あの不運なクライデスリー一族の」

サタスウェイトは目をみはった。不運なクライデスリー一族。思い出した。メイベルの兄は銃で自殺。姉は溺死。もうひとりの姉は地震で死んだ。非運の一族。

考えこんでいたサタスウェイトは、ふいに現実に引きもどされた。テーブルの下におろしていた手に、マッジの手がそっと触れたからだ。ほかのみんなは談笑していて、サタスウェイトとマッジに目を向けている者はいない。マッジは、ほんの少しだけ、頭を左側にかしげた。

「あれ、彼」マッジは小声で、文法を無視したいいかたをした。

サタスウェイトはすばやくうなずいた。グレアム家の息子。マッジが選んだ相手。外見だけからいえば、これ以上は望めないような男だ。サタスウェイトは持ち前のするどい目で観察した。端的にいうと、さわやかで感じのいい、実直そうな青年だ。マッジとなら似合いのカップルになるだろう。浮ついたところのない、地に足がついた、健全で社交的な若者たちだ。

ライデルはむかしふうの習慣を守っている。食事が終わると、婦人たちは食堂を出ていく。サタスウェイトはグレアム青年――ロジャー・グレアム――に近づいて話をした。話しているうちに、彼への評価が高まったが、どこか、このタイプには似つかわしくない点があるのに気づいた。ロジャーの心はここになく、どこか遠くをさまよっているように見える。グラスをテーブルに置く手が震えている。

なにか鬱屈《うっくつ》があるようだ――サタスウェイトはそう思った。といっても、さほど深刻なことではないらしい。ふうむ、いったいなんだろう。

サタスウェイトはいつも、食後の消化をうながすために錠剤をのむ。今夜は部屋に置き忘れてきたので、二階の部屋にもどった。

薬をのんでから部屋を出て階段を降り、応接間に行こうと一階の長い廊下を歩いていく。廊下のなかほどに、テラスルームと呼ばれている小部屋がある。その前を通るとき、開いたドアの向こうをなにげなく見やったサタスウェイトは、つと足を止めた。

テラスルームには月の光がさしこみ、ガラス窓にはめられた格子が規則的な影をこしらえている。張り出し窓の低い窓台に誰かすわっている。少し横向きになってウクレレの弦をつまびいている。いまふうのジャズではなく、古風なリズム。妖精の丘を駆ける、妖精の馬の律動。

サタスウェイトは心を奪われてたたずんだ。

そのひとはメイベル・アンズリーだった。地味な紺色のシフォンのドレスの襞《ひだ》飾りやプリーツが、鳥の羽毛のように見える。少し前かがみになってウクレレをひきながら、小声で歌っている。

サタスウェイトはテラスルームに入った。ゆっくりと、そっと歩を運ぶ。すぐ近くまで行ったとき、メイベルが目をあげた。驚いたようすも、怯えたようすもない。

「お邪魔でなければいいのですが」サタスウェイトはいった。

「さあ、どうぞおすわりになって」

サタスウェイトは窓台のそばの、磨きあげられたオーク材の椅子に腰をおろした。

メイベルは低くハミングした。

「今夜は魔法でいっぱい。そうお思いになりません?」

「そうですな、魔法が働いていますな」

「みんなにウクレレを持ってきてといわれたんで取ってきたんですけど。ここを通りかかったとき、思ったんです――ちょっとここにいられたら、すてきだなって。ひとりきりで月の光をあびて」

「それなら――」サタスウェイトは腰を浮かしかけた。

が、メイベルは引き止めた。「行かないでくださいな。あなたはここに似合ってらっしゃる。不思議なほどに」

サタスウェイトはまた腰をおろした。

「不思議といえば、不思議な宵《よい》です。黄昏《たそがれ》どきに森に行ったんですよ。そこで男のかたに会ったんです。背が高くて浅黒い、どこか人間ばなれしたようなかた。木立のあいだから、夕日の赤い陽光がさしこみ、そのかたをだんだらに染めてました。まるで、道化服をまとったハーリクィンのように見えました」

「ああ！」サタスウェイトは身をのりだした。たちまち胸の鼓動が高まったのだ。

「そのかたとお話をしたかったんですけどね。だって――なんだか知っているひとのような気がして。でも、そのかた、木立のなかに消えてしまったんです」

「どうやら、わたしの知人のようですな」

「え、そうなんですか？　とっても、その、変わったかたみたいですね」

「ええ、変わったひとです」

沈黙がおりた。サタスウェイトは困惑していた。自分にはなすべきことがある――それは感じている。だが、それがなんなのかわからない。ただ、ひとつだけわかっていることがある。この若い女に関係がある――それは確かだ。

サタスウェイトはぎごちなく話しだした。「ときどき、そうですね、不幸なときに、ひとは――逃げ出したくなるものです」

「ええ、それはそう――」メイベルはふいにことばを切った。「あら、なにをおっしゃりたいのか、わかりました！　でも、あなたは考えちがいをなさってます。その反対。わたしは幸福なので、ひとりになりたかったんです」

「幸福？」

「怖くなるほど」

メイベルの口調はとても静かだったが、サタスウェイトは衝撃を受けた。マッジも幸福ということばを使ったが、この女の幸福というのは、マッジとは意味がちがう。メイベル・アンズリーにとって、幸福とは強く深い恍惚《こうこつ》感を意味している。人間的というよりも、人間を超越しているような感覚というか。

サタスウェイトは少しばかりたじろいだ。「ふうむ。そうとは気づきませんでした」

「もちろん、そうでしょう。それに、現実にどうこうというわけではないの。だからまだ、幸福といいきるには早いんですけどね、でも、そうなるんです」メイベルは身をのりだした。「森のなかにいるとどんな気分になるか、ごぞんじですか？　暗い影や木々が身近に迫ってくるような大きな森。そこから永久に出られないような気になってくる森。そして突然、目の前に夢の国が現われる。きらきらと輝く美しい国。木々と暗がりから抜けだしさえすれば……」

「なんでも美しく見えるものですよ、手が届かないうちは。世界でもっとも醜いものでも、もっとも美しく見える」

足音が聞こえた。サタスウェイトはふりむいた。間の抜けた、木製の仮面のような顔の男が立っていた。夕食の席でまったく目立たなかった、あの男だ。

「みんなが待っているよ、メイベル」

メイベルは立ちあがった。ぬぐったように顔から表情が消え、声も抑揚に欠け、淡々としていた。「すぐ行きます、ジェラード。ミスター・サタスウェイトとお話をしていたんですよ」

メイベルが出ていく。そのあとをついていきながら、サタスウェイトは肩越しに、メイベルの夫、ジェラードの顔を見た。飢《かつ》えた、絶望的な顔。

サタスウェイトは思った——魅惑のせいだ。この男はそれを強く感じている。かわいそうに。

応接間には煌々《こうこう》と灯がともっていた。マッジとドリスが大声で文句をいった。「メイベル、ひどいわね——こんなに待たせるなんて、歳をとっちゃうじゃないの」

メイベルは低いスツールに腰をおろすと、ウクレレを調節して歌いだした。その歌声に、みんなが加わる。

サタスウェイトは思った——おやおや、〝わたしのいいひと《マイ・ベイビー》〟に関して、よくもまあこんなにたくさん、ばからしい歌が作られるとは。

しかし、現代ものは苦手なサタスウェイトといえど、ジャズの哀調に満ちた旋律には心を打たれた。もちろん、むかしながらのワルツには及びもつかないが。

室内に煙草の煙が充満してきた。ジャズのリズムはとぎれない。会話はなし、いい音楽もなし、平穏もない——サタスウェイトは、こんなふうにむやみに騒騒しい世界にはなってほしくなかったと、しみじみ思った。

ふっとメイベルが手を止め、サタスウェイトにほほえみかけた。そして、ノルウェーの作曲家グリーグの曲を歌いはじめた。

〝わが白鳥よ——わが美しき白鳥よ……〟

サタスウェイトの好きな歌曲だ。特に、エンディングの驚くほど気高い音が好きだった。

〝されば、そなたはただの白鳥か？　ただの白鳥なのか？〟

その曲が終わると、パーティもおひらきとなった。マッジが最後の飲みものを勧めていると、彼女の父親が放置されたウクレレを取りあげ、放心した顔で弦を鳴らした。やがてみんなは、おやすみをいいかわしながら、ドアに向かいはじめた。誰もがこぞってがやがやとしゃべっている。ジェラード・アンズリーはひとりひっそりと、みんなから離れていった。

応接間のドアの外で、サタスウェイトはミセス・グレアムにおやすみのあいさつをした。階段は二箇所にある。ひとつはこのドアのすぐそばに、もうひとつは廊下の奥に。サタスウェイトは廊下の奥の階段を使うことにした。ミセス・グレアムと息子のロジャーはすぐそばの階段を使った。あの静かなるジェラードは、母子よりも先にその階段を昇っていた。

「メイベル、ウクレレを持っていったほうがいいわよ」マッジが注意した。「でないと、明日の朝、忘れていっちゃうわ。明日は早く発つんでしょ」

「さあ、ミスター・サタスウェイト」ドリスが彼の腕をむずとつかんだ。「早寝早起きはなんとやらよ」

マッジが彼のもう一方の腕をつかみ、ドリスとふたりでサタスウェイトを引っぱって駆けだした。ドリスの笑い声が廊下に響く。階段の前で三人は立ちどまり、電灯を消しながらゆっくりとおちついた足どりでやってくるデイヴィッド・キーリーを待った。そして四人いっしょに階段を昇っていった。

翌朝、サタスウェイトが朝食の席に出る支度をしていると、ドアにノックの音がして、マッジが入ってきた。死人のように顔色がまっ白で、ぶるぶる震えている。

「ああ、ミスター・サタスウェイト!」

「これこれ、どうしたんだね?」サタスウェイトはマッジの手を取った。

「メイベルが——メイベル・アンズリーが……」

「うん?」

なにがあったというのだ？　いったいなにが？　なにか恐ろしいことが起こったのだ――サタスウェイトにはそれがわかった。

マッジはなかなかことばが出ないようだ。「あのひとが――昨夜、くびをくって……彼女の部屋で。ああ、なんて恐ろしい」ようやくそういったが、あとは泣きじゃくるばかりだ。

メイベルがくびをくった。ありえない。そんなばかな！

サタスウェイトは古風ないいまわしでマッジをなだめながら、階下に降りた。

デイヴィッド・キーリーが途方にくれ、無能そのものという顔でぼんやり立っていた。「警察に電話したよ、サタスウェイト。そうするしかないからな。うん、医者がそういったんだ。いま終わったところだ。検死――ううむ、なんともいまわしい仕事がね。彼女は絶望したんだろう――あんなことをするなんて。妙だねえ、昨夜の歌。まさに白鳥の歌だったな。うん、彼女、白鳥みたいに見えた。いや、白鳥というより、黒鳥か」

「ふむ」

「白鳥の歌。彼女の気持の表われだったんだよ。そうじゃないか？」

「そう見えるかもしれない――うん、そう見えるね」サタスウェイトはためらったが、デイヴィッドにたのんでみた。

もしできれば……遺体をひと目見せてほしい……と。

デイヴィッドはサタスウェイトの遠慮がちなたのみを聞きいれた。「ぜひにというなら――ああ、そうだった。きみは悲劇好みだったな」

広い階段を昇っていくデイヴィッドのあとを、サタスウェイトはついていった。階段を昇りきってすぐにロジャー・グレアムの部屋があり、廊下をはさんだ向かい側には彼の母親の部屋がある。後者の部屋のドアが少し開いていて、煙草の煙が薄く流れでていた。

これに、サタスウェイトは驚いた。ミセス・グレアムがこんなに朝早くから喫煙するひとだとは、思いもしなかったからだ。いや、彼女は煙草を吸わないものと決めこんでいたのだ。

廊下の奥にはドアがふたつ並んでいる。そのひとつを開けて、デイヴィッドが部屋に入った。サタスウェイトもあとにつづく。

部屋はそれほど広くはなく、どちらかというと、男性向けのしつらえだった。隣室との境の壁にドアがあり、つづき部屋になっている。そのドアの高い場所に取りつけられたフックから、短く切ったロープがぶらさがっている。そしてベッドの上には――。

サタスウェイトは足を止めて、丸まったシフォンの塊をみつめた。襞飾りやプリーツが鳥の羽毛のようだ。顔は一度見ただけで、二度と見ようとはしなかった。視線を転じる。フックからロープがぶらさがっている、つづき部屋との境のドアを見て、廊下側のドアを見る。

「あれは開いていたのかね?」廊下側のドアを指さす。

「ああ。少なくとも、メイドはそういってる」

「アンズリーはあっちの部屋で寝ていたんだね? なにかもの音とか聞いていないのか?」

「聞いてないといっている」

「信じがたいな」サタスウェイトはそうつぶやきながら、ふりかえってベッドの上のシフォンの塊を見た。

「いま、どこにいるのかね?」

「アンズリーか? 階下で医者が付き添っている」

ふたりが階下に降りると、警察から警部が来ていた。サタスウェイトは警部を見たとたん、顔見知りであることに気づき、うれしい驚きを覚えた。ウィンクフィールド警部だ。

医師といっしょに二階に行った警部は、数分後にもどってくると、ハウスパーティの客全員を応接間に集めてほしいといった。

応接間には鎧戸《よろいど》がおろされ、服喪を表わしている。ドリスは怯え、沈みこんでいる。ときどき目にハンカチをあてている。マッジは毅然《きぜん》としているが、緊張は隠せないようすだ。とはいえ、いまはしっかりと感情をコントロールしている。ミセス・グレアムはいつもどおりの硬い表情で、態度も平然としている。その息子は、ほかの誰よりも、悲劇にうちのめされているように見えた。まるで抜け殻のようだ。この家の主であるデイヴィッド・キーリーは、例によって、隅に引っこんでいて影が薄い。

亡くなったメイベルの夫はみんなから少し離れて、ぽつんとひとりすわっている。なにが起こったのかきちんと認識できずにいるらしく、茫然と放心している。

サタスウェイトは態度こそおちついているが、これから遂行すべき重要な任務のことを考えると、いてもたってもいられない気分だった。

モリス医師といっしょに応接間に入ってきたウィンクフィールド警部は、うしろ手にドアを閉めた。咳払いをしてから話しはじめる。

「まことに悲しい出来事が起こりました——ご愁傷《しゅうしょう》さまです。しかし、状況が状況ですので、みなさんにいくつか質問しなければなりません。異存はないでしょうね。ではまず、ミスター・アンズリーにお尋ねします。失礼な質問で申しわけありませんが、おくさまには、これまでにも自殺をなさりそうな気配がありましたか？」

サタスウェイトはとっさに口を開きそうになったが、思い直して黙っていた。時間は充分にある。早まって出しゃばる必要はない。

「あ、いや、そうは思えません」ジェラード・アンズリーは口ごもり、声も妙だったので、みんなは横目で彼を見た。

「はっきりしたことはいえない？」警部が追及する。

「いや、はい、その、確かです。そんな気配はなかった」

「ふうむ。では、おくさまがなんだか不幸そうだったと思ったことは？」

「いや。ぼくは気づかなかった」

「おくさまはあなたになにもいわなかった？　たとえば、憂鬱《ゆううつ》だとか」

「いや——なにも」

なにを考えているにしろ、ウィンクフィールド警部はそれを口にしたりはしない。さっさと次の質問にかかる。「昨夜どんなことがあったか、簡単に説明してくれませんか」

「ぼくは——いや、みんなは、二階の部屋に引きあげました。ぼくはすぐに眠ってしまい、なにも聞いてません。今朝、ハウスメイドのすごい悲鳴で目が覚めて、隣室に駆けこみました。そしたら、妻が――妻が――」ジェラードは絶句してしまった。

警部はうなずいた。「ええ、はい、もうけっこうですよ。その先はおっしゃらなくてけっこうです。では、昨夜、あなたがおくさまを最後に見たのは、何時ごろでしたか？」

「あ、階下で」

「階下で？」

「そうです。みんな、ほぼ同時に応接間を出ました。ぼくはまっすぐに二階に行きましたが、廊下でしゃべっているひとたちもいました」

「では、その後、おくさまには会っていない？　おくさまはおやすみをいいにも来なかった？」

「来たとしても、ぼくはもう眠ってた」

「しかし、あなたが部屋に行かれた数分後には、おくさまも二階にあがったんですよ。そうでしたよね、ミスター・キーリー？」

デイヴィッド・キーリーはうなずいた。

「だけど、ぼくが部屋に入って三十分たっても、妻は来なかった」ジェラードは頑固にそういいはった。

警部は視線をすっとミセス・グレアムに移した。「マダム、彼女はあなたのお部屋で話しこんでおられたのでは？」

ミセス・グレアムがいつものきっぱりした態度で口を開く前に、ほんの少しだけ間《ま》があった。

サタスウェイトはそれを奇妙に感じた。

「いいえ。わたしはまっすぐに自分の部屋に行き、ドアを閉めました。なにも聞いていません」

警部は視線をジェラードにもどした。「で、先ほどおっしゃいましたね、眠っていて、なにも聞かなかったと。おくさまの部屋との境のドアは開いてましたか？　そうでしたね？」

「ああ、はい、開いてたと思います。でも妻は、もうひとつの、廊下側のドアから部屋に入ったんじゃないかと」

「そうだとしても、なにかしら音がしたんじゃありませんかね。ロープがこすれる音とか、踵が床をこする音とか」

「聞いてません」

「あのう、ちょっと」もう自分を抑えておくことができず、サタスウェイトは唐突に口をはさんだ。みんなの驚きの目が彼に集中する。

サタスウェイトは気が高ぶり、上気して顔が薄赤く染まっている。いささか口ごもりながら話しだす。「警部、口をはさんで申しわけない。ですが、いわなくてはならない。あなたはまちがっています――まちがった筋道をたどっておいでだ。ミセス・アンズリーは自殺したのではありません――それは確かです。彼女は殺害されたのです」

部屋じゅうが静まりかえった。

しばらくして、ウィンクフィールド警部がおだやかに訊いた。「いったいなにを根拠にそういわれるんですか？」

「あっと、そのう、そう感じるんです。強く」

「しかし、〝感じ〟だけではなく、なにかもっと明白な根拠があるにちがいない。なにか特別な理由があるはずです」

もちろん、特別な理由はある。クィンからの謎めいたメッセージがそれだ。とはいえ、警部にそうはいえない。サタスウェイトは必死で考えたあげく、あることを思い出した。

「昨夜、わたしは彼女と話をしました。そのとき、彼女はとても幸福だといった。とても幸福だ、と。ええ、そういったんです。自殺しようと考えているご婦人が、そんなことをいうはずがありません」サタスウェイトは勝ち誇ったようにそういってから、さらにつけくわえた。「彼女は翌朝置き忘れていかないように、応接間にウクレレを取りにもどった。それもまた自殺とはほど遠い行為だと思いますよ」

「そうですね」警部は認めた。「おそらく、そうでしょうな」そういってから、デイヴィッドのほうを向く。「彼女は二階にあがるとき、ウクレレを持っていましたか?」

数学者は思い出そうと考えこんだ。「たぶん――いや、そうだ、持ってたな。ウクレレを持って階段を昇っていった。わたしはここの電灯を消そうと待機していたんだが、彼女が階段の踊り場を曲がるときに、ウクレレを持っているのが見えた」

「まあ!」マッジが叫んだ。「でも、ウクレレはここにあるわ!」劇的なしぐさで、テーブルの上のウクレレを指さす。

「妙ですな」警部は唸った。すばやく部屋を横切って、ベルを鳴らす。執事がやってくると、ハウスメイドをよこすように命じる。毎朝、この部屋を掃除するハウスメイドだ。

ハウスメイドはきっぱりと答えた——今朝、最初に埃《ほこり》を払ったのは、まさにそのウクレレだった、と。

ウィンクフィールド警部はハウスメイドをさがらせてから、ぶっきらぼうにいった。「ミスター・サタスウェイト、ぜひ、あなたと話したいですね。ほかのみなさんはお引き取りください。ですが、このお屋敷にとどまっているように」

みんなが出ていき、ドアが閉まるやいなや、サタスウェイトは鳥がさえずるように早口で話しだした。「警部、あなたはこの事件をしっかりと把握なさっている。おみごとです。ただ、わたしは——先ほどもいったとおり、非常に強く感じて——」

警部は手をあげて、サタスウェイトを制した。「ミスター・サタスウェイト、おっしゃるとおりです。あの女性は殺害されたのです」

「わかっていたのですか?」サタスウェイトは少しばかり悔しそうにいった。

「いくつかの点で、ドクター・モリスが頭をひねっているんですよ」警部はそういって、部屋に残っていた医師に目を向けた。医師はこくりとうなずいて警部の言を認めた。

「わたしたちは遺体を調べました。くびを絞めるのに使われたのは、残されていたあのロープではありません。ロープよりもっと細い、針金のようなものです。喉の肉にくいこんだ跡が残っていました。その上に、ロープの跡が重なっていたんです。彼女は絞め殺されたあと、自殺に見えるように、ドアのフックに吊されたんですよ」

「いったい誰が――」

「そう、そのとおり。いったい誰が？　それが問題です。隣の部屋で寝ていた夫はどうか？　妻におやすみもいわずに寝てしまい、不審な音も聞いていないという。ああそうですかではすみませんな。夫婦仲はどうだったのか、洗いださなければなりません。ですから、ぜひとも力を貸していただきたいんですよ、ミスター・サタスウェイト。あなたはここのお客なので、警察にはできないやりかたで、事情を探ることができる。つまり、夫婦仲がどうだったのか、あなたに探っていただきたいんです」

「そんなまねは――」サタスウェイトはこわばった口調で断ろうとした。

「殺人事件の捜査で、あなたに力を貸していただくのは、これが初めてというわけじゃない、ミセス・スタヴァートンの件を忘れちゃいませんよ。あなたは、こういう事件の裏の事情を探りだす才能をおもちだ。優秀な才能を」

警部のいうとおりだ――サタスウェイトには優秀な才能がある。

サタスウェイトは静かにいった。「できるかぎりのことをしますよ、警部」

そして、サタスウェイトは考えこんだ――ジェラード・アンズリーが妻を殺したのか？　彼が？　昨夜のジェラードの、飢えた、絶望的な顔を思い出す。彼は妻を愛していた――それゆえに苦しんでいた。苦しみは、ひとを思いがけない行動に走らせるものだ。

しかし、それだけではない。別のなにかがある――別の要因が。メイベルは暗い森から抜けだす話をしていた。幸福になるのを待っているといった。理性的な幸福ではなく、理性を超えた幸福。途方もない恍惚……。

ジェラードが真実を述べているとすれば、メイベルが二階にあがったのは、ジェラードが部屋に入ってから少なくとも三十分後ということになる。そう、階段を昇る彼女を、デイヴィッド・キーリーが見ていた。階段の中途には踊り場があり、そこで階段は左右二手に分かれている。デイヴィッドの話では、彼女は踊り場で曲がり、さらに階段を昇っていった。しかし、彼女が使ったほうの階段で二階にあがると、彼女の部屋のある翼棟とは反対の翼棟に出る。そちら側で使用されていた部屋は、ひとつしかない。息子のほうのグレアムの部屋だ。

ロジャー・グレアム。だが彼は、マッジの……。

マッジは推測したはずだ。とはいえ、彼女の性格からいって、いいかげんな推測をしたりはしない。しかし、火のないところに煙は立たない……煙?!

そうか。サタスウェイトは思い出した——ミセス・グレアムの部屋のドアのすきまから、うっすらと煙が流れていたのを。

サタスウェイトは衝動的に行動した。階段を昇り、ミセス・グレアムの部屋に行く。部屋には誰もいなかった。サタスウェイトは部屋に入り、ドアを閉めて鍵をかけた。

まっすぐに暖炉に向かう。なにか書かれた紙が灰となって、炉床で小さな山を作っていた。ごく慎重に、灰の山を指で崩す。幸運が待っていた。灰の山のまんなかに、重なった紙片が燃え残っていたのだ——手紙の断片が。

ばらばらの断片だが、残っている文章から重要なことが読みとれた。

〝人生はすばらしいものになるわね、愛するロジャー。わたしは知らなかった……あなたにお会いするまで、わたしの人生は現実のものではなかったのね、ロジャー……〟

〝……ジェラードは気づいていると思うわ……すまないと思うけど、どうしようもない。ロジャー、あなたとのこと以外は、なにもかもどうでもいいの……もうすぐ、いっしょになれるわね……〟

〝ロジャー、ライデルで、彼になにをいうつもり？　あなたのお手紙、なんだかへん……でも、わたし、怖くないわ……〟

サタスウェイトは書きもののテーブルに置いてある封筒を一枚拝借して、燃え残りの断片を慎重に入れた。ドアの鍵を開け、ドアを引いたとたんに、ミセス・グレアムと顔をつきあわせてしまった。

気まずい一瞬。サタスウェイトは狼狽《ろうばい》したが、この場では最善と思われる行動をとった。すなわち攻撃に出ることにしたのだ。「あなたの部屋を調べさせてもらいましたよ、ミセス・グレアム。そして、みつけました――燃え残った手紙の断片を数枚」

ミセス・グレアムの顔が恐怖にゆがんだ。ほんの一瞬の変化だったが、まちがいなくそれは恐怖の表情だった。

「ミセス・アンズリーから、あなたのご子息への手紙ですね」

ミセス・グレアムはつかのま、ためらったが、すぐに静かな口調でいった。「そうです。わたくし、焼いたほうがいいと思いまして」

「どういう理由で？」

「息子は婚約しております。彼女が自殺した件で、あの数通の手紙が公表されでもしたら、多大な苦痛や厄介事を生みだしかねません」

「ご子息がみずから手紙を焼いたのですか？」

ミセス・グレアムは、この質問に答えるだけの覚悟ができていなかった。

サタスウェイトは攻撃の手をゆるめなかった。「あなたはご子息の部屋で手紙をみつけると、ご自分の部屋に持ち帰って燃やした。なぜです？　なにを恐れたんですか」

「わたくしはなにごとにしろ、恐れたりはいたしませんよ、ミスター・サタスウェイト」

「なるほど。ですが、非常にまずいことをなさった」

「まずいことを？」

「ご子息は逮捕されるかもしれない――殺人の容疑で」

「殺人！」

ミセス・グレアムの顔から血の気が引き、蒼白になった。

サタスウェイトは急いでいった。「昨夜、あなたはミセス・アンズリーがご子息の部屋に入る音を聞いた。彼は婚約したことをすでに打ち明けていたか？　いや、黙っていたはずだ。それで、昨夜、ついに打ち明けた。諍《いさか》いになり、彼は――」

「嘘です！」

サタスウェイトとミセス・グレアムはことばの決闘に神経を集中していたので、足音が近づいてくるのに気づかなかった。

ロジャー・グレアムだ。

「おかあさん、だいじょうぶですよ、心配しないで。ミスター・サタスウェイト、ぼくの部屋にどうぞ」

サタスウェイトはロジャーの部屋に入った。ミセス・グレアムはそっぽを向き、ふたりについていこうとはしなかった。

ロジャーはドアを閉め、サタスウェイトに椅子をすすめてから、話しだした。「聞いてください、ミスター・サタスウェイト。あなたはぼくがメイベルを殺したと考えていらっしゃる。彼女を――この部屋で――絞め殺して、みんなが寝静まるのを待ってから彼女の部屋に運び、ドアに吊した。そうですね？」

サタスウェイトは驚いた。「いや、そんなことは考えていませんよ」

「ありがたい。ぼくがメイベルを殺すわけがない。あのひとを愛していた。いや、そうではなかったのだろうか？　わからない。混乱してしまって説明できない……。ぼくはマッジが好きです――ずっと好きだった。なんといっても、あんなにいいひとですからね。気も合う。でも、メイベルはちがうんです。どういえばいいのか――うまくいえないけど、魅惑のひとなんだ。そう、いま思えば、ぼくは彼女が怖かった……」

サタスウェイトはうなずいた。

「あれは一種の狂気です――そう、いわば、恍惚感。でも、無理だ。うまくいくはずがない。そういうたぐいのことなんです――決して長つづきしない……。いっときの魔法にかかったようなもの」

「うん、そうだったにちがいないね」サタスウェイトは感慨ぶかげにいった。

「ぼ、ぼくはそういう状況から抜けだしたかった。だから昨夜、メイベルにそういおうと――」

「だが、いえなかった?」

「ええ」ロジャーはのろのろとうなずいた。「嘘ではありません、ミスター・サタスウェイト。階下でおやすみをいったあと、彼女には会っていないんです」

「信じるよ」

サタスウェイトは立ちあがった。メイベルを殺したのはロジャーではない。彼はメイベルから逃げることはできただろうが、彼女を殺すことはできなかったはずだ。彼はメイベルを恐れていた。メイベルのつかみどころのない、妖精のような資質を怖がっていた。自分が魅惑されていることを自覚していた――そして、それを振りきろうとした。〝うまくいく〟ことがわかっている、安全安心なほうに向かおうと決めた。どこに向かうのかわからない、つかみどころのない夢を追うのはやめたのだ。

ロジャー・グレアムは分別のある青年だ。人生に関しては芸術家であり、鑑賞家でもあるサタスウェイトにとっては、おもしろみのない人物といえる。

サタスウェイトはロジャーの部屋を出て、階下に降りた。応接間には誰もいない。メイベルのウクレレが窓辺のスツールに残っていた。サタスウェイトはウクレレを取り、何気なく弦をはじいてみた。ウクレレのことはなにも知らないサタスウェイトだが、鋭敏な耳が弦の調子が狂っていると教えてくれた。調律できるかどうか、ためしてみる。

ふらりと部屋に入ってきたドリス・コールが、サタスウェイトに責めるような目を向ける。

「それ、かわいそうなメイベルのウクレレよ」

ドリスのあからさまな非難に、サタスウェイトはむっとした。「弦の調子を合わせてくれないかね」そして、ひとこと、つけくわえる。「きみにできるのなら」

「もちろん、できるわよ」サタスウェイトのきみには無理だろうといわんばかりの口調に、今度はドリスがむっとした。

ドリスはサタスウェイトの手からウクレレを取りあげ、弦を一本はじき、てきぱきとキーを調節した——と、弦がぷつんと切れた。「んまあ。あ、そうか！　ありえない！　弦がちがう。太さがまちがってる。これ、Aの弦だわ。ばかげてる。これじゃ、調節しようとしたら、切れてしまうのは当然よ。おばかさんがいるものねえ」

「そうだね。たとえ賢《さか》しらにふるまおうとしても……」

サタスウェイトの口調がおかしかったため、ドリスはぎょっとしたように彼をみつめた。サタスウェイトはウクレレを取りもどすと、切れた弦をはずした。それを持って、部屋を出る。

デイヴィッド・キーリーは書斎にいた。

「これだね」サタスウェイトは切れた弦をさしだした。

デイヴィッドはそれを手に取った。「これがなんだい？」

「ウクレレの切れた弦だよ」間《ま》をおいてから、先をつづける。「もう一本の弦で、きみはなにをした？」

「もう一本の弦？」

「それできみは彼女を絞め殺した。きみはとても頭がいい。そうだよね？　じつにすばやくやった――わたしたちが廊下で笑い、おしゃべりをしているあいだに。

メイベルはウクレレを取りに応接間にもどった。その直前に、きみはウクレレをいじり、弦を一本はずしておいた。それを彼女のくびに巻きつけ、絞めあげたんだ。そのあと、応接間を出てドアに鍵をかけ、わたしたちに合流した。そして真夜中に階下に降りてきて――死体を彼女の部屋まで運び、ドアのフックに吊した。ウクレレには別の弦を張っておいた――が、ちがう弦だったんだ。まぬけもいいところだ」

間《ま》。

「だが、なぜだ？」サタスウェイトは訊いた。「いったい、どうして？」

デイヴィッド・キーリーは笑った。さもおかしげなくすくす笑いに、サタスウェイトは胸が悪くなった。

「じつに簡単だったよ」デイヴィッドはいった。「だからやったんだ！　それに、誰もわたしには目を留めない。わたしがなにをしようと、気づきもしない。だから、決めたんだ――みんなを笑いものにしてやろう、とね」

デイヴィッドはまた、気味の悪いくすくす笑いをもらしながら、サタスウェイトを見た。狂気の目だった。

ちょうどそのとき、ウィンクフィールド警部が現われ、サタスウェイトは胸をなでおろした。


二十四時間後、ロンドンにもどる汽車のなかで、サタスウェイトはうとうとしていた。ふと目を覚ますと、向かい側の座席に痩身の浅黒い男がすわっていた。

サタスウェイトは少しも驚かなかった。「これはこれは、ミスター・クィン」

「ええ、わたしです」

サタスウェイトはのろのろといった。「あなたに合わす顔がありません。まことにお恥ずかしい。失敗してしまいました」

「そうですか？」

「彼女を救ってあげられなかった」

「しかし、真実をみつけた」

「それはそうです。若い男がひとり、もしかすると、もうひとりの別の男が告発され、有罪となったかもしれません。ともかく、わたしはそのひとたちの命を救った。だが、あのひとは、不思議な魅力をもつ彼女は——」サタスウェイトは絶句した。

クィンはじっとサタスウェイトをみつめた。「人間《ひと》にとって、死とは絶対的に悪しきものでしょうか」

「いや、その、おそらく——そうではない……」

サタスウェイトは思い出す……マッジとロジャー……月光をあびたメイベルの顔——この世のものとは思えない、静謐《せいひつ》な幸福感にあふれていた顔。

「いや、そうではありませんね。死は絶対的に悪しきものではありますまい……」

サタスウェイトはさらに思い出す——紺色のシフォンのドレスの襞飾りやプリーツが、鳥の羽毛のように見えたことを。そして、彼は翼の折れた鳥を連想したものだ。

目をあげると、もう誰もいなかった。クィンは去っていったのだ。

しかし、向かい側の座席には、あるものが残されていた。

くすんだ青色の石からざっくりと彫りだされた、荒削りの鳥。美術品としてはたいして貴重なものではない。だが、その鳥にはなにかがある。

とらえどころのない魅惑。

サタスウェイトはつぶやいた。持ち前の優れた鑑定眼が、彼にそういわせたのだ。

世界の果て

The World's End

サタスウェイトがコルシカ島に行くはめになったのは、ひとえに公爵夫人のせいだった。彼にとって、この島はいわば彼の領域外なのだ。いちばん快適にすごせるのはリヴィエラだ。サタスウェイトにとって、快適というのは大いに意味がある。しかし、彼は快適を好きだというのと同じぐらい、公爵夫人のことも好きだった。もの静かで、紳士的で、古風なのがサタスウェイトの身上《しんじょう》だが、それなりに俗物でもある。一流の人々が好きなのだ。そして、リース公爵夫人は、じつに由緒正しい公爵夫人だった。彼女の祖先に労働者階級の者などいない。公爵家の娘が長じてほかの公爵家に嫁いだという、正真正銘の貴族なのだ。

その点を別にすれば、彼女は見るからに貧相な老女でしかなく、黒いビーズ玉を飾りに使った服を好んで着ている。黒いビーズ玉が好きだとはいえ、時代遅れの細工ながらもダイヤモンドの宝飾品をどっさり持っている。母親から譲られたそれらの宝飾品を、母親と同じように、ひとつではなく、いくつも身につけている。それも、いかにも無造作に。かつて誰かがいっていた——部屋のまんなかに立った公爵夫人めがけて、小間使いが手あたり次第にブローチを投げつけているにちがいない、と。

公爵夫人は慈善事業に多額の寄付を惜しまず、領地の小作人や屋敷の使用人の世話もなおざりにしない。だが、少額の金は出ししぶる。外出時は友人の車に便乗させてもらうのが常だし、買い物は特売品売り場と決まっている。

その公爵夫人がどういう気まぐれを起こしたのか、コルシカ島に行こうと思いついた。カンヌには飽きてしまったうえに、宿泊費のことで、ホテルの経営者と熾烈ないいあらそいをしてしまったからだろう。

「サタスウェイト、わたしといっしょに行くんですよ」公爵夫人は断固としていった。「この歳ですもの、もはやスキャンダルを恐れる必要はありませんしね」

サタスウェイトは妙にうきうきした気分になった。これまでに、誰かとの仲をかんぐられて、スキャンダルがらみの噂になったことなど一度もない。注目の的となるどころか、そんなものとはまったく無縁だったのだ。スキャンダル——それも公爵夫人との——とは、なんとも豪勢ではないか！

「絵のようにきれいなところなんですって」公爵夫人はいった。「山賊でしたっけ、そういうのもいるそうよ。それに、とってもお安いって聞いてるわ。今朝のマニュエルは、相当にあつかましかったわね。ホテルの経営者は立場をわきまえるべきですよ。こんなふうだと、上客を逃すことになるって、そうはっきりいってやったわ」

「確か、アンティーブから飛行機で行けるはずです」サタスウェイトはいった。「快適にね」

「かなりお高いんじゃないかしら」公爵夫人はするどく指摘した。「調べてくださいな」

「承知しました」

サタスウェイトはまだうきうきしていたが、じつのところ、彼の役割は、ありがたくも体《てい》のいい、旅の従者《クーリエ》というあたりだ。

航空郵便で飛行機の料金表が送られてくると、公爵夫人は即座に、飛行機で行くという案を却下した。

というわけで、コルシカ島までは船で行くことになり、サタスウェイトは十時間の苦行に耐えるしかなかった。まず第一に、午後七時出港なので船上で夕食をとれると思いこんでいたのに、夕食は供されなかった。おまけに船は小型だし、海は荒れていた。

翌朝早くアジャクシオに到着したとき、サタスウェイトは生きているというより、死んでいるといったほうがいいような状態だった。

その反対に、公爵夫人は元気いっぱいだった。金を節約していると実感できれば、不快さなどは気にならないのだ。甲板から、シュロの木や、昇りつつある太陽を眺めて、大いにご満悦だった。

この島の住人全員が船の到着を待っていたかのようだ。昇降用の歩み板《タラップ》を設置するために大声で指示がとぶやら、興奮した叫び声があがるやら、港は大騒ぎだ。

サタスウェイトたちのそばにいた、太ったフランス人がぼやいている。「あんなにひどく《オン・ディレ・ク・ジャメ・アヴァ》揺れたのは初めてだ《ン・オン・ナ・フエ・セット・マヌーヴル・ラ》」

「わたしの小間使いは、ひと晩じゅう、船酔いで苦しんでましたよ」公爵夫人はいった。「まったく、しょうがない」

サタスウェイトは生気のない顔に愛想笑いを浮かべた。

「食べたものがむだになっただけです」公爵夫人はきっぱりといった。

「彼女、なにか食べたんですか?」夕食抜きだったサタスウェイトはうらやましそうに訊いた。

「たまたま、ビスケットとチョコレートを持って乗船しましたのでね。夕食が出ないとわかったので、小間使いにたっぷりあげたんですよ。下層階級の者たちは、食事抜きだと大騒ぎしますから」

タラップが無事に設置されると、勝ち誇ったような歓声があがった。たちまち、ミュージカルコメディに出てくる山賊のような人々が、わっと船の甲板に駆けあがってきて、力ずくで乗客から手荷物を奪いとった。

「行きましょう、サタスウェイト。熱いお風呂とコーヒーがほしいわ」

サタスウェイトも同感だ。しかし、その望みはかなえられたとはいえ、満足のいくものではなかった。

ホテルに着き、支配人のうやうやしい出迎えを受けてから、各自の部屋に案内された。公爵夫人はバスルームつきの部屋だったが、サタスウェイトの部屋には専用のバスルームがなく、ほかの部屋との共用バスルームを使うしかない。しかも、朝早いこんな時間に、熱い湯を期待するほうが無理だった。ともあれ、風呂を使ってから、待望のブラックコーヒーをたのむ。運ばれたポットには蓋がなかった。

部屋の鎧戸《よろいど》も窓も開け放たれ、すがすがしい朝の空気が流れこんでくる。目もくらみそうな蒼と緑の一日の始まりだ。

コーヒーを運んできた給仕が大仰に片手を振って、サタスウェイトに景色を眺めるよううながした。「アジャクシオ」もったいぶっていう。「世界一美しい港です！」

そういったかと思うと、給仕はさっさと部屋を出ていった。

サタスウェイトは、背景に雪をいただいた山々がそびえる紺碧《こんぺき》の海を眺め、給仕のいうとおりだと思った。コーヒーを飲み終えると、サタスウェイトはベッドに横になり、すぐに深い眠りに落ちた。

昼食の席での公爵夫人は上機嫌だった。

「ここはあなたのためになりますね、サタスウェイト。こうるさい、年老いた独身女めいたところを振り捨てておしまいなさい」公爵夫人は小さな双眼鏡を目にあて、食堂内をぐるりと眺めた。「あらまあ、あれはナオミ・カールトン・スミスだわ」窓辺の席にひとりですわっている若い女をさししめす。

女は肩を落とし、背を丸めてうつむいていた。茶色のずだ袋でこしらえたような服を着ている。ボブふうに短く切った黒い髪は、くしゃくしゃに乱れている。

「画家ですか？」サタスウェイトは、対象がどういう人物か、的確に見抜く目をもっている。

「そうね。どちらにしろ、本人はそのつもりですよ。海外の風変わりな地域をうろついている、という噂は聞いていました。教会のネズミのように貧しくて、魔王のように気位が高い。カールトン・スミス家の変わり種。あの娘《こ》の母親はわたしの従姉なの」

「すると、ノウルトン一族なんですね」

公爵夫人はうなずいた。「ノウルトン一族は、あの娘の最悪の敵ですけどね」さらりという。「とっても頭がいいんですよ。でも、好ましくない若い男に引っかかってね。ほら、チェルシー界隈にたむろしている連中のひとりですよ。芝居の脚本を書いているんだか、詩を書いているんだか、ともかく、不健康な連中。もちろん、まともに相手にする者なんかいやしません。そのうち、その若者が宝石を盗んで捕まったんです。何年の刑だったかしら。たぶん、五年だったと思うけど。あなたも憶えてるでしょう？　去年の冬のことですからね」

「去年の冬はエジプトにいましてね」サタスウェイトは説明した。「一月の末に、ひどい〝流行性感冒〟とやらにかかってしまったので、医者たちにエジプト行きを勧められたんです。おかげで、いろいろなことを見逃しました」心底残念そうな口調だった。

「あの娘、ふさぎこんでるようね」公爵夫人はまた双眼鏡を目にあてた。「放っておくわけにはいかないわ」

食堂を出るさいに、公爵夫人はナオミのテーブルに近づき、彼女の肩を軽くたたいた。「ナオミ、わたしのことを憶えているかしら？」

ナオミはいかにもしぶしぶというようすで立ちあがった。「ええ、憶えてますよ、公爵夫人。食堂に入ってきたの、見ましたし。そちらこそ、あたしのこと、わからないんじゃないかと思ったんですけどねえ」マナーなどどこ吹く風といったぐあいの、だらだらしたしゃべりかただ。

「お昼がすんだら、テラスに来なさい。話をしましょう」公爵夫人は命じた。

「はあい」そういうと、ナオミはあくびをした。

「無作法で、あきれるわね」歩きながら、公爵夫人はサタスウェイトにいった。「カールトン・スミス家の者はみんなそうですけどね」

ふたりはテラスで陽光をあびながらコーヒーを飲んだ。五、六分たったころ、ナオミがふらりとやってきた。だらしのないかっこうで椅子にすわり、行儀悪く足を前に投げだすようにのばす。

サタスウェイトは思った——おもしろい顔だ。しゃくれた顎、奥まった灰色の目。頭がいいのはわかるが、不幸な顔だ。美しさが欠けている。

「それで、ナオミ」公爵夫人はそっけなくいった。「いまはなにをしているの?」

「さあねえ。ぶらぶらしてるだけ」

「絵は描いているの?」

「少しは」

「見せてごらん」

ナオミはにやりと笑った。専制君主のごとき公爵夫人にやすやすと屈したりはしないのだ。むしろ、おもしろがっている。自室にもどり、紙ばさみを持ってきた。

「きっと気にいらないと思うわ。いいたいことをいってくれて、いっこうにかまわない」

サタスウェイトは椅子を少し近づけた。軽く興味を惹かれたのだ。そして一分後には、もっと深い関心をもった。

公爵夫人は容赦なかった。「どちらむきなのか、それすらわからないね」文句をいう。「あらまあ、空がこんな色だなんて、ありえないじゃないの。海もそうだよ」

「あたしにはそう見えるの」ナオミは平然としている。

「おやまあ！」公爵夫人は別の絵をためつすがめつした。「これを見てると、背中がむずむずしてくる」

「それが狙いなの。おばさま、ご自分では気づいていないでしょうけど、褒めてくださったも同然よ」

渦巻き派と呼ばれる絵画の手法で、サボテンが描かれている――そう、どうやらサボテンらしく見える。灰色がかった緑色の上に、どぎつい色の斑点が散らばり、肉厚の葉が宝石のように輝いている。邪悪な、爛《ただ》れた肉欲の塊が渦を巻いている絵だ。サタスウェイトは身震いして目をそむけた。

サタスウェイトを見ていたナオミが、こくりとうなずいた。「気持はわかるわ。でも、それは野獣なの」

公爵夫人はこほんと咳払いした。「いまは画家になるのも簡単なんだね」やりきれないという口調だ。「りっぱな絵を模写して勉強しようという気もないようだし。絵の具をどっさり塗り重ねているだけ。絵筆じゃなくて、ほら、あのへんてこな――」

「パレットナイフ」ナオミはそういって、またにやりと笑った。「絵の具をどっさり」公爵夫人はひるまない。「こてこてと塗りたくる。それでおしまい。すると、みんながいう――なんてすばらしい！　でもわたしは、ああいうものにはとうていがまんできません。わたしは――」

「エドウィン・ランドシアが描く、犬や馬のきれいな絵がお好きなんでしょ」

「いけないかい？」公爵夫人はいった。「ランドシアのどこがいけないんだい？」

「いけなかないわ。彼はいい画家よ。おばさまもいいかた。なんであれ、いいといわれるものはみんな、感じがよくて、ぴかぴか輝いていて、すべすべとなめらかなの。あたし、おばさまを尊敬しているわ。あなたには力がある。人生とまともに向きあって正しくすごしてきて、しっかり上方に立っていらっしゃる。でも、下方にいる人間は、物事の裏を見るの。それはそれでおもしろいものよ」

公爵夫人はナオミをじっとみつめた。「なにをいっているのか、さっぱりわからないよ」

サタスウェイトはなおもスケッチを鑑賞していた。公爵夫人には理解不能でも、彼には技術の完璧さがよくわかった。驚くと同時にうれしくなる。サタスウェイトはナオミの顔を見た。

「このなかの一枚を買わせてもらえませんか、ミス・カールトン・スミス」

「どれでも好きなのをどうぞ。一枚五ギニー」ナオミはあっさりそういった。

サタスウェイトは少しためらったのち、サボテンとアロエの渦巻き絵を選んだ。手前にあざやかな黄色のミモザがかすむように描かれ、その背後のあちこちで、アロエの真紅の花が画面からとびだすように躍っている構図だ。全体的に数学的な非生物感がただよい、モチーフのサボテンの肉厚の葉とアロエの剣のような葉が、楕円と長方形のパターンを成している。

サタスウェイトはナオミに軽く頭をさげた。「この絵を手元におけるのは、じつにうれしい。しかも、安く手に入れられた。ミス・カールトン・スミス、いつか、このスケッチには高額の値がつくでしょう――わたしが売る気になったらの話ですが」

ナオミは前かがみになって、サタスウェイトが選んだ絵をみつめた。その目に、いままでになかった光が宿った――サタスウェイトにはそれが見てとれた。彼女は初めて、サタスウェイトという人間を認めたのだ。すばやく彼を一瞥《いちべつ》したまなざしには、敬意がこもっていた。「いちばんいい作品を選んでくださったのね。うれしいわ」

「あなたは自分がなにをしているか、わかっているようね」公爵夫人はサタスウェイトにいった。「たぶん、あなたが正しいんでしょう。目利きだという噂は聞いています。でも、こういう新しいものがすべて芸術だとはいわせませんよ。そうじゃないんですから。そちらの世界に足を踏みいれる必要はないし。

ところで、わたしたちはここには数日しか滞在しないから、なにか、この島特有のものを見たいの。ナオミ、あなた、車を持ってるわね?」

ナオミはうなずいた。

「けっこう」公爵夫人はいった。「明日、どこかに行きましょう」

「ふたり乗りなんだけど」

「つまらないことをいわないの。補助席があるでしょ。ミスター・サタスウェイトにはそれを使ってもらいましょ。いいわね?」

サタスウェイトはぞっとして、思わずため息をもらした。今朝、この島の道路とやらをよく観察していたからだ。

そんなサタスウェイトをみつめて、ナオミは考えこんだ。「あたしの車、おふたりには向かないんじゃないかな。おっそろしくオンボロでね。無料《ただ》みたいな値段で買った中古だもの。なんとか山道は登れるけど――なだめすかしながらね。でも、ひとを乗せるのは無理。町にいいタクシー会社兼自動車修理工場があるの。そこでハイヤーをたのめるわよ」

「ハイヤーをたのむ?」公爵夫人は憤慨した。「とんでもない。そういえば、午前中に、四人乗りの車で出かけたひとがいたわね。顔だちのいい、黄色っぽいひとだよ。あのひとは誰?」

「ミスター・トムリンスンのことね。退職した、インド人の判事さんよ」

「やけに黄色っぽいじゃないか」公爵夫人はいった。「黄疸《おうだん》じゃないかと思ったよ。だけど、上品なひとみたいだ。ちょっと話をしてみようかね」

その夜、サタスウェイトが食堂に行くと、黒いヴェルヴェットのドレスに、古めかしい細工のダイヤモンドを飾りたてた公爵夫人が、四人乗りの車の持ち主と熱心に話しこんでいた。サタスウェイトを見ると、公爵夫人は威厳たっぷりに手招きした。「ミスター・サタスウェイト、こちらへ。ミスター・トムリンスンからとても興味ぶかいお話をうかがっているところですよ。あのね、こちら、明日はお車で遠出なさるそうなんですけど、わたしたちもいっしょにどうかとおっしゃるの。どう?」

サタスウェイトは公爵夫人に感嘆の目を向けた。

「それじゃあ、お夕食にしましょうか」公爵夫人はいった。「ミスター・トムリンスン、わたしどものテーブルにどうぞ。そうすれば、お話のつづきができましてよ」


夕食がすみ、ミスター・トムリンスンと別れると、公爵夫人はいった。「ほんとうにりっぱな殿がただこと」

「りっぱな車もお持ちだし」サタスウェイトは皮肉っぽくいった。

「いやなひとね」公爵夫人はいつも持ち歩いている、くたびれた黒い扇で、サタスウェイトの指の関節を音高く打った。サタスウェイトは痛みに顔をしかめた。

「ナオミも行くんですよ。あの娘は自分の車でひとりで行きたいらしいわ。わがままなんですよ。徹底的な利己主義者というわけじゃないけど、他人やいろいろなことに無関心なのね。そう思うでしょう?」

「それはないと思いますよ」サタスウェイトは考えながらいった。「どんなひとでも、なにかしらに関心をもつはずですからね。もちろん、自分だけで完結するひともいます。ですが、あの娘さんはそういうタイプではない。彼女が無関心なのは、自分自身に対してですね。しかし、じつに強い個性をもっている——そこになにかがあるようです。最初は、絵を描くことかと思ったのですが、そうではない。それにしても、あれほど人生を投げやりにしているひとは、見たことがない。危険です」

「危険？　どういう意味かしら？」

「そうですね、一種の強迫観念に取り憑かれているといいますか。強迫観念というのは、概して危険なんです」

「サタスウェイト、ばかなことをいわないで。それより、明日のことですけどね——」

サタスウェイトは公爵夫人の話を拝聴した。これが彼の人生の役割なのだ。

翌朝早く、一行は車にランチを積みこんだ。この島に半年も滞在しているナオミが先導役というところだ。出発前、サタスウェイトは哀願するようにナオミに訊いた。「どうしてもだめですか？　ごいっしょしてはいけない？」

ナオミはうなずいた。「あっちの車のほうがずっと快適ですよ。座席もふかふかだし。こっちはれっきとしたオンボロ車。でこぼこ道ではとびあがって天井に頭をぶっつけるかも」

「それはもちろん、山道ですからね」

ナオミは笑った。「あら、せっかくあなたを補助席から救いだしてあげたのに。公爵夫人ったらハイヤーぐらい雇えるのにね。英国一のケチンボなんだから。とはいえ、古いものっておもしろいわ。ものだけじゃなくて、ひともね。だから、あたしも彼女を嫌いになれないの」

「それなら、わたしが同乗してもかまわないでしょう？」サタスウェイトはくいさがった。

ナオミは好奇心をそそられたようだ。「どうしてそんなに、あたしといっしょに行きたいの？」

「お願いできませんか?」サタスウェイトは古風なおじぎをした。「そういうわけじゃないんだけど……」ナオミは微笑したものの、くびを横に振った。「でも、ごいっしょできない――今日はだめ」ナオミは考えこんだ。「不思議ねえ……。でも、ごいっしょできない――今日はだめ」

「ではまたいつか」サタスウェイトは礼儀正しくいった。

「ええ、またいつか!」ナオミはいきなり笑いだした――奇妙な笑い声だとサタスウェイトは思った。

「またいつか。そうね、いずれまた」ナオミはいった。

一行は出発した。町を抜け、湾沿いにカーブした道路を走り、川を渡って、また海岸に出る。小さな砂浜の入江が、かぞえきれないほど無数にある。そこから登りが始まった。九十九折《つづらお》りの山道だ。神経がどうにかなりそうなカーブを曲がってはまた曲がり、上へ上へと車は登っていく。紺碧の海を抱く湾は眼下にあり、湾の向こう側のアジャクシオは陽光をあびて白く輝き、妖精の町のように見える。

カーブを曲がるにつれ、目に入る断崖の絶壁が、右に左にとめまぐるしく入れかわる。サタスウェイトはめまいがして、軽い吐き気もしてきた。道幅は広いとはいえない。しかも、登り坂なのだ。

空気も冷たい。雪をいただいた山頂から風が吹いてくる。サタスウェイトはコートの襟を立て、ボタンを顎の下まできちんとかけた。

もはや寒いといっていい。下方のアジャクシオには陽光が降りそそいでいるが、ここまで登ってくると、灰色の厚い雲が太陽をさえぎっては流れていく。サタスウェイトは景色を堪能するどころではない。スチーム暖房のあるホテルと、すわり心地のいい安楽椅子が恋しい。

前方で、ナオミの小型車が安定した走りをつづけ、上へ、上へと向かっている。世界のてっぺんに向かっているのだ。両側には低い山々が連なっている。隣あった山々の斜面が谷となっている。冷たい風がナイフのようにするどい。

ふいに前の小型車が停まった。窓からナオミが顔をのぞかせる。「着いたわ、〈世界の果て〉に。今日はあんまりいい日和とはいえないけど」

一行は車を降りた。そこは小さな村で、石造りのコテージが五、六軒あった。一フィートぐらいある大きな文字で、堂々たる名前が記された看板が立っている。

〈コティ・キャヴェリ〉

ナオミが肩をすくめる。「これがここの正式な名称なんだけど、あたしは〈世界の果て〉というほうが好き」

ナオミが歩きだしたので、サタスウェイトはついていった。次々とコテージの前を通りすぎていくと、道は行き止まりになっていた。ナオミがいったとおり、ここが果てなのだ。道はぷっつりと途絶え、その先はどこにもつづいていない。彼らのうしろには白いリボンのような道があるが、前方には――なにもない。はるか下方に、海が広がっているだけ……。

サタスウェイトは深く息を吸いこんだ。「すごいところだ。ここでなら、なにが起こっても不思議はない気がする。そう、ひょっこりと誰かに会うかもしれない――」

サタスウェイトはふいに口をつぐんだ。前方の丸石に男が腰かけていて、海を眺めているのに気づいたからだ。ついいましがたまで誰もいなかった。それなのに、まるで魔法でも働いたかのように、忽然《こつぜん》と男が現われた。周囲の風景から、ひょいととびだしてきたかのように。

「もしや――」サタスウェイトは口ごもった。

その瞬間、海を眺めていた男がこちらを向いた。サタスウェイトにその顔が見えた。

「なんと、ミスター・クィンじゃありませんか！　驚きましたな。ミス・カールトン・スミス、友人のミスター・クィンを紹介しましょう　まったく驚くべきひとでしてね。そうでしょう、ミスター・クィン。あなたはいつも、絶妙の時《とき》に現われ――」サタスウェイトはそこでやめた。とても重要なことをなにげなく口にしたような気がする。そして、その重要なことというのがなんなのか、いまだ真剣に考えたことがないことにも気づいた。

ナオミはいつもの無関心な態度でクィンと握手した。「ピクニックに来たんですよ」クィンにいう。「でも、外にいたら、骨まで凍えてしまいそう」

サタスウェイトはぶるっと身震いして、もごもごといった。「そうだね、どこか避難できる場所を探したほうがいいのでは？」

「ここじゃピクニックなんて無理ね」ナオミはうなずいた。「でも、来た価値はあるでしょ？」

「ああ、確かに」サタスウェイトはクィンに目を向けた。「ミス・カールトン・スミスはここを〈世界の果て〉といっているんですよ。なかなかいい名称ですよね」

クィンはゆっくりと何度かうなずいた。「ええ、とても暗示的な名称ですね。こういう場所に来られるのは一生に一度でしょう。この先には進めないという場所に来るのは」

「どういう意味？」ナオミはするどい口調で訊きかえした。

クィンはナオミのほうに向きなおった。「ふつうなら、選択の余地がありますよね。そうでしょう？　右に行くか、左に行くか。前に進むか、あともどりするか。ここは――うしろに道はありますが、前には――なにもない」

ナオミはじっとクィンをみつめた。そして急に震えだし、踵《きびす》を返してほかのひとたちのほうにもどろうとした。サタスウェイトとクィンはすばやくナオミの両脇に付き添った。

クィンはまた話しはじめたが、今度は軽い世間話をする口調だった。「あなたの車はあの小型のですね？」

「ええ」

「ご自分で運転なさる？　この道路では、神経を使うでしょう。カーブばかりですからね。ほんの一瞬の不注意でブレーキを踏みそこなったりしたら、崖からとびだして、下へ、下へ、まっさかさまに落ちてしまう。そう、いとも簡単に」

三人は同行者たちと合流した。サタスウェイトは同行者たちにクィンを紹介した。と、腕を引っぱられた。ナオミだ。

ナオミはみんなから離れたところにサタスウェイトを引っぱっていった。「あのひと、誰？」詰問の口調だ。

サタスウェイトは驚いてナオミをみつめた。「そうだね、わたしもほとんど知らないんだ。

もう何年も前からの知り合いなんだけどね。ときどき、ひょっこりと再会するんだが、じっさいになにを知っているかというと——」

そこで口をつぐむ。とりとめのない話をつづけてもむだなのだ。ナオミはまったく聞いていない。うなだれてうつむき、両脇にだらりと垂れた手はこぶしに握られている。「あのひと知っているのよ。なにもかもわかってる……どうして?」

サタスウェイトには答えられない。ナオミを襲っている嵐のような激情を理解できず、黙って彼女をみつめるだけだ。

「恐ろしい」ナオミはつぶやいた。

「ミスター・クィンが? 恐ろしい?」

「あのひとの目が恐ろしいの。なんでも見通すような、あの目が——」

サタスウェイトの頬を、なにやら冷たくて水っぽいものがかすめた。空を見あげる。「おや、雪だ」驚いてしまい、思わず大声が出た。

「ピクニックにはもってこいの日ね」ナオミはなんとか自制心を取りもどしたようだ。

これからどうするか。みんなは口々に勝手なことをいいあった。雪の降りかたがどんどん激しくなってきた。クィンの提案に、みんながうなずいた。並んでいるコテージのいちばんはずれに、石造りの小さな食堂がある。そこに避難しようという提案だった。みんなは先を争うようにして食堂のドアに向かった。

「食べものはお持ちですよね」クィンはいった。「コーヒーぐらいは出してくれるでしょう」

内部は狭くて薄暗い。ひとつきりの小さな窓から細々と外光がさしこんでいるだけだが、ありがたいことに、隅のほうから暖気が流れてくる。ちょうど、コルシカ人の老女が、ひとつかみの薪を火にくべているところだった。暖炉の火が燃えあがり、周囲が明るくなったおかげで、サタスウェイトたちは先客がいるのに気づいた。

むきだしの木のテーブルの端に、身を寄せあうように三人がすわっている。サタスウェイトには、現実ばなれした光景に思えた。その三人が現実の人間とは思えないほどだ。

テーブルのいちばん端の席を占めているのは、公爵夫人然とした女だった——一般庶民が思い描く公爵夫人は、いかにもこういう姿だろう。舞台上でよく見られる、理想的な貴婦人。貴族的な顔をしゃっきりと高くあげている。雪のように白い髪はみごとに結いあげられている。やわらかいグレイの服は、芸術的なドレープで体をつつんでいる。長く白い手で顎を支え、もう一方の手には、フォワグラのパテをのせたロールパンを持っている。彼女の右側の男は、顔がやけに白く、髪はやけに黒く、角縁の眼鏡をかけている。驚くほどはでな服装だ。男は頭をそらし、なにかを言明しようとするかのように、左腕をのばしていた。

白髪の女の左側には、禿げ頭の、楽しげな顔の小柄な男がすわっている。誰もが最初にひと目見たら、それきり二度と見ようとはしないだろう。

ぎごちない空気が流れたが、すぐさま、公爵夫人（正真正銘のほう）が主導権を握った。

「ひどい嵐じゃございませんこと？」足を運びながら、明るい声でそういう。にこやかな笑みを浮かべている——福祉事業やいろいろな委員会で成果をあげている笑顔だ。「わたしたちと同じように、みなさまも悪天候に見舞われたごようすですわね。でも、コルシカ島ってすばらしいところですこと。わたしは昨日の早朝に着いたばかりなんですよ」

黒髪の男が立ちあがって椅子を空けると、公爵夫人は優雅なしぐさでその席にすべりこんだ。白髪の女が口を開いた。「あたくしたちはこの島に滞在して一週間になります」

サタスウェイトは目をみはった。一度聞いたら忘れられない声だ。石の壁に反響する豊かな声。深い憂《うれ》いに満ちた、聞く者の感情を揺さぶる声。まるで、なにかとてもすばらしいことを、記憶すべきことを、意味のあることをいわれたような気がする。それほど真摯《しんし》な口ぶりだった。

サタスウェイトは早口で隣のトムリンスンにささやいた。「あの眼鏡の男、あれはミスター・ヴァイスですよ。演出家《プロデユーサー》の」

インド人の元判事は嫌悪の目をヴァイスに向けた。「なにを製作《プロデユース》するんです？　子どもとか？」

「ああ、いや、そうではありません」ヴァイスに対し、無遠慮な所見が述べられたことに、サタスウェイトは軽い衝撃を受けた。「芝居を演出《プロデユース》するんです」

「ねえ」ナオミがいった。「あたし、外に出るわ。ここ、暑すぎるんで」

ナオミの強くきびしい声に、サタスウェイトは驚いた。

ナオミはしゃにむにドアに向かって突進した。トムリンスンはあわててわきによけた。だが、ドアの前に立っていたクィンが、ナオミの行く手を阻んだ。

「もどっておすわりなさい」クィンはいった。

威厳のこもった声だった。サタスウェイトが驚いたことに、ナオミは一瞬ためらったが、クインの命にしたがった。ほかの者たちからできるだけ離れ、テーブルの端、暖炉からいちばん遠い席につく。

サタスウェイトは急いでヴァイスに近づき、話しかけた。「憶えておいでではないかもしれませんが、サタスウェイトと申します」

「憶えてないなど、とんでもない！」ヴァイスは長い骨張った手をさしのべ、いっぱいに力をこめてサタスウェイトの手を握った。「やあ、おなつかしい。いやはや、こんなところでお目にかかれるとは。もちろん、ミス・ナンはごぞんじですよね？」

またもやサタスウェイトは驚いた。あの声に聞き憶えがあるはずだ。英国の何千人もの観客が彼女のすばらしい、情感豊かな声に酔いしれたものだ。ロジーナ・ナン。感情表現が巧みな、英国が誇る大女優。サタスウェイトもまた、彼女の魔力にとらえられたひとりだ。彼女のように役柄になりきって演技できる者は、ほかにいない。セリフのことばに、微妙な陰影をつける演技力がある。サタスウェイトは彼女を知的な女優だとみなしている。彼女は演じる役の内面を理解し、魂にまで入りこむことができるのだ。

サタスウェイトがロジーナ・ナンだとすぐにわからなかったことに、弁解の余地はある。彼女は気まぐれなのだ。人生の最初の二十五年間、彼女の髪はブロンドだった。アメリカでの公演を終えて帰国すると、髪はカラスの濡れ羽色、つまり本来の黒い巻き毛となった。そして、悲劇ばかりに取り組んだ。現在の〝フランスの公爵夫人〟の姿は、もっとも新しい気まぐれなのだ。

「えーと、こちらはミスター・ジャッド。ミス・ナンのご亭主です」ヴァイスはぞんざいに禿げ頭の男を紹介した。

ロジーナ・ナンが何度も夫を替えたのは、サタスウェイトも知っている。ジャッドは最新の夫だろう。

そのジャッドは、かたわらに置いた蓋つきのバスケットから取りだした包みを、せっせと開いている。「もっとパテはどうかね？」妻に訊く。「いま食べてるのは、きみ好みの厚さではないようだ」

ロジーナは手にしたロールパンをあっさりとジャッドに渡した。「ヘンリーはとてもおいしいお料理を考えてくれるんですよ。いつも彼に兵站《へいたん》係を任せているんです」

「獣には餌を」ヘンリー・ジャッドはそういって笑い、妻の肩をぽんぽんとたたいた。

「彼女を犬のようにあつかうんです」ヴァイスは憂鬱《ゆううつ》な声で、サタスウェイトの耳もとにささやいた。「食べやすいように切ってやったりもするし。それが好ましいとは、女なんておかしな生きものですな」

サタスウェイトはクィンに手伝ってもらって、持参した包みを開いた。丸いテーブルに、茹でたまご、コールドハム、グリュイエールチーズが並ぶ。公爵夫人とロジーナは、なにやらひそひそと内緒話をしている。女優のよく通る低い声が、きれぎれに聞こえてくる。

「パンは軽くトーストするんです。よろしいですか？　それにマーマレードをごく薄く塗って。

そのパンをくるくる巻いてから、オーブンで一分だけ焼くんです――一分以上焼いてはだめです。簡単でおいしいんですよ」

「あの女は食べものに目がない」ヴァイスはつぶやいた。食べることのためにだけ生きてるといっても、過言ではないぐらいなんですよ。ほかのことは頭にないんです。そうそう、『海にのりだす人々』を思い出しますな。あのなかのセリフで〝これからわたしは、静かですてきな時間をすごすの〟というのが、どうしてもぼくの思うようにはいかない。で、とうとう最後に、彼女にペパーミントクリームのことを考えろといったんです。ペパーミントクリームは彼女の大好物なんですよ。そうしたら、効果満点。ぼくの望みどおりに、うっとりと遠くをみつめるまなざしで、観客の魂を射抜いたんです」

サタスウェイトはなにもいわなかった。その芝居のことを思い出していたのだ。

トムリンスンが会話に加わろうと、こほんと咳払いした。「舞台の演出をなさるそうですな。わたしもいい芝居は好きですよ。『ジム・ザ・ペンマン』。あれはいい芝居でした」

「そりゃ、なんともはや」ヴァイスはぞっとするというように身震いした。頭のてっぺんから足先まで震える。

「ニンニクの小さなかけらをひとつ」ロジーナが公爵夫人にいっている。「お宅の料理人にそうおっしゃいましな。それはそれはおいしいんですよ」幸せそうなため息をつく。

そしてロジーナは夫に顔を向けた。「ヘンリー」悲しげな口調だ。「ねえ、キャビアが見あたらないんだけど」

「その上にすわっているも同然だよ」ジャッドは愉快そうにいった。「自分ですぐうしろの椅子に置いたじゃないか」

　ロジーナは急いでキャビアを回収すると、テーブルの周囲の人々ににっこりと笑いかけた。

「ヘンリーってほんとうにすばらしいんですよ。あたくし、ひどいぼんやり屋で、なにをどこに置いたか、ぜんぜん憶えておけないんですの」

「真珠《しんじゅ》を化粧品バッグに入れたときみたいに」ジャッドはおどけた口ぶりでいった。「でもって、そのバッグをホテルに忘れてしまった。あのときは、それ電報だ、それ電話だって、わたしはきりきりまいをさせられた」

「真珠には保険をかけてあったんですけどね」ロジーナは夢見るようにいった。「でも、オパールは……」一瞬、その顔に悲痛な表情がよぎった。

　これまでクィンと出会うたびに、サタスウェイトは自分が芝居の一役を受けもつ出演者のような気分になったものだ。そしていままた、その気分が強くなってきた。これは夢の世界なのだ。誰もが各自の役を受けもっている。いまの〝オパール〟ということばが、サタスウェイトへのきっかけ《キュー》だった。

　サタスウェイトは身をのりだした。「オパールですか、ミス・ナン？」

「バターを取ってちょうだい、ヘンリー。ありがとう。ええ、あたくしのオパール。盗まれたんですよ。それっきり、もどってこないんです」

「その話をうかがえますか」サタスウェイトはいった。

「いいですとも。あたくしは十月生まれですから、誕生石はオパールなんですの。それを身につけていると幸運だというので、美しいオパールがほしかったんです。望みの品がみつかるまで、長いこと待ちました。そして、知られているかぎりでは、もっとも完璧なものだという品がみつかったんです。それほど大きくはないんですけどね。そう、二シリング硬貨ぐらいの大きさでしょうか。でも、おお、あの色ときらめき！」ロジーナはため息をついた。

サタスウェイトは、公爵夫人がそわそわとおちつかないようすになったことに気づいたが、誰にもロジーナの話をさえぎることはできなかった。

ロジーナが効果絶大な声で語る話は、古代の哀調を帯びた物語《サーガ》さながらに聞こえた。「オパールを盗んだのは、アレク・ジェラルドという若い男です。劇作家でしたよ」

「とても才能のある劇作家でしたな」ヴァイスはプロらしい評価を述べた。「彼の作品を一本、六カ月もあたためていたんですがね」

「それを舞台にかけた?」サタスウェイトは訊いた。

「いやいや」ヴァイスはその質問が意外だったようだ。「けれど、一度はそうしようと決めていたんですよ」

「あたくしにぴったりの役がありましてね」ロジーナはいった。「『レイチェルの子どもたち』というタイトルのお芝居でした。でも、レイチェルという人物は、舞台に出てこないんです。作者のアレクが劇場まで来て、くわしく説明してくれました。あたくしは彼が好きでしたよ。ハンサムだけど、とても恥ずかしがりやで、貧しい青年でした。そう、憶えてるわ――」ロジーナは遠くの美しいものを見るような、うっとりした表情になった。「あたくし、彼を見てペパーミントクリームを連想してしまったぐらい。例のオパールは化粧台の上にあったんです。彼はオーストラリア出身なので、オパールには多少の知識があったみたい。あたくしのオパールを手に取って光にかざしたんです。そのあと、隙を見て、ポケットにすべりこませたんじゃないかと思うんですけどね。オパールがなくなったのに気づいたのは、彼が帰ったあとでした。それで、大騒ぎになってしまって。憶えてる?」

ロジーナはヴァイスに訊いた。

「ああ、ようく憶えてるとも」ヴァイスは唸るようにいった。

「彼の部屋で空のケースがみつかりましてね」ロジーナは話をつづけた。「ひどくお金に困っていたのに、オパールが盗まれた翌日、彼は銀行に多額のお金を預けたんですよ。友人が彼のために競馬にお金を賭けてくれ、それが勝ち馬になったんだと弁解しました。でも、その友人の名前は明かさなかった。しかも、空のケースはうっかりとポケットに入れたんだといいました。そんなばかな話があります? もっと実のある説明をするべきでしたよ……あたくしは警察に行ったり、証言したりしなくてはなりませんでした。あらゆる新聞に写真つきで記事が載りましたよ。広報係がいい宣伝になったと喜んでましたけど――あたくしとしては、なによりも、オパールを取りもどしたい……」ロジーナは悲しげに頭を振った。

「干しパイナップル、もっと食べるかい?」ジャッドがロジーナに訊く。

「どこにあるの?」

「たったいま、渡したじゃないか」

ロジーナは自分の前やうしろをきょろきょろと見まわし、グレイの絹のポシェットを見てから、そばの床に置いた大きな紫色の絹のバッグに目を留めた。その中身をひとつずつ取りだしては、テーブルに並べる。サタスウェイトはまさに興味津々で見守った。

白粉《おしろい》のパフ、口紅、小さな宝石箱、毛糸の玉。また白粉のパフ、ハンカチ二枚、クリーム入りのチョコレートがひと箱、エナメルの柄のペーパーナイフ、鏡、褐色の木の小箱、手紙が五通、財布、薄紫色のクレープデシンの四角い小布《こぎれ》、リボンの切れ端、クロワッサンの端っこ。そして最後に、干しパイナップル。

「わかったぞ《ユーレカ》」サタスウェイトはそっとつぶやいた。

「なんとおっしゃいました?」

「なんでもありません」サタスウェイトは急いでいった。「そのペーパーナイフ、とても美しいものですね」

「ええ、そうでしょう? どなたかにいただいたんです。どなただったか、憶えてないわ」

「それはインド製の小箱ですね」トムリンスンが指摘する。「じつに精巧に造ってある」

「これもいただきものなんですよ。もうずいぶん長いこと持ってます。いつも楽屋の化粧台の上に置いていたんですよ。でも、そんなにきれいなものじゃないと思いますけどね」

小箱は褐色の木製で、飾りけのないシンプルなものだ。サイドを押すと蓋が開く。箱のなかの上部には、二枚の垂れ蓋がついていて、それが回転する仕組みだ。

「確かにきれいとはいえませんな」サタスウェイトは笑いながらいった。「ですが、こういうものはめったに見られませんよ」

サタスウェイトは身をのりだした。自分でも興奮しているのがわかる。トムリンスンに訊く。

「精巧な造りとおっしゃいましたね。どこがどういうふうに?」

「ふむ。でも、そうでしょう?」トムリンスンはロジーナに訊いた。

ロジーナはぽかんとした顔をしている。

「この箱の仕掛けを、みなさんに披露してはいけないでしょうかね?」

やはりロジーナはぽかんとしている。

「仕掛けって、なんです?」ジャッドが訊く。

「おやおや、どなたもごぞんじない?」トムリンスンはみんなのけげんそうな顔を見まわした。

「それはおもしろい」小箱を貸してもらえますか? ああ、ありがとう」

トムリンスンは蓋を開けた。「では、箱のなかに入れたいので、どなたかなにか貸してください――あまり大きくないものがいい。ああ、そうだ、このグリュイエールチーズのかけらにしよう。これでいい。このかけらを入れて、蓋をします」

ほんの一、二秒、トムリンスンは両手で箱をおおった。

「では、ごらんください」

蓋を開ける。からっぽだ。

「じつに簡単な仕掛けなんです。箱を逆さにする。すると左の垂れ蓋が半分だけ回転すると同時に、右の垂れ蓋が閉まる。消えたチーズのかけらを取りもどすには、いまと反対のことをすればいい。右の垂れ蓋を半分だけ回転させて、左の垂れ蓋を閉める。そのあいだ、箱は逆さにしたままで。では——さあ、このとおり！」

箱の蓋が開いた。テーブルの周囲から驚きの声があがる。チーズがあったのだ。だが、それだけではなく、ほかのものもあった——虹の七色の光を放つ、丸いものが。

「あたくしのオパール！」いつもの低音とはちがう、高い声。ロジーナは立ちあがり、胸の前で両手を握りしめた。「あたくしのオパール！ どうしてこんなところに？」

ジャッドが咳払いした。「あー、そのう、えー、ロージー、あんたが自分でそこに入れたんじゃないかと思うがね」

誰かが立ちあがってテーブルを離れ、つまずきそうな足どりで食堂の外に出ていった。ナオミだ。クィンがあとを追う。

「でも、いったい、いつ？ もしかして——」

ロジーナが徐々に真実というあけぼのを迎えるさまを、サタスウェイトはじっと見守った。

「もしかして、去年、劇場で？」

「あんただってわかっているだろう？」ジャッドが非難がましくいう。「あんたにはものをいじくる癖があるだろ、ロージー。今日だって、キャビアをどうしたか、思い出してごらんよ」

ロジーナは必死になって、過去の自分の動きを追った。「なにも考えずにオパールを箱に入れた。そして、やはり無意識に箱を逆さにして、偶然にあの仕掛けを作動させてしまった。でも――それなら――」ついに真実の光がさした。「――それなら、アレク・ジェラルドが盗んだわけじゃなかった。ああ！」痛切な叫び声。「どうしよう！」

「よかったじゃないか」ヴァイスがいった。「これでまちがいを正せるんだ」

「ええ、そうね。でも、彼はもう一年も刑務所にいるのよ」みんなが驚いたことに、いきなりロジーナは公爵夫人に訊いた。「あのかたは誰ですか？　さっき外に出ていった、あの若い女性は？」

「ミス・カールトン・スミスですよ」公爵夫人は答えた。「あの娘はミスター・ジェラルドと婚約していたんです。さぞつらい思いをしたでしょうね」

サタスウェイトはそっとその場をはずし、外に出た。

雪はやんでいた。ナオミは低い石の塀に腰かけていた。手にスケッチブックを持っている。塀の上には色とりどりのクレヨンが散らばっている。彼女のそばに、クィンが立っていた。

ナオミはスケッチブックをサタスウェイトにさしだした。ラフな絵だ――が、天分がきらめいている。万華鏡の模様のように雪ひらが渦を巻き、その中心に人物が描かれている。

「じつにいい」サタスウェイトはいった。

クィンは空を見あげた。「嵐もおさまりました。道路がすべりやすくなっていますが、事故を危惧する必要はありませんね――いまはもう」

「事故は起こりませんん」ナオミの声には意味深長な響きがこもっていたが、サタスウェイトにはそれがどういうことかはわからなかった。ナオミはサタスウェイトに笑顔を向けた――まばゆいほどの笑顔だった。「ミスター・サタスウェイトさえよかったら、帰りはあたしの車に乗ってもらいます」

そのとき初めてサタスウェイトは、ナオミがどれほど深い絶望の淵にいたかがわかった。

「それでは」クィンはいった。「これで失礼します」体の向きを変えて歩きだす。

「どこに行くのだろう?」サタスウェイトは去っていくクィンを見送った。

「来たところにもどっていくんだと思う」ナオミがおかしな声でいう。

「そうはいっても――あっちにはなにもない」

クィンは崖に向かっている。サタスウェイトとナオミが最初に彼と会った、あの場所に。

「きみがあそこを〈世界の果て〉といったんだよ」そういって、サタスウェイトはスケッチブックをナオミに返した。「じつにいい絵だ。よく似ている。だが、どうしてこんな仮装めいた道化服にしたんだね?」

ほんの一瞬、サタスウェイトの目とナオミの目とが合った。

「あたしには、あのひとがこういうふうに見えるんだもの」ナオミ・カールトン・スミスはいった。

ハーリクインの小径

Harlequin's Lane

なにゆえにデンマン家に滞在するのか、サタスウェイトは自分でもわからない。デンマン夫妻はサタスウェイトの同類とはいいがたい――社交界に属しているわけではないし、かといって、芸術家たちと親交があるわけでもない。ミスター・デンマンは功利主義者だ。それも、徹底的な。

サタスウェイトが夫妻と初めて出会ったのは、フランスのビアリッツだった。そして屋敷に逗留するように招待され、それを受けた。滞在中は退屈きわまりなかったが、どういうわけか、二度、三度と訪ねることになった。

なぜだろう?

六月二十一日、ロールスロイスでロンドンを出発したサタスウェイトは、我ながら不思議だった。

ジョン・デンマン、四十歳。がっちりした体格の男で、ビジネス界では尊敬されている。彼の交友関係と、サタスウェイトのそれとはまったくちがう。考えかたとくれば、それ以上だ。ジョンは彼の分野では辣腕だが、そこを離れると、からっきし想像力というものがない。

なぜわたしはあの屋敷に行くのだろう？

サタスウェイトはふたたび自問した。答がひとつだけ頭に浮かんだが、ひどく漠然としているうえに、あまりにもばかげていたため、サタスウェイトはまともに取りあげる気にもならなかった。その答というのは、デンマン屋敷（設備のととのった快適な建物）のある一室に心を惹かれている、というものなのだ。アンナ・デンマンの居間だ。

彼女の個性が強く反映されている設《しつら》えではない。というのも、サタスウェイトの判断によれば、アンナにとりたてて個性といえるものはないからだ。彼女ほど表情のない人間には会ったことがない。彼女の生まれはロシア。第一次世界大戦が勃発すると、たまたまロシアにいたジョンはロシア軍とともに戦ったが、ロシア革命が起こったさいには、命からがら脱出した。そのとき、一文無しの避難民であるロシア娘を連れていた。英国に帰国したジョンは、両親の強い反対を押し切って、その娘、アンナと結婚したのだ。

アンナ・デンマンの居間は、決して豪華絢爛《ごうかけんらん》ではない。家具類は上質のヘップルホワイト様式の堅固なもので、女性的というよりは、いくぶんか男性的な雰囲気だ。しかし、ひとつだけ、その雰囲気に調和しない品がある。シナの漆《うるし》塗りの衝立《ついたて》だ。クリーム色に近い黄色と淡い薔薇《ばら》色の衝立。どこの博物館でも喜んで所蔵し、展示するだろう。貴重で美しく、蒐集家の逸品と思われる。

質実剛健な家具ばかりの、英国そのものという部屋には、まったくそぐわない品だった。しっくりと調和させるには、その衝立を基調にしてほかの家具を合わせるべきだ。とはいえサタスウェイトは、デンマン夫妻には審美眼が欠落していると決めつける気はなかった。その部屋を別にすれば、屋敷全体はみごとに調和しているからだ。

サタスウェイトは頭を振った。あの衝立——異国の逸品だとはいえ、それだけのもの——が、気になってしかたがないのだ。まちがいなく、あの衝立のせいで、何度もデンマン屋敷を訪れる羽目になっている。あれを置いているのは、いわゆる婦人の気まぐれにすぎないのかもしれない。だが、アンナ・デンマンそのひとのことを考えると、それが解答とはいいがたい——もの静かできつい顔だちの、外国人とは思えないほど正確な英語を話す、あの婦人のことを思えば。

ロールスロイスは目的地に着いた。車を降りるサタスウェイトの頭のなかは、依然としてあの衝立のことでいっぱいだった。デンマン屋敷は〝アシュミード〟と呼ばれ、敷地はメルトン・ヒースの五エーカーを占めている。ロンドンから三十マイルの距離だが、海抜五百フィートほどの高さに位置している。この地の住人のほとんどが高収入の金持だ。

執事が丁重に出迎えた。デンマン夫妻は外出中——リハーサルに行っている——だという。もどるまで、サタスウェイトには屋敷でくつろいでいていただきたいとのことだった。

サタスウェイトはうなずき、主《あるじ》の命に従うべく、庭に足を運んだ。花壇に目をやりながら、木陰になっている小道をゆっくりと歩いていくと、塀につきあたった。塀には扉があった。鍵がかかっていないので、サタスウェイトは扉を開けて外に出た。細い小径があった。

左右を見まわす。とても感じのいい小径で、それに沿って高い生け垣がめぐらせてある。いかにも田舎らしい曲がりくねった坂道で、古《いにしえ》をしのばせてくれる。サタスウェイトは便箋に刷られた住所を思い出した。〝アシュミード、ハーリクィン・レーン〟。アシュミードというのはむかしながらの地名だと、ミセス・デンマンが教えてくれたのを思い出す。

「ハーリクィンの小径か」サタスウェイトはそっとつぶやいた。「ふうむ……」

ゆるやかな坂道を登り、最初のカーブを曲がる。

そのときどうして驚かなかったのか、あとになってから、サタスウェイトはつくづく不思議に思ったものだ。カーブを曲がったとたん、来ては去っていく友人に、思いがけない再会をしたというのに。

そのときサタスウェイトは驚きもせずに、ハーリー・クィンと握手を交わした。

「すると、あなたもいらしてたんですね」サタスウェイトはいった。

「ええ。あなたと同じ屋敷にいます」クィンは答えた。

「ご滞在なさっている?」

「そうです。驚かれましたか?」

「いいえ」サタスウェイトはゆっくりといった。「ただ――どこであろうと、そう長くは滞在なさらないんでしょう?」

「必要なあいだだけです」クィンは厳粛にいった。

「なるほど」

ふたりはしばらく黙ったまま歩を進めた。

「この小径」ふとつぶやいて、サタスウェイトは立ちどまった。

「わたしの小径です」クィンはいった。

「そうだと思いましたよ。どういうわけか、そうにちがいないと。この小径、地元ではまた別の名で呼んでいます。〈恋人たちの小径〉と。ごぞんじですか？」

クィンはうなずいた。「とはいえ」おだやかにいう。「〈恋人たちの小径〉というのは、どの村にもありますよ」

「そうですね」サタスウェイトは小さくため息をついた。ふいに、自分はもはや役立たずの老人にすぎないという気がしたのだ。干からびて枯れた、時代遅れの老人。彼にくらべると、両側の生け垣は、緑の色もあざやかに、いきいきと茂っている。

「この小径はどこまでつづいているんですか？」サタスウェイトはいきなりクィンに問うた。

「小径の果ては——ここです」

いつのまにか、最後のカーブを曲がっていたのだ。小径の果ては、ゴミ捨て場になっていた。ふたりの足もとには大きな深い穴が口を開けている。穴のなかでは、ブリキの空き缶が陽光をあびて光っていた。古い缶は赤錆びて、もはや陽光をはねかえして光ることもない。ほかには古靴やらちぎれた新聞紙やら、どう見てもなんの役にも立ちそうもないガラクタばかり。

「ゴミの山ですな」サタスウェイトは荒々しく息をつき、怒ったようにいった。

「ゴミの山にも、ときとして、すばらしいものがありますよ」クィンはいった。

「ええ、わかっていますとも」サタスウェイトはつい大きな声を出してしまった。そして、てれくさそうにある物語の一文を引用した。「〝この町でもっとも美しいものをふたつ持ってきなさい、と神は天使にいわれた〟。天使がなにを持ってきたか、ごぞんじでしょう?」

クィンはうなずいた。

サタスウェイトが目をあげると、崖の縁にへばりつくように残っている、小さなコテージの残骸が見えた。「こんなありさまでは、あの家の住人にとっては、いい眺めだとはいえなかったでしょうな」

「あの家に住人がいたころは、ここはゴミ捨て場ではなかったんでしょう」クィンはいった。「結婚直後、デンマン夫妻はあのコテージに住んでいたんです。その後、老人たちが亡くなると、あの大きな屋敷に移りました。その後ここで採石が始まり、コテージは引き倒されました。とはいえ、見てのとおり、採石の跡はこの穴だけですから、大がかりなものではなかったようです」

ふたりは踵《きびす》を返し、小径をもどりはじめた。

「きっと、暑い夏の夜、恋人たちはこの小径をそぞろ歩いたんでしょうねえ」サタスウェイトはほほえんだ。

「おそらく」

「恋人たち、か」サタスウェイトは感慨ぶかげにそのことばをくりかえした。英国人の男なら、気恥ずかしくて口にしにくいことばだが、サタスウェイトはごく自然にそういった。クィンの影響だ。「恋人たち……。あなたは多くの恋人たちのために、助力なさいましたね、ミスター・クィン」

クィンはなにもいわず、ただ軽く頭をさげただけだった。

「彼らを悲しみから救った。また、哀しみよりも悪い、死から救った。あなたは死者たちの代弁者でもあった」

「それはあなたのことですよ。わたしではなく、あなたがなさったことだ」

「どちらでも同じことです。あなたはちゃんとわかっておられる」クィンに口をはさむ間《ま》を与えないとでもいうように、サタスウェイトはたたみかけるように先をつづけた。「あなたがなさったんだ――わたしを通して。どういう理由がおありなのか、あなたは直接にはなにもなさらない――あなたご自身では」

「ときにはそうしますよ」クィンはいった。

その声にはいままでにない響きがこもっていた。

サタスウェイトは小さく震えた。午後になって、寒さが増してきたにちがいない――そう思ったが、太陽はあいかわらず頭上で輝いている。

そのとき、前方の角を曲がって、ひょっこりと若い女が姿を現わした。ピンクの木綿の服を着た、金髪碧眼のきれいな娘だ。モリー・スタンウェルだと、サタスウェイトはすぐにわかった。前にデンマン屋敷で会ったことがある。

モリーはサタスウェイトに手を振ってよこした。「ジョンとアンナが帰ってきましたよ。おふたりとも、あなたがいらっしゃるのは承知していたんですけど、どうしてもリハーサルに行かなくてはならなくて」

「リハーサルって、なんの？」サタスウェイトは訊いた。

「仮面舞踏会みたいなもの——ほんとうはなんていうのか、あたしは知らないんです。主に歌と踊りだけでセリフのない無言劇《パントマイム》。ほかにも盛りだくさんな催しがロシェイマー家であるんですよ。ミスター・マンリーを憶えていらっしゃいます？　あのすばらしいテノールのかたがピエロで、あたしがピエレッタ。踊りのほうのプロのかたも、ふたり来るんですって——ハーリクィンとコロンビーヌの役よ。それから、女声合唱団。レディ・ロシェイマーが、村の女の子たちをきびしく指導なさってるの。すごく熱心なのよ。音楽はすてき。とても現代風で、メロディらしきものがなくて。クロード・ウィッカムってひと、あなたなら知ってらっしゃるでしょ？」

サタスウェイトはうなずいた。誰でも知っているというのが、彼の得意分野なのだ。現在売り出し中の天才クロード・ウィッカムのことも、レディ・ロシェイマーのことも、よく知っている。レディ・ロシェイマーは、芸術的野心をもっている若いひとたちが大好きなのだ。そしてサー・レオポルド・ロシェイマーはなによりも妻の幸せがいちばんという、夫としてはじつにめずらしいタイプの男だった。したがって、妻が勝手に幸福な道を邁進しても、文句ひとついわない。

屋敷にもどると、デンマン夫妻は庭でクロード・ウィッカムとお茶を飲んでいた。クロードは手近にあるものをなんでも頬ばり、なおかつ早口でしゃべりちらし、白く長い手を振りまわしている。手指の関節が異常に速く動くように見える、角縁の眼鏡の向こうの近眼の目玉が、いやに大きく見える。ジョン・デンマンは背筋をしゃんとのばしてすわっている。顔色が少しばかり赤く、うっすらと脂が浮いてきそうだ。うんざりしたようすを隠すこともなく、クロードの熱弁を聞いている。

サタスウェイトを見ると、音楽家は彼に照準を替えた。アンナ・デンマンはいつものように静かに表情もなく、ティーポットやカップの山の陰に身を潜めるようにしてすわっている。

そんなアンナのようすを、サタスウェイトはそっと観察した。背が高く、痩身。高い頬骨の上の皮膚はぴんと張っている。黒い髪はまんなかで分けてあり、肌は荒れている。肌の手入れなどにはまったく関心のない、アウトドアタイプの女性。オランダ人形のようだ。生気のない、木製の人形。だが――。

サタスウェイトは思った――あの無表情な顔にはなにか意味があるはずだが、それがどうにもわからない。そこが妙だ。どうしても腑に落ちない。

「失礼、なにかおっしゃいましたか?」サタスウェイトはクロードに訊きかえした。

クロードは自分の声が大好きなので、喜んで同じことをくりかえした。「ロシアは世界で唯一、われわれが関心をもってしかるべき国ですよ。実験を厭わなかったんですから。そりゃあね、多くの命が失われましたが、じつにすごい実験だった」片手でサンドイッチを口に押しこみ、さらに、もう一方の手でつまんだチョコレート・エクレアをひとくち噛みとる。口いっぱいに頰ばったまま、しゃべりつづける。「たとえば、ロシア・バレエ」女主人のことを思い出したらしく、急に彼女に訊いた――ロシア・バレエをどう思うか、と。

その質問は、重要な主題に入るための前奏にすぎなかった。すなわち、クロード・ウィッカムがロシア・バレエをどう見ているかという演説をぶつために、必要なきっかけとなるはずだった。だが、アンナの返事は思いがけないもので、クロードは肩すかしをくった。

「わたしは観たことがございません」アンナはそう答えたのだ。

「へ？」クロードは目をみはり、ぽかんと口を開けた。

アンナは淡々といった。「結婚する前、わたしはダンサーでした。いまは――」

「いまは趣味、といったところだよ」ジョン・デンマンが口をはさんだ。

「踊りのことなら」アンナは肩をすくめた。「どんな技術も知りつくしています。でも、いまはもう、まったく興味がありません」

「ははあ」一瞬、絶句したクロードは、間《ま》の抜けた声を出した。

「多くの命を失いながらも」サタスウェイトはいった。「実験をしたとおっしゃいましたね。ロシアという国は、じつに高価な実験をしたものですな」

クロードは勢いよくサタスウェイトのほうを向いた。「おっしゃりたいことはわかりますよ。あぁ、ハルサノヴァ！　不滅のダンサー！　彼女の踊りをごらんになったことは？」

「ええ、三回」サタスウェイトはうなずいた。「パリで二回、ロンドンで一回。そう、忘れられません」敬意のこもった、うやうやしい口調だ。

「ぼくも観ましたよ」クロードはいった。「十歳のときだったなあ。おじが連れていってくれたんです。ええ、そうですとも、ぼくも忘れられません！」

クロードはエクレアのかけらを花壇に放り投げた。

「ベルリンの美術館に、彼女の小さな像がありますよ」サタスウェイトはいった。「すばらしい像です。彼女のはかない感じがよく出ていて。親指の爪ではじけば、こわれてしまいそうでしてね。わたしが観たのは、コロンビーヌ、白鳥、そして、瀕死のニンフでした」

そこでことばを切り、サタスウェイトは頭を振った。「まさに天才でした。あんな踊り手がまた世に出てくるまで、長い歳月がかかるでしょうね。それに、彼女はとても若かった。革命が起こった日に、無知と残忍さによって破滅させられてしまった……」

「愚昧なやつらめ！　狂人どもめ！　野蛮人どもめ！」クロードは盛大にののしったが、お茶にむせてしまう。

「わたしはハルサノヴァを研究しました」アンナはいった。「彼女のことはよく憶えています」

「すばらしいひとでしたよね？」サタスウェイトはいった。

「ええ」アンナは淡々と答えた。「すばらしいひとでした」

クロード・ウィッカムが席を立ち、行ってしまうと、ジョン・デンマンは深々と安堵の息をつき、妻に笑われた。

サタスウェイトはうなずいた。「お察ししますよ。しかし、あの男の作る音楽は、なにものにも代えがたい」

「それはそうなんだろうが」

「いや、それはまちがいありませんよ。ただ、この先、どれぐらいもつか——ええ、それはまた別の問題です」

ジョンは好奇の目でサタスウェイトを見た。「つまり？」

「つまり、成功が早かったということです。それは危険なんですよ。つねに危険なんです」サタスウェイトはクィンに目をやった。「そうお思いになりませんか？」

「あなたはいつも正しい」クィンはいった。

「二階のわたしの部屋に行きましょう」アンナが提案した。「あそこは居心地がいいので」

アンナが先に立ち、三人は彼女についていった。彼女の居間に入り、かの衝立が目に留まると、サタスウェイトは大きく息をついた。

そんなサタスウェイトをアンナがじっとみつめていた。「ほんとうにあなたはいつも正しいんですね」ゆっくりとうなずく。「わたしの衝立をどうお思いになります？」

サタスウェイトはこの質問を彼女の挑戦だと感じた。いささかためらいがちな、漠然とした返事になってしまう。「いやあ、その、じつに美しい。それ以上に、とても特別な感じがします」

「そのとおり」いつのまにか、ジョンがサタスウェイトの背後に立っていた。「わたしたちは結婚して早々に、これを買ったんですよ。本来ならありえないような、正当な価格の十分の一ぐらいの値段でしたがね。それでも、当時は——そう、一年以上も手元不如意の暮らしがつづきましたよ。憶えているかい、アンナ？」

「ええ、憶えています」

「じっさいのところ、わたしたちの手の届くものではなかったんですよ——当時はとてもじゃなかった。もちろん、いまなら、ちがいますがね。先日、クリスティでとてもすばらしい漆の家具が出ると聞きましてね、この部屋を完璧にするのにぴったりの品が。シナの漆の家具で統一して、ほかのものは置かない。わたしはそう思ったんですけどねえ。サタスウェイト、信じられますか？　妻は耳も貸さなかったんですよ」

「わたしはいまのままのこの部屋が好きなんです」そういったアンナの顔に、奇妙な表情が浮かんでいる。

サタスウェイトはまた、彼女が挑戦して勝ったのだと感じた。部屋のなかを見まわし、彼女の個性が表われている品がひとつもないことに、初めて気づいた。写真や花や小間物類は、いっさい、見あたらない。婦人の部屋らしいところがまったくない。この部屋には不釣り合いにしても、漆の衝立がなければ、大きな家具屋の展示室かと思えるほどだ。

サタスウェイトは、アンナが微笑しているのに気づいた。

「よろしいですか」身をのりだしたアンナから、一瞬、英国的なところが消えて、外国人らしさがあらわになった。「あなたなら理解してくださるでしょうから、お話ししましょう。わたしたちはこの衝立をお金には換えられないもので買ったんです。心底、愛してしまったんですよ。これは美しくて特別なものです。なので、ほかのものはあきらめ、必要な品々さえ買わずにがまんしました。夫が話した漆の家具類は、お金を払いさえすれば手に入ります。わたしたたち自身のなにかを犠牲にすることもなく」

ジョンは笑った。「好きなようにしなさい」寛大にいったが、その声にはかすかにいらだちがこもっていた。「だが、このいかにも英国的な調度が背景では、不釣り合いなんだよ。ほかの家具や調度はどれも上質で造りもしっかりしているし、まがいものではない——だけどね、ごく平凡なんだよ。上質で堅固な、純粋の後期ヘップルホワイトの家具というだけのものだ」

アンナはうなずいた。「上質で、堅固で、純粋に英国的」そっとつぶやく。

そんな彼女を、サタスウェイトはじっとみつめていた。彼女のことばの裏にこめられた意味をとらえられそうな気がした。いかにも英国的な部屋。そのなかで異彩を放つシナの衝立……いや、だめだ。とらえきれない。

「先ほど、小径でミス・スタンウェルに会いましたよ」サタスウェイトはさりげなくいった。「あの娘さん、今夜の催しでピエレッタを演じるそうですね」

「ああ、踊りもうまいんだ」

「脚がよくないわ」アンナがいう。

「なにをいってるんだ。女というのはみんな同じだね、サタスウェイト。ほかの女が褒められるのはがまんできないんだ。モリーはきれいだから、どんな女も辛辣《しんらつ》になって、きびしくあたるんだよ」

「わたしは踊りのことをいってるんです」アンナは少し驚いた口ぶりでいった。「ええ、あの娘《こ》はとてもきれい。でも、脚の動きがぎごちないの。わたしは踊りのことならなんでも知っているから、あなたの意見は聞けないわ」

サタスウェイトは巧みに夫婦の話に割りこんだ。「プロのダンサーがふたり来るそうですね」

「ああ。バレエを踊るために。プリンス・オラノフが車で連れてきてくれる」

「オラノフって、セルゲイ・イワノヴィッチ・オラノフ？」アンナが訊いた。

ジョンは妻に目を向けた。「彼を知ってるのかい？」

「むかしね――ロシアにいたころ」

この返事に、ジョンはかすかに動揺した――サタスウェイトはそれを見逃さなかった。

「あっちもおまえを知っている？」

「ええ。わたしだと気づくでしょうね」

アンナは笑った。低いが、勝ち誇ったような笑い声だった。その顔は、もはやオランダ人形とはいえない。アンナは夫を安心させるようにうなずいた。「セルゲイ・イワノヴィッチ・オラノフ。そう、あのかたがバレエダンサーをふたり、連れてくるんですか。あのかたはむかしからバレエがお好きだったから」

「憶えてるよ」ジョンはぽつりとそういうと、部屋から出ていった。クィンも出ていく。アンナは電話の受話器を取りあげ、番号を告げて、つないでくれるようにたのんだ。それを機に、サタスウェイトがふたりの男のあとを追おうとすると、アンナが身ぶりで押しとどめた。

「レディ・ロシェイマーをお願いします。あら、あなたですか。アンナ・デンマンです。プリンス・オラノフはもうお着きになりました？　え？　なんですって？　まあ、なんてこと！

恐ろしい！」

アンナはしばらく黙って相手の話を聞いていたが、やがて受話器を架台におろし、サタスウェイトの顔を見た。「事故があったそうです。セルゲイが運転していたんでしょうね。むかしと少しも変わっていないんだわ。同乗していた女性のほうは軽いけがですんだそうですが、打ち身であざができているうえに、動揺して震えがとまらないらしく、今夜はとても踊れないそうです。男性のほうは腕の骨が折れているんですって。セルゲイ自身は無事だそうです。たぶん、悪魔の加護があるんだわ」

「では、今夜の催しはどうなります？」

「それが問題ですね。なんとかしなくては」アンナはすわりこんで考えこんだ。やがて、サタスウェイトに目を向けた。「ミスター・サタスウェイト、わたしは女主人失格ですわね。ろくにおもてなしもしなくて」

「そんなご心配は無用ですよ。ところでミセス・デンマン、ひとつだけ知りたいことがあるんですが」

「なんでしょう？」

「どうしてミスター・クィンと知り合われたのですか？」

「よくこちらにおいでになるんです」アンナはゆっくりといった。「このあたりに縁《ゆかり》がおありなんじゃないかしら」

「ええ、そのとおりです。今日の午後、そういってました」

「あのかたは――」アンナはいいよどんだ。サタスウェイトと目が合う。「あなたはあのかたのことを、わたしよりもよくごぞんじのようですね」

「わたしが？」

「そうじゃありませんか？」

サタスウェイトは困惑した。彼の律儀でちっぽけな魂は、アンナの気持の乱れを痛いほどに感じとっている。彼には率直に応じるだけの心の準備ができていないのに、アンナは無理にでも話を聞きだしたいのだ。サタスウェイトが口にするのをためらっていることを、ぜひともことばにして語ってほしがっている。

「ごぞんじなんですね！　あなたはなんでも知っているかただと思いますよ、ミスター・サタスウェイト」

常ならば、うぬぼれ心をくすぐられるお世辞だが、今回ばかりは効き目がなかった。サタスウェイトはいつになく謙虚な気持で、頭を振った。「〝誰かを知る〟ことなど、できるのでしょうか？　ほんの少し……ごくわずかなことしかわからないものです」

アンナはうなずいた。しばらく黙っていたが、また口を開いた。妙に思いつめたような声で、サタスウェイトを見ずに話す。「あなたに打ち明け話をしても――お笑いにならないでくださいますか。いいえ、あなたなら笑ったりなさらないはず。ひとが仕事を――」口ごもる。「一生を懸けて仕事をつづけようとするには、想像や夢想が必要なんです。ほんとうは存在しない人物を装《よそお》い、自分ではない、特定の誰かになりきる……そう信じこむ。いわば自分をだます――

それだけのことです。でも、ある日――」

「ふむ？」サタスウェイトは強い興味をもった。

「――ある日、夢想が本物になるんです！　想像していたこと――ありえないことが、不可能なことが――現実になる！　それは狂気のゆえ？　ミスター・サタスウェイト、教えてください。狂ってしまったからなのでしょうか？　それとも、それは事実だと、あなたも信じますか？」

「そのう……」不思議なことに、サタスウェイトはことばを紡ぐことができなかった。ことばが喉の奥にへばりついてしまったかのようだ。

「狂気の沙汰ですわね」アンナはいった。「愚かなことです」

アンナは部屋を出ていった。どういうわけか信念を口にできなかったサタスウェイトは、ひとり取り残された。

サタスウェイトが階下に降りると、アンナは新たな客をもてなしていた。背の高い、中年まぢかの男だ。

「プリンス・オラノフ。こちらはミスター・サタスウェイト」

アンナに紹介され、ふたりの男は軽くおじぎをした。アンナと客はなにやら話しこんでいたようだが、それをサタスウェイトが邪魔してしまったらしい。といって、中断した会話がつづけられるようすはなかった。しかし、緊迫した雰囲気ではない。

セルゲイ・イワノヴィッチ・オラノフはごく自然に、サタスウェイトの琴線に触れる話題をもちだした。サタスウェイトには、オラノフ自身が芸術全般を愛しているとよくわかったし、共通の友人が大勢いることもわかった。やがてジョン・デンマンがやってきて、話題は地元関連のものに変わった。

オラノフは事故を起こしたことを悔やんだ。「わたしの過失ではありません。わたしは車の運転が好きです。ええ、好きですが、決して無謀な運転はしません。いってみれば、あの事故は運命というか、偶然というか――」肩をすくめる。「万物の支配者のせいです」

「セルゲイ・イワノヴィッチ、あなたのなかのロシア人気質《かたぎ》が、そういっているんでしょう」アンナがいった。

「あなたのなかでそれが反響しているのがわかるよ、アンナ・ミカロヴナ」オラノフはすばやくいいかえした。

サタスウェイトは三人の顔を順に見ていった。

ジョン・デンマン。金髪。超然としている。英国人。

アンナとオラノフ。ふたりとも黒髪。痩身。奇妙なほどよく似ている。

胸の内になにかが湧き起こってくる――なんだろう？　ああ、そうか！　ワーグナーのオペラ『ワルキューレ』だ。ジークムントとジークリンデ――このふたりはふたごなので、よく似ている。そして、よそ者のフンディング。

サタスウェイトの頭のなかで、推測がうごめきはじめる。これはクィンの存在と関係があるのだろうか。サタスウェイトは固く信じている――クィンが現われるところには、必ずドラマがある、と。今回はこれなのだろうか。むかしながらの、ありふれた三角関係の悲劇？　なんとなく落胆してしまう。もっとましなものだといいのに。

「どんな手配をしたんだね、アンナ」ジョンが訊く。「中止するか延期するしかないだろうな。ロシェイマー家に電話してそういったんだろう」

アンナはくびを横に振った。「いいえ、中止も延期もする必要はありません」

「だが、バレエ抜きではやれないだろうに」

「確かに、ハーリクィンとコロンビーヌがいなくては、無言劇《パントマイム》はできません」アンナはそっけなくいった。「ジョン、わたしがコロンビーヌをやりますわ」

「きみが？」ジョンは仰天した。心底動揺しているようだとサタスウェイトは思った。

アンナは冷静にうなずいた。「心配なさらないで、ジョン。あなたに恥をかかせたりはしませんから。忘れたんですか――わたしもかつてはプロだったんですよ」

サタスウェイトは考えた――声というのは、じつに驚くべきしろものだ。声は話すためにある。それでいて、話されずに秘められていることがあると暗に語ってしまうのだ。それがなんなのか、知りたいけれど……。

「そうか」ジョンはしぶしぶいった。「それで問題は半分、片づいたな。で、もうあと半分はどうするんだね？　ハーリクィンをどこから連れてくるんだ？」

「もうみつけました――あそこに！」アンナは開いたドアのほうに顔を向けた。ちょうどクィンが現われたところだった。クィンはアンナにほほえんだ。

「なんとねえ、クィン！」ジョンは驚きの声をあげた。「こういう分野のことができるのかい？」

「ミスター・クィンは専門家ですよ。保証人がいますわ。ミスター・サタスウェイトが保証してくださいますよ」アンナはサタスウェイトに笑顔を向けた。

その笑みに、サタスウェイトは思わず応えてしまった。「ああ、はい――わたしが保証します」

ジョンは別のことに注意を向けた。「無言劇のあとは仮装舞踏会だ。これがまたひどく厄介でね。サタスウェイト、あなたの仮装も用意しなくてはいかんね」

サタスウェイトは断固としてくびを横に振った。「この歳ですからね、ご勘弁ねがいますよ」

そういったとたん、アイディアがひらめいた。テーブルにあったナプキンを取り、腕に掛ける。

「どうです、古き良き時代の老いたる給仕というのは」そういって笑う。

「興味ぶかい仕事ですよね」クィンはいった。「給仕はなんでも見ている」

「わたしはあのばかげたピエロの衣装を着なくてはならん」ジョンはうんざりした口調でいった。「しかし、あの衣装は涼しいからよしとしよう。あなたはどうなさいますか？」オラノフに訊く。

「ハーリクィンの衣装を持っているんだがね」ロシア人はちらっと女主人を見た。

一瞬、空気が張りつめたような気がしたが、それはサタスウェイトの思いちがいだったかもしれない。

「いっそ、道化師が三人というのはどうだろうね」ジョンはそういって笑った。「じつはわたしも、ハーリクィンの衣装を持っているんだ。結婚早々に、なにかのパーティのために、妻がこしらえてくれたんだよ」そこでことばを切り、うつむいて、シャツにつつまれた広い胸を見おろす。「いやあ、もうあれは着られないだろうなあ」

「そうですね」アンナがいう。「もう着られないでしょう」その声には、ことばにならなかったなにかがこもっていた。

アンナは時計を見た。「早くモリーが来てくれないかしら。あまり待っていられないんですけどね」

ちょうどそのとき、モリー・スタンウェルがやってきた。白と緑のピエレッタの衣装を着ている。サタスウェイトの目には、よく似合っていて魅力的に映った。

モリーはやがて始まる催しに興奮し、熱意に燃えていた。「あたし、すごく不安なんです」みんなで食後のコーヒーを飲んでいるとき、モリーはそう訴えた。「声が震えて、歌詞も忘れそう」

「あなたはとてもいい声をしているわ」アンナがいう。「わたしがあなたなら、そんな心配はしないでしょうね」

「まあ、でも、あたしは不安でたまらない。ほかのことは心配してないけど——踊りのことはね。そっちはだいじょうぶ。脚の動きもそんなにへんじゃないと思うんですけど、どうですか？」

モリーはアンナに訊いたが、アンナはなにもいわなかった。その代わりにこういった。「ミスター・サタスウェイトに歌を聞いてもらったら？　励ましていただけるんじゃないかしら」

モリーはすなおにピアノに向かった。よく響く若々しい声で、アイルランドの古い民謡《バラッド》を歌いはじめる。

〝ジェイラ、黒髪のシェイラ、おまえはなにを見ているのだ？
なにを見ているのだ、炎のなかに？
あたしを愛している若者と、あたしから去っていく若者
三人目の若者は黒い影――あたしを悲しみにくれさせる黒い影〟

歌が終わると、サタスウェイトは感嘆して、熱をこめてうなずいた。「ミセス・デンマンのおっしゃったとおりだ。とてもいい声だ。完全に訓練された声ではないが、自然で、聞いていて気持がいい。それに、わざとらしさがなく、若さにあふれている」

「そのとおり」ジョンがいった。「がんばりなさい。舞台に出てもあがらないように。さて、そろそろロシェイマー家に出向いたほうがいいようだな」

仮装の衣装に着替えるために、それぞれ各自の部屋にもどることにする。そして、一同がそろったら、よく晴れた夜なので、二、三百ヤードしか離れていないロシェイマー家まで、歩いていこうということになった。

サタスウェイトがふと気づくと、隣にクィンがいた。

「おかしな話ですが」サタスウェイトはクィンにいった。「あの歌であなたを連想しました。〝三人目の若者は黒い影〟というところで。なにやら謎めいていますね。そして、謎といえば、わたしはいつもあなたを思い出すんです」

「わたしはそんなに謎めいていますか?」クィンは微笑した。

サタスウェイトは力をこめてうなずいた。「ええ、まことに。つい先ほどまで、あなたがプロのダンサーだとは、思いもしませんでしたよ」

「そうですか?」

「ちょっとこれを聞いてください」サタスウェイトは『ワルキューレ』の愛の主題《モチーフ》をハミングした。「夕食のとき、あのふたりを見るたびに、このメロディが頭のなかで鳴り響きましてね」

「どのふたりです?」

「プリンス・オラノフとミセス・デンマンです。今夜の彼女はいつもとはちがうと思いませんか? なんだか——まるでふいに鎧戸《よろいど》が開いて、内側の光があふれだしたような」

「なるほど。おそらくそうでしょう」

「むかしながらのドラマですな。どうです、あたってますか? あのふたりは同じところに属している。同じ世界に生き、同じ思考をして、同じ夢を見ている……どういう経緯があったか、わかりますね。十年前、ジョン・デンマンはハンサムで、若くて、颯爽としていて、ロマンスの偶像のような男だった。そして、その男が彼女の命を救った。すべて、ごく自然ななりゆきです。しかし、いまは——つまるところ、彼はどういう男なのか。善良な男であることはまちがいない。しかも、成功して裕福になった——が、ごく平凡な男です。善良で、正直な英国人。あのヘップルホワイトの家具そのもの。英国人で、平凡で、まさにあの娘さんと同じです。訓練されていない、若々しい声をもつ、あの娘さんと同類なのです。おや、笑ってますね、ミスター・クィン。ですが、わたしの意見は否定できないのでは？」

「わたしはなにも否定しません。あなたの目はつねに正しく見ている。とはいえ——」

「とはいえ？」

クィンは身をのりだした。憂《うれ》いを帯びた黒い目が、サタスウェイトの目をとらえる。「あなたが人生で学んだことは、それっぽっちなんですか？」

クィンはさっさと行ってしまい、心をかき乱されたサタスウェイトはひとり取り残された。くびに巻くスカーフを選ぶのに手間どったうえに、クィンのことばで否応なく考えこんでしまったため、階下に降りたときは、ほかのみんなはとっくに行ってしまっていた。サタスウェイトは庭を通り、午後に使ったのと同じ扉を開けた。〈恋人たちの小径〉を月の光が照らしている。扉から出ようとしたサタスウェイトは、腕と腕をからませた男女に気づいた。

サタスウェイトは一瞬、誰と誰だろうと考えた。

やがて男女の顔が見えた。ジョン・デンマンとモリー・スタンウェル。ジョンの声が聞こえた。苦しそうな、かすれた声。

「きみなしでは生きていけない。どうすればいいのだろう？」

サタスウェイトは体の向きを変えて庭にもどろうとしたが、誰かに止められた。すぐそばに誰かが立っている。その誰かもサタスウェイトと同じ光景を見たのだ。

その顔をちらりと見ただけで、サタスウェイトは、先ほどクィンに得々と語った自分の見方が、どれほど大きくはずれていたかを悟った。

彼女の苦しみのこもった手の力を感じ、サタスウェイトはその場に釘づけとなり、ジョンとモリーがロシェイマー家に向かって小径を下っていき、視界から去ってしまうまで動かずにいた。そして、サタスウェイトは彼女を慰めるつもりで、愚にもつかぬことをぼそぼそと口にした。彼女の苦悩を思えば、滑稽《こっけい》ともいえる慰めかただった。

彼女はぽつりといった。「わたしをひとりにしないで」

サタスウェイトは妙に心を打たれた。ならば、自分も役に立っているのだ。彼はなおもつまらないことを話しつづけたが、黙りこくってしまうよりは、いくぶんかましだ。ふたりはロシェイマー家に向かった。ときどき、小柄なサタスウェイトの肩に置かれた彼女の手に力がこもる。連れが彼であることを、彼女はありがたく思っているのだと、サタスウェイトは理解した。

ようやくロシェイマー家に着くと、彼女は手を離して背筋をのばし、顔をしゃんとあげた。

「では、踊りますわ。わたしのことはご心配なく。ちゃんと踊りますから」そういって、彼女はさっさと行ってしまった。

サタスウェイトはレディ・ロシェイマーにつかまった。ダイヤモンドをこれでもかというぐらいに飾りたてているのに、レディ・ロシェイマーはわびしげな風情の女性だった。そのあと、彼女はサタスウェイトをクロード・ウィッカムに引き渡した。

「めちゃくちゃです！　台無しだ！　ぼくはいつだって、こんな目にあうんだ。田舎者のくせに、踊れると思っているんですからね。おまけにぼくにはなんの相談もなかった——」

クロードはしゃべりつづけた。えんえんと、とめどなく。サタスウェイトという理解ある聞き手、なんでも知っている人物を得たのだ。なので、ここぞとばかりに、自己憐憫にどっぷりと浸って、愚痴《ぐち》をこぼしまくった。が、音楽が始まったとたんに、ぴたりと口をつぐんだ。

サタスウェイトは現実に立ちもどった。批評家としてのするどい意識が働きだす。クロード・ウィッカムはいいようのないほどの愚か者だが、作曲はできる——妖精の蜘蛛《くも》の糸のように繊細《せんさい》で手を触れることのかなわない音楽を創れる。しかも、きれいなだけの音楽ではない。

舞台の道具立てはよくできている。レディ・ロシェイマーは自分の庇護者たちを援助するときは、費用を惜しまない。

最初の場面はアルカディアの森のなかの野原。照明がすばらしく、いかにも幻想的な雰囲気をつくりだしている。

ふたりの人物が踊っている。歳月をかぞえられないほどはるかむかしから、ずっと踊りつづけているようなふたり。ほっそりしたハーリクィン。月の光にきらめく魔法の杖を持ち、顔には仮面をつけている。白い衣装のコロンビーヌが、不滅の夢のように、ピルエットでくるくると旋回している……。

サタスウェイトはすわりなおした。以前にも、いまと同じ時間をすごしたことがある。そう、確かに……。

　彼の意識は、ロシェイマー家の広間から遠く離れたところに飛んだ。ベルリン美術館の、不滅のコロンビーヌ像の前に。

　ハーリクィンとコロンビーヌは踊りつづける。広い世界をふたりだけのものとして、踊りつづける……。

　月の光。人影がひとつ。森をさまよい、月に歌っていたピエロだ。ピエロは、コロンビーヌを見たとたんに心を奪われてしまった。不死のふたりは姿を消す。だが、コロンビーヌはふりかえった。人間の心の歌を聞いてしまったからだ。

　ピエロは森を、暗闇のなかを、さまよいつづける……歌声が次第に遠ざかっていく……。

　次の場面は村の野原。近隣の村娘たちが道化師と女道化師に扮して踊っている。モリーは女道化師のひとりだが、とうていダンサーとはいえない――アンナのいったとおりだ。しかし、『野原で踊るピエレッタ』の歌声は若々しくて、音程も正確だった。

　うまい――サタスウェイトは感心してうなずいた。クロードは曲を作ったが、そこにこめられるべき心情までは書かなかったはずだ。サタスウェイトは村娘の大半には怖気《おぞけ》をふるったが、レディ・ロシェイマーの断固とした博愛精神には脱帽した。

　道化師たちも女道化師たちも、ピエロに踊りに加われと無理強いする。ピエロは断る。白塗りの顔でさまよいつづけるのだ――理想の恋を求めてやまない永遠の恋人として。

　夜の帳《とばり》がおりる。ハーリクィンとコロンビーヌは、大勢の人々のあいだを縫うようにして踊る。人々にこのふたりは見えない。やがて野原からひとがいなくなった。疲れはてたピエロだけが草の土手の上で眠っている。ハーリクィンとコロンビーヌは、眠っているピエロのまわりで踊る。ピエロは目覚め、コロンビーヌを見る。ピエロはむなしくも彼女に愛を告白し、求婚し、懇願する……。

コロンビーヌは立ち去ろうとはしない。ハーリクィンが手招きしている。だが、いまの彼女の目に、ハーリクィンは映っていない。ピエロの訴えに耳をかたむけ、ほとばしる愛の歌に聞きほれる。コロンビーヌがピエロの胸にもたれかかる。幕が下りる。

第二幕の始まりはピエロのコテージ。コロンビーヌは炉の前にすわって糸を紡いでいる。顔色が青く、疲れているようす。耳をかたむけている――なにを聞いているのか？ ピエロの歌を――もう一度自分のことを想ってくれと訴える彼の歌を。夕闇が迫る。雷が鳴りだす……コロンビーヌは紡ぎ車をわきにどける。憑かれたように、なにかに心を奪われている……もはやピエロの歌は聞いていない。聞いているのは、彼女自身の音楽。ハーリクィンとコロンビーヌの音楽。目が覚める。思い出す。

落雷の音が轟《とどろ》く。コテージの戸口にハーリクィンが立っている。ピエロには見えないが、コロンビーヌには見える。彼女はうれしそうな笑い声をあげて、はねるように立ちあがる。駆けよる子どもたちを押しのける。また落雷の音がして、コテージの壁が崩れる。コロンビーヌはハーリクィンといっしょに踊りながら、嵐の夜のなかに消えていく。

闇のなかにピエレッタの歌声が響く。ゆっくりと照明がつく。ふたたびピエロのコテージ。

ピエロとピエレッタはともに年老い、髪にも白いものがまじっている。炉の前の肘掛け椅子にすわっているふたり。音楽はやさしいが静かだ。ピエレッタがうなずく。窓から月の光がさしこんでいる。ピエロの歌が聞こえてくる——すっかり忘れていた愛のモチーフ。眠っているピエロが身じろぎする。

かすかな音楽——妖精の音楽……ハーリクィンとコロンビーヌがコテージの外にいる。ドアが開き、コロンビーヌが踊りながら入ってくる。眠っているピエロのうえにかがみこんで、くちびるにキスする……。

落雷。雷鳴。コロンビーヌはふたたび外にいる。舞台のまんなかに明かりのともる窓。窓を通して、ハーリクィンとコロンビーヌがゆっくりと踊りながら去っていくのが見える。ふたりの姿がだんだんかすかになっていく……。

炉のなかで燃えている薪が崩れ落ちる。ピエレッタが腹立たしげにとびあがって窓辺に走り、ブラインドを下ろす。ふいに不協和音が響き、終わりとなる……。

拍手と歓声がわきおこるなか、サタスウェイトはじっとすわっていた。しばらくしてようやく立ちあがった。モリー・スタンウェルが顔を紅潮させ、うれしそうに賛辞を受けている。ジョン・デンマンが人ごみをかきわけ押しのけて、前に進もうとしている。目にはいままでにない光がきらめいている。モリーがそばに行ったが、ほとんど無意識に、ジョンは彼女をわきに押しやった。彼が会いたいのはモリーではないのだ。

「妻は？　妻はどこだ？」

「庭に行ったようですよ」
しかし、アンナをみつけたのはサタスウェイトだった。

アンナは糸杉の下、石のベンチにすわっていた。サタスウェイトは彼女に近づき、思いがけない行動に出た。片膝をついて、彼女の手をもちあげ、その手の甲にキスしたのだ。

「あら！　わたし、うまく踊れました？」

「すばらしい踊りでした――いつものようにね、マダム・ハルサノヴァ」

アンナはひゅっと息を呑んだ。「では――おわかりになったんですね」

「ハルサノヴァは唯一無二のひとです。一度でもあなたの踊りを見た者は、決して忘れない。だが、なぜ？　どうして？」

「ほかにどうすることができまして？」

「というと？」

アンナは率直にいった。いまはもう、率直に話せるのだ。「あなたにはおわかりでしょう。あなたは社交界をよくごぞんじですもの。一流のダンサーは、恋人ならもてます。でも、夫となると、それはまた別のこと。そしてあのひとは、ほかのものは望みませんでした。わたしがあのひとのものになることしか。でも、ハルサノヴァは誰のものにもなれません」

「わかります。よくわかります。だから、あなたはあきらめた？」

アンナはうなずいた。

「それほど深く彼を愛していたんですね」サタスウェイトはやさしくいった。

「そんな犠牲をはらうほどに?」アンナは笑った。

「それだけではないでしょう。後悔せずに前を向いていけるほどに」

「ええ、そうね――たぶん、あなたのおっしゃるとおりでしょう」

「そして、いまは?」

アンナは真剣な表情になった。「いま?」少し間《ま》を置いてから、声を張って暗がりに呼びかけた。「そこにいるんでしょう、セルゲイ・イワノヴィッチ?」

セルゲイ・オラノフが月光のもとに姿を見せた。アンナの手を取り、なんの気どりもなくサタスウェイトにほほえむ。「十年前、わたしはアンナ・ハルサノヴァの死を嘆いた」オラノフは淡々といった。「わたしにとって、アンナ・ハルサノヴァはわたしの半身だった。今日、わたしはふたたび彼女と出会えた。もう離れない」

「十分後に、あの小径の坂のふもとで」アンナはオラノフにいった。「必ず行きます」

オラノフはうなずき、立ち去った。

不世出のダンサーはサタスウェイトのほうを向いた。くちびるをほころばせ、笑みを浮かべている。「これではいけませんか、ミスター・サタスウェイト」

「ごぞんじですか」サタスウェイトは唐突にいった。「ご主人があなたを捜しておいでなのを」

一瞬、アンナの顔がひきつったが、声はいささかも乱れなかった。「ええ、そうでしょうね」

「ジョンの目を見ましたよ。彼の目は――」また唐突に口をつぐむ。

アンナは平静だった。「きっと、そうでしょうね。一時間。一時間かぎりの魔法です。思い出や音楽や月の光が生みだす魔法。それだけのことです」

「では、わたしにいえることはなにもない。そうなのですね」サタスウェイトは落胆し、ふいに老いを感じた。

「十年間、わたしは愛するひととともに生きてきました」アンナ・ハルサノヴァはいった。

「これから、十年ものあいだ、わたしを愛してくれたひとのもとに行きます」

サタスウェイトはなにもいわなかった。いうべきことばがなかった。それに、アンナの決断がいちばん簡単な解決方法に思えた。ただし——それは彼の望んだ解決ではない。

アンナはサタスウェイトの肩に手を置いた。「わかっていますよ、わたしのお友だち。でも、三番目の道はないんです。ひとが求めるものはいつもひとつだけ——恋人、完璧な恋人、そして、永遠の恋人……。ハーリクィンの音楽そのもの。永遠に満足できる恋なんかない。どんな恋人も死ぬべき運命《さだめ》を背負っているから。ハーリクィンは神話にすぎず、死すべき運命の人間に彼は見えない……でも、もし——」

「もし——なんです?」

「もし、彼の名が〈死〉ならば、話は別です」

サタスウェイトは身震いした。

アンナは立ちあがり、暗がりに消えていった。

アンナが行ってしまってから、どれぐらい時間がたったのか、サタスウェイトにはわからない。彼はその場から動けずにいたのだ。だが、貴重な時間をむだにすごしてしまったと気づき、急いで立ちあがった。なにかに引っぱられるように早足で歩きだす。

あの小径に出ると、サタスウェイトは現実感のない、不思議な思いにとらわれた。小径には魔法が働いている。魔法と月光。そのなかを近づいてくる、ふたつの人影。

アンナと、ハーリクィンの衣装を着けたオラノフ――サタスウェイトは最初、そう思った。だが、ふたりに追い抜かれるときに、それがまちがいだとわかった。あのしなやかな動きは、あるひと特有のものだ――そう、あれはハーリー・クィン……。

ふたりは小径を登っていく――その足どりは、空《くう》を踏んでいるかのように軽やかだ。クィンがふりむいた。その顔を見て、サタスウェイトは衝撃を受けた。これまで見たことのない顔だったからだ。見知らぬひと――いや、見知らぬひとというわけではない。ああ、そうだ！　あれはジョン・デンマンの顔だ。暮らしがよくなる前のジョンの顔は、こうだったのではないだろうか。熱意があって冒険好きな、少年っぽい顔。そして、恋する青年の顔……。

彼女の晴れやかで幸福な笑い声が聞こえた。ふたりを見送っていたサタスウェイトは、残骸となっているはずのコテージに、灯がともっているのに気づいた。夢を見ているように、彼はふたりを見守った。

荒っぽく肩をつかまれ、サタスウェイトはいきなり現実に引きもどされた。ぎょっとしてふりむくと、セルゲイ・オラノフと目が合った。オラノフの顔は蒼白で、取り乱している。

「彼女はどこだ？　どこにいる？　約束したんだ――だのに、来なかった」

「おくさまは小径を登っていきました――おひとりで」門の陰からメイドの声がした。女主人の肩掛けを持っている。「あたし、さっきからここにいたんです。おくさまが小径を登っていかれるのを見ました」

サタスウェイトはきつい声で訊いた。「おひとりで？　ひとりでといったね？」

驚いて、メイドは目を大きくみひらいた。「はい。だんなさまもごらんになったのではないんですか？」

サタスウェイトはオラノフの腕をつかんだ。「急ぎましょう。なんだか──胸騒ぎがする」

ふたりは急ぎ足で小径を登っていった。ロシア人のプリンスは、矢継ぎばやに短い文章を口にしつづけた。「彼女はじつにすばらしい。今夜の踊り！　それにあの相手役。あなたのご友人だね。どういうひとなんだ？　いや、彼もすばらしかった──じつにユニークで。むかし、彼女はリムスキー・コルサコフ作曲のコロンビーヌを踊ることになったんだが、完璧なハーリクィンはみつからなかった。モルドロフもカッシーニも──どちらも完璧とはいえなかった。

彼女はいつも夢想して踊っていたんだ。どういう夢想か、教えてくれたことがある──いつも夢のハーリクィンと踊っている、と。現実には存在しない男、ハーリクィンそのひとが現われて、いっしょに踊ってくれるのだと。彼女のコロンビーヌがすばらしいのは、その夢想のおかげなんだ」

サタスウェイトはうなずいた。頭のなかには、ひとつの考えしかない。「急ぎましょう。まにあうように。ああ、どうか、まにあいますように！」

小径の最後のカーブを曲がる。あの深い穴が見える。穴のなかには、前に見たときにはなかったものがあった。美しいポーズの女性の死体。大きく広げた両腕。がっくりとのけぞった顔。月の光をあびたその顔も体も、美しくて堂々としている。

サタスウェイトの耳に、かすかな声が聞こえてきた——クィンの声だ。〝ゴミの山にも、ときとして、すばらしいものがありますよ〟……。いまようやく、サタスウェイトはクィンのことばの意味を理解した。

オラノフはぶつぶつと、わけのわからないことをつぶやいている。頬を涙がぬらしている。「わたしは彼女を愛した。どんなときも愛した」サタスウェイトが考えたとおりのことばがつづく。「わたしたちは同じ世界に生きていた——彼女とわたしは。同じように考え、同じような夢を見ていた。わたしはいつまでも彼女を愛しつづけるだろう……」

「どうしてそういいきれるんです？」

オラノフはまじまじとサタスウェイトをみつめた。彼のきびしい、いらだちのこもった声に驚いている。

「どうしてそういいきれるんです？」サタスウェイトはくりかえした。「恋人たちはみんなそう考える……恋人たちはみんなそういう。恋人はただひとりだけだと——」

ふりむいたサタスウェイトは、クィンとぶつかりそうになった。動揺もあらわに、サタスウェイトはクィンの腕をつかみ、わきに引っぱっていった。

「あれはあなただった」サタスウェイトはいった。「つい先ほどまで彼女といっしょにいたのは、あなたでしたね？」

クィンは少し間《ま》をおいてから、おだやかにいった。「そう思いたいのなら、それでかまいません」

「メイドにはあなたが見えなかった？」

「メイドにはわたしが見えなかった」

「ですが、わたしには見えました。なぜです？」

「あなたが支払った代償の結果として、あなたには見えるんです――ほかのひとには見えないものが」

ほんのしばらく、サタスウェイトは理解できないという顔で、クィンをみつめていた。そして、ポプラの葉のように震えだした。「ここはなんです？」低い声で訊く。「ここはなんなのです？」

「今日の午後お会いしたときにいいましたよ。ここはわたしの小径です」

「〈恋人たちの小径〉。人々が通る道」

「たいていの人が――遅かれ早かれ」

「そして、この小径の果てに――なにをみつけるんでしょう？」

クィンは微笑した。崖の先端にあるコテージの残骸を指さし、いっそうおだやかな声でいった。「あれは夢の家――あるいは、その残骸。どちらといえるでしょう？」

サタスウェイトはクィンをみつめた。すさまじいほどの反発心がこみあげてくる。またもやはぐらかされ、惑わされてしまう気がしてならない。

「ですが、わたしは――」サタスウェイトの声は震えていた。「このわたしは、あなたの小径を一度も歩いたことがない……」

「それを後悔なさっていますか?」

サタスウェイトの荒ぶる気持はくじけてしまった。クィンの姿が威風堂々として見える。恐ろしくもあり脅威でもあるなにかが、サタスウェイトの目を開かせ、過去を追想させる。喜び、悲嘆、絶望……。

サタスウェイトの安穏としてちっぽけな魂は、怖気をふるってちぢこまった。

「後悔なさっていますか?」質問をくりかえすクィンは、なにやら恐ろしい雰囲気をまとっている。

「い、いいえ」サタスウェイトは口ごもった。「いいえ」そういってから、ふいに気力を取りもどし、大きな声でいった。「ですが、わたしには見える。わたしは人生の傍観者にすぎないかもしれないが、ほかのひとたちには見えないものが見える。ミスター・クィン、あなたご自身がそういいましたよね……」

だが、ハーリー・クィンの姿はもうなかった。

解説

杉江松恋

謎が解かれるために存在する。それがミステリにおける探偵だ。

解かれる、のであって、解く、のではない。探偵が事件を解決できるのは、神の如き叡智《えいち》の持ち主だからではなく、もともと解かれるために謎が提示されているためである。謎解き、という機能を探偵が担っていると言い換えてもいい。

アガサ・クリスティ『ハーリー・クィンの事件簿』は、こうした探偵のありようについて考える上で避けて通れない一冊である。クリスティは自らの第三短篇集として一九三〇年にコリンズ社からこの作品を上梓した。

視点人物を務めるのは、サタスウェイトという男性だ。彼は「最前列の観客席にすわったまま、次々と眼前でくりひろげられる人間性豊かなドラマを、眺めてすごしてきた」人物である。あくまで観察者に徹し、そのドラマの当事者になることはなかったのだ。ロマンスからはほど遠く、彼は人生が自分を「すりぬけて」いったと内心で考えている。

そのサタスウェイトがイーヴシャム家に招かれた夜、予期せぬ客がやってくる。車が故障したために立ち寄ったというその男性こそが、本書のもう一人の主人公であるハーリー・クィンだ。当夜の屋敷を賑わせていたのは、デレク・ケイパルという男が自殺と見える死に方をしたことについての話題である。クィンの登場を契機に、サタスウェイトの脳裏にはその広間の光景がまったく違ったものに見えるようになる。「登場すべき俳優のひとりが亡くなっているという、現実そのもののドラマ」だ。そうなるようにクィンがキューを出したのである。ドラマを観察することならば、長年の見巧者であるサタスウェイトの得意技だ。かくして彼は、不可解なケイパルの死に納得のいく解を見出すことになる。

巻頭の「ミスター・クィン、登場」はこのように展開する話だ。収録作の骨格はだいたい同じで、サタスウェイトが深刻な人間関係の絡む「ドラマ」に遭遇すると、どこからともなくクィンが現れる。彼の出すキュー（合図、きっかけ）に導かれることによりサタスウェイトは、もつれた人間関係や背景に隠された悪意などを「観察者」として見出し、謎を解きほぐすのである。つまり、この連作では他の探偵小説であれば助手役にすぎない人物が謎を解き、探偵役はそのための示唆を行うだけで基本的に自分からは何もしない。作品集の前半ではひとびとの記憶の奇妙さについて注意を促すような助言もしているのだが（「ガラスに映る影」など）、次第にそれもしなくなり「いつだって、あなたご自身が力を尽くして、謎を解いているではありませんか」（「闇のなかの声」）とサタスウェイトを励ますだけになるのである。そうやって次第にキューを与えるだけの存在になっていく。不在のハーリー・クィンの気配が感じられることからドラマが始まる「死せる道化師」では、彼はただ姿を現すだけで、本質的には何もしていない。昨今のミステリを読みなれた方であれば、実はクィンという人は不在で、サタスウェイトの想像の中だけに存在するのではないかと疑いたくなるのではないか。クリスティはその気持ちを代弁するかのように、エピグラフにこう記している。「見えないひと、ハーリクィンに」と。

「はじめに」で書かれているように、ハーリー・クィンものの起源は、クリスティが少女時代に描いた一連の詩にある。原語のアルレッキーノ、英語表記のハーリクィンとは、イタリアに起源を持つ道化師のキャラクターで、十八世紀以降のイギリスでは喜劇の主人公として好評を博した。そのハーリクィンになぞらえた登場人物だから、ハーリー・クィンは初登場時に「虹の七色に染まった服を着ているよう」と描写されたり、自ら「『道化師』に魅せられ」ていると語ったりする。しばしば口にする「わたしは来ては去っていく者」という言葉は、自分が両義的でどこの世界にも属さない人間だということの表明なのである。

『アガサ・クリスティー自伝』（一九七七年。邦訳はクリスティー文庫）から引用する。

「クィン氏は物語の中にただいるだけの人物で、触媒であり、それ以上の何者でもない――ただ彼がそこにいるというだけで人間に影響を与えるのである。ちょっとした事実、明白に見当ちがいの言葉などが、彼が何のためにいるのかを指示する――ガラス窓から射し込んで彼の上に落ちているまだらの色の光の中に彼がいる――突然に現われたり消えたりする。かならずいつでも同じことを固く支持する――彼は恋人たちの友だちで、死とつながっている。（後略）」

（乾信一郎訳）

ここで重要なのは「触媒」という概念だろう。自身の本質を保ったまま、ただいるだけで周囲のものを変化させる。それがクィンという人物が存在する意味なのだ。すでに書いたとおり、彼は自身では一切の探偵としての行動をとらないが、キューを出すことでサタスウェイトに謎を解かせる。謎が解かれるためにその存在が必要とされるのが探偵の条件だとすれば、ハーリー・クィンほどそれにふさわしい人物はいないのではないか。

連作としての『ハーリー・クィンの事件簿』のおもしろさは、この触媒によって人生の傍観者に過ぎなかったサタスウェイトが変化していく点にある。「空に描かれたしるし」でクィンは彼に対し「片手に生をもう一方の手に死を握りしめて、舞台の中央に立っている、ご自分の姿」を想像したことはないのか、と語りかけている。それは正鵠《せいこく》を射た問いだったのだろう。後の「クルピエの真情」でクィンは「初めてお会いしたときにくらべると、あなたはお変わりになりましたね」と指摘している。サタスウェイトの心中に「ドラマに加わり、役を担いたい」という思いが芽生えたことを見抜いたからだ。この後に続く「海から来た男」は、まさしくサタスウェイトが傍観者なりに人生というドラマに参加する物語だ。そして、この「海から来た男」でクィンは、「見えないひと」という呼称にこの上なくふさわしい退場の仕方をする。全十二篇のうち、もっとも幻想味が強いのがこの一篇だ。

舞台の出演者としての自我を持ち始めたサタスウェイトは、最終話である「ハーリクィンの小径」である結論をクィンから突き付けられることになる。二人が見てきたドラマの数々は、基本的に恋人たちのそれだった。生への熱情が偶然によってねじ曲がり、死を志向するものに変わる。そうした悲劇に、謎解きという形でサタスウェイトは関わってきたのだが、彼自身はその中で何を見てきたのか。問いかけは言うまでもなく、読者自身にも向けられているのである。探偵小説という枠組み内だけではなく、もっと敷衍《ふえん》したものとしてこの問いを受けとめる方もいるだろう。

実はハーリー・クィンものはこれですべてではなく、もう二篇が書かれている。一篇はFlynn's Weekly（以下FL）一九二六年十月三十日号に掲載された「愛の探偵たち」（一九五〇年刊の短篇集 *Three Little Mice and Other Stories* 所収。邦訳は『愛の探偵たち』クリスティー文庫）、もう一つは一九七一年に刊行されたアンソロジー Winter's Crimes 3 に発表された「クィン氏のティー・セット」で、作者の死後に刊行された短篇集『マン島の黄金』（一九九七年。邦訳はクリスティー文庫）に収録されている。前者は短篇集の刊行の四年前に書かれた作品だが、後者は約四十年ぶりの新作である。作者の最晩年の作品ということもあり、大団円にふさわしい物語の広がりがある。

クリスティ作品を読む上で短篇の歴史を確認する意味は非常に大きい。初期のクリスティは短篇型の作家で、一九二〇年に『スタイルズの怪事件』でデビューした後、週刊誌 The Sketch（以下SK）の一九二三年三月七日号にミステリ作家としては初の短篇であるエルキュール・ポワロものの「戦勝記念舞踏会殺人事件」（日本オリジナル短篇集『教会で死んだ男』二〇〇三年、クリスティー文庫、所収）を寄稿している。ここからクリスティはポワロものの連作を始め、一九二三年の六月から九月中旬までの約四ヶ月と、同年十二月に二週間ほどの空白がある以外は、ほぼ週一作で短篇を同誌に書いているし、明けて一九二四年になると後に『謎のビッグ・フォア』の原型となるスリラーの連載も始めるのである。同年三月十九日号でそれが終了すると、半年の期間を置いて今度はトミーとタペンスものの『二人で探偵を』の連作だ。

これだけでもたいへんな気がするが、右に挙げた短篇がすべてではない。The Grand Magazine（以下GM）一九二三年十二月号に、後に『二人で探偵を』に収められることになるトミーとタペンスものの短篇「牧師の娘」が掲載されている。この雑誌にもクリスティは不定期で作品を発表するようになるのだ。というよりも、SK誌で定型的なポワロものを書くのに飽きてくるとGM誌に毛色の変わったものを発表していたのではないかと思われる節がある。たとえば「ミスター・クィン、登場」は『謎のビッグ・フォア』連載が終盤に差し掛かったまさにそのころ、同誌一九二四年三月号に発表されているのだ。

ここでクィンものが発表された順番を書いておこう。本書収録作十二篇のうち、残念ながら「翼の折れた鳥」は掲載誌が判明しておらず、書き下ろしの可能性がある。ゆえに、以下は同作を外した記述だ。掲載誌でSTとあるのはThe Story-Teller、DFはDetective Fiction Weekly、BEはBritannia and Eveのことである。

「ミスター・クィン、登場」（GM 1924/3）／「ガラスに映る影」（GM 1924/10）／「空に描かれたしるし」（GM 1925/7）／「鈴と道化服亭にて」（GM 1925/11）／「クルピエの真情」（FL 1926/11/13）／「世界の果て」（FL 1926/11/20）／「闇のなかの声」（FL 1926/12/4）／「ヘレネの顔」（ST 1927/4）／「ハーリクィンの小径」（ST 1927/5）／「死せる道化師」（DF 1929/1/22）、「海から来た男」（BE 1929/10）

ご覧の通り、発表順は短篇集に収録された通りではない。先述した「ハーレクィンの小径」は、当初は最終作ではなく、「海から来た男」がそうだったのだ。おそらくは単行本化する際、並べ直してサタスウェイトの物語として成立するようにしたのではないだろうか。元のまま「海から来た男」を最後に読んでみると、「来ては去っていく男」がこの世の外に姿を消していく物語のように見えてくるが、幻想味はその方が上だったかもしれない。

他のシリーズ短篇や長篇の発表年月を並べてみると気づくことがいくつかある。「ミスター・クィン、登場」が長篇連載の合間に書かれたことは先述したが、第二作「ガラスに映る影」の後でしばらく作品が途絶えているのは、SK誌での『二人で探偵を』連載が忙しかったためだろう。また、一九二七年の後半からしばらく作品がないのは、The Royale Magazine（以下RM）に『ミス・マープルと13の謎』連作を書いていたのが主たる理由と思われる。

参考図書をさらに二冊挙げておきたい。一冊は一九三三年の『検察側の証人』だ。ノンシリーズの短篇集だが、収録作のうち最初の「赤信号」が掲載されたのはGM誌一九二四年六月号で、これは『謎のビッグフォア』のSK誌連載終了の直後に書かれた短篇なのである。おそらくクリスティは、探偵小説という定型から一時的に解放されたくなったときにクィンものや、これらのノンシリーズ作品を書いていたのだろう。

そうした観点では、一九二五年の短篇群に注目すべきである。「検察側の証人」がFL誌一九二五年一月三十一日号、クィンものの「空に描かれたしるし」がGM誌七月号、「鈴と道化服亭にて」が同誌十一月号で、その後には『検察側の証人』所収の「第四の男」（GM誌十二月号）と同じくノンシリーズの「リスタデール卿の謎」（Pearson's Magazine 十二月号。一九三四年刊行の同題短篇集所収。邦訳はクリスティー文庫）が続く。この年はシリーズ探偵ものの短篇を書いていないのだ。右に挙げた短篇の発表月の間に発表されたのが翌年『アクロイド殺害事件』として単行本化される問題作である（London Evening News 七月十六日号～九月十六日号）。同作が世間に与えた衝撃の大きさについては繰り返すまでもないだろう。連載終了後から単行本が刊行された翌年にかけて『検察側の証人』所収の「SOS」「ラジオ」「最後の降霊術」やクィンものの五篇が相次いで発表されているのは、『アクロイド』の反響が予想以上にあったことも理由の一つではないかと思われる。

付け加えるならば、『アクロイド』自体にもクィンものとの相関を感じる要素がある。霜月蒼は『アガサ・クリスティー完全攻略』（二〇一四年。クリスティー文庫）においてクリスティの演劇性という要素に着目し、「クリスティーのすぐれた作品は、「そこで演じられた芝居」を「観客＝読者＝探偵」が読み解こうとするという構造を持っている」と指摘しているが、かの長篇こそは、探偵と犯人が対決する作品内世界の対立関係だけではなく、読者対作者というメタレベルのそれをも視野に入れた謎解きの勝負が意図的に行われた里程標的作品であった。サタスウェイトが作品内現実で起きている出来事をドラマとして見るという構造の延長線上には『アクロイド』の仕掛けがある。『ハーリー・クインの事件簿』の最初の最終話である「海から来た男」は世界の外へと去っていく主人公を結末に配置することにより、新たな探偵小説の次元が到来することを読者に予告していたのだ。

検印
廃止

訳者紹介　1948年福岡県生まれ。立教大学社会学部社会学科卒業。主な訳書に、アーモンド「肩胛骨は翼のなごり」、キング「スタンド・バイ・ミー」、リグズ「ハヤブサが守る家」、プルマン「マハラジャのルビー」、アンソニイ〈魔法の国ザンス〉シリーズなど。

ハーリー・クィンの事件簿

2020年4月24日　初版

著者　アガサ・クリスティ
訳者　山《やま》田《だ》順《じゅん》子《こ》

発行所　(株)東京創元社
代表者　渋谷健太郎

162-0814/東京都新宿区新小川町1-5
電話　03・3268・8231-営業部
03・3268・8204-編集部
URL　http://www.tsogen.co.jp
DTP　工友会印刷
暁印刷・本間製本

乱丁・落丁本は、ご面倒ですが小社までご送付ください。送料小社負担にてお取替えいたします。

ISBN978-4-488-10547-1　C0197

世代を越えて愛される名探偵の珠玉の短編集

Miss Marple And The Thirteen Problems◆Agatha Christie

ミス・マープルと13の謎 新訳版

アガサ・クリスティ

深町眞理子 訳　創元推理文庫

◆

「未解決の謎か」
ある夜、ミス・マープルの家に集《つど》った
客が口にした言葉をきっかけにして、
〈火曜の夜〉クラブが結成された。
毎週火曜日の夜、ひとりが謎を提示し、
ほかの人々が推理を披露するのだ。
凶器なき不可解な殺人「アシュタルテの祠《ほこら》」など、
粒ぞろいの13編を収録。

収録作品＝〈火曜の夜〉クラブ，アシュタルテの祠《ほこら》，消えた金塊，舗道の血痕，動機対機会，聖ペテロの指の跡，青いゼラニウム，コンパニオンの女，四人の容疑者，クリスマスの悲劇，死のハーブ，バンガローの事件，水死した娘